镜明花作

上册

Twentine 著

青岛出版集团 | 青岛出版社

图书在版编目（CIP）数据

镜明花作/Twentine著.—青岛:青岛出版社,2023.1
ISBN 978-7-5736-0057-8

Ⅰ.①镜… Ⅱ.①T… Ⅲ.①长篇小说—中国—当代 Ⅳ.①I247.5

中国版本图书馆CIP数据核字（2022）第031614号

JING MING HUA ZUO

书　　名　镜明花作
作　　者　Twentine
出版发行　青岛出版社（青岛市崂山区海尔路182号）
本社网址　http://www.qdpub.com
邮购电话　18613853563
责任编辑　郭红霞
特约编辑　孙小淋
校　　对　李玮然
装帧设计　千　千
照　　排　梁　霞
印　　刷　三河市良远印务有限公司
出版日期　2023年1月第1版　2023年1月第1次印刷
开　　本　16开（710mm×980mm）
印　　张　36
字　　数　745千
书　　号　ISBN 978-7-5736-0057-8
定　　价　69.80元（全2册）

我待大人之心，
就以此花做证吧。

缘分尚未断尽，
千世万劫，他们终会再见。

目录

上册

目录

下册

第一章　抵达齐州，初遇小乙

夜凉如水，一匹快马自朝宣门入了天京城，一路狂奔，最后停在城西一座豪华大宅门口，正是当朝殿阁首辅杨严的府邸。

一名风尘仆仆的汉子下了马。此人宽颔方脸，身材壮硕，气势威严，看着像是武人出身。门口执勤的侍卫认得他，齐道了声："郭大人。"

郭振神色严肃，快步入府，迎面碰上了府内管事张知。张知显然没想到会在这个时候碰到郭振，颇为诧异。

"郭大人，您怎么来了？"

"我有要事要见杨大人，他可歇下了？"

"尚在处理公务，这边请。"

两个人来到书房门口，张知恭敬地道："老爷，郭振来了。"

屋里传来声音："进来吧。"

郭振进了房间，迎面飘来一股墨香，一名七旬左右的老者端坐在四方桌后，手持案卷正在批示。他两鬓染霜，身体消瘦，微显佝偻，却不减锐利之气。

郭振开门见山地道："杨大人，齐州出事了。"

"哦？"杨严眼中瞬间闪过一道寒光，"细细说来。"

两个月前，杨严命人暗查总管太监刘行淞贪污税银的事，查到最近几笔出问题的银子都经过齐州。

为避免打草惊蛇，他偷偷派出亲信去齐州打探消息，亲信便是郭振。

"属下抵达齐州的第二天，齐州太守的儿子就犯下了大案。"忆起此事，郭振义愤填膺地说道，"大人，这个公孙阔当真是无法无天，当街强暴良家妇女，被其丈夫打伤了右眼。结果公孙阔恼羞成怒地绑了两人，连带着将他们家里的两个孩子一同关进城郊破庙活活烧死了！"

相较郭振的怒不可遏，杨严则镇定多了，此时脑中冒出一名技巧高超的绣娘的身影，绣娘正快速而细致地勾勒此事的边边角角，力图完成一面最完美的锦绣。而这最美的结果，毋庸置疑，就是在他的宿敌总管太监刘行淞的脸上来一记老拳。

“我若没记错，公孙德只有这么一个儿子吧？”

郭振道：“是，他与原配夫人感情至深，夫人病死之后也未再续弦，这公孙阔是他们家的单传独苗。”

杨严道：“此子行事如此有恃无恐，明显不是初犯，你我却今日才知，说明有人将这些案子都压了下来。”

郭振道：“还能有谁？自然是那阉贼！这些案子本该是由刑部审理，通通被他们截了下来，送到阉贼的私人密狱里了！大人，绝不能再纵容他们了，属下愿立军令状，捉拿公孙阔回京受审！”

“莫要慌张。”这郭振虽说忠心耿耿，可毕竟武将出身，勇武有余，智慧不足。杨严摇了摇头，道：“没那么简单，齐州我们人生地不熟的，弄不好会打草惊蛇不说，还反惹一身腥。最好……是能借力而行。”

郭振道：“借力？借谁的力？”

杨严起身，考虑着处理此事的最佳人选，最后微微一笑：“倒是有这么一位，他虽不是我们的人，但一定能给我们想要的结果。”

子夜，皇城侍卫营。

今晚当值的是徐怀安。夜深人静，他望着天边明月，忽然有点儿思念故乡。

他原是肇州庆县人，自小家境贫寒，父母因为饥荒双双丧命。他学了点儿拳脚功夫，在县衙里打杂。因为没有侍奉上官的银两，又不会溜须拍马，他接到的往往都是些又苦又累且格外危险的差事。

顺德十五年，也就是四年前，朝廷悬赏的江洋大盗重明鸟在肇州犯下劫狱之案，徐怀安被县令张儒派出去捉人。可那时徐怀安刚满十八岁，虽说身手不错，但经验不足，在追查过程中被路过的剿贼军队当细作绑了，并被押送回京师受审。

他本以为自己的小命就要这么交待了，却幸运地碰到肖宗镜巡查大牢。肖宗镜见他年纪轻轻就被下了死狱，便随口问了几句案情。

几天后，一个贵公子模样的年轻人将他提了出去。

年轻人叫谢瑾，是肖宗镜的部下。

谢瑾带徐怀安去见肖宗镜，肖宗镜笑着说：“这庆县县令真是奇人奇招儿，竟派这种乳臭未干的小子去捉重明鸟。你叫徐怀安是吧？你老实说，你如何得罪他了？”

徐怀安紧张得面色涨红，语无伦次。

谢瑾在旁边说道：“这是侍卫营统领肖大人，是他救了你。”

徐怀安跪地磕头：“谢大人救命之恩！”

肖宗镜说道："我听说先锋将军曹彦花了三天才拿住你，有点儿本事。"

徐怀安道："大人恕罪，小人只顾着追重明鸟，不知那是朝廷的人马，所以才逃的。"

肖宗镜道："你今后就留在这里做事吧。"

徐怀安有些犹豫地道："多谢大人提拔，可小人没在限期之内捉到重明鸟，还得回去找张大人领罪。"

肖宗镜疑惑："张大人？"

徐怀安解释道："庆县县令张儒。"

肖宗镜点了点头："你年纪不大，倒有担当。我刚刚忘了告诉你，就在你离开后不久，你的张大人就被人砍了头颅，头颅被悬挂在城墙之上，你已无处复命了。"

"啊？"徐怀安听得瞠目结舌。

肖宗镜蹲在他面前："如何，人生玄妙否？"

那是徐怀安第一次近距离观察肖宗镜的面孔。令他印象最深的是肖宗镜那一双色泽清浅却异常深沉的眼睛。

脚步声打断了徐怀安的回忆，有人来到侍卫营门口递给他一封信，一句话没说就走了。

徐怀安带着信去找肖宗镜。

肖宗镜在京师有自己的宅邸，是永祥帝赐给他的，不过很少居住。他平日都住在办公的营房里，内部极其简朴，木桌硬床，几张圆凳，墙角有个武器架，架子上挂着刀枪剑戟，倒是擦得锃亮。屋里一样像样的摆件也没有，徐怀安第一次见到时曾感叹，这里还不如县衙捕头的房间看着殷实。

已经四更天了，营房仍开着门，烛光照出一道黑乎乎的侧影，一男子端坐在桌旁，宽背蜂腰，稳重挺拔，一动不动地盯着烛光，不知在想些什么。

徐怀安觉得，肖宗镜在不笑的时候，面容有种说不出的寡淡。

"大人，杨大人差人送来一封信。"

徐怀安将信放在肖宗镜面前。肖宗镜偏过视线，渐渐从寂静的氛围中苏醒过来。

"我就说今晚怎么睡不着，果然是没好事。"肖宗镜拆了信在烛下品读，片刻后笑了一声，"怀安，把谢瑾叫来。"

这可不是件好差事。

如果问徐怀安整个侍卫营里最怕的人是谁，不是肖宗镜，而是他那位副手谢小王爷。

徐怀安任职一年多，才得知谢瑾的爹便是安王殿下——当今圣上的亲六叔。谢瑾是个彻头彻尾的皇亲国戚。后来他又知道，肖宗镜的父亲也曾任兵部高官，算起来也是名门之后。可相较起来，肖宗镜平易近人得多，吃穿用度与寻常将士并无太大差别，而谢瑾有意无意之间始终带着权贵的疏离感。

徐怀安叹了口气，去外院轻叩谢瑾的房门："大人，谢大人！"

他叫了几声，屋里传来不耐烦的声音。

"这么晚了，吵什么？"

"肖大人叫您过去。"徐怀安想了想，又道，"杨大人派人送来一封信。"

谢瑾狐疑地问："杨严？这时候送信？"一阵窸窣声过后，谢瑾推开房门，面容严肃地道，"走！"

两个人穿过外院，到达营房。

肖宗镜用手指点了点桌面上的信函："你们都看看吧。"

谢瑾拿起信，徐怀安抻着脖子尽力瞄。

谢瑾越读眉头皱得越紧，最后冷哼一声，将信函拍在桌子上："这老狐狸是想借刀杀人。他想得可真周到，连委派公文都给你准备好了。齐州山高路远，他自己不动手，让我们做，成了帮他除敌，败了我们自己倒霉，有这么美的事吗？"

肖宗镜："小王爷息怒，大半夜的别动肝火。"

徐怀安知道，"小王爷"从来都是肖宗镜用来调侃谢瑾的话。果然，谢瑾听后瞪大眼睛，不待发作，肖宗镜又道："这刘公公岂是一个小小的公孙阔能搞垮的？我们查不查他，问题都不大。"

"总之这是一潭浑水，劳心劳力的苦差事，我们轻易不要插手。"谢瑾思索道，"齐州……我想想，父亲的一个门生好像就是齐州人，待我去了解一下情况。"到了门口他忽然又停住，回头凝视肖宗镜："在我问清楚之前，你绝不可回复他。"

肖宗镜从善如流地道："宫禁森严，你来去莫露马脚。"

谢瑾不耐烦地道："不会。"

言罢他转身，眨眼间消失于夜色之中。

"功夫倒是精进了不少。"肖宗镜笑了笑，转向徐怀安："你呢？"

徐怀安没回过神："什么？"

肖宗镜用指头点了点那封信："你如何看？"

徐怀安磕磕巴巴地道："这……这属下不太懂……"

"无妨，你随便说说就好。"

"属下只是觉得有些奇怪。"

"哪里奇怪？"

"这个叫公孙阔的人犯下如此大案，齐州的捕快为何不抓他？这样拖下去，他们不怕引起民愤吗？"

半晌无人说话，徐怀安抬头，见肖宗镜一双冷漠的眼直直地盯着他。

徐怀安后背一凉："大人……"

肖宗镜木着脸说："坏了。"

"什……什么坏了？"

“你问住我了。”

徐怀安哑然。

肖宗镜静了好一阵，自语般道：“我也不知他们为何不抓，为何不怕。”

他站起身，放下外袍，挺拔之躯被笼罩在一片暗影之中，衬得他的面孔更加晦暗不明：“莫不如……我们亲自去问问看吧。”

肖宗镜做事雷厉风行，既有了决定，当即对徐怀安道：“城西有家春露楼你知不知道？”

徐怀安回道：“知道，是天京城有名的酒楼。”

肖宗镜：“那是刘行淞的外甥开的，外地官员都在那里给他递消息。”他琢磨着，“齐州到京师路途遥远，多是山路，还须绕开几处战乱之地，就算不眠不休地赶路也要五六日才能到。郭振是武将出身，脚程快，我想再有个一两天公孙德的人也就要到了。你叫上几个机灵的弟兄日夜盯梢，但凡碰见骑着好马灰头土脸地往三楼跑的人，不用问，都给我抓回来。”

徐怀安接下命令，又想起一件事：“那就不等谢大人了？”

根据他以往的经验，越过谢瑾行事，谢瑾回来必会大发雷霆。

肖宗镜简直恨铁不成钢：“好不容易支开他了，你还问，赶快抓人！”

徐怀安肃然道：“是！”

肖宗镜料事如神，第二天下午徐怀安就在春露楼堵到了从齐州来的信使，都没给对方进楼的机会，一棍子将人敲晕，装进麻袋抬到了侍卫营。

徐怀安从他身上搜出一封公孙德写给刘行淞的信，果不其然是请刘公公帮忙销案。但可能是公孙德出于谨慎考虑，信中并没有写清案情的具体细节。

“大人，还搜到了这个。”徐怀安递来一个端正的四方木盒。

肖宗镜打开，木盒里飘出一股淡淡的檀香味，黄色绸布包裹着一尊三寸大小的金佛，佛像闪闪发光。

徐怀安不禁道：“这是纯金的？可真值钱。”

肖宗镜：“确实值钱，但不在材质，而是年代。这老东西真会投其所好。”

刘行淞喜古董，而永祥帝喜佛。此物无论刘行淞自留还是上贡，无疑都是上佳选择。

肖宗镜收了金佛，蹲在地上将麻袋开了个口，里面冒出一颗灰溜溜的脑袋。

信使眯起眼睛：“你们是什么人？刘公公的信也敢截？”

肖宗镜问道：“公孙阔在齐州犯下的案子，你知不知晓？”

信使顿了顿，道：“我不知道你在说什么，我们少爷老实本分，没犯过案子。”

肖宗镜：“公孙阔既没犯过案，公孙德为何要派你来京师？又为何要送这金佛给刘公公？”他抖了抖手，“这封信又是怎么回事？”

信使冷笑了一声："我什么都不知道，你们到底是什么人，因何无故扣押我？我要见刘公公！"

肖宗镜勾了勾手指，两名侍卫上前。

这时，谢瑾回来了。

"这是何人？"

见肖宗镜摆了摆手，侍卫押着人告退，走到练武场的时候，远远听见谢瑾的怒叱声。

"胡闹！你为何不等我！你押了公孙德的信使，此事就别想再脱干系了！"

肖宗镜关上门，道："你听我说，陛下准许刘行淞设立密狱，受影响的不止是杨严，刘行淞现在能越过刑部审案，将来没准儿就能越过我们干涉皇城守备。"

谢瑾瞪眼："他敢！侍卫营直接对陛下负责，有这阉贼什么事？！"

肖宗镜："他如何不敢？密狱也是直接听命于陛下的。信谁不信谁，还不是陛下一念之间的事。"

谢瑾静默不语。

肖宗镜正色道："此事若处理妥当，人证物证俱在，我们就能在陛下面前告他一状，至少让密狱有所忌惮，以后行事别太嚣张。"

沉默许久，谢瑾瞥他一眼，冷冷地道："什么刑部密狱，你别以为我不知道你在想什么。你不就是看不惯那公孙父子位高权重，草菅人命吗？杨严就是知道你这性子才拿你当枪使！"

肖宗镜淡淡一笑，不置可否。

谢瑾知道自己挡不住肖宗镜，也不再阻拦，想起回家时被人嘱咐的事情来："去可以，但你得答应我一件事。"

肖宗镜问："何事？"

"走之前你去见见凝儿吧。"

"什么？"

"就见一面，你已经很久没有见过她了。"

"嗯，确实有段时日没见了，事务繁忙，也抽不出空来。"

"哪有这么忙？"

见肖宗镜不语，谢瑾又道："凝儿虽从未表明心意，但我这做哥哥的看得出她对你的感情。陛下与父亲也都很想促成好事，你——"

肖宗镜打断他的话："现在说这个，恐怕有些不合时宜吧。"

谢瑾见他这般平淡，心中着急："有什么不合时宜的？这一走不知又要多久，你一直抽不出空，难道就永远不说了？肖宗镜，我妹妹德行端正、貌比天仙，你到底哪里不满意？"

肖宗镜无奈地道："你误会了，郡主正当大好年华，我比她大了十几岁，也太委屈她了。”

谢瑾道：“无妨，你这张脸不显老。”

肖宗镜笑了：“多谢夸奖。”

谢瑾显然不满他这番态度，怒瞪着他。

肖宗镜不再玩笑，认真道：“文真，我虽出身于官宦人家，但父母早逝，亲戚疏离，仆从也都被遣散了，这家早已是名存实亡。郡主是天京城的珍宝，更是安王的掌上明珠，我们实在门不当户不对。而且我是个粗人，习惯了舞刀弄剑生死难料的日子，你忍心让凝儿吃这样的苦吗？”

这话听得谢瑾牙根胀痛，缓了好一会儿才道：“这不是理由，当年你遣散家仆外出拜师，为的也是再精进武艺，忠君护国。凝儿年纪虽轻，却也明白这些道理。”他冷哼了一声，“你若不喜欢凝儿就直说。有些事本就强求不来，你又何必讲这些自轻自贱的话？”他盯着肖宗镜那张脸，越盯越觉得烦躁，起身踱步，“我看你近些年来越发像个苦行的僧人，想来也是出家的命。要不你干脆早点儿进庙吧，也省得我们操心！”

肖宗镜：“胡说八道。”

谢瑾听他语气冷淡，识趣地不再接话，此事就此作罢。

翌日，天未亮，肖宗镜便带了谢瑾与徐怀安两人，挑了三匹快马直奔齐州。

与此同时，信使被扣的消息也传到了刘行淞的耳朵里。

彼时他正在沐浴。

刘行淞年过半百，比杨严小了十来岁，可远不如杨严精神好。他身体偏胖，体质虚弱，患有严重的气虚症，每隔两天就需药浴一次。

小太监武安一边给刘行淞擦拭身体，一边传话：“那信使现被关在刑部大牢里，没有杨严的命令，谁也见不到。”

“见到也晚了。”刘行淞闭着眼睛，感受着蒸腾的药香，声音轻飘地说，“侍卫营的人肯定已经出发了。”

“听说肖宗镜和小安王都去了。那肖宗镜于我们倒还好，可那谢小王爷向来不愿给我们好脸色，会不会借此机会坏公公的名声啊？”

刘行淞笑了。他脸上肉多，但皮肤松弛，一笑起来颧骨突出，皮肉松垮，活像一尊被烧化了的弥勒佛。

“你说错了。谢瑾虽放着大官不做，去那什么狗屁侍卫营当值，但说到底还是皇亲国戚，权贵之人心心念念均为皇室着想。他不会放任我或杨严任何一家独大，为了平衡，倒有可能妥协。而那肖宗镜……”

武安想起肖宗镜就生气，道：“公公，此人当真是软硬不吃的一块石头。公公数次向他示好，他却不领情。不过听说他与杨严也是交情平平。他既不听我们的，又不听杨严的，那到底想怎么赚银子？光靠朝廷那点儿俸禄，他岂不是等同喝西北风？”

刘行淞瞥他一眼，道：“肖宗镜不是你这种贱人能理解的。”

武安忙道：“是，是……”

“这事还真得好好琢磨一下。”想着想着，刘行淞忍不住开骂，“这公孙德当真是教子无方！现在全国各地叛乱频发，贼军并起，踏实干活儿的老百姓杀一个少一个，他怎么连这么浅显的道理都不懂呢？！”

武安在一旁附和道：“可不是嘛！”

思忖片刻，刘行淞道：“叫戴王山来见我。”

五日后，齐州地界。

齐州位置偏僻，四面环山，山势陡峭，自然条件十分恶劣，人员进出都很困难。不过也正因如此，近些年来齐州一直没有被乱军骚扰，自给自足，也算是因祸得福。

肖宗镜站在山顶向下望。

“差不多再有一个时辰就能进城了。你们两个先去见公孙德，摸摸他的底。记住，不要莽撞行事，我们此行第一要务是押公孙阔回天京受审，不要节外生枝。”

谢瑾：“好，那你去哪儿？”

肖宗镜道：“我去四周转转，晚上在离县衙最近的客栈等你们。”

送走谢瑾和徐怀安，肖宗镜又等了一阵才下山。

入了齐州城，肖宗镜四处闲逛着。齐州环境封闭，人流稀少，商业萧条，路边随处可见要饭的乞丐、流民。正是午时饭点，街上卖食物的摊贩寥寥无几。肖宗镜走了许久才找到一个包子摊，买了十个素包子，一边吃一边与摊主闲聊。

“老人家，同你打听一下，去本地衙门怎么走？”

“你打听衙门做什么？”

“实不相瞒，在下刚进城就被人偷了包裹，盘缠都在里面，现在只剩下点儿碎银了，想去告官，看能不能找到贼人。”

“告官？”摊主冷笑道，“你还是自认倒霉算了，去一趟衙门，怕是你剩下的碎银也没了。”

“哦？这是为何？”

“不信你就去试试。”

肖宗镜还没问出什么眉目，路口忽然传来马蹄声，一伙衙役快马加鞭地朝这边奔来，打头的人还朝后面喊：“快快快！京师来人了！别误了大事！”

他这一回头，就没注意路上情况，两个五六岁大的孩童站在路中央，被狂奔的马匹吓得大哭。

电光石火间，肖宗镜把最后一个包子咬在嘴里，三步并作两步，往街中央猛地一跃。

他这稍显笨拙的一扑被角落里的一个过路人看个正着。

"哦？"

肖宗镜将那两个孩子往外一丢，自己摔得狼狈不堪，在地上滚了两圈，与高头大马擦肩而过。马上的衙役回头瞪他一眼，骂道："狗东西！别碍事！"

然后这伙衙役一路绝尘而去。

肖宗镜从地上爬起来，拍打着身上的尘土，环顾一圈，质问道："这些人好不讲理，差点儿撞伤了人，还不下马道歉！"

没人理会他，只有卖包子的老伯过来说道："看见了吧？你别想着找官差了！我多给你两个包子，你吃了压压惊，快些走吧！"

肖宗镜道："多谢。"

刚刚地上掉落的包子，一不留神，被几个乞儿抢走。他们不顾尘土大口咽下。肖宗镜看着他们争抢夺食的模样，深叹一口气，转身离去。

街上看热闹的人渐渐散去，只剩那个角落里的过路人盯着肖宗镜离去的方向，微微眯起眼眸，嘀咕着："做戏也要做全套，既然自己摔得这么重，又何必让两个孩子落地轻如雪片？这是打哪儿来的高手？这人这时候来齐州，不会坏我的事吧？"

想想他最后的神情，过路人犹豫片刻，还是快步跟了上去。

肖宗镜一路走一路看，在齐州城里绕了大半圈，到县衙的时候天色已晚。

衙门口大门紧闭，冷风阵阵，尘沙堆积，灯笼也尚未点亮，漆黑空洞，更给人阴森之感。

肖宗镜转了一圈就走了，找到离县衙最近的客栈，叫了几盘青菜、半壶茶，颇为优哉游哉地吃了起来。

约莫半个时辰后，门口进来几个人。

店小二忙去招呼："张捕头来了！"

张铨问："掌柜的呢？"

店小二回道："小人这就去叫，马上就来。"

不多时，掌柜的从后面跑来，边跑边拜："张捕头大驾光临，有失远迎，有失远迎。"

张铨也不多说话，侧过身让出后面的两个人，道："掌柜的，这二位可是公孙大人的贵客，住在你这儿了，你好生接待着，万不可有丝毫怠慢之处。"

掌柜的连连作揖："一定一定。"说着他催促店小二："快收拾房间，备好酒菜！"

张铨又对谢瑾道："大人，这客栈还是普通了些，其实公孙大人府上——"

"不必了。"谢瑾断然道，"这里离衙门近，方便查案。"

张铨道："是，是，大人请放心，公孙大人已经吩咐过了，查案的事小的们一定全力配合。天色已晚，小的们不打扰大人休息了，这就告退了。”

待张铨带着几个手下走了，谢瑾对掌柜的道：“将酒菜送到房间里。”

他们上楼许久，肖宗镜仍坐在原处，喝完了半壶茶，才结账离开。

角落里，一个不起眼儿的年轻人目送他离去，正是之前那名过路人。他穿着粗麻衣裳，戴着头巾，扎着腰带，一身伙计人的打扮。

店小二最先注意到他：“小乙！”

年轻人笑道：“汤哥儿。”

“你什么时候来的，怎么都不知会一声？”

“来很久了，见你在忙，就没叫你。”

汤哥儿无奈地道：“没办法，来了两个当官的，一堆人忙里忙外，生怕出差错。”

小乙道：“瞧见了。”说着，他从怀里掏出了点儿碎银，“今日多赚了点儿，请你吃酒吧。”

汤哥儿登时开心起来。

汤哥儿跟姜小乙认识刚刚两个月，据姜小乙自己说，他本是闽州人，一年前闽州被叛军占领，大量难民逃亡到外地，他就是其中之一。他一路逃到齐州，在赌场里谋了个跑腿的差事，因为手脚麻利，性格又大方讨喜，短短时间内就交了不少朋友。

汤哥儿愉快地道：“你等着，今日后厨剩了点儿腌肉，我去切点儿给你。”

“不用了，随便与你聊聊，刚刚那两位官差住哪两间房了？”

“自然是最好的玄字房，原本是有住客的，掌柜的刚刚赔了银两把人给送走了。”

姜小乙想了想，又道：“看张捕头那点头哈腰的模样，这二人想必来头不小吧？”

“听口音像是北方人，具体的我也不清楚。”汤哥儿看看周围，压低身子小声道，“下午衙门口吵吵闹闹的，好像是有人来查太守家的案子了。”

“哦？”姜小乙心中暗忖，北方口音，那就是京官了，太守家的案子……姜小乙想起什么，眼里不自觉流露出几分憎恨之色，张口又问：“他们要住多久？”

“也没说。哎，你管他们作甚？跟我们又没关系。”

姜小乙笑道：“只是有点儿好奇罢了。”

姜小乙与汤哥儿道别，走出客栈，绕进后面一条胡同里。他早就熟悉了这一带的地形，很快找到一处方便观察的隐秘角落。

玄字房屋里亮着灯，窗子半开着。

正思索着，忽然一道黑影掠过，姜小乙连忙屏住呼吸，往暗处躲了躲。那黑影脚下功夫了得，一跃而起，在墙面上稍稍一点，眨眼间便闪进三楼开窗的房间，轻盈得像只燕子。

姜小乙暗道：好功夫。随后姜小乙又想：他们果然是一起的。

肖宗镜翻进屋时，谢瑾和徐怀安正在吃饭。

更准确地说，是徐怀安正在伺候谢瑾用膳。谢小王爷侧身坐在桌旁，手持几份文案，吊着眼梢审阅着。

肖宗镜接过案宗，问道："你们见到公孙德了？"

谢瑾道："见到了，这官司本该是他亲自审理，但他说自己为了避嫌，让一个手下去审了。"

肖宗镜道："你们都谈了什么？"

谢瑾冷哼一声，似是不愿回顾。肖宗镜看向徐怀安，徐怀安忙道："哦，公孙大人一见刑部公文就开始哭，哭了足足一个半时辰，最后哭晕过去了。"

肖宗镜蹙眉："哭晕过去了？什么都没说？"

徐怀安："他说公孙阔是被冤枉的，此案已结。不过大人，他可真能哭啊，我听得头痛欲裂，现在脑袋还迷糊着。"

谢瑾冷冷地道："这都是伎俩，我们来得突然，完全在他的意料之外，他一时不知如何回应，只能行此缓兵之计。"

肖宗镜问："公孙阔呢？"

谢瑾："说是受到惊吓生病了，昨日就启程回老家休养了。"

肖宗镜皱眉："什么？"

谢瑾："我已让他们连夜去追，明后天应该就可以将人带回来了。"

肖宗镜心道：此事应该没有那么简单，应是公孙德趁着假哭之时，派人去给公孙阔通风报信了。公孙阔一旦躲起来硬拖，在齐州他们人生地不熟的，行事怕是困难。

肖宗镜面色不变，继续翻阅堂审记录。

"这案子没有苦主？"

谢瑾道："这对夫妻不是齐州本地人，都是外来的流民，在这里无根无源。"

按照堂审记录，公孙阔坚称敏娘是个寡妇，与自己相互倾心，本欲喜结良缘，但其兄旬翰知道他是太守之子，想趁机敲一笔钱，敏娘不从，双方多次发生争执。

几日前，敏娘当街与旬翰发生争吵，公孙阔劝解无果，被旬翰打伤。后旬翰挟持了敏娘和她的两个孩子，带到城外破庙里，威胁公孙阔带二百两黄金去赎人。公孙阔怕有意外，带了随从一同前往，旬翰被其阵势吓到，觉得逃脱无望，惊恐之下打翻油灯，引起大火。

一共三个人证，都是公孙阔带的随从。

最后他只认了一个"打草惊蛇"之过错。

肖宗镜评价道："真是一张情节跌宕起伏的供词。"

徐怀安："如果按照郭振所说，公孙阔当街强暴良家妇女，那应该还有其他证人才对。"

肖宗镜想到白天的情形，说道："公孙德在齐州根基颇深，民众心有畏惧，恐不敢多言……这样，明日我们依然分头行动，你们两个去衙门，我去案发地点看一看。”

深夜，城北小巷。

有人踏着沉寂的月色，走进路口一间不起眼的房子里。

姜小乙反手锁上了门。

屋子不大，到处堆满废纸，上面又是写又是画，看不清内容。

桌上的油灯照亮了旁边的木板床，上面躺着个百无聊赖的男子。

这男子三十岁上下，正靠着床头抽旱烟。他体形消瘦，眼眸细长，犹如飞燕，面孔本还算英俊，可神色发虚，泪堂薄黑，双眼无神，看着就像是个肾虚气短纵欲过度之人。

见姜小乙进门，男子懒懒地开口：“这么晚，去哪儿了？”

“随便走走。”

男子打了个哈欠，道：“事情办得差不多了，明日将货送出去，拿钱了事。”

姜小乙：“明日我可能有点儿闲事要办。”

男子一双上挑的三白眼瞟过来，等了好一会儿，也不见姜小乙再往下说。

男子吞了口云雾，慢悠悠地说道：“你我认识也有段时日了，你不觉得咱们应该给彼此多一点儿信任吗？”他大大咧咧地摊开手脚，拇指朝自己点了点，用一副堂而皇之的语气说道，“我达七可是个赤诚之人。”

姜小乙坐下，手指在桌面上敲了敲，道：“先别说这个了，齐州驻军将领名册和城内地图你都整理好了吗？”

达七道：“那是自然，我何时误过正事？”说起这个，达七忍不住抱怨，“辛苦两个月，一人才一百两金子，连养鸟的钱都不够，真是亏大了。”

姜小乙：“你的生意做得太广了，专注在一处，开销就没有那么大了。”

达七笑道：“错了，做我们这个生意，最重要的就是眼观六路耳听八方，眼线自然越多越好。我没来过齐州，这次接下这个活儿，也是为了探探路子。”说着，他长叹一口气，“不过这威虎军好歹也拿了十几个山头，竟如此寒酸。要说有钱，还是东边那个有钱，等有机会老子一定去狠赚他们一笔。”

姜小乙道：“青州军有钱，你做他们的生意，脑袋就得别在腰带上。这里钱是少，但好在安全，吃吃喝喝白赚钱，何乐不为？”

达七斜眼：“你莫岔开，今日究竟怎么回事？”

姜小乙也不隐瞒，道：“京师来了几个人，看起来有点儿本事。”

达七眯起眼：“哦？”

姜小乙又道：“跟我们没关系，是来查那头猪的。”

公孙阔人如其名，矮胖圆硕，肥头大耳，比作猪也不为过。

达七放下心来，笑道：“官官相护，你指望什么呢？”

姜小乙琢磨道：“这几个人不一样……我看得出来。”

达七打量着姜小乙的神情，缓缓地说道：“你想干什么？”

姜小乙不答，此时脑中想的是另一件事。

当初他和达七以难民身份来到齐州，最初流落在城门口。也许是他伪装得太好，样子过于可怜，有个很漂亮也很好心的女人，每日带着孩子出城拜佛，回来路过城门时，都会给他一张饼。

这女人便是敏娘。

他与他们一家成了朋友，短暂相交。

姜小乙的思绪很快被面前放大的人脸打断，达七在他的脸上吐了口烟，姜小乙本能地嫌弃道：“真臭，离我远点儿！”

达七笑道：“你我现在可是流民，穷得饭都吃不起，还管香臭？”他一把揽过姜小乙的肩膀，意有所指道，“再说了，都是男人，爷们儿之间还讲究什么呀？”

姜小乙拨开他：“明日你先去交易，在老地点等我两天，离开时别忘了把这里处理干净。”

达七重新靠回床上：“等你两天，那可要另算价钱。”

“你真是财迷心窍了！你说，要多少钱？”

“要不这样，我也不跟你要钱，你只要满足我一个小小的要求便好。”

“什么要求？”

达七歪着脑袋：“给我看一眼三清鼠的真面目……总行吧？”

姜小乙嘿嘿一笑，没有说话。

达七又道：“说实话，易容高手我见得多了，但能做到此等以假乱真之程度，甚至让女人生出喉结、改变声音的技法，我的确是第一次碰到。”

姜小乙道：“谁告诉你我是女人的？”

达七自豪地拍了拍胸膛：“不用谁告诉，这是你七爷看家的本事。”

姜小乙笑道：“你还是抽你的大烟吧。”

说罢，姜小乙转头收拾起东西来。

达七看着那背影，目光深沉。他与姜小乙自认识以来，相处甚为融洽。他从前与人合作，多是一锤子买卖，只有姜小乙是一再搭伙，委实是此人投他的脾气。他对姜小乙的了解也不算多，只知对方是闽州山区一座道观里出来的，年纪虽不大，本事却不小，机灵敏锐，也颇有身手。最难得的是，姜小乙虽贪财，却也很重情义，且还带着些寻常江湖人没有的天真之感，令人喜爱。

达七笑了笑，道：“小乙。”

姜小乙回头。

达七的面容淹没在缥缈的云雾中，声音也变得飘忽起来：“虽说你的私事我管不着，但作为前辈，七爷还是提醒你一句——如今这世道，想做善事要慎之又慎，你可别为了那点儿恩情把自己也搭进去了。”

姜小乙道：“放心，我不过是想见见他们。若能为敏娘一家报仇最好，就算不行，我也有信心安全脱身。”

达七淡淡地说道：“你年纪尚轻，见的事不多，须知天外有天，一定要小心为上。还有，我们行走江湖，为的就是逍遥快活，自担祸福，最好莫与朝廷中人牵扯太多，否则身陷泥潭深沼，到时你想拔都拔不出来。”

姜小乙静了静，朝他抱拳：“多谢七爷提醒，我记下了。”

天光初现，肖宗镜骑马来到城郊破庙里。

小庙早已被烧得破烂不堪，屋顶坍塌，房梁倒得横七竖八。原本庙里供奉着一尊木泥菩萨，也已经被烧毁大半，剩下半个黑黢黢的残尊，散发着还没散尽的焦煳味。

这里紧靠山林，悄然无声，山野将一切人迹都吞没了。

肖宗镜走到庙中央扫视着满地残灰，忽觉有些晃眼。抬起头，一缕微光从烧得面目全非的菩萨身后打来，残影斑驳，静中含悲，照得他心神一颤，恍惚片刻。

不知过了多久，他目光微斜，瞥向一旁的树林，沉声道：“出来。”

林子里一片寂静。

肖宗镜：“那就是要我请你出来了。”

林子里还是没动静。

肖宗镜：“在下请人的方式可能有些粗鲁，请多担待。”

结果他刚一动，树林里发出了细密的声响，一个人从树后面钻了出来，正是姜小乙。

姜小乙料想如果这伙人真是来查公孙阔的案子，那么一定会来案发地，所以昨夜与达七分别之后，就赶来这里蹲守，查看一下情况。

他并没有主动暴露行迹，本想再多观察一会儿，没想到这么快就被发现了。

肖宗镜：“你是何人？”

姜小乙连忙回答道：“小人一介流民，不足挂齿。”

肖宗镜也不追问，顺势道：“哦，那这位流民找在下有何贵干啊？”

姜小乙也懒得拐弯抹角，直接问道：“小人斗胆问一句，大人可是为敏娘一家的案子而来？”

肖宗镜面色平静，脑中千回百转。

他最先想到的是，这人会不会是公孙德的人……或许是公孙德昨日被谢瑾吓到了，所以提前派人来盯着这破庙。但他马上意识到不对，如果这人真是公孙德派来的，更应该隐藏身份，不该问出这种不打自招的话来。

难道这是刘行淞的人？

也不对，刘行淞知道他的脾气，事已至此，绝不可能再派人同他讲和。

那这干巴伙计是谁呢？

难道真如他自己所说，只是一介流民？如果真是这样，那他出现在这里，就说明自己已在毫无察觉的情况下被他识破且跟踪了。

这可真是个奇闻。

肖宗镜被自己的念头逗乐了，找了块大石，掀开衣摆坐下，一副要唠家常的语气："小兄弟，请报上名来。"

姜小乙垂着头，随口道："汤哥儿。"

肖宗镜笑道："假话。"

姜小乙下意识地抬眼，刚好跟肖宗镜的目光对了个正着。他看似形神松散地坐在那里，却给人以极重的压迫感，姜小乙心口莫名一凉，瞬间又错开了眼神。

"呃，小人叫姜小乙……"

"姜小乙，你且先跟我说说，你是什么时候盯上我的？"

姜小乙顿了片刻，还是决定实话实说，将昨日肖宗镜当街救人的事又讲了一遍。

"所以，"肖宗镜摸了摸下巴，"是我露了相。"

"大人心地善良，不忍孩童跌伤，才被小的侥幸看破。"姜小乙恭维道，"小的自幼跑江湖，也见过一些形形色色的人，大人丰神潇洒，器宇轩昂，实在是看着就非普通人。"

肖宗镜似乎对这个解释还算满意，抿嘴一笑，道："继续说。"

姜小乙道："后来衙门里传来消息，说京师派人来查公孙阔的案子，小人顿时就想起了您。这庙是案发地点，若您真是皇差，一定会来这里的，所以小人就在此等待。"

肖宗镜挑了挑眼眉，给出评价："半真半假。"

姜小乙后背发麻，这人委实有些邪门儿了。

肖宗镜道："无妨，接着说，你为何要见我？"

姜小乙神色严肃了些，道："敏娘一家曾对小人有恩，如今他们死于非命，小人想尽绵薄之力，帮他们讨个公道。"

"公道……"肖宗镜默默念了一遍这个词，又问，"你可见到公孙阔行凶了？"

姜小乙愤恨道："见到了！"

肖宗镜道："那你可愿做人证？"

姜小乙道："小人做不做证都没用。公孙阔早已毁尸灭迹，而且齐州衙门上上下下都是公孙家的人，就算小人去了，就凭一张嘴，他们也不会认的。"

肖宗镜想了想，又问："那总该有人能证明敏娘和旬翰不是兄妹，而是夫妻吧？"

姜小乙道："敏娘说过，她跟旬翰成亲是有婚书的，但是婚书放在老家抚州了。"

肖宗镜皱了皱眉头。

抚州？抚州在大黎东北侧，比齐州离天京城的距离还要远，而且近些年来匪患越发严重，想过去没那么容易。

他们不能拖太久，刘行淞一定会派人来阻扰查案。看来他们只能兵分两路，让徐怀安去抚州取证，自己和谢瑾押送公孙阔回京。

见肖宗镜陷入沉思，一旁的姜小乙小声道："大人，您真想要证据的话，其实也很简单。"

肖宗镜："怎么个简单法？"

姜小乙："那公孙阔娇生惯养，受不得一点儿委屈。您只要抓住他毒打一顿，想让他招什么，他就会招什么。"

肖宗镜笑道："毒打一顿？"

姜小乙："说毒打都是轻饶了他，此人就该被活扒了皮，裹上粉，下油锅里炸了！"

肖宗镜笑意未减："你这样炸过人吗？"

"我——"姜小乙猛然回神，眼前这人可是官差，连忙重新堆起恭维的笑脸，"大人说笑了，小人只是打个比方。"

肖宗镜道："办案要讲实证，屈打成招是不可行的。"

"是是是……"

姜小乙口中附和，心中暗想：这人好像跟他之前见过的所有当官的都不一样，不像公孙德那样老奸巨猾，也不像公孙阔那样懦弱骄纵，更不像张铨那般狗仗人势。这人身上有一股平和的洒落劲，倒是有些像江湖中人，所以自己才一时松懈，口无遮拦。

肖宗镜并未在意，继续道："我理解你报仇心切，但恐怕公孙阔此时已经跑了。"

姜小乙惊了惊："跑了？"

肖宗镜将公孙德的说辞告诉了姜小乙。

姜小乙听完，果断摆手："绝无可能！大人，您初来乍到，对此地还不够了解，那公孙父子在齐州就是土皇帝，全部身家都在这里，对他们来说这里比京师还安全！他们怎么可能轻易就跑？！"

肖宗镜赞同地点了点头。

姜小乙思索道："跑是不可能的，他们藏起来倒是有可能。"

肖宗镜："没错。"

姜小乙回忆着整座齐州城的布局，默默思索："不过这偌大的城，他们能把人藏到哪儿呢？"

肖宗镜照葫芦画瓢："能藏到哪儿呢？"

姜小乙想着想着，忽然觉得哪里不太对劲，转眼一看，肖宗镜坐在石头上，手里掐着根干草，正悠然自得地看着他。

"大人。"

"嗯？"

姜小乙不语。

肖宗镜道："我知道他没走，贪财好色之人往往也贪生怕死，现下全国各地战火纷飞，山贼强盗数不胜数，就算他真要逃离齐州，也须做好万全准备，半天时间是远远不够的。所以此时他必定是藏了起来，以做后续打算。"

姜小乙心说：你都料到了，还让我说什么？

"不过，"肖宗镜话锋一转，又道，"我虽知他还没走，但他究竟能藏在哪儿，我一个外来之人确实没什么头绪，时间紧迫，还要小兄弟帮忙了。"

姜小乙端详着面前这张平静的笑脸，发现从一开始到现在，不管自己说什么，对方的神情、语气始终没有太大的起伏，平平淡淡，甚至称得上是春风和煦。

只是走南闯北多年的经验告诉姜小乙，这种平静之下暗藏凶险。

此人断不好惹——这是姜小乙在这一刻得出的结论。看来达七昨夜那句"天外有天"，委实是未卜先知了。

有那么一瞬间姜小乙甚至有些后悔来找这人，似是有点儿自掘坟墓、引火烧身之意。不过他很快又打消了这个念头，不管此人行事作风如何，现下也是真心查案的，等为敏娘一家报了仇，自己换身"行头"及时抽身就好了。

"你在想什么？"

姜小乙发愣期间，肖宗镜不知不觉已走到他面前，垂首询问道。

他的步伐毫无声息，姜小乙丝毫未察觉。面对突然靠近的脸孔，姜小乙第一反应竟是诧异他双眼颜色好浅。

"小人，呃……"姜小乙磕磕巴巴地道，"小人在想公孙阔可能藏身的地方……"

肖宗镜笑道："不对吧。"

光线照在肖宗镜身上，他的身材高大，体态匀称，皮肤呈油亮的浅棕色，光滑干净。衣裳下的躯体精健而有弹性，明明十分强壮，却又给人意外的轻盈之感。他们离得很近，肖宗镜说话的口气吐在他的脸上，竟有股山林清甜的寒香味。

姜小乙心中清楚，这种身体质感和体内气息，对方要么是个干干净净还在寻山问路的少年习武坯子，要么就是位已经练到返本还原境界的顶尖高手。

稍微动动脑子，他也知道此人属于哪一类了。

有此人在，或许跟公孙阔身边那几名高手护卫硬碰硬也是有机会的。想到这里，姜小乙换了一副更为谄媚的笑脸，问道："那个……还不知大人如何称呼？"

肖宗镜坦率说道："在下姓肖，名宗镜，字因明，天京人氏。"

肖宗镜？

这名字好像有点儿耳熟。

姜小乙绝对在哪儿听过这个名字，可一时之间怎么也想不起来。

他心中懊恼，要是达七在就好了……

"如何？"肖宗镜道，"认识我？"

姜小乙："不不不！"

肖宗镜淡淡地道："你是跑江湖的，如果经常出没天京，听过我的名字也不奇怪。"

姜小乙不想再让他追问下去，连忙说道："肖大人，小人有一计，或许能助您找出公孙阔！"

德升堂是齐州城里最大的药铺，这是一家老字号，原本在城内开有六家分店，由于近些年战火连绵，生意不好做，陆陆续续关了五家，只剩位于城中心复安桥旁的总铺了。

巳时刚过，药铺门口行人稀稀拉拉的。

路对面来了两个人，正是姜小乙和肖宗镜。姜小乙指着药铺道："就是这里。肖大人，请跟小的来这边。"

他们绕到药铺后方，铺子后面紧邻着一条河，外围墙到河边仅有一丈不到的距离，沿路栽了几棵柳树，杂草丛生，并无过路人。

姜小乙一跃而起，扒住墙边偷偷往里看。

"时候尚早，我们找个地方躲……"话音未落，身子一轻，姜小乙被肖宗镜提着后心拎到了后院里。刚落地就听到门口传来说话的声音，姜小乙赶快推着肖宗镜挤到库房后面。

外面的两个人似乎在交易，不久传来争论的声音。

"五十钱够什么？至少加一两银子！如今满山都是盗贼劫匪，被他们撞见小命都没了！你要是加不了就别要了，正好我也不想干了！"

"别别别！张老哥息怒！一两就一两，您可千万别不干了。这药要是供不上，我一家老小性命堪忧啊！"

好说歹说，药铺掌柜付好了钱，将半袋子东西收入库房内，上锁离开。

姜小乙嘀咕道："公孙阔果然还在城内。"

见肖宗镜斜过眼看来，姜小乙低声解释："那小畜生好色成性，向来是不淫人不得睡，可自己那……"他往下指了指，"又不太行。这间铺子经常给他制壮阳药。他们刚刚交易的东西是当地的一种草药，名为夜夜欢。此药有个特点，只有刚采下来时药效最强，所以德升堂每日都要进新货。等一下应该会有伙计来处理这批药，弄好就会给公孙阔送去，我们就能顺藤摸瓜找到他的藏身之处。"

肖宗镜："原来如此。"

他们等了没多久，果然来了一个伙计，进到库房处理药材。

姜小乙悄声道："大概要半个时辰。"

肖宗镜问道："你要同去吗？"

姜小乙："这是自然。"

他攥紧腰带，今日非得要了公孙阔的狗命才行。

当初敏娘遭难，他就想过为她报仇，但一来那时自己手里生意没做完，万一搞砸，打草惊蛇不说，恐怕还会连累达七；二来公孙阔身旁有数名顶尖高手日夜护卫，他也没有十足把握可以得手……

想到这里，姜小乙谨慎地问了一句："大人，您可听过疯魔僧这个名号？"

肖宗镜："不曾听过。"

姜小乙解释道："疯魔僧一共有三个人，从前是和尚，后来犯了杀戒被逐出佛门，几个月前他们被公孙德雇用，来保护公孙阔。"

肖宗镜"嗯"了一声。

姜小乙道："公孙阔身边的侍卫里，以这三人的实力最为强大。"

肖宗镜又"嗯"了一声。

姜小乙见他面色不改，听跟没听一个样，怕他轻敌，又道："大人，他们来齐州之前，在江湖上就已经是赫赫有名的风云人物了。"

肖宗镜终于看了过来："赫赫有名？"

"是啊！"

肖宗镜好奇地问道："最有名的是谁？"

"什么？"

"你在江湖中行走，听的见的人和事都比我多，这些所谓的江湖风云人物里，名气最大的是谁？"

姜小乙想了想，道："名气大的有很多，最出名的应是'四方神'了。南方的拳宗、北方的惊鸿影、东边的东海神剑、西边的极乐尊，都成名已久。其中拳宗姚占仙一直坐镇虹舟山，东海神剑听说是投了青州军，其他两位不太寻得到踪迹。"顿了顿，他又道，"不过这四位都是江湖上的老人物了，最近动作不多，要说近些年来真正声名鹊起、活动最为频繁的，当属大盗重明鸟。"

肖宗镜："此人我倒是知道，他是朝廷通缉的重犯。"

姜小乙感叹道："这重明鸟当真是个神秘人物，抢的都是硬货，杀的都是强龙，可偏偏谁都拿他没办法。"

肖宗镜："他的真身是谁，姓甚名谁，你可知晓？"

姜小乙觉得好笑："小人要是知道重明鸟的真身是谁还至于流落他乡？您知道这条消息现在在黑市值多少钱吗？"

肖宗镜道："朝廷悬赏缉拿他的赏金是八百两银子。"

"八百两？"姜小乙不屑地撇嘴，"八百两买他的一条袖子吧。"

他伸出五个手指："至少要这个数。"

肖宗镜不语。

"黄金五千两！"

肖宗镜静了片刻，道："一个江湖打手，竟值这么多钱？"

姜小乙道："这就是您不懂行情了，有想要他的命的，有想要他的财宝的，更多的是有想要他的本事的，愿意出这个数的人太多了。”

肖宗镜淡淡一笑，又问道：“那小兄弟你呢？”

“我？”

“你可有什么名号？”

姜小乙赧然摆手：“大人说笑了，小的出身卑微，不过是江湖上吃剩饭的，根本上不得台面，哪儿配有什么名号？”

肖宗镜摇头：“这话有失公允。你知恩图报，既讲义气，又有胆识，为何上不得台面？”他低声道，“我反倒遇到过一些江湖中人，平日耀武扬威，不可一世，临了却连官差的面也不敢见。他们恃武行凶，称霸一方，却也只为中饱私囊，于他人毫无益处。这样的人，就算名声再响、武功再高，又有什么可取之处呢？”

姜小乙听得一顿，悄悄侧头。肖宗镜正专注地观察后院的情况，姜小乙瞧着他的小半张侧脸。他年龄三十岁有余，容貌端正，威仪出众，神色与言谈一样，虽平淡亲和，却又不失庄严大方。

姜小乙游走江湖，见过许许多多三教九流之人，却还是第一次见到这样的人。

他心中微动，刚想开口说点儿什么，肖宗镜低声道：“出来了。”

库房门被打开了，伙计从里面出来，手里拎着一包捆好的药材。姜小乙和肖宗镜对视一眼，跳出院落，绕回正门。

门口等着一辆马车，伙计从药铺出来直接上车，马车朝南驶去。

二人并不多话，迅速跟了上去，马车拐来拐去，没往偏僻处行驶，最后竟进了闹市区，停在一家妓院门口。

姜小乙瞠目道：“竟然光明正大地藏在妓院里，他胆子也太大了。”

肖宗镜道：“确实。”

这妓院名为采金楼，是齐州城里最有名的妓院，入夜才开张，现下大门紧闭。

伙计叩门，不多时，门开了道缝隙。姜小乙和肖宗镜藏在对面的胡同里，眼力极佳，借着缝隙，瞬息之间便看清了门内的情形——开门的是个黑青脸壮汉，身高八尺有余，孔武健硕，身着黑色武僧服，系着头巾，手持降魔宝杖，颈上戴着一串金光闪闪的佛珠，气势惊人。

想来这就是其中一位疯魔僧了。

疯魔僧检查了药品，放人进门。

姜小乙道：“有这门神在这里，现在恐怕不易进去，不如……等入夜再说？”

肖宗镜：“迟则生变。”

若是刘行淞的人到了，他们再想擒住公孙阔就没那么容易了，最好速战速决。

其实姜小乙也不想拖延——达七只能等他两天，他还急着拿钱呢。

姜小乙略微思索，道：“公孙阔应该跟采金楼的花魁巧琼在一起，巧琼的房间在三楼正中央，门上挂着三支孔雀翎。疯魔僧共有三人，如果是分开防备的话，很可能是一人守正门，一人守楼梯，一人守三楼长廊。”

肖宗镜望着采金楼，平静地道：“或许吧。”

姜小乙紧盯着肖宗镜：“大人。”

“嗯？”

“您觉得那疯魔僧武艺如何？”

“相当高明。”

“那您……？”

姜小乙欲言又止，肖宗镜自然明白他的意思。

“你是想问，我打不打得过他们？”

姜小乙恭维道：“这是哪里的话？大人只要一出手，自然是马到成功的！”

肖宗镜摇头道：“未必，一山还比一山高，没交手前谁也不能保证一定能赢。”说着，他走了几步，见姜小乙下意识地跟了上来，又伸手拦下对方，“你若今后还要在齐州生活，不宜露面。楼内凶险，我一人去就行了。”

姜小乙微怔。

其实他还有后手。他的腰带里藏着一包钩吻散，一铢就可要人性命，无药可解，是他平时防身所用。这是他刚刚在药铺里生出的想法，等肖宗镜与公孙阔的侍卫们起了冲突，自己就趁乱去后厨下毒——如果肖宗镜没有得手，公孙阔极有可能要继续行春宵好事，那自己正好可以毒死公孙阔。

这对姜小乙来说是最轻松，也是最稳妥的报仇之法。

可就在刚刚这一瞬，他莫名担心起肖宗镜的安危来。

肖宗镜再厉害，也只是单枪匹马赤手空拳，如何敌得过那三个凶神恶煞的僧人？就算敌得过，想必也要拖很久，等公孙德的人来了肖宗镜就无法脱身了。而公孙阔一旦被毒死，这笔账肯定要被算在他的头上，以公孙德对其子的溺爱程度，一怒之下诛杀皇差也不是不可能的事。

姜小乙心中涌出一股奇怪的冲动。

他叫住了肖宗镜：“大人。”

肖宗镜走到胡同口，回过头来。

姜小乙似乎也没想好要说什么，支吾了一会儿，道：“呃……正……正面交手颇有风险，不如我们直接从三楼窗子进吧。”

肖宗镜：“三楼？”

姜小乙道：“对，我们蒙上脸冲进去，您只要牵制住疯魔僧，三息之间小人定取公孙阔的狗命！咱们杀了人就跑，以你我的脚程，他们追不上的！”

肖宗镜又笑了：“小兄弟，你又忘了我是公人了。”

“就算按照本朝律例，公孙阔也是罪恶滔天，理当问斩！”

肖宗镜耐心地道：“想要问斩犯人，要有实证，更何况他是四品官员的亲眷，需要被押送回天京，由刑部审定，都察司参核，法寺审允，最后会奏皇上核准。没有真凭实据就定罪杀人，那叫滥用私刑。”

姜小乙惊呆了：“你还要带他去天京？”

“当然。”

姜小乙急得涨红了脸，道：“你带他去天京，那就是有真凭实据也定不了罪了。你自己就是当官的，难道不知道吗？到时就是白忙一场啊！”

这话把肖宗镜说得沉默良久才缓缓地道：“从早上到现在，就这句话说得最为真情实意。”言罢，他苦笑着摇头，“惭愧啊。”

姜小乙：“大人！”

肖宗镜止住他的话，缓缓说道：“小兄弟，我杀公孙阔如探囊取物，易如反掌，但那不过是泄愤之举。在下来此，是为了让公孙阔认罪伏法，以儆效尤。”他停顿片刻，语气稍重了些，“你说你来找我，是想为敏娘一家人讨个公道。在下就在此向你立誓，一定给你这个公道。”

随后，他朝姜小乙郑重抱拳，肃然道：“小兄弟，多谢相助了！”

说完，他头也不回地走向采金楼。

采金楼内并不安静。

一楼大堂里坐着十几个侍卫，拼了两张桌子，正在摇色子赌钱，喊声此起彼伏。

这些人都是公孙阔的贴身随从，在齐州骄纵惯了，深信公孙太守的实力，并不担忧所谓的“皇差”。

他们玩儿得肆无忌惮，毫无畏惧。而从楼上时不时传出的女人的媚叫声来看，他们的主子公孙阔也正热闹着。

整栋楼里，只有三个人是安静的，便是那三位疯魔僧——空慧、空戒、空定。他们如同姜小乙预料的那样，分别防备于大堂中央、上楼的廊道和花魁的闺房口。

疯魔僧们手持念珠席地而坐，闭目参佛。他们看起来与这环境格格不入，而公孙阔的随从们也确实从不理睬他们，都已经习惯了这三个怪人。

忽然，有人叩响大门。

恰好一个随从路过门口，顺便开了门，见一个男子站在门外，一袭黑衣，身材高大，仪态挺拔，神色倒是十分和善。

随从问道：“你是什么人？干什么的？”

男子笑道：“这里不方便说话，我们还是进去说吧。”

“哎，谁让你进了？滚出去！”随从想推开男子，但男子的手先一步伸向他的胸口——还没擦到边，随从已经摔进门内。

男子进了楼，反手将门关好。

“哎哟！”那随从在地上滚了两圈，骂骂咧咧地爬起来，再次扑向男子。男子微一侧身，伸手再次探向随从的胸膛。男子出手并不快，也看不出使了多大力气，甚至好像碰都没有碰到人，可随从又一次被摔飞了出去。

屋里的其他人看到这番景象，都惊疑非常。

“怎么回事？”

“闹鬼了？”

只有三位疯魔僧没有吭声，安安静静地看着这一幕。

这男子正是肖宗镜。

其他随从相互看了看，推开牌桌，抽出刀子冲向了他。肖宗镜步伐灵活，也不出重手，就是像刚刚那样，用手掌轻轻探向这些随从的胸口，他们便一个接一个地摔了出去。

几个眨眼的工夫，十几个人已经全部倒在地上，叫苦不迭。

“闹鬼了……真闹鬼了！”他们冲疯魔僧们喊道：“你们还愣着干什么？起来啊！”

空慧：“这不是闹鬼。”

随从嚷道：“怎么不是闹鬼？他一伸手我们就飞出去了！他分明会妖术！”

空慧：“你们是被他打飞的，只是你们自己看不出来而已。”

三楼房间内的公孙阔听到楼下的喧闹声，喊道：“怎么回事？！出什么事了？！”

随从们应声道：“公子别急！不小心进来个杂碎，小的们这就将他赶出去！”随后他们对那三名疯魔僧说道：“不管他是人是鬼，快点儿将他弄出去！”

空慧看着黑衣男子，缓缓说道：“贫僧曾听闻，寸劲儿功夫练到家，发力距离奇短无比，境界高深之人甚至可做到沾衣发劲，出手快到肉眼无法察觉，今日算是开眼界了。”

肖宗镜：“雕虫小技而已。”

空慧：“阁下是何人，来此何事？”

肖宗镜伸手指了指三楼，道：“在下自天京城来，奉命将他缉拿归案。”

一个随从闻言一惊，道：“天京来的官员不都在衙门里吗？你是怎么找来这里的？！”

肖宗镜道：“我怎么找来的你不用管，今日我要带走公孙阔。”

随从们听了这话，顿时慌张起来，想要上楼去给公孙阔报信。空戒站在楼梯中央，将他们都拦住了。

一个随从骂道：“臭和尚，让开！”

空戒抡起降魔杖，四五个随从像是晾白菜一样被挂成一排甩下楼，惨叫声四起。离得最近的一名随从刚想骂人，空戒降魔杖落地，铿锵一声，震得他胸腔战栗，险些吐出一口血来。

空戒怒目而视：“谁也别想上楼！”

肖宗镜面色不改地道：“大师好大的火气。”

三楼的空定开口道："公孙阔你不能动。"

肖宗镜道："为何？"

空定道："没有缘由，此人你不能动。"

肖宗镜笑道："佛法不是说事事皆有因果，怎能没缘由呢？"

空定："阁下无须多问。我们可以放过你，你快些离开齐州吧，莫要以身犯险。"

肖宗镜："多谢大师仁慈，但在下职责所在，实在是走不得。"他于大堂内缓缓踱步，心中计算着日子，"说起来，三位大师来齐州保护公孙阔已有几个月了吧，也就是说敏娘一家的案子，三位也是见证人了。"

疯魔僧们并未言语。

"那在下就不得不再多问一句了，"至此，肖宗镜脸上的笑彻底消失，"你们三个是眼睁睁地看着他们被烧死的，还是亲手将他们一家四口葬送了？"

空戒闻言再蹾降魔杖，怒吼一声："大胆！"

这一杖下去楼板尽碎，他的吼声饱含至刚真气，楼下没有内力护持的随从们登时眼冒金星，仰面晕了过去。

"朝廷的走狗，也敢在此放肆？！"

"走狗？"肖宗镜冷笑道，"大师这话好生奇怪，若朝廷的人就是走狗，那各位大师也在为走狗卖命吧。"

"你——"空戒眼中燃起熊熊烈火，恨不得将肖宗镜剥皮抽筋。

"空戒。"空慧叫住了他，转首对肖宗镜道："阁下问这话是什么意思？我们看着又如何？做了又如何？"

肖宗镜："看的话，菩萨管；做的话，在下管。"

空慧嘴角慢慢勾出一个森然的笑："阁下好大的口气。"

他缓缓起身。随着他站起，三楼的空定也站了起来。三名疯魔僧手持降魔杖，如巍峨的山峦，将塔楼笼罩。

肖宗镜抬头："大师们坐禅坐够了？可参出什么佛理了？"

空定沉声道："我们师兄弟的救世之心，不是你一只天京的家犬可以置喙的。"

肖宗镜淡淡一笑，利落地翻起衣服的下摆："多说无益，动手吧。"

"你自找的！"空戒早已忍无可忍，抡起降魔杖从天而降，端是一招力劈华山！

这一杖气力盖世，若肖宗镜被打中定是骨烂如泥。而且此招暗藏乾坤，将空戒内力注入了降魔杖，气比杖长，如果敌人被其气势恫吓，后退躲避，定要遭殃，即便只被杖风擦个边，也必定皮开肉绽，血肉模糊。

没想到肖宗镜面对如此气势惊人的一招竟纹丝不动，在降魔杖降至距离头顶三寸之处时，突然向前探步——

一旁的空慧和空定将这一幕看在眼里，眼角微颤。

力劈华山最大的弱点，便是人将气力全部灌出，所以一旦被敌人近身，便有空门大开的危险。肖宗镜步法精妙，瞬息间就到了眼前，空戒心惊之余连忙变招，压低身形，一招判官脱靴攻向肖宗镜的下盘。

肖宗镜躲避杖风，向上一跃。

他跳得不高，双腿紧贴胸腔，便腾出了近七成的空间。

空戒紧追不舍，一翻手将杖上挑。他内力精深，杖头因真气流动隐隐发出低鸣声。肖宗镜感觉到自己的发丝受到气力波动的影响，向外奓开。他盯着长杖走向，看出对方想将自己挑飞，在空中卸了力气，再下杀手。

他双脚一前一后地向下伸出。

空戒没想到肖宗镜竟然主动迎招，正合了自己的意，顺势扎稳下盘，要来个正面相碰。

然而就在肖宗镜脚尖踩上杖头的一瞬，空戒顿感力重千钧，别说将人挑飞，就连兵器都险些脱手。他心下大怒，咬紧牙关再催内力，这往日里少说七八百斤的力道，此时就像是给肖宗镜垫脚一样，被他轻轻一踏，向后一翻便轻巧落地。

“原来如此。”肖宗镜道，“使的是少林疯魔棍，所以就叫疯魔僧。”

“少废话！吃你佛爷一棍！”空戒叫骂着再次攻了上去。

在他们交手的时候，空定翻身下楼，与空慧站在一起。

“师兄可看出他的武功路数？”空定问道。

空慧摇头。

肖宗镜使用的都是最基础的身法，翻转腾挪，交替错合。只不过他用得比常人更加游刃有余，没有一丝一毫多余的动作，甚至连起手的架势都没有，收枝拢叶，化繁就简。

空慧的目光越来越凶狠，他系紧头巾，沉声道：“此人日后必成大敌，杀了他！”

空定、空戒齐称“是”。

肖宗镜听到空慧的话，产生了那么一瞬间的疑惑——这似乎不像是一个保护公孙阔的人该说的话。

不由得他再想，空慧和空定加入了战局，三把降魔杖如狂风骤雨般向他袭来。

三个僧人配合默契，招式相辅相成。同样都是少林疯魔棍，空戒刚猛，空定阴狠，空慧变幻多端。三个人结成阵法，威力大增，攻势铺天盖地滚滚而来。

肖宗镜看出对方是不杀自己誓不罢休，也不敢怠慢，闪躲杖风，身法愈加敏捷。

佛门武功至刚至阳，只要被降魔杖擦到的地方，不管是桌椅、地面，还是墙板，全部碎得干干脆脆。一块飞起的木块擦着肖宗镜的脸边掠过，他一个鹞子翻身将将躲过，口中道：“这样下去可不行……”

他微一侧目，与距离最近的空戒对上了眼神。

空戒心中一惊，见肖宗镜的目光中流露出一瞬间的笑意，电光石火间对方猛地发力。空戒眼睑一抖，横杖抽身，可惜对方速度太快，手已探向他的腰间，一伸一缩，眨眼间又退了回去。

空戒摸不清肖宗镜的意图，心下困惑。

肖宗镜道：“借用。”

他刚说完，空戒感觉身上一松，低头看去，原来是自己的腰带已被肖宗镜解下来攥在手中。

第二章　大人，我愿跟你走

从肖宗镜进采金楼那一刻起，姜小乙就开始了内心的煎熬。

他紧紧攥着手里的钩吻散。按照计划，他此时应该去后厨下毒，可那双脚就是迈不出去。

他正犹豫之时，一个人从二楼房间里翻了出来。姜小乙认出那是公孙阔的一个侍卫，顿觉不妙，正准备追上去，对方已经骑上马逃走了。

那人必然是去报信了。

姜小乙思忖道：此人逃得如此仓皇急切，至少说明疯魔僧没有立刻拿住肖宗镜，他们应该还在纠缠。

姜小乙望了望采金楼，又望了望那侍卫逃去的方向。明明是秋天，他的额头上竟冒出些许薄汗来。他乱七八糟地想了一大圈，最后脑子里只剩下肖宗镜诚恳地向他道谢的模样。

鬼使神差地，他把药又塞回了腰带里。

采金楼的香房内，公孙阔终于意识到事情有些不对劲了。

他从巧琼身上下来，光着屁股来到门口，推了道小缝往外看。

只见楼下三名僧人降魔宝杖在手，疾风骤雨般攻向一名黑衣男子。长杖轰鸣，佛力沛然，整座大堂金光四射，晃得公孙阔细小的三角眼几乎睁不开，浑身肥肉与之共颤。

而那男子手里只有一条五尺长的腰带。腰带本是布做的，按理来说应绵软无力，但在这男子手中却猎猎生风，抽打之下，竟发出穿云裂石、震耳欲聋的声响。整座采金阁在这四人眼花缭乱的对决中如风中危楼，摇摇欲坠。

这一切都远远超出了公孙阔的认知，他关上门，颤颤巍巍地披上了衣服。

床上的花妓巧琼也害怕起来，扶着床边道：“爷，出什么事了？”

公孙阔慌张道："我……我……我得走了！你……你……你可帮我拦着点儿！"

巧琼哭丧着脸道："爷要奴家怎么拦啊？！而且爷，你要如何走？这可是三楼啊！"

公孙阔本也没有想好该怎么逃，但知道绝不能继续在这里待下去了。这时楼下又传来一声巨响，公孙阔被吓得满头冷汗"哗哗"地流："不成了，不成了！我得赶紧走了！"

他情急之下跑到窗户边，一推窗，忽然听到一声——

"哎！"

姜小乙刚爬到这里，险些被窗子给扇下去。

公孙阔完全没料到窗外有人，战栗地问道："什么人？！"

姜小乙冷笑一声，道："索你命的阎王！"

他一脚将公孙阔踹回屋里！公孙阔受到巨大惊吓，脑袋一磕地，人就晕过去了。

巧琼吓得花容失色，就要放声大叫，姜小乙手脚麻利地在她吸气之时便一记手刀将其砍倒。

姜小乙蹲到公孙阔身旁，看着他横肉丛生的脸，心中不可避免地生出浓浓的厌恶感。

这么好的机会，他当真不杀？

自己帮肖宗镜把这人弄去天京受审？此举不仅要冒风险，而且他与达七约定的时间也绝对来不及了，一百两金子的报酬很可能也要打水漂了。那自己辛辛苦苦跟达七那个臭得令人发指的烟鬼躲在破茅屋里两个多月，到底图什么？

在他犹豫之时，楼下的肖宗镜与三位疯魔僧战得正酣。

空戒一杖袭来，肖宗镜用腰带借力一抽，将其拨到另一侧的空定面前。一旁的空慧见状，插手阻拦。三根降魔杖相撞的一瞬，碰撞出响彻云霄的金石之音。

刹那间，好像有人敲响了佛国的金钟，洪亮声音响起，透彻心灵，姜小乙浑身一震，冷汗淋淋，脑中一切杂念荡然无存。

"算了！"他低声道，"一百两金子而已，下次再赚就好了！"

姜小乙下定决心，起身环视周围。屋子角落里有个上锁的大箱子，他走过去，从发髻里抽出一根细铁柄，在锁头上稍稍鼓捣了一下，锁便被打开了。

箱子里装的都是巧琼的衣服，箱子很大，富余颇多，姜小乙把公孙阔拖过来塞进了箱内，从怀中取出一个小瓶，倒出一粒药放到他嘴里。

姜小乙道："这药会让你昏迷三日。看你这一身肥膘，大概也不至于被饿死。"

谨慎起见，他给巧琼也喂了一颗药。这或许不是最好的办法，但时间紧迫，他唯有先这样处理了。

锁好箱子，姜小乙回到屋子中央，闭目凝神，深吸一口气，静心神咒于脑中一闪而过。

“太上台星，应变无停，驱邪缚魅，保命护身！”

清除杂念后，姜小乙运起心法，猛睁开眼——血红双瞳中，周遭一切事物瞬间变得模糊不清。漫天风雪夹杂着鲜血和利刃的气味，一名女童的游魂浮现在晨间的血雾中，直直看向自己。

姜小乙在她的注视下，身体迅速发生变化，骨架变小，五官移位，喉结消失，最后竟变成了一名十七八岁女子的模样。

看来达七果然没有猜错，姜小乙的确是个女人。

少女容貌眨眼即逝，姜小乙右手一变，掐起紫微招神大印，借受胎化易形之术，面容再次模糊，发丝无风自扬。她生吞一口长气，屏住呼吸，催动此气随气脉游走全身，关节松动，骨轻如烟，以心法催动气息再次移位，堆出粗大的手脚、肥头圆耳、满是横肉的肚子、细小的倒三角眼，正是公孙阔的样貌……

就在姜小乙在屋内运功之时，楼下的决斗已至白热化阶段。

那一声洪钟响声不止敲醒了姜小乙，也让三位疯魔僧内心剧震。

空慧不禁赞叹道：“阁下好功夫！”

肖宗镜：“大师也不差。”

空慧又道：“若非内心清明，断敲不出此声，若阁下遁入空门潜心修佛，或可证得阿罗汉果。”

肖宗镜笑了：“大师未免也太看得起在下了。”

空慧接着道：“但若阁下执意为朝廷效力，逆天而行，必将遭受苦难折磨，被束缚失去自由，永世不得解脱。”

肖宗镜神容不改，只是笑容淡了点儿，低声道：“苦难折磨……”

屋外传来马蹄惊扰之声，众多人马将采金楼团团围住。肖宗镜后退两步，原地站定，双手拉直腰带，也像握着一把降魔杖般横在身前，霍然沉喝：“何足道哉！”

话音甫落，他周身倏地腾起一股浩然真气！

疯魔僧们没想到他战了许久，竟还有如此余力，不由得大吃一惊。他们也意识到这恐怕是他的最后一击，纷纷提气凝神。三人心有灵犀，决定先下手为强。空慧爆喝一声，三把金刚降魔杖顿时朝着肖宗镜的头上劈去！

一把力劈华山可近身克制，但三把降魔杖把所有路线都封堵住了，肖宗镜进无可进，退无可退。他双脚扎稳，举起腰带置于头顶。空戒见状大喜，深知不论肖宗镜的内功有多精深，一条布带无论如何也不可能接住三把降魔杖，杖上真气定会将腰带撕裂，进而敲烂肖宗镜的脑袋。

眼看降魔杖就要接触到腰带，空戒不由得大叫一声：“着！”

然而刹那间，原本赫然而立的肖宗镜忽然松懈了，手中绷得直直的腰带也软了一点儿，中间落了一道小小的弧线。此等高手对决，招式来往何等精妙，即便是这不到一寸的长度，仍然让三人感到杖头一空，手下力气被卸掉了半分。疯魔僧们心道一句不好，可覆水难收，肖宗镜抓准时机，再次弹直布带。

他巧妙地将四人的力道在头顶融合，再推送出去。所谓一力降十会，一巧破千斤，肖宗镜借力打力，将三把降魔杖全部弹飞了。

疯魔僧们不想松开兵器，身体便不由自主地向后仰去。他们急急回防，因为腰腹力量强悍，重新调整架势也不过用了一个眨眼的时间。

然而，就是这眨眼的瞬间，肖宗镜猫腰，右拳捏实，照着三人的小腹便是三拳出手!

这三下看起来就是最普通的短拳，是所有习武之人的入门拳法，只有中招的三人才能感受到其中的不同。

这迅捷的三记短拳，在离他们小腹还有半寸左右的时候，竟还有一个二次的加力，就如他刚进门时，对那些随从使出的招数一样。肖宗镜深知疯魔僧们有真气护体，普通的外家拳对他们来说不过隔靴搔痒，不起作用，只能选择用这样极限的寸劲儿把力打入他们的体内。

三位疯魔僧都听到了声音，不是通过耳朵，而是通过身体，犹如平野闷雷，亦如沉石落井。等他们回过神时，庞然之力已在体内蔓延开来，钝痛彻骨!

这其实算是肖宗镜第一次主动出击，至此，三位疯魔僧才彻底认清他们与肖宗镜之间的实力差距。肖宗镜那看似简单的招式里，蕴藏着对气力炉火纯青的掌控，和对战斗笃定泰山的自信，若非千锤百炼、身经百战，不可成之。

三个人颈上的挂珠被真气震开，金珠稀稀拉拉地散落一地，正好有三颗珠子滚落到肖宗镜面前。他弯腰捡起，以作留念。

肖宗镜绕过他们往楼上走去。

“站住……”空慧在三人中修为最强，挨了一拳还能说话，“为何不杀我们？”

肖宗镜最后那三拳，虽说威力惊人，但只是运用技巧打出了高超的寸劲儿，虽然疼到了家，但说到底只是皮肉伤。

空慧：“以阁下的功力，若想下杀手，我们师兄弟的内脏怕是早已被捣成烂泥了吧。”

肖宗镜：“敏娘一家人，是你们杀害的吗？”

空慧顿了顿，道：“不是。”

肖宗镜点了点头：“我猜也不是。那你们就与在下此行无关了。”

他走到三楼时，空慧忽然问道：“敢问阁下尊姓大名？！”

“肖宗镜。”

“唯心为宗，万法如镜，阁下心识澄净更甚我等。”空慧搀扶起两个师弟，对肖宗镜道，“真希望有朝一日天下太平，我等还能有机会与阁下一同修佛论道。”

肖宗镜摇头：“俗人贱命，与此无缘。”

他来到花妓的房门口，抬脚一踹，反锁的房门轰然倒塌。

与此同时，采金楼的大门也被推开了，一群人手持兵器，乌泱泱地冲了进来。

屋内，肖宗镜与“公孙阔”大眼瞪小眼。

肖宗镜来得实在太快了，姜小乙还没想好要怎么处理。

现在她就告诉他实情?

不行，她用余光便能看到从楼梯上来的官兵，现在说肯定来不及了。

她还是伺机而动吧。

姜小乙猛吸一口气，仿照着公孙阔的性格朝屋外大声呼救：“来人！快来人啊！救命啊！”

官兵听到她的呼救声，加快脚步，将房间包围了起来。

肖宗镜眼神偏移，姜小乙顺着他的视线看过去，发现他看的是晕在床上的巧琼。她心道：糟糕，如果肖宗镜把巧琼弄醒了，搞不好会再生状况。

想到这里，她披上衣服就往外冲：“我爹呢？！我爹来了没有？！”

见她要跑，肖宗镜果然动作了，右脚下了个绊子——姜小乙为求逼真，硬生生摔了个狗啃泥。虽然她易容成了公孙阔，但身体还是自己的，疼是真疼。

“哎哟！可摔死我了！”

肖宗镜把她拎了起来。

为了易容成公孙阔，姜小乙特地采用了吞气压重的办法，少说也坠了两百来斤的分量，可肖宗镜单手提着她就跟拎起一筐鸡蛋差不多。起身后，他的手顺势搭在她的后颈上，她浑身一麻，就不敢动了。

“公孙少爷，劳驾走一遭了。”

姜小乙就这么被他挟持下了楼。

她悄悄瞥了一眼，发现肖宗镜的脸色不太好。

来的这些人都穿着寻常百姓的衣服，但从他们的行动举止和持有的兵器来看，很明显他们不是普通老百姓，也不是官府衙役，而是士兵。

两个人来到采金楼外，黑压压的人群已经将门口团团围住，打头的有三个黑脸汉子，身着常服，骑着高头大马，正不怀好意地看着他们。

姜小乙认识这三个人。她和达七在齐州两个月，把他们的底细摸得都差不多了。

这三个人都是齐州驻军军官。

人群中停着一辆轿子，上面下来一个人，正是公孙德。

姜小乙见了他，马上撕心裂肺地喊了声：“爹——”

“阔儿！”公孙德见儿子被人拿住，心急火燎，指着肖宗镜大怒道：“何方贼人？！胆敢在此闹事！还不快快放了阔儿！”

肖宗镜冷笑一声，道：“公孙大人，你既叫了这么多人前来助阵，想来报信之人应该已经告诉你我来自何方了。”

公孙德沉着脸道："老夫不管你是谁，马上放了阔儿。"

"查清令郎的案子之前，不能放人。"

"我儿清白，天地可鉴！"

打头的那位骑马大汉手持马鞭，凌空一抽："废什么话？你到底放不放人？！"

肖宗镜看向他："你又是何人？"

那人狂傲道："爷爷是谁不用你管，你只管放人。你既然来了齐州，就得按齐州的规矩办事。你放心，只要你放人，我们绝对不为难你。不管你来办什么案子，我们都能让你跟上面有个交代，你可别敬酒不吃吃罚酒！"

肖宗镜脸色阴沉。

姜小乙冲那人喊道："王千户！快救我！"

王千户心中大骂，亏他们特地换了衣服前来帮忙，这公孙阔竟然不打自招，当真是头蠢猪。

"原来是位千户。"肖宗镜看向另外两个骑在马上的人："那想必这二位也是驻军将领了。"

他环顾四周，目测来了两百多名士兵，外围还有五六十个衙役，最后是一些围观百姓，挤在角落里偷偷看热闹。

王千户破罐子破摔，仰脖道："废话少说！识相的就快放人！"

肖宗镜："兵部调令在哪儿？"

王千户："什么？"

肖宗镜道："要动百人以上的军队，须有兵部调令，这王千户不会不知道吧？"

他说话声音并不高，可字字清晰，满满风雨欲来之感。姜小乙听得心里打战，尤其现在肖宗镜的手还放在她的后颈上——这可是个极度危险的位置。万一王千户不长眼睛惹急了肖宗镜，肖宗镜一怒之下来个先斩后奏，就地撕票，那她可怎么办呢？

王千户闻言大笑："调令？爷爷还没要看你的调令呢！"

肖宗镜从怀里取出一纸文书，两指一夹飞给对方。

王千户伸手去接，没想到这文书快如柳刀，手没捏紧，虎口一凉，竟被割了个半寸长的口子。

"哎呀！"他捂住受伤的手，怒火中烧，看也不看文书就给撕了，"调令是假的！爷爷看你就是冒充朝廷官员的反贼！挟持太守家的公子，以图作乱！"他朝着周围看热闹的百姓喊道："最近齐州不太平，混进来不少图谋不轨的乱军分子！为了大家的安危，谁在齐州闹事，老子就治谁！"

肖宗镜看着被扔在地上的破碎文书，沉声道："你好大的胆子。"

王千户没听清："什么？"

肖宗镜爆喝："我说你好大的胆子！"

平地起惊雷，他这一声怒吼威力远胜于空戒，在场众人无不听得心神俱裂。马匹也受到了惊吓，惊恐嘶鸣，直接将王千户掀了下去。

姜小乙离得最近，肖宗镜运气之时就已觉不妙，下意识地运功护体。但她远远低估了肖宗镜的内力——他吼完这一嗓子，她顿时觉得两耳发胀，眼冒金星，喉咙一腥，一口血就吐了出去。

公孙德亲见爱子受创，心痛难当，一时间什么都不顾了。

“杀了他！快给我杀了他！这一定是反贼！真正的朝廷官员现在都在衙门里！绝不能让贼子趁乱冒充，为祸齐州！”

王千户从地上爬起来，高声道：“来人！”

肖宗镜唇边笑出两道浅浅的纹路，左手攥紧姜小乙，右手从地上一个被他吼晕了的士兵怀里抽出一把刀。

他抽刀的速度很慢很慢，却稳得不像话，铁石之声似被无限放大，众人不由自主地屏气凝神，直到他刀尖离鞘，才重新喘息。

“公务在身，不容阻扰。”肖宗镜沉声道，“我不愿多生事端，但若有人执意妨碍，就别怪我刀下无情了。”

他说这话的时候一直看着王千户。他们相距三丈开外，可被那双眼睛一盯，王千户顿时感觉自己就像一只平原上的兔，被鹰隼瞄中，无处可逃。他很快又想到，以少敌多，对方很有可能要擒贼先擒王，连忙又退了几步。

眼见冲突一触即发，姜小乙生生把血咽了回去，拼尽全力喊道：“住手！快住手！”

公孙德：“阔儿！”

她冲公孙德道：“爹，别动手！孩儿就跟他去衙门走一趟！”

公孙德难以置信地道：“你说什么？！”

姜小乙扭头对肖宗镜道：“大人，你要审案，总得有真凭实据吧？”见肖宗镜冷眼审视着她，姜小乙又冲公孙德道：“爹！没有证据他不会拿我怎样的！”

公孙德：“可是……”

姜小乙捶胸顿足，痛哭流涕道：“现在动手，孩儿恐怕性命不保啊！”

公孙德其实也担忧，这肖宗镜看着绝非善类，若真动起手来，肖宗镜狗急跳墙取了公孙阔的性命，那可就糟了。

公孙德几番考量后，道：“好，那就先委屈你了！”他喊住王千户：“先放他们回衙门！在后面跟着！”他警告肖宗镜道：“既然你想查，老夫就让你查！但你要是没有证据，敢平白诬蔑我儿，老夫定不饶你！”

见士兵们放下了刀剑，姜小乙暗自松了口气，忽然感觉后背一凉，回过头，又见肖宗镜正盯着她，似乎在提防她有什么阴谋。

他冷冷地道：“你若真怕死，就别想着耍花招儿。”

姜小乙就这样被肖宗镜带回了衙门。

谢瑾和徐怀安正在衙门里与张铨周旋，见肖宗镜押着个人进来，吓了一跳。

“这……”

张铨比他们更震惊，瞪着姜小乙：“少爷？！”

谢瑾道：“少爷？这是公孙阔？你怎么会……？”

肖宗镜把姜小乙推给谢瑾，道：“看好他，人丢了拿你是问。怀安，跟我过来。”他把徐怀安叫到无人处，低声道：“要辛苦你一趟了。”

徐怀安一见肖宗镜的神色，就知他动过真怒，抱拳道：“但凭大人吩咐！”

肖宗镜道：“你去一趟抚州，那是敏娘和旬瀚的老家，他们的户籍落在那里，成亲是有婚书的。你尽量找，找不到的话，也寻些他们是夫妻的证据，找到后直接回天京复命。”

徐怀安虽疑惑这些消息是从哪里来的，但对肖宗镜的命令向来不多过问：“属下定不辱命！”

肖宗镜：“等一下你从后面出去，悄悄走。”

徐怀安：“是！”

肖宗镜回了大堂，见里里外外挤满了人。

公孙德见肖宗镜回来了，问道：“你打算何时审案？”

肖宗镜看了一圈，道：“这些人什么时候走，我就什么时候审。”

公孙德：“审案我们都须在场。”

肖宗镜：“不行。”

公孙德气不打一处来。无奈公孙阔被人家拿在手里，他也不敢轻举妄动。就在这时，一个随从跑进来，到公孙德耳边递了几句话。公孙德听完后，对肖宗镜道：“老夫可以不在，但老夫必须留个人在此处，以防有人滥用私刑，屈打成招！留一个人总可以吧？！”

肖宗镜点头：“可以。”

公孙德招手，一位师爷模样的文人站了出来。公孙德低声交代：“孙师爷，定要帮老夫照应着阔儿，若有不对，马上报信！”

最后，大堂里只剩下肖宗镜、谢瑾、姜小乙和公孙德留下的师爷四人。

这位孙师爷四十几岁的年纪，束发蓄须，手持折扇，大模大样地道：“那各位大人就开始审吧。”

肖宗镜头顶上挂着“明镜高悬”的牌匾，窝在椅子里不发一言，眼神像是在看姜小乙，又像是在透过她望向更远的所在。

他脑中思索的是，刚刚那个随从来传了什么话，竟让公孙德这么轻易就离开了。

最合理，也是他最不想听到的解释就是，刘行淞的人到了。能这么快到，说明此人脚程完全不逊于他们，必定是个高手。

肖宗镜在内心叹了口气，看着堂中站着的胖子。如今周遭都是眼睛，刘行淞若再派人来，就是雪上加霜，自己该如何将人送到天京呢？

肖宗镜在愁，姜小乙也在愁。

她该如何把那两个人支走，让自己与肖宗镜独处呢？

时不我待，姜小乙当机立断："大人，尿急！"

谢瑾道："你怎么那么多事？"

姜小乙感到被冤枉，说道："明明就这一件！"

孙师爷道："人有三急，这有什么奇怪的？我陪少爷去。"

肖宗镜自然不会让公孙阔离开自己的视线，起身道："就不劳先生大驾了。"

肖宗镜跟在姜小乙身后，走向后院的茅房，一路上都在思索押送公孙阔去天京的方法。来到便溺之所，臭气熏天，姜小乙仔细检查，此地并无他人。

她看了一圈，最后跟面无表情的肖宗镜对上眼神。

肖宗镜："等什么，要在下给少爷扶着吗？"

姜小乙脸上一红，低声道："大人，是我……"

"你？"

"对，我。"

肖宗镜眯起眼睛，似乎不解其意。

"大人，小的是姜小乙。"

"你说什么？！"

自打见面到现在，姜小乙终于在肖宗镜的脸上见到了诧异的神情。

肖宗镜："这是怎么回事？"

姜小乙："大人莫怪，这只是小的走江湖的小把戏而已。"

肖宗镜上下打量她，缓缓说道："这可不是什么小把戏吧……"

肖宗镜是名官差，少不了要与江湖贼寇打交道，自然也遇到过不少善于易容伪装之人，却从未见过如此神奇的功法。

他蓦然感叹："果然是江湖之大，无奇不有。"随即他又想到了什么，笑了一声，道，"怪不得，我就觉得有些不对，那花魁莫名晕在房内，你又心甘情愿地跟我走。最奇怪的是，你听我一声大狮子吼，竟然只吐了那么一点儿血。"

姜小乙苦笑道："大人可别提了，小的现在头还疼着。您不是说要带公孙阔回京受审吗？这一嗓子下去，他必定是重伤啊。"

肖宗镜道："我要的就是他身受重伤，只有我的内力才能化他体内的瘀血，他既贪生怕死，就不得不听从我的命令。"

姜小乙道："原来是这样，但这也只能牵制，万一公孙德找到高明大夫，公孙阔还是走不了。"

"没错。"肖宗镜脸色凝重，"我只是没想到，齐州已无法无天到如此地步，驻军没有调令竟敢擅自行动。千户长私自调兵数百人，只为维护一个作奸犯科的纨绔。"

姜小乙道："大人，现在不是说这个的时候，我们得抓紧时间。公孙阔就在……"

她在肖宗镜耳边说了一阵。

肖宗镜思考片刻，道："那你怎么办？"

姜小乙："大人放心，小人自有脱身的办法。"

肖宗镜沉吟片刻，摇头道："不行，这太危险了，刘行淞已经派了帮手来。"

姜小乙："刘行淞？"

此人她有所耳闻，乃永祥帝的贴身宦官，一个权倾朝野的阉人。

"他是公孙德在京的靠山。"肖宗镜道。

"原来如此。"姜小乙琢磨了一下，问道，"那他派来的人是谁呢？"

"不清楚，不过应该是密狱的高手。"

姜小乙心中一紧。

就算她再怎么不做京师的生意，但对"密狱"的大名还是听过不止一次的。这是天京最神秘的组织，也是朝廷的头号走狗，内部高手如云。在江湖人眼中，密狱臭名昭著，恶贯满盈，任何跟他们作对的人，轻者家财散尽，重者祸及全族，满门遭殃。他们眼线众多，势力遍布全国。旁人一旦被他们盯上，根本逃无可逃。

姜小乙为了谨慎起见，又问了一句："他们……来了几个人啊？"

肖宗镜道："还不知道，不过密狱的典狱长名叫戴王山，此人武艺高绝，又极为自负，若他亲自出马，必定不会叫太多帮手。"

姜小乙吃惊道："处理一个小小的公孙阔，需要密狱头目亲自出手吗？"

肖宗镜笑了，道："戴王山来，不会是因为公孙阔。刘行淞派他来，只是因为我来了。"

那你又是什么人？

不等姜小乙再问，后面传来脚步声。孙师爷觉得公孙阔这一泡尿撒得也太久了，怕出什么岔子，跟了过来。

"少爷！少爷！……您没事吧？！"

"没事！"

姜小乙推着肖宗镜往外走，心下一横，低声道："大人放心，不管是谁来，公孙德都会以公孙阔的安危为先，就请按小人说的做吧。"

回到大堂，肖宗镜开始讯问案情，还没说几句，姜小乙又开始耍赖皮，嚷嚷着饿了。

谢瑾怒上眉梢，一拍桌案："你有完没完？！"

孙师爷又开始摇扇子，道："哎，谢大人，我们少爷被折腾了这么久，腹中饥饿也是正常的事。更何况少爷本就是清白之身，只是为了配合诸位才委屈在此，吃口饭都不行？人都跟你们来了，你们还想怎样？"

谢瑾："案子没审完，不能吃饭！"

孙师爷讽刺道："那永远审不完，干脆饿死算了。果然是天京来的大人物，既不讲情，又不讲理。"

谢瑾拔出宝剑："你——"

孙师爷也不怕，站起身来："大人好大的官威，难道还想一剑捅了草民不成？这屋里究竟谁是官，谁是匪？！"

谢瑾怒火中烧，一双秀气的杏眼血丝密布。他自打加入侍卫营以来，从不以皇亲国戚的身份示人，他们此次来齐州也只称自己是普通刑部官员。可现下看见孙师爷这副阴阳怪气、冷嘲热讽的嘴脸，他着实生出一股想要亮明身份，或者干脆先斩后奏的冲动。

"你真以为我不敢杀你？！"

孙师爷大笑两声，捋了捋胡须："大人莫不是被草民激出了本来面目？哈！大人真想动手，那就来吧！又何必在此装模做样，大言欺人呢？"

谢瑾气得两眼冒金星，握剑的手都抖了起来。

这时他身后传来声音："放下剑。"

谢瑾咬牙："我——"

肖宗镜淡淡地说道："你现在杀他，就是授人以柄，到时回了天京，我们还有什么立场审讯公孙阔？"

谢瑾愤愤不平，但最终还是收回了宝剑。孙师爷斜眼盯着肖宗镜，冷冷地哼了一声。

肖宗镜对孙师爷道："先生请放心，我们绝不会做出出格之举。"随后他又对姜小乙道："只要你配合，你想吃什么都行。"

姜小乙："那我要吃八宝楼的菜！"

孙师爷道："少爷点得好！我这就去准备！衙门后面有房间，少爷稍事休息，咱们吃完饭再说！"

肖宗镜："可以。"

谢瑾觉得一切都变得匪夷所思起来。他亲眼看着肖宗镜给公孙阔选了间客房，还烧了水泡了壶茶。

谢瑾忍无可忍，把公孙阔锁在屋里，拉着肖宗镜出来。

"你是不是疯了？"

"什么？"

"我问你是不是疯了？！这案子还审不审了？他们明显是想拖延时间，你这都看不出来？"

"我稍后与你详说，你先去办一件事，甩开衙门的眼线，弄一辆马车，从南边出城，在距城南二里处等我。小心行事，切记不要被人跟踪。"

"马车？"谢瑾奇怪地问道，"你要马车做什么？现在所有人都盯着公孙阔，他们不会让你把他带走的！”

“我倒希望他们都盯着‘他’，你按我说的做就是了。”

谢瑾虽满腹疑虑，但知道现在问也白问，只得听命行事。

天色渐暗，此时太守府内的公孙德如热锅上的蚂蚁一般围着桌子转个不停。

在这张黄檀四仙桌上，正叠着两条长腿。

一名随从急匆匆地进了屋，禀告公孙德道：“大人，那个姓谢的从衙门后门出去了！”

公孙德：“出去了？去哪儿了？”

随从支吾道：“太快了，没跟上。”

公孙德一巴掌扇了过去：“废物！”

“哈哈哈！”有人在笑，正是那双腿的主人。

随从悄悄看了一眼，心说：自己的主子怎么说也是朝廷四品官员，这人竟然如此无礼，将腿搭在桌子上。

他视线向上，见此人一身黑底绣红的衣裳，身材魁梧，体格强健，挽着袖子，露出两条结实的小臂。再向上看，随从瞧见了那人的脸，三十岁左右，长眉入鬓，轮廓硬朗，眸如点漆，脸若刀削。

单看样貌，这应算是个英武的男子，但他气息阴鸷，周身流露着一股说不出的酷烈之气。任何人见了，都能感觉出来这是个嗜杀成性、残忍无常之人。

他说道：“谢瑾的武功虽远远不及肖宗镜，但想甩开你的人还是易如反掌。他很可能是去找什么证据了，那女人家里你们处理好了吗？”

随从道：“早弄干净了，养的狗都被烧成灰了！”

“专业。”那人笑道，“那就没什么可担心的了。”

公孙德急得满头大汗：“如何不担心？老夫只有这么一个儿子，绝对不能让他去天京受审！”

那人道：“大人无须担心，他们自己来去自如不成问题，但如果带上公孙少爷，绝不可能突破几百人的防备，肖宗镜又不是神仙。”

公孙德道：“可这样拖下去也不是办法，只要阔儿在他们手里，老夫就如坐针毡！戴典狱，你快想想办法啊！”

原来这人正是刘行淞手下的得力干将——密狱头领典狱长戴王山。

这时，又一个随从匆匆跑来报信。

“启禀大人，孙先生从八宝楼买了饭菜回来，他说……说……”

“说什么？！”

“孙先生说那新来的人审案好像并不认真，凡是他们提出的要求他都好商量，不过那个姓谢的就不一样了，气势汹汹，一副要追查到底的样子。”

“当真好商量？”

“是，孙先生说少爷死缠烂打，不让那新来的人在屋里看着他吃饭，那人还真出去了，说给少爷一个时辰的时间，吃完再审。”

公孙德转头问道：“戴典狱如何看？”

戴王山：“怪了。”

公孙德：“怎么怪了？”

戴王山没有多做解释，收回长腿，问那随从：“肖宗镜当真放你们少爷一个人在屋里？”

“是，那姓谢的走了不久后，他也出门了，说要去查些证据。大人，王千户的人马都围在衙门外，只要大人一声令下，他们就可以冲进去救出公孙少爷！”

公孙德大喜，道：“好机会！快，命令——”

“不对。”戴王山打断了他的话，站起身，思索道：“谁走肖宗镜也不可能走，你当真看到公孙阔还在房间里？”

“是，小的亲眼看见的，不过他们锁了房门，把孙师爷和少爷都关在了里面。”

“不对，”戴王山摇头，“还是不对。”

公孙德根本听不懂他的话，急切地问道：“有什么不对的？！事不宜迟，快些带回阔儿！那姓肖的武功高强，还请戴典狱贴身保护阔儿安全，等此事完结，老夫必有重谢！”

戴王山纹丝不动，笑道：“公孙大人莫急，以在下愚见，我还是先去找肖宗镜更稳妥一点儿。有我盯着他，他绝对无法带走公孙少爷。天京事务繁忙，肖宗镜待不了几天就得回去，这期间大人找好替死鬼，做好证据，将案子在此地了结，他们不能拿你们怎么样的。”

公孙德置若罔闻：“不妥，万一刚好你出去时他回来了可怎么办？阔儿岂不是又有危险？！我儿安危最重要，你快些前去，刘公公既然让你来帮老夫，那你就得听我的！”

戴王山听见这话，嘴角微不可见地一沉，又马上恢复如常，淡淡说道：“好吧，既然大人已经决定了，那就这么办吧。卑职这就去了。”

衙门内，姜小乙正在吃饭。

八宝楼是齐州最好的酒楼，一顿饭菜最少也要几十两银子，面对满桌的山珍海味，姜小乙不想浪费，埋下头来开始胡吃海塞。

孙师爷在旁边念叨，叮嘱“公孙阔”等一下不要乱说话。

“少爷不用担心，公孙大人自然会为少爷安排好一切，您只要——”

他话没说完，门口传来一声巨响，房门被踹开，阴风扑面而来！

姜小乙塞了满嘴的鱼肉，差点儿没被噎死：“嗯……嗯！”

孙师爷大惊失色，指着门口的黑影："什么人？！你是什么人？！"

戴王山伸手在孙师爷的头上一弹，孙师爷当场栽倒。

姜小乙捂着嘴："嗯——"

戴王山哈哈一笑，一掌拍在姜小乙的背上，一股狠戾的真气渗入姜小乙的体内，横冲直撞。姜小乙痛苦难耐，最后"哇"的一下，饭混着血一同被呕了出来。

下巴被人抬起，姜小乙看到了一双阴鸷的眼。

戴王山居高临下地笑着道："猪崽儿，爷爷来接你回家了。"

戴王山并没有自报家门，但姜小乙在打照面儿的瞬间就确认了，这一定就是密狱的首领。

姜小乙对戴王山的第一感觉是——凶险。

当然，她从肖宗镜身上也曾感受过凶险，不过那至少蒙着一层严于律己的表皮，戴王山则不然——此人太嚣张了，几乎就是在炫耀着自己的凶煞。

也不知那公孙德哪里开罪了他，让他见面就给"公孙阔"来了手狠的。

"哟，公孙少爷怎么吐血了？"这人还假惺惺地过来安慰，"在下只想帮少爷顺个气，没想到劲使大了点儿，哈哈！"

他这一掌算是极为收敛了，毕竟不能真的一巴掌把公孙阔拍死。如果是平日，这掌对姜小乙来说也不算什么——但恰巧今天她刚刚被肖宗镜的内力所伤，这口血就这么吐出来了，不过好在也阴错阳差地契合了公孙阔这肾虚气短的体质。

她暗地努力调和气息，脸上一副痛不欲生的样子，抬着小三角眼观察戴王山。

姜小乙行走江湖，吃的就是倒卖消息、穿针引线这口饭，所以从某种方面讲，戴王山对她来说还是很"值钱"的。

密狱是极有实力的组织，这些年来栽在他们手里的江湖人士不计其数，众人对其恨之入骨，无不盼望除之后快。但密狱又相当神秘，关于密狱的消息多是捕风捉影，风评传言为主，确切信息很少。就连他们的头目，也就是她面前的戴王山，知道他的真实姓名的人都屈指可数。

传闻密狱设在皇宫外城西南角的地下，共有十间大牢，所以江湖人士带着畏惧的心态给戴王山起了个绰号，叫"十殿阎罗"。

姜小乙估计，光是"戴王山"这个名字和他的外貌，差不多就值个百八十两银子了，如果能再套出他的武学师承，甚至栖身之所……那她在达七那里损失的钱岂不是全都能补回来了？

姜小乙抱着人为财死的想法，顶住巨大压力质问他道："你是谁？你是我爹派来的？"

戴王山没理她，坐到桌边，拈起一块茶糕放进嘴里嚼，吃完了端起酒壶将酒喝得精光。

"饭菜不错。"他评价道。

姜小乙心中附和道：确实不错。

戴王山暖了胃，懒洋洋地侧过头，姜小乙被他瞧得肩膀一紧。

“肖宗镜呢？”

“谁……谁……谁？”

戴王山冷笑道：“那个抓你回来的、稻草色的眼珠子、总是一脸奸笑的人。”

姜小乙对这个形容不太赞同，但还是老实回答了：“他留我在这里吃饭，说一个时辰后回来。”

“他去哪儿了？”

“我不知道。”

“你不知道？”

戴王山嘴角噙着笑，让人莫名胆寒。

“他怎放心留你一人在这里？”

“也……也不是一个人吧，不是还有孙师爷吗？”

戴王山缓缓摇头，满目怀疑，越靠越近，那双眼睛就像是地狱的勾魂使者一般，看得人背脊发麻。

“他就不怕有人来劫你？”他思索道，“难道他真有心放过你？猪崽儿，我且问你，那一家四口到底是不是你杀的？”

姜小乙颤巍巍地道：“我……我……”

她一时不知到底该不该说，“我”了半天，最后戴王山不屑地撇了撇嘴：“敢杀不敢认的孬货。罢了，我就先带你回去，不管肖宗镜有何打算，他总归要来找你的，到时再看他打什么算盘。”

离开衙门上了马车后，两个人面对面地坐着。

姜小乙心里计算着时间。

太守府在衙门北边，而采金楼在衙门南边。肖宗镜找到装有公孙阔的箱子，不出意外是要从南边出城，这么一来一回，以他的脚程，应该怎么也不会被追上。

她正想着，忽然瞥见戴王山冷笑的脸，心里一激灵，连忙抱了抱拳，道：“多谢大人相救……等回了太守府，我爹定会重谢的。”

戴王山幽幽地道：“公子似乎心事重重啊。”

姜小乙不好意思地道：“大人见笑了，今日发生太多事，在下着实受了点儿惊吓……”

她不禁暗想：此人的疑心好重。

姜小乙作势与戴王山闲聊，一来想转移他的注意力，二来也想趁机套套他的消息：“大人是从天京来的？”

“是。”

“不知大人要留几天？不如就由在下做东，大人在齐州好好休息几日吧。”

戴王山哼笑一声，道："你倒是心宽，别以为从衙门出来就万事大吉了，等肖宗镜回来，有你受的。"

姜小乙道："唉，我见过他也见过大人，在我看来，他的气势是远远不如大人的！只要有大人保护，在下定可逢凶化吉！"

所谓千穿万穿，马屁不穿，这番话听在戴王山耳中似乎颇为受用。

"你这猪崽儿也算有点儿眼光。"

"惭愧惭愧……"

"不过，"戴王山话锋一转，道，"我能保住你的前提是他想送你去天京受审。如果他改主意了，那就不好说了。"

姜小乙："改主意？"

戴王山："若他觉得审这案子太烦，决定宰了你了事，那可就说不准了。"

明知这是不可能的，姜小乙还是抖了抖。她发现戴王山说这些话时一直是笑着的，似乎很享受他人的恐惧。

"大人说笑了。"姜小乙擦了擦额头上的冷汗。

戴王山靠近她："告诉我，肖宗镜是怎么找到你的？"

姜小乙茫然地道："我……我不知道啊。"

戴王山声音低沉地道："你爹说你藏在妓院里，谢瑾和徐怀安都在衙门里，肖宗镜怎么可能这么快就查到你那里？这儿可是你们的地盘，难道他刚来一天就摸透了？他有那么神？"

姜小乙从他的语气里听出了微微的不屑，还有几分不服的意味。

姜小乙诚恳地说道："我是真的不知道！我躲得好好的，那凶神自己就找上门了！"

戴王山："妓院在哪儿？"

姜小乙惊了一下："大人问这做什么？"

戴王山的手搭在姜小乙的脖子上，他的手掌很大，指骨结实，掌面如同肖宗镜的一样粗糙，力道也同样恐怖。

"我再问你一次，那家妓院在哪儿？"

姜小乙心道：不妙，此人直觉惊人，似乎想亲自去采金楼查看。

她抓着戴王山的手恳求道："大人，您要去妓院也得等我回了家再去吧！"

戴王山眯起眼睛。

姜小乙开始耍赖，硬生生挤出几滴眼泪，哀号道："求求大人先送我回府吧！马上就到一个时辰了，姓肖的回衙门见不到我，肯定会来找我的，您有问题何不当面问他呢？"

这话似乎起到些作用，戴王山放开她，重新坐了回去。

不知不觉间，姜小乙的后背都湿透了。

两个人终于回到了太守府。

公孙德等在门口，见人从马车里下来，老泪纵横地扑了过去："阔儿！"

姜小乙迎面抱住这瘦弱老头儿，痛哭流涕："爹！"

两个人相扶着进入府内，后面黑压压地跟着一群人。

太守府规模宏大，后院亭台楼阁一应俱全。这其实不是姜小乙第一次踏入太守府——她过去两个月里一共来过三次，不过都是伪装成家丁走偏门，只有这次是大摇大摆地从正门进入。公孙德先是询问她有没有受伤，又吩咐下人准备好汤药和汤泉浴池，要为其净身祛灾。

姜小乙应下他的安排，装作大受惊吓的模样，尽量少说话，以免露出马脚。

她计划等一下趁着沐浴之时，换身行头走人。

她正这么想着，忽然感觉有人盯着自己，往门口看去，大堂外立着一个人。

戴王山抱着手臂，靠在走廊的立柱旁。他头顶上方吊着一盏灯笼，在血红的昏暗光线下，他的眉眼显得更为阴森。

不多时，一名侍女前来通报，说汤药池子已准备好了。

公孙德道："伺候少爷沐浴。"

姜小乙心想：得赶快离开这里，万一被那活阎王看穿，那可就死无葬身之地了。

她跟随侍女来到药池，这是个露天的汤泉池，蒸腾的水汽萦绕在假山周围，氤氲缥缈，花果香气沁人心脾。姜小乙前几次进府都没有到过这里，今日一见大开眼界。

"大人……大人您不能进来……"侍女们挤在门口想挡住戴王山。

可凭她们哪里拦得住？他拨开几个侍女，径直走到姜小乙面前。

"我给你半炷香的时间，出来我有话问你。"

说完，他拿走美酒小菜，到假山旁的亭子里独自享用。

姜小乙泡在汤泉里，旁边围了一圈伺候的侍女，又是喂水果，又是搓花瓣，可她的思绪杂乱，根本无心享受。

戴王山就在不远处喝着酒，还不时冲她笑一笑。

他笑得姜小乙头皮发麻，四肢无力。

她现在终于理解为何江湖人称他为"十殿阎罗"，当真是名副其实。

中途，戴王山饮多了酒，似乎有些醉意。姜小乙以如厕为由离开药池，准备跑路。不料她刚从池子里站起来，戴王山就来到了身前，快得无声无息。

"半炷香时间到了。"

"还……还没吧，我先去解个……"

"来吧，少爷。"

戴王山不愿再等，手抓住姜小乙的衣袍往上一带，就这么提着两百多斤的"肥肉"跃过了池子，将人推进凉亭。

侍女们惊慌失措："少爷！"

姜小乙踉踉跄跄地坐到石凳上，冲她们摆手："没事没事，你们都下去吧。"

她眼前忽然一黑，戴王山站到她面前，不等她摆出讨好的笑脸，戴王山的手轻轻盖在了她的脸上，动作柔情似水，宛若他们是一对相好的情人。

姜小乙只感觉毛骨悚然。

果然，下一瞬她脖颈剧痛，戴王山五指成爪，猛地去撕她的脸皮。

"啊！"姜小乙痛得惨叫，捂住火辣辣的左颊。

刚刚退到院子门口的侍女们又开始叫："少爷！"

姜小乙忍着剧痛吼道："都给我出去！"

待侍女们都退下了，姜小乙颤抖着道："大……大人这是何意啊？"

戴王山口中带着浓浓的酒气，缓缓说道："猪崽儿，你定有古怪。"他紧皱着眉头，上下审视姜小乙，自言自语般道，"也不是易容，到底是怎么回事？你当真是公孙阔？为何今夜多种行径都如此奇怪？……"

姜小乙听着他的喃喃低语，暗自心惊。她忽然想起下山游历之前，她的师父春园真人曾提醒她的话——

"虽然你这一身本事神乎其技，但强中更有强中手。若碰到真正的高人，心思之细腻、直觉之敏锐，往往超出常人想象，届时你难保不被看出破绽……"

只是自姜小乙踏入江湖三年有余，别说被识破了，就连被人怀疑的情况都不曾有过。时间一久，她也难免生出些自负的想法，觉得所谓的江湖豪杰们也不过如此而已。直到今日，她先后遇见肖宗镜和戴王山，才领会师父话中之意。

当然了，春园真人的提醒还有更为重要的后半段，只是现下形势危急，容不得她再往下想。

姜小乙又急又气，不由得感叹命运不公，就算自己真有些许轻慢之心，也不至于将这些"绝世高人"绑在一块儿往她身边送吧？

那肖宗镜人倒还好，而这位……

她瞧着面前端着一张阴森森的冷脸独自思索的戴王山，越看越烦躁，又不敢表露出来，只得在心里咬牙切齿地骂了一声：晦气！

不管戴王山如何怀疑，姜小乙就是死不承认。

"大人是不是醉了？我这就叫人来服侍大人休息。"

戴王山一把抓住她的手腕，将她带到身前。

"你沐浴之时就一直在暗中观察我。我故意装醉，闭目养神，你便要去小解，你想去哪儿呢？"

姜小乙："大人……"

她心想：自己易形之术或许没什么问题，可其他经验相较戴王山相差颇多。

现下被戴王山捏得浑身疼痛，姜小乙觉得自己快撑不住了。

也是她儿时经历奇特，才机缘巧合地习得胎化易形之术。这本是门极为复杂的术法，变化之人与原形体差别越大，化形时便越消耗真元，所以往常姜小乙都会选些干瘦或娇小的形象变化。而这公孙阔跟她的形体差别太大，本就有些勉强，她又先后挨了肖宗镜和戴王山的两下，此时体内真气紊乱，只能勉强控制。

戴王山："我在问你话，你想去哪儿？"

姜小乙手腕上的力量越来越强，他几乎要把她的骨头捏断了。而且戴王山有意以真气渡之，坏她的调息，姜小乙疼得满头冒汗，终于支撑不住，身体不受控制地开始泄气散形。眼看着骨架越来越小，肥肉越来越少，她不想再坐以待毙，运起内功，右手成掌，朝戴王山攻去！

这下还真叫她给拍着了。

这一掌她使出了浑身力量，拍在戴王山的气海之上——

无事发生。

她抬头，就见戴王山冲着她笑，眼里波光荡漾，那叫一个惊悚恐怖。

他阴森森地说道："我竟不知公孙少爷还会武功，不如咱们切磋一下可好？"

他左手攥着姜小乙的手腕未动，右手缓缓抬起，似乎想仿照姜小乙，也在她的气海上来一下。

随着抬手，戴王山的掌心前竟渐渐形成一个若有若无的黑色旋涡，发出低沉的嗡鸣声。姜小乙知道，这是因为真气聚集在一点，强烈震荡了她的脑骨，在她的颅内自发形成了声音。能让真气离体，戴王山已是万里挑一的武者，而离体后还能对其控制操纵，这一手功夫，放眼当今武林，可以说是屈指可数。

姜小乙来不及感慨戴王山的武功，只知道这一掌下来她必魂归故里。

在这千钧一发的时刻，她竟想起了达七，他那句"你可别为了那点儿恩情把自己也搭进去了"的话，如今看来，真是一语成谶。

姜小乙终于开始思考招供保命的可行性了，然而就在这时，脑中忽然飘过一缕冷风，茫茫然将一切思绪都吹走了。

眼前的景象莫名开始幻化，假山凉亭都不见了，取而代之的是冰冷的雪天、寂静的长街、破旧的小巷、满地的鲜血……耳边传来婴孩的哭叫声，姜小乙的意识一点点消失。在彻底失去知觉前，她喃喃地道了一句："这下可真是糟了……"

戴王山察觉变化，敏锐地眯起眼："这是怎么……？"

话刚出口，三道戾风忽从侧方袭来！因为速度太快，甚至带出了尖锐的哨子声。

戴王山瞳孔一缩，瞬间收掌，猛地向后跳去！

与此同时，三声脆响后，地面、石凳、桌子上分别裂开三道纹路。

戴王山落地，定睛一看，月光下砸进石头的竟是三颗金灿灿的佛珠。

姜小乙向后栽倒，有一双手扶住了她。

她的身体轮廓还在慢慢变化，脸颊逐渐收缩。肖宗镜系紧她身上的里衣，见温泉旁有侍女们准备的浴巾，抬起手，五指成爪隔空取物，将姜小乙的头也蒙上了。

他的意思很明显，就是不想让戴王山见其本来面目。

姜小乙已然晕了过去。

肖宗镜将她放至亭子的角落里，自己站到她身前，面向石桌另一旁的人。

戴王山这才“哟”了一声，像模像样地拱手道：“这不是肖大人吗？卑职见过肖大人。”

肖宗镜：“戴典狱。”

其实若真论官阶，戴王山乃从四品，肖宗镜则是正五品，这是实打实地官压半级——但戴王山的这句“卑职”也不算是自谦。天京城的官员都知道，侍卫营的官不大，肖宗镜拉到外面也不过跟门口的王千户官阶差不多。可他与安王一家，还有永祥帝的关系都非比寻常，没人愿意招惹他。连杨严和刘行淞都不得不卖他三分薄面，更别说是戴王山了。

两个人皮笑肉不笑地相互打了招呼。

戴王山笑道：“我就说此事怎么如此古怪，原来是这样，好一招狸猫换太子。”

他看着肖宗镜身后那一小团身影，如今姜小乙已完全变回原貌，体形与之前的“公孙阔”相差甚远。

他意味深长地道：“恭喜肖大人啊。”

肖宗镜：“何喜之有？”

戴王山：“当然是侍卫营再添能人，也不知肖大人都是打哪里找来的这些奇人异士，真让人羡慕。”

肖宗镜：“你既知这是我的人，还下如此重手？”

场面陷入静默之中。

“这不是刚知道嘛。”戴王山无奈地道，“肖大人要是早点儿告诉我，哪儿能有这种误会？在下也是受刘公公之令来此地协助查案，为民申冤的，咱们之间得互通有无啊。”

肖宗镜道：“这案子就不劳刘公公费心了，公孙阔已经被押送进京。戴典狱要是实在挂念，回到京城，过堂之时可前来一观。”

戴王山眼角微微一抽，不再言语。

这时，公孙德得到侍女们的报信，带着护院、家丁匆匆赶来。一见肖宗镜，他大惊失色：“你怎么在这儿？！”他到处寻找公孙阔：“阔儿呢？阔儿在哪儿？”他找了一圈，视线落在肖宗镜身后那一团物体上：“这究竟是怎么回事？！戴典狱！阔儿现在何处？！”

戴王山知道已经错失良机，不可能再找回公孙阔了，对此事顿失兴致。他散漫地靠在凉亭上，讽刺地道：“想来令郎此时应该在哪里享受着骏马飞驰的快乐吧。”

公孙德气得脸红脖子粗，盯着肖宗镜恶狠狠地道：“老夫就这么一个儿子，若是有个好歹，老夫活着也没什么意思了！来人！”

家丁们纷纷上前。

公孙德指着肖宗镜道：“给我拿下他！”

戴王山微微仰首，眼神往旁边瞄了瞄。

肖宗镜警告道：“公孙德，你莫要一错再错。”

公孙德道：“老夫不管对错！你若不将阔儿还回来，老夫定叫你后悔来世一遭！”

肖宗镜气极反笑，道：“大言不惭的老匹夫，能叫在下后悔今生的人或许有，但绝不是你！”

话音未落，他压低身体，忽然发力，一招兔子抽身，以迅雷不及掩耳之势掠出凉亭！

公孙德的家丁们哪里见过这种身法，还没回过神，肖宗镜已停至公孙德面前，出指如电地封住他的几处大穴。

此时，所有人的注意力都集中在公孙德和肖宗镜身上，唯有戴王山的视线落在那团被蒙起来的身影上。

肖宗镜将公孙德扛起，忽然察觉到什么，猛地回头，爆喝一声：“戴王山！”

戴王山已闪身至姜小乙身前，一把扯下她头顶的浴巾。

浴巾下的女孩儿年纪很小，身体清瘦，眉细而长，唇薄而淡，嘴角微微下耷，闭着眼睛靠在石柱上像是睡着了。

戴王山森然道：“好，我记下你了。”

言罢，他将浴巾重新盖了上去，在肖宗镜落地之前退回了原位。

肖宗镜沉声道：“戴王山。”

戴王山摊开手，笑道：“好奇而已，绝无他意，肖大人见谅。”

家丁们这才反应过来公孙德被肖宗镜给绑了。

“老爷！老爷！快救老爷！”

肖宗镜右肩扛着公孙德，左臂裹起姜小乙，一跃上了高墙。他离开前最后看了戴王山一眼，目光带着浓浓的警告意味。戴王山背靠石亭，两腿交叠，冲他抱了抱拳，懒懒地说道：“肖大人请一路走好。”

天色已晚，太守府外灯火通明，百十支火把在夜风中摇曳。

肖宗镜一出来就被王千户的人马团团包围住。

“大胆！”王千户扬起马鞭，“还敢说自己不是反贼！竟敢挟持朝廷命官，还不快快放下公孙大人，束手就擒！”

肖宗镜的手卡在公孙德的脖子上：“让开。”

王千户道：“杀害朝廷四品官员可是要被灭三族的！”

肖宗镜闻若未闻，挟着公孙德向前走着，沿途持刀的士兵们怕误伤了公孙德，纷纷退后。

王千户看他镇定自若的样子，自己心里也有点儿犯嘀咕。

肖宗镜就这样走到他的马前："下马！"

王千户没动。

肖宗镜看着他，冷冷地道："公孙阔的案子究竟如何，你心里清楚。而我到底是反贼还是官差，你更清楚。我此行只为缉拿公孙阔回京，不想节外生枝，若你执意拦路，那么一切后果就要由你来承担了。"

王千户看了看公孙德，心中默默权衡轻重。

肖宗镜手上一用力，公孙德疼痛难忍，发出痛苦的叫声。肖宗镜沉声道："让他下马！"

公孙德浑身冒汗，艰难地发问："我儿到底在何处？"

肖宗镜道："我说了，公孙阔已被押送入京。公孙大人，我的人若见不到我，令郎怕是连受审的机会也没了。"

肖宗镜盯着官兵手中明晃晃的长刀，蓦然笑了。他稍低下头，在公孙德耳旁轻声道："还有一事，你且听好，今日若相拼，绝不会是鱼死网破之结果。我必将逃出生天，而你等必将人头落地。你若不信，大可一试。"

他语气之笃定，听得公孙德又怒又怕。公孙德斜过眼，刚好看见几抹凶狠甚至兴奋的冷光从肖宗镜的眼中闪过。公孙德心中越发悲愤。他自己倒不怕死，但不敢拿公孙阔的性命做赌注。他心想：与其在此跟这瘟神硬耗，不如早点儿派人进京给刘公公递话，或许还有一线生机。

想到这里，公孙德咬牙道："王千户，下马！"

王千户心中也不想与皇差正面冲突，公孙德的命令正合他意。他一抽鞭子，让出马匹。

肖宗镜骑上马，带着两个人出城，后面的两百多号官兵只远远观望。

离了齐州城，肖宗镜将公孙德放下，解开了穴道。

公孙德"扑通"一下扑倒在地，做最后争取："大人！阔儿是老夫的独子，老夫的爱妻临终时嘱咐老夫伴其平安长大！可惜老夫教子无方，让他犯下大错！老夫还对大人无礼，这都是老夫糊涂！老夫愿随大人去天京受审！"

肖宗镜一语不发，骑在马上看着他。此时的公孙德再无丝毫跋扈之意，无非只是个老泪纵横、替子求情的可怜父亲而已。

公孙德祈求道："老夫愿奉上全部家产，换阔儿一条生路！大人，求求大人开开恩吧！让老夫替他去天京吧！"

肖宗镜攥紧缰绳，静了许久，咬紧牙关道："公孙大人若能将此爱子之心让出三分给齐州百姓，又何至于今日这样？！"

说完，他俩脚一夹脚下的马匹，头也不回地走了。

为防追兵，肖宗镜离了齐州城一路策马狂奔，进了山，入了小道才放缓速度。

过一道浅溪时，肖宗镜纵马跳跃。

马落地时姜小乙的身子向旁一滑，肖宗镜赶忙扶稳。

“竟差点儿忘了还有你。”

他扯住缰绳，拉开蒙得严严实实的浴巾。

见姜小乙仰面于月光之下，肖宗镜微微一愣。

其实刚才在太守府内，他已有所察觉。但当时他一心突围，脑子里想的都是案子的事，并没太在意，此时再看，果真如此。

他笑了笑，道：“原来不是‘小兄弟’，恕在下唐突了。”

他话音刚落，姜小乙忽然动了动，像是醒了。

毕竟男女有别，肖宗镜放开手准备下马，却忽然发现姜小乙的表情有些不对。

她目光似痴似傻，神色也极为呆滞。

“小乙？”他叫她的名字，却无回应。肖宗镜扶住她的胳膊，手搭在她的脉搏上，低声道：“我虽不知你修炼的是何功法，但气聚而形成、气散而形亡的道理该是互通的。你此时真气混乱，我来助你清心调气，你——”

他话没说完，姜小乙的眼神忽然定在他的身上，她惊呼道：“是你！”

肖宗镜愣了愣：“什么？”

姜小乙：“我找你很久了！”

肖宗镜不明所以：“你在说什么？找我？”

姜小乙：“还给我。”

肖宗镜只当她在犯癔症，口中安慰道：“好，我还给你，你且先静下心，让我帮你稳住元神。”

谁知姜小乙忽然扑了上去。

“哎！”肖宗镜不想伤她，并未设防，就这么被她推下了马。

他倒在地上，姜小乙抓着他的胸口，一脸凶恶地道：“快还给我！”

肖宗镜眉头微蹙，缓缓抬起右手成剑指，点在姜小乙的眉心上，沉声道：“虚心定性，抱元守一，你仔细看清我是谁。”

清凉之气顺着印堂流淌周身，姜小乙神色和语气逐渐趋于平缓，却还是定定地看着他：“没错，就是你。”

这终是位妙龄少女，现下披头散发、衣冠不整地坐在自己身上，饶是肖宗镜再通情豁达、不拘小节，也难免有些不自在。

“你……”

他刚要说什么，姜小乙忽然道：“你长大了。”

肖宗镜一顿。姜小乙又道：“原来已经过去这么多年了。”她转头看看那匹马，再望望齐州城的方向，最后目光重新回到肖宗镜的脸上，道，“可你一点儿都没变。”

两个人四目相对，肖宗镜不禁一怔。一方面，他觉得姜小乙似是真气偏差，走火入魔；另一方面，他又觉得她不像是全然胡言乱语。她看着他的双眸蒙眬，似幻似真，还藏着一抹肃然。片刻后，一阵山风刮过，吹散了云朵，星月之光落在肖宗镜的脸上，他蓦然偏开眼，道：“胡闹，还不快起来。”

姜小乙仍不动弹。正当肖宗镜准备自行起身时，姜小乙前额微垂，眼睛一闭，竟又一头栽倒在他身上昏了过去。

肖宗镜扶着姜小乙坐起，为她渡气稳神后，将她安置在一旁休息。

姜小乙清醒时，肖宗镜正蹲在小河边装水袋。

她不知不觉又变成之前的小厮模样，抓抓脑袋，只模糊记得最后肖宗镜赶来太守府救她的画面。

“大人……”

肖宗镜回头，道：“你醒了？”

“是。”姜小乙低头理衣服。公孙阔的衣裳对她来说过于肥大，都裹了两圈了还拖着地。她探头问道：“大人，您带刀子了吗？”

肖宗镜：“我身上没带兵器，过来。”

姜小乙走过去，肖宗镜在她的衣尾处一撕，开了几个口子。姜小乙“唰唰”几下把衣服裁开，扎紧手脚，做了件简单的短打。

肖宗镜装满水袋，放到一边，弯下腰掬水洗脸。

山很深，夜也很深，冰凉的山谷中，只有小河流淌的声音。

姜小乙站了一会儿，觉得有点儿冷，搓了搓双手，小心地开口道：“那个……大人，刚刚我没怎样吧？”

肖宗镜回头，道：“难道你都不记得了？”

姜小乙一听这话，明显是自己干了点儿什么，惊慌地道：“大人恕罪，我刚刚没有意识，难不成做了什么出格之事？”

“那倒也没有。”肖宗镜问道，“这究竟是怎么回事？”

姜小乙叹道：“是我的老毛病了，内息一乱就容易出问题，轻易是不会的。”

肖宗镜道：“那你刚刚那副模样……”

姜小乙道：“那原是我的本来样貌，但出于一些原因，我难以维持原貌，只能暂时用别的样子生活。对了，大人前来相助，我尚未来得及感谢。”她抱拳道，“多谢大人的救命之恩。”

“不必言谢。”

“大人不是已经走了吗？怎么又折回来了？”

“戴王山不是简单人物，我放心不下。”

姜小乙惭愧道：“是我托大了……”

肖宗镜忽然问道："你家中父母、兄弟几人？"

姜小乙不明白他为何要问这个，答道："回大人，我是孤儿，没有父母、兄弟。"

"那就好。"

"啊？"

肖宗镜："你今日得罪了戴王山，此人心肠凶狠，手段毒辣，尤其喜欢向人亲眷下手。不过你也不用太过害怕，他既认定你是我的人，就不会轻易出手。"

姜小乙道："可我也不是大人的手下，这能骗他多久？"

肖宗镜沉思道："没错，戴王山不是肯吃亏的人。你在他的眼皮底下骗了他，他定要讨回来。密狱眼线遍布全国，他又见了你的真容，知道你的本事，若真想挖你的根，总会有破绽的。"

姜小乙心中戚戚，被那活阎王盯上，这可如何是好？

肖宗镜："你是为了帮我才惹上这个麻烦的，此事责任在我。"

姜小乙："不能这样说，江湖行走自负盈亏，是我心甘情愿出手，怪不得大人。"

肖宗镜笑了笑，道："姑娘高义，令人钦佩。"他思索片刻，又道，"虽知江湖人大多恣意潇洒，不喜束缚，但现下情况特殊，你年纪轻轻，若只因帮了我便惹祸上身，甚至暗遭毒手，我必不能心安。"

山间月光亮得惊人，肖宗镜的话就如同身旁冰冷的河一样，明明有声，又像无声。

肖宗镜觉得，自己也是鬼使神差才冒出这样一句话来："你……可愿随我回京？"

姜小乙又愣了。

肖宗镜："密狱对侍卫营颇为忌惮，有我在，戴王山不敢乱来。而且我们现在确实也缺人手，你有奇才傍身，若肯加入，于侍卫营而言也是如虎添翼。"

姜小乙听他说到"侍卫营"，忽然想起自己在哪儿听过"肖宗镜"这个名字了。

大概一年前，江州孟县县令黄标通匪，被大将军杨亥抓获，送往天京受审。这位黄县令平日为人豪爽，结交了许多江湖朋友，而且他的夫人是有名的富商之女，在黑市下重金雇人救夫。不少江湖人想出头，摸到天京城外准备劫囚。结果囚车还没到呢，他们就无声无息地折了十几名高手，如人间蒸发一般，连尸骨都找不到。

最后营救之事不了了之，黄县令被当街斩首。

当时所有江湖人都在传，这事是十殿阎罗做的。姜小乙跟达七玩牌赌钱，达七输给她不少银子，耍赖不想给，就以此秘密相抵。他告诉她这事不是密狱干的，而是皇城侍卫营干的。侍卫营是另一个朝廷组织，其主要任务是守卫皇城，监督官场，直接效命于永祥帝，不常在江湖上走动。他们当家的人叫肖宗镜，副手是小安王。

那时姜小乙只当达七在赖账，也没当回事。

肖宗镜还在邀约，姜小乙内心颇为起伏。

这一天太漫长了，风起云涌，天翻地覆，眨眼间，好像一切都变了。

风裹着他的声、他的影，拂过她的脸颊，带着熟悉的山野清香。

姜小乙脑海里莫名其妙地又浮现出春园真人后半段的嘱咐——

“若真遇到高人，你也不用害怕。所谓机运相伴，你遇到他们之日，正是游历开始之时。只要你守住本性，随心而行，就一定能够得偿所愿。好徒儿，待你寻回灵识，了却尘缘，便回来道场精进修行，为师就在此地等你了。”

姜小乙目光上挑，遥望夜空。回想当年离开小琴山时初听这番话，她迷迷糊糊，现下再忆，似乎悟到了点儿什么，却还是不太透彻。

虽是师父最后的叮嘱，可自踏入江湖三年有余，她早就将这些话忘到后脑勺儿了。今日她忽然念及，想来是机缘已到。

她又看向肖宗镜，渐渐什么都懒得想了。师父既让她随心而行，她自然要为自己做主。

“大人，我愿跟你走。”姜小乙道。

肖宗镜正在思考要如何与她讲清侍卫营的作用，没想到她答应得如此痛快。

姜小乙：“我自江湖漂泊以来，四海为家，漫无目的，偶尔赚些小钱，各处看点儿热闹。今日遇到大人，我不知为何总有种意气相投、相见恨晚之感。”

肖宗镜赞同道：“我也有同感。”

姜小乙大喜道：“这样说来，定是宿世之缘令你我相见了。”

肖宗镜顿了顿。

这话中内容本有些暧昧，但姜小乙神情自若，语气坦荡，偏让他听出一丝纯粹而干净的亲密之意。

明月当空，凉风吹拂，散去了一整日的紧张焦灼，余下潺潺流水，清甜山息。肖宗镜微吸气，只觉周身舒畅，心口发热，不禁朗声一笑：“哈，诚然如此矣！”

第三章　我带回来的人，我心里有数

再次踏上行程，翻过两座山后，肖宗镜在一座山脚下的小村子里买了干粮和马，接下来几天一刻未停，赶回京城。

姜小乙明白，他这是着急审公孙阔的案子。

天京华灯初上，朱雀长街琳琅满目，荣华繁复，盛大恢宏。

这不是姜小乙第一次进天京城。她曾因一单生意路过这里，不过只是走马观花，停留了四五日就走了。

这次她各个角落都看得很仔细，因为深知自己要在此扎根一段时间了。

那晚的山间对话结束后，姜小乙后知后觉地想起一件事——她好像忘了问俸禄，这可是个实打实的问题。但等她想起来时，时机已过，也不好再开口了。

如今她踏入京城，那点儿俗气的担忧登时烟消云散。这可是天京，天下繁花盛开之地，还能饿死她一只小蜜蜂不成？更何况她是要进宫的人，还有侍卫营做靠山。她虽不知肖宗镜这官到底有多大，但单冲他这几日的气度和手段来看，想来也是小不了的。

抵达皇宫时，夜已经很深了，姜小乙知道皇宫有严格的门禁，这个时间应当不允许进出。可肖宗镜来到西广门，守门的侍卫见了他，连令牌都没看，道了声“大人”，就直接放他进宫内了。

皇宫的高墙带给姜小乙极大的压迫感，尤其在夜间，更显得凄冷森然。宫道宽阔，迎面一阵阴风吹得姜小乙连打了几个喷嚏。

肖宗镜问：“冷了？”

姜小乙摇头：“没。”

肖宗镜：“很快就到了，这几日赶路辛苦你了。”

他们走了近一炷香的时间，终于绕到一处院子前，院门很小，也未挂匾，甚不起眼。

门没锁，肖宗镜径直进入，姜小乙便跟在后面四下打量。侍卫营分内外两个院子，外院中央是个练武场，东边是一间长长的矮屋，前后两扇门，似是间通铺房。侍卫营是西开门，外院南边还有间单独的房间，西侧靠近内院的位置则是一间存放兵器的库房。

肖宗镜带姜小乙进了内院。内院就更小了，北边的正房是肖宗镜办公和居住之所，东、西两侧各有一间狭小的厢房，都上着锁。

肖宗镜带姜小乙来到西边厢房，掏了钥匙开门。

一推开门，姜小乙就嗅到一股淡淡的木头味。房间布局相当简单，右侧有两个书架，堆满卷宗，左边是一张矮榻，也就五尺长短，上面放着一张炕几，正对门口有一张小桌，两边各一把窄椅。所有桌椅、柜子都挤在一起，毫无空隙，将房间装得满满当当的。

肖宗镜道："这间房是平日应急用的，小是小了点儿，但好过你跟侍卫们挤在一起。外院倒是有间单独的房间，不过谢瑾住着，只能委屈你了。"

姜小乙连忙说道："不委屈，小的又不是来享福的，这房间挺好的了。"

肖宗镜笑了笑，收了炕几，取了床被子给她。

"很晚了，你早点儿休息。我还有事，先走了。"

姜小乙目送他离去，独自在小院里踱步，似是想等他回来。只是还没走多久，赶路的疲惫渐渐袭来，她支撑不住回房睡觉了。

姜小乙一夜无梦。

天刚蒙蒙亮，屋外传来"哼哼哈哈"的练武声。

姜小乙艰难地睁开眼，爬到床头推开窗子往外望去。

声音是从外院传过来的，她睡不着了，穿好衣服出去，见练武场上有五六个正在打拳的汉子。

靠外站的男子最先发现她，奇怪地"咦"了一声。

"你是什么人？"

其他人也停下练拳，纷纷看向姜小乙。

姜小乙冲他们拱了拱手，道："诸位兄弟有礼了，在下姜小乙，是新来的。"

"新来的？"这男子走了过来。他年纪不大，中等身材，皮肤白嫩，很是精壮结实。他只穿了件里衣，因为打拳出了汗，周身泛着热气。这人看着二十五六岁的模样，有点儿娃娃脸，眼睛很大，透着一股机灵劲。他问道："你是什么时候来的？"

姜小乙道："昨天晚上来的。"

"哦？"娃娃脸男子诧异地道，"昨晚？"

"大人回来了。"娃娃脸男子后面一人说道，"昨夜我当值，见到大人带他回来的。"

姜小乙愣了愣，昨晚回来时自己不曾见过有人……想来他定是藏在暗处，无声无息，武艺应是不俗。

这人个子较高，皮肤黝黑，身材更为壮实，年纪与娃娃脸男子差不多，容貌端正，不苟言笑，看起来是个颇为严肃之人。

娃娃脸男子惊喜地道："大人回来了？太好了，他走了许多日，我怪想他的！"

严肃男子斥责道："没大没小！"

娃娃脸男子哂笑："老子就想，你管得着吗？"

另一个人出来打圆场，道："不要吵了，别给人家看笑话。这位小兄弟，你是从哪儿调来的？"

调？

姜小乙略一思索，道："齐州吧。"

娃娃脸男子惊讶地道："齐州？那么远？你在齐州做什么的？任何职啊？"

姜小乙道："惭愧，在下没什么职务，只做点儿跑腿打杂的差事。"

"不可能，你既入了大人的法眼，定有过人之处。"娃娃脸男子上下打量她，最后嘿嘿一笑，"罢了，你既不愿说，我们也不多问，将来共事，总有机会了解的。在下李临，这木头叫周寅，这位是江存书。"

那冷脸汉子与打圆场之人都向姜小乙略施一礼。

李临又介绍了剩下的几个人，姜小乙一一见过。

李临热心道："你还没吃过饭吧？我们起得早，都吃完了，我去给你弄点儿吃的东西来。"

姜小乙："多谢了。"

吃了饭，李临他们陆陆续续都出去了，营里只剩下姜小乙。她也不知道该干什么，皇宫内院自己摸不清路子，不敢擅自出去，只能回屋补觉。

一天她就这么迷迷糊糊地过去了。

不止这一天，往后的三四天姜小乙都是这么过的。

她连肖宗镜的面都没见到，问其他人，他们都说肖宗镜一直在刑部没回来。

侍卫营外院的库房旁种了棵杏树，姜小乙每天吃饱了就在那棵杏树下坐着晒太阳，看一群人练拳，活像个养老的地主。

到第五天的时候，姜小乙终于忍不住了，叫来李临。

"兄弟，你能带我去见见肖大人吗？"

李临："大人没审完案子，暂时回不来。"

姜小乙："是不是遇到什么困难了？"

按理来说，以公孙阔那种懦弱的性格，稍微敲打一下，他肯定要招供的。

李临欲言又止。

姜小乙诚恳地道："实不相瞒，公孙阔是我协助抓获的，所以我对这案子有些上心。"

李临向四周看了看，拉过姜小乙到角落里："杨大人不让判斩。"

"杨大人？"

李临："殿阁大学士杨严呀！你刚来天京，不了解宫里的事也正常。杨严是先帝托孤的重臣，权倾朝野。不过他有个对手，就是总管太监刘行淞。陛下自小儿是被刘公公看着长大的，所以对他十分依赖。"

姜小乙顿了顿，问道："那跟公孙阔有什么关系？"

李临："这你就不懂了。杨严暗地里在查刘行淞贪污税银的案子，查到公孙德头上，正好公孙阔犯了事，就想以此相威胁，让公孙德拿出点儿证据来。"说着，他叹了口气，感慨道，"其实我们大人有时确实有点儿死脑筋。杨严就是看准他一定秉公办案，不会滥用私刑，所以才让他去抓人。现在好了，大人被绊住了吧？刑部那些乌龟王八蛋只听杨严的话，怎么催都不定案。现在大人正跟那些老东西周旋呢，你就别去烦他了。"

姜小乙道："原来如此……"

李临见其情绪低落，把胳膊搭到她的肩膀上，安慰道："我知你心里不好受，但进了京，尤其还是进了宫，这些事你早晚得适应的。放心吧，恶心恶心就习惯了。"

其实姜小乙不是没有想过今日的情形。当初在采金楼前，她就提醒过肖宗镜没准儿要白忙一场。

想想他当日的誓言，姜小乙觉得何等心酸讽刺。

李临想起什么，压低声音提醒道："这些消息你可别往外说啊，这都是机密！"

姜小乙斜眼瞄他。

李临："刘行淞贪污税银的消息是我从江存书那里偷偷听来的，我是瞧你有眼缘，这才告诉你，你可别出卖我！"

姜小乙拍了拍胸口，道："放心，我的嘴最严了。"

虽然只来了几天，但姜小乙头脑活络，又好交朋友，聊来聊去，多少摸清了点儿侍卫营的门路。

整个侍卫营编内千余人，大部分负责天京城的防备任务，少部分轮换宫内执勤，不过也都住在皇宫外。

常驻在宫内的，除了肖宗镜、谢瑾、徐怀安外，就是江存书、周寅和李临这三人。其中，江存书负责案宗文书，每天将下面的人得到的消息整理起来，工作的地方就在内院那间狭小的东厢房里，周寅则主要负责守备调度——皇城侍卫有两批人，一批是侍卫营，一批是禁军。

李临负责什么她还没有搞清楚，只觉得他这儿也去，那儿也去，哪里需要用人他就往哪里跑。

这些人里，属李临最为活泼，也最为碎嘴，性格与她最合得来。

李临同她说完这些就出去了，营内再次只剩她一个人坐在杏树下百无聊赖地晒太阳。

就这样，又过了两天。

这日傍晚，天忽然阴沉起来，冷风阵阵。

“要下雨了！”练武场上有人叫道，“把兵器库的门窗都关上！”

姜小乙窝在榻上，今日正好刮西风，因雨不朝她的房间里吹，便索性开着窗户欣赏雨景。炕几上放着一壶茶，是李临给她的。前不久他带人抄了一个户部官员的家，抄出不少好茶叶，知道侍卫营不少人喜欢喝茶，就偷偷留下了点儿。

想想上个月还在齐州吃糠咽菜东躲西藏，现下则潇洒地躺在皇宫的床榻上，喝着热茶，听着秋雨，姜小乙不禁感叹世事难料。

姜小乙跷着腿，哼唱起老家闽州的小曲来。

“学画宫眉细细长，芙蓉出水斗新妆……”

突然间，屋外亮起一道闪电，而后猛然响起一声响雷，距离极近，炸得姜小乙脑袋一昏，紧接着又一道闪电劈出门口一道漆黑的鬼影。

“呀！”姜小乙吓得手一抖。热茶洒了，烫得她一下子跳起来。

“呼呼！”她连吹了几下，再抬头看去。

这次她看清了，那不是鬼影，而是已经被雨淋透了的肖宗镜。

距姜小乙上次见到肖宗镜，已经过去五六天了。

他看起来有些陌生。

许是因为被雨淋湿，衣裳紧贴着身体，他显得消瘦了些。也有可能是他此时气息阴沉，所以衬出了几分冷峻之意。

姜小乙下了榻，来到肖宗镜身前：“大人怎么被淋成这样了？”

肖宗镜有点儿无奈：“回来途中下了雨，也没处避雨。”

他声音着实有些暗哑。

姜小乙将他迎进屋，关上门。屋内霎时安静下来，漫天风雨就这样被隔开了。

姜小乙将炕几向外挪了挪，放了张蒲垫在一侧：“大人请坐。”

一盏油灯照亮了肖宗镜半张疲倦的脸。

姜小乙忙前忙后，拿了干净的布巾，又从柜子里翻出一个新茶盏用水洗净，给肖宗镜倒上茶。

肖宗镜接过茶盏，定定看了许久，低声道：“喝不下。”他抬眼看来，“我有愧于你。”

姜小乙愣了愣，随即明白了他的意思。

若她仅是个旁观者，听别人讲这事，没准儿还会嘲笑一番。可她身处其间，看着面前疲顿到甚至有些狼狈的肖宗镜，不仅笑不出来，连一句“你早该听我的”这样的抱怨都说不出口。

她道："大人也别太上火了，您已尽力了。"

肖宗镜没说话。

姜小乙又道："毕竟谋事在人，成事在天，也不可能事事如意的。"

肖宗镜道："堂审之前，杨严私下与公孙阔见了一面，告诉他只要他能说服他爹拿出刘行淞贪污税银的证据，就可以保他一条生路。"说着，肖宗镜冷冷一哼，"但是那公孙阔实在是又蠢又胆小。大堂之上，我只是稍微吓了吓他，他就全招了。"

姜小乙："他招了？"

"是。"肖宗镜看着面前的青石地面，嘴角浅浅勾起，"我真应该带你去长长见识，欣赏一下那些刑部老爷们突然之间集体失聪，装聋作哑的嘴脸。他们连敏娘的名字都记不得，只关心公孙德手里的账本。一旦扳倒刘行淞，杨严一系便能独霸朝纲，公孙阔在他们眼中就是通天的宝贝。"

他微眯起眼睛，炕几上的油灯光芒晃动，似是感觉到了微妙的杀意。

"大人？"

肖宗镜沉默不言，就这样凝视着地面。

姜小乙心想：他或许是在考虑自己当初在采金楼前提的建议。

她没有打扰他，也没有怂恿他。她深知肖宗镜与她身份不同，一个人能力越强，做决定时往往就越慎重，因为这样一个人一旦下定决心要做什么事，就没有任何回旋的余地了。

"杨严前几日找过我。"肖宗镜忽然开口道。

姜小乙："是求情吗？"

肖宗镜："他只是将刘行淞贪污税银的数额告诉了我。"

姜小乙好奇地问道："有多少啊？"

肖宗镜道："三五年下来，全国各地的加一起，大概有一千万两吧。"

姜小乙倒吸一口凉气："多……多……多少？！"

肖宗镜侧目看她。

姜小乙察觉失态，顿时埋下头。

肖宗镜："这只是刘行淞的财产的冰山一角罢了。"

姜小乙听得一身冷汗，这老太监也太有钱了。

"不过他要这么多钱干吗呢？"她严肃思考着这个问题，"他将来留给谁啊？他都是个太监了，也没有子嗣。"

肖宗镜："你神情如此凝重，就在想这个？"

姜小乙："这可都是钱，开不得玩笑。"

肖宗镜挑眉道："这你就不用替他担心了，有钱能使鬼推磨，同样也能使太监有孩子。想认他做爹的人能从这里排到城外，人家都还看不上眼。刘行淞认的义子都是一等一的人物，比如……"他讽刺地笑了笑，"戴王山。"

姜小乙皱眉："戴王山认太监当爹啊？"

肖宗镜道："给刘行淞当义子的人，真心实意的屈指可数，多是贪恋他的权势和富贵，戴王山也是如此。一旦刘行淞失势，他必将见风使舵，转换阵营。这也是他不愿开罪我的原因。他杀了不少杨严的人，杨严与他势不两立，如果再招惹我，那便树敌太多了。一旦刘行淞式微，他插翅难逃。"

姜小乙道："原来如此……"

肖宗镜隔着一方烛火看向她。

"我与你说这些，也是想你尽快习惯宫中事务。知道了这些关系，将来你做事的时候心里也有个底。"

那她都要做什么事呢？

姜小乙心有疑惑，但也没开口问。

"我知道了。"她想了想，又道，"大人，杨严告诉你刘行淞贪污的税款数额，是不是想让你以大局为重？"

肖宗镜道："算是吧。"

姜小乙："杨严与刘行淞作对，那他……于朝廷来说算是好人了。"

"好人？"肖宗镜冷笑一声，"当年杨严为与刘行淞争权，见陛下有些信佛，便费尽心思地引入几名舌灿莲花的'高僧'，定期入宫灌输思想。日积月累之下，陛下越发沉迷宗教观想，荒废朝政。若真论罪责，他与刘行淞可谓不相上下。"

他语气越发低沉："不过说人容易省己难，在这深宫大院里，又有几个配称好人的？我一样不配。"

只要还在官场中容身的人，就免不了要做身不由己之事。

他正沉思着，一只手在他眼前扇了扇，像是要拨开他紧皱的眉头。肖宗镜转过头，见烛光映着姜小乙稚嫩的面孔。

她道："大人，您还是少想点儿吧，每天想这么多事，老得更快了。"

更……？

见肖宗镜吊起眼梢，姜小乙一本正经地与他对视。片刻后，肖宗镜拿起茶盏，将茶一饮而尽。

姜小乙又道："这朝堂里的弯弯绕绕感觉再讲个三天三夜也说不完，大人还是早点儿考虑如何处置公孙阔吧。"

这确是正事，肖宗镜不说话了，又回到刚刚的思绪里。

就这样过了半炷香的时间，姜小乙昏昏欲睡之时，忽然听到肖宗镜说了一句："这雨下得真大。"

一瞬间，雨声"噼里啪啦"地砸在姜小乙的耳鼓上，她清醒过来。

肖宗镜垂眸，半开玩笑似的低语道："像不像是冤魂在哭？"

那晚姜小乙睡得并不安生，可能是因为肖宗镜跟她说的那些话，也可能单纯是因为雨下得太大了。

四更天的时候，她惊醒了一次，恍惚间听到了什么，爬到榻尾将窗子开了道缝隙。

滂沱大雨中，一道黑影急匆匆地进了内院。他戴着斗笠，披着蓑衣，姜小乙看不清其模样，只能看到他背着一个裹得严严实实的包裹，径直进入了肖宗镜的营房。

徐怀安?

这时姜小乙才注意到，肖宗镜的屋子里竟还亮着灯。

她看了一会儿，也没什么动静，便又睡下了。

卯时她再度睁眼，这时雨已经小多了，天边隐约透出淡青色的光。

姜小乙推开房门，雨天不用出操，外院也很安静。姜小乙往肖宗镜的房间看去，灯灭了，但门半开着。

她有些好奇，冒着雨快走了几步，躲到肖宗镜的门口偷偷往里看。

肖宗镜趴在桌子上睡着了。

桌上最显眼的是两坛酒，还有零零碎碎的一堆东西，她仔细看，有合欢铃、九子墨、五彩丝，还有一包风干发黑的槟榔果……旁边是几沓婴孩的裹身红布，和几双巴掌大小的鞋子。

她悄悄走进去，见肖宗镜身下压着几张旧纸。

“谁？”肖宗镜一动未动，单单问出一个字。

姜小乙肩膀一耸，道：“大人恕罪，小的见大人的房门开着，怕有什么事……”

肖宗镜支起身子，头发凌乱，左脸因为被挤压，有一块红红的印子，双眼血丝密布。他呼吸沉重，痛苦地捂住脑袋，抱怨道：“头疼……”

姜小乙没想过肖宗镜还能有如此模样，见地上还堆着两坛酒，担忧地道：“大人，您喝多了，又没怎么休息，头肯定会疼。我去烧水帮你泡茶醒酒。”

肖宗镜仰着头转脖子，沉沉地“嗯”了一声。

姜小乙颠颠地跑出去烧水泡茶，片刻后回来，见肖宗镜已经清醒了，正静静地看着面前桌上的一张旧纸。

姜小乙将茶倒好，问道：“大人，您看什么呢？”

肖宗镜冲她勾了勾手指：“来。”

她走过去，肖宗镜将纸拿起来，道：“你听这个——‘灯前发尽千般愿，求得鸳侣落此间。从兹嘉礼成，红绳系。同心德，良缘缔。海枯石烂不相移。少时十指扣，老来白首依。相扶相偕，苦难欢喜。桃花灼，鸾俦结，此情精诚，可鉴天地……’”

这是敏娘与旬翰的婚书。

其实姜小乙没太听进内容，光注意肖宗镜的声音了，他宿醉的嗓音有点儿沙哑，但是一字一句落在她的耳朵里，又沉又暖，好听极了。

念到还剩几句的时候，肖宗镜的声音越来越小，最后他干脆停下了。

姜小乙看过去，发现他眼睛红得厉害，满眼血丝。

姜小乙发自内心地道：“大人，还是先喝点儿茶歇一歇吧。”

肖宗镜接过茶盏，并没有喝，低声问：“你说他们写下这婚书时，是什么样的心情？”

姜小乙：“不知道，我没成过亲。”

肖宗镜：“我也没有。”

姜小乙偏过头看他。

静了片刻，肖宗镜苦笑一声，道：“以前我师父曾评价我俗不可耐，什么都看不破，挂心的皆是些过眼云烟，说得可真对。”

姜小乙：“大人的师父，是谁啊？”

肖宗镜：“我第一次见他时问他名号，他自称糟老头子，没名没号。”

姜小乙道：“高人无名，江湖上好名的大多是愚蠢之辈，这倒是真的。不过巧了，我师父也评价过我俗不可耐。”

见肖宗镜看过来，姜小乙解释道：“俗话说，无苦不成道。自古修道者都是以苦为师，以磨难为资，可我总是见硬就回。以前在山里的时候，我就经常偷偷跑去镇子里玩乐，我师父抓着我满山打，藤条都被抽断好多根。”

肖宗镜：“你已出家为道籍了？”

姜小乙尴尬地笑了笑：“差十万八千里，我连入门的吃素都做不到呢。”

“哈。”肖宗镜被她逗乐，一扫满屋阴霾。

姜小乙见他心情好转，也跟着高兴起来：“大人还在犹豫昨晚的事吗？”

肖宗镜：“没犹豫了。”

姜小乙道：“真的？”

肖宗镜歪过头，冲她笑了笑：“你瞧外面的雨是不是不下了？”

姜小乙一看，天果然放晴了。

肖宗镜站起身，活动了一下身子，走出房间。

“周寅！”他大喝一声。

外院当值的周寅立马来到他跟前：“属下在！”

肖宗镜刚要下什么命令，突然听到一阵仓促的脚步声。江存书跑了进来，像有什么急事，跑得上气不接下气。

“大……大人！”

肖宗镜蹙眉道：“何事如此惊慌？”

江存书道：“公孙阔……公孙阔，他被判斩了！”

公孙阔的案子发生了神奇的逆转。

其实就在姜小乙和肖宗镜离开齐州的当晚，事情已经暗地生变。

戴王山先是就公孙阔被擒一事向公孙德致歉，并且向其保证，即便公孙阔到了天京，下了刑部大牢，刘行淞也能保证他平安无事。

可公孙德已经不再相信戴王山了，坚持要亲自上京面见刘行淞。

这正中戴王山下怀。

当初来齐州前，刘行淞交代了戴王山两件事：首先是尽量保住公孙阔，能相安无事最好；如果公孙阔不幸被擒，以防万一，戴王山就要想办法毁掉公孙德手里的账本。

戴王山问刘行淞向公孙德取账本时能否动武，保不保生死。

刘行淞答道："公孙德本人是不怕死的，武力相逼无用。他唯一的弱点就是他的儿子，一旦其子被擒，他必拿出账本威胁我，或干脆将账本交予杨严来换儿子的命。你要做的，就是等他上路。"

公孙德送走了戴王山，自己整理行李踏上进京之路，行至云峰山脚下，遭了黑手。

戴王山趁夜将公孙德一行三十几个人杀了个干干净净，从公孙德身上搜出了税银账本，将现场伪装成了被山贼打劫的样子后，悄然离去。

这时肖宗镜和姜小乙几乎与谢瑾同时抵京。

公孙阔一下刑部大牢，杨严就紧急派郭振等人沿途去接应公孙德，可惜一切都晚了。

昨天夜里，郭振已将公孙德的死讯带回。杨严一听公孙德死了，就知已经错失良机，大手一挥，让刑部官员按律判案。

众人静默。

此事以这样的方式收尾，虽得到了姜小乙最初想要的结果，可就像吃了隔夜的馊饭一样，总让人有那么点儿不舒服。

她看了肖宗镜一眼，发现他的脸色也不大好。

谢瑾从外院进来。他早已得知此事，清秀的脸上杀气腾腾。

众人向他行了礼。

谢瑾摆手，大怒道："这戴王山真是越来越放肆了！那可是三十几条人命！而且就算公孙德品行再不端，好歹也是一方太守，是朝廷任命的四品官员，即使有罪，也要陛下来定！戴王山此等行径实乃大逆不道，罪不容诛！"

江存书叹气道："可惜杨严派出的人并没有找到证据，拿他也没办法。"

谢瑾紧皱眉头，咬牙道："一点儿证据都没找到？"

江存书回道："郭振带人在山脚下转了两天，最后空手而回。"

姜小乙感叹："做得可真干净……"

凭一己之力杀光三十几个人，还不留丝毫破绽，这绝不是杨严的人太笨，而是戴王山手段高明。江湖对密狱早有诸多传闻，密狱最擅长两件事，一是刑讯逼供，二是杀人灭口。戴王山身为密狱首领，想来更是此中好手。

她正暗自思忖，离她最近的李临使劲拉了拉她。

嗯？

她一抬头，见谢瑾一双森森的眼睛正瞪着自己。

谢瑾质问道：“你刚才说什么？”

姜小乙幡然醒悟。

她怎么能当着侍卫营二当家的面夸密狱厉害呢？

她回过味来，连忙道：“那戴王山真是太无耻了！”她严肃地道，“罪大恶极，为天不容！不过也是杨严手下无能人，此事若是我们侍卫营去做，相信定能抓到戴王山的把柄！”

姜小乙慷慨激昂，可惜回天乏术。

谢瑾上下打量她，冷着脸道：“你就是新来的姜小乙吧？前些日子忙，我来不及一见，今日用过早膳后，你来我房间，问话。”

见姜小乙脖颈僵直，肖宗镜道：“问话就改日吧。”他对谢瑾道，“齐州的问题不只是出在公孙德一人身上，衙门上下还有城外驻军皆是大患。一会儿你同我一起去内廷，看看有没有机会面见圣上。”

这确实是正事，谢瑾想了想，叹道：“陛下最近正在准备法会，不常见人，怕是困难。”

两个人说着话，渐渐走远。

李临凑到姜小乙面前，提醒道：“你说话注意着点儿！”

“是……是……”姜小乙抓了抓脖子，心想自己在民间混久了，还没全然适应宫中生活，将来一定要更加谨慎才行。

一旦杨严松了口，案子进展神速，一系列审下来，在一个风和日丽、万里无云的好天气里，公孙阔人头落地。

公孙阔被处决当天，姜小乙正在宫中巡逻。

肖宗镜给她安排在周寅手下干活儿，想让她先对皇宫整体有个基本了解。

姜小乙脑子活泛，几次巡逻下来，便将宫中各条路线还有重要官员记得清清楚楚。

皇宫对她来说十分新奇。她巡逻时遇到过很多人，宫女、太监、文武百官……除了皇帝的妃子们都深居后宫，她无缘得见以外，其他人基本都见过了。她甚至偶遇过永祥帝一次，只可惜离得老远就被周寅按着脑袋跪下磕头，只看到一个坐在高大步辇上的年轻背影。

永祥帝的队伍浩浩荡荡，除了随侍和护卫，还有好多僧侣，算下来百人有余，一路念诵经文，敲敲打打。

不过这也不算什么，真正刺激的还是她遇到了戴王山。

那日天气极佳，他们在外廷巡逻，路边几棵青树，旁边就是金水河，秋风吹着，分外凉爽。

姜小乙美着美着，一转头，看见了鬼。

戴王山身后跟着七八个人，都是统一的暗红色衣袍，配黑底红边长靴，腰间挂刀，正是密狱中人的打扮。

错身而过时，戴王山忽向旁站了站，挡住了他们的去路。

“这不是周寅吗？侍卫长怎么亲自出来巡逻了？”

“卑职见过戴典狱。”周寅一板一眼地道。

戴王山往后瞄了一眼，笑道：“原来是带新人。”他向前晃了三步，站到姜小乙身前：“抬起头来。”

姜小乙抬头，故作茫然：“小的见过大人。”

戴王山一声不吭，盯着她瞧。按理说戴王山没见过她这张脸，应该不会有什么问题才对，可姜小乙莫名有点儿心虚。

片刻后，戴王山微微一笑，意味深长地说道：“肖宗镜的眼光真是越来越差了。”

周寅道：“卑职还有任务在身，恕不能奉陪了。”

戴王山摆了摆手，放他们离去。

姜小乙刚松了一口气，忽然察觉旁边有一道视线，来自另一侧的一名宫女。

宫女好似是路过，很快就与她错开了。

什么人？

那不像是看热闹的眼神，该宫女完全是冲着她来的。

姜小乙暗自思索：除了侍卫营的人外，自己在宫里谁也不认识，难道是之前江湖上的关系？她平日里常用这副面孔行走江湖，是否曾经和对方见过面呢？

她想了半天也想不起来，便懒得忧心了。

日子就这么一天天地过着，姜小乙渐渐适应了宫中生活。周寅也不再带她，放心让她与其他侍卫一同执勤。

几日后，又轮到姜小乙在外廷巡逻。她一路默念，可千万别再碰到戴王山了。

祈祷灵验了，这次她还真没碰到，不过返回途中出了个小小的意外，有个宫女不小心坠入金水河中，不会游泳，在水中挣扎呼救。

侍卫们纷纷跳下河救人，姜小乙也过去帮忙。将人救上来后，她惊讶地发现，这正是之前那个盯着她的宫女。

姜小乙心中了然，这人定是故意的。

宫女年纪不算大，容貌也很普通，体格瘦小羸弱，倒在地上接连咳嗽。她暗地里拉了拉姜小乙的手腕。姜小乙明白，她这是有话想说。

姜小乙好奇心极重，决定听听这宫女要说什么。

“你是哪个宫房的？”她问道。

宫女怯生生地回道：“奴婢是伺候静妃娘娘的，奉娘娘之命来浣衣坊取东西，不承想路上忽然头晕眼花，栽到河里，幸得大人相救。”

姜小乙道：“我护送你去浣衣坊吧，以免途中再出差错。”

宫女道："多谢大人。"

姜小乙让其他侍卫先行一步，自己与宫女朝另一个方向走去。

为了避嫌，姜小乙离她三丈远，两个人均不发一言。直到快到浣衣坊门口的时候，宫女放缓速度，停至姜小乙身边，低声道了一句："烟云缥缈妙无穷。"

姜小乙下意识地接道："天地皆在一口中。"

啊？

这可是当初她与达七约定的暗号！

"你——"

"别嚷。"宫女道，"是烟鬼托我来找你的。"

时隔快两个月了，再次听到达七的消息，姜小乙激动得险些落泪："姑娘高姓？"

"我姓张，名洪海。时间紧迫，我就长话短说了，烟鬼想见你。"

"怎么见？"

"你们营的李临最近要出宫采办，你想办法跟着他混出去，烟鬼就在皇宫东边的喜迎楼忠字房等你。"

姜小乙点了点头："我记下了，多谢姑娘。"

后面又来了几名宫女，张洪海不再言语，转身进了浣衣坊，姜小乙则原路返回。

翌日，姜小乙起了个大早，跟其他人一起出操。

"哟！"李临见了姜小乙，爽朗地道，"你怎么也跟着练了？你不是每天都要睡到开饭的时候吗？"

姜小乙回道："睡不着了。"

说着，她微微叹了一口气。

李临："怎么了？"

姜小乙："实不相瞒，这宫里的生活当真烦闷。"

李临赞同道："太对了！"他一副过来人的语气，"我以前在南州绵县当差，都是干半天玩儿半天，散漫得很。我刚进宫时也受不了，无聊到恨不得去啃竹子。唉，我们俩都是被大人从外面带进来的，所以不适应。你看周寅那木头，还有江存书，他们两家世代都在宫中当差，他们俩就比我们适应得好。"

姜小乙道："有没有什么办法解闷啊？或者出去玩儿玩儿？"

李临想说什么，可话到嘴边忽然又改了口："没，皇宫内院规矩森严，哪里有解闷的地方？"

姜小乙没有点明，给他时间考虑。李临向来与她合得来——她看得出他很愿意卖她这个人情。

果然，当天傍晚，李临兴致勃勃地来找姜小乙。

"嘿！你得好好谢我了！"

姜小乙躺在床上，懒洋洋地问道："谢什么？"

李临也不卖关子："我带你出宫，怎么样？"

姜小乙一个鲤鱼打挺起来了："当真？"

李临道："当然，每个月月底侍卫营都要出宫采办物品，这事都是由我负责的。原本是我和小伍去，既然你这么闷，我跟他商量了一下，就换你了，正好他还嫌累。"

姜小乙大喜过望，照着李临的胸口就来了一拳。

李临哈哈大笑："你就这么点儿力气！"

两个人一路打闹到屋外，刚巧被进院的肖宗镜和谢瑾撞上。

谢瑾正在气头上，见状怒斥："没点儿规矩！"

吓得二人慌忙噤声。

肖宗镜让谢瑾先进屋去，问李临道："你们这是在干什么？"

李临："大人，这家伙快被闷出病了，我把他和小伍换了岗，我俩出宫采办物品。"

肖宗镜笑了，看向姜小乙："待不住了？"

姜小乙："大人恕罪，宫里什么都做不了，确实有点儿憋屈……"

肖宗镜："何罪之有？跟你之前的日子比，这里确实有诸多拘束。这样吧，我再多给你们一天。李临，你带她到处玩儿玩儿，吃点儿好的。"

李临难以置信地道："真的？！"他使劲撞了撞姜小乙："愣着干吗？快谢过大人呀！"

姜小乙回过神："啊！谢……谢过大人！"

肖宗镜淡淡一笑，回到房间。

院子里，李临悄悄对姜小乙说："我看得果然没错，大人真是宠你。"

姜小乙大喜道："真的？"

"嘿，你先别得意。我告诉你，凡事都得分两面看，上司对你越好，你就越得卖命。不过最近大人对你的照顾未免过头了……"他贴着她的耳边说道，"我有预感，你可能要接大活儿了！"

屋里传来肖宗镜平淡的话语声："李临，你若是皮痒了就进来，我帮你松一松。"

李临做了个鬼脸就溜了。

姜小乙道："等等我！"

说完，她便也跟着屁颠屁颠地跑掉了。

房间内，谢瑾本就因南军军饷被劫一事怒发冲冠，又看到肖宗镜在这节骨眼儿上还有心思调侃李临，更是气不打一处来，眼睛一瞪就要发飙，但想了想，又将话咽回去了。他眯着眼看着肖宗镜，道："我看他说得没错。"

肖宗镜问道："什么？"

谢瑾："李临刚刚说的话！"

肖宗镜失笑："这小子的话也能听？"

谢瑾："你莫名其妙地从齐州带了个人回来，只说是帮忙破案的义士，具体怎么帮的你又不讲。进营也就算了，他终日好吃懒做，无所事事，带坏营内风气！到现在我还不知他武艺如何，而他竟然连早操也不练！"

肖宗镜笑道："小王爷息怒。"

谢瑾："你莫打岔！"

肖宗镜不再玩笑，正色道："文真，我既带小乙回来，那她就是自己人了，侍卫营上下要一条心。而且你误会了，小乙并非你想的那种人，她的心思和本领，也不在那几下拳脚功夫上。"

他用手指敲了敲桌面上的簿本，那是丰州太守章太竹加急送进京的奏章，里面提到南军七十多万两白银的军饷和数十万石粮草被劫一事，还有押运粮饷的南军大将赵德岐一行也无故失踪了。

奏章昨日刚到，永祥帝难得上朝一次，阅之甚忧。这些饷银凑来不易，而且赵德岐是与杨亥齐名的大将，是南方五州的保障，他之失踪于朝廷而言，比失了粮饷损失更惨重。

永祥帝把奏章交给了肖宗镜，希望他能查清此事。

肖宗镜向永祥帝汇报了齐州事宜，希望朝廷能派人整顿齐州军政，尚无反馈，今日就出了这么大的事。

全国烽烟四起，就像个被捅漏了的马蜂窝，慌张又无序。

肖宗镜想了一圈，觉得脑袋甚痛，长长叹了一口气。

这是姜小乙进宫以来第一次出来放风。

一离开深宫高墙，她感觉市井气息扑面而来。鳞次栉比的店铺——赌坊、酒楼、古董行……跑腿的小厮、相伴游玩的公子哥儿们、大腹便便的富商，相互之间错身而过，不搭一言。商贩们的喊叫声此起彼伏，权贵们的马车横行交错，轧着路边飘然而下的落叶，急匆匆地不知奔往何处。

姜小乙深吸一口气，感觉这才是回到了人世间。

因为永祥帝的信任，侍卫营拥有极大的自由，每月月底都可以自行出宫采办所需物品，通常以箭靶、磨刀石，还有练功时经常被弄坏的木人桩为主。偶尔也有人夹带点儿"私货"，譬如，偷偷带点儿好酒好肉，还有果脯、糕点一类的零嘴吃食。

姜小乙和李临先办了正事，城东城西一来一去，大半天就过去了，申时才吃上饭。

姜小乙有气无力地进了一家酒楼。

李临将满载物品的马车交到店小二手里，吩咐道："宫里的货，可给我看好了。"

店小二认得李临，连连应声："李爷放心吧！知道您今日出宫，房间都给您留着呢！"

李临指了指他："懂事。"

店小二一脸笑容，带着李临和姜小乙来到二楼雅阁。这是一间绿竹搭就的阳台，四周挂着薄纱，轻轻一拨就能一览街道景象。一道珠帘隔着大厅，四周飘着淡淡的竹香，房间简洁且雅致。

姜小乙肚子饿扁了，半趴在桌子上哼哼：“不管什么吃的，快快上来……”

待叫好了酒菜，店小二离开房间，李临笑道：“这‘情竹间’虽不是这里最好的房间，却是我最喜欢的，你知道为什么吗？”

姜小乙还趴在桌子上：“难道因为你喜欢竹子？”

“说对一半，还因为他们这里用的是我家乡的竹子。我老家在南州绵县，那里盛产竹子，我第一次来这里，闻到这房间的味道，就知道他们用的是南州竹，只有南州竹才会有这样的香气。”

姜小乙深吸一口气，没怎么闻到竹香，隔壁的饭菜香倒是飘了过来，馋得她的肚子“咕噜噜”叫：“是你自己找来这里的？”

李临笑了笑：“是肖大人带我来的，那是五年前的事了。那时我跟你一样，刚进宫不久，想家想得厉害，大人就带我来这里吃饭，还陪我喝酒。”

姜小乙想到那天肖宗镜独自一人饮醉到天明，道：“大人很爱喝酒吗？”

“不。”李临摇头道，“恰恰相反，大人厌恶喝酒，那次仅仅是为了帮我一解乡愁。那时大人的酒量还不如现在，喝了三碗，我没事，他倒先倒了。”

想起当日趣事，李临不禁莞尔一笑。

姜小乙：“厌恶喝酒？怎么会呢？”

李临道：“这可能与大人所练功法有关。”

听到这里，姜小乙顿生好奇，坐直身子：“他练的是什么功？他好生厉害呀！”

“当然厉害了！不过大人具体练什么功我也不清楚。我们营里的兄弟曾在一起讨论过，大人所习的应是正统内家功夫，以心法催功法，从内向外修。”

习武之人通常是由外向内修炼，入门之后，要先站桩，练眼、手、身、法、步等外家基本功，强化表皮，打通气穴，让身体活泛起来，然后再开始养气、炼气，最终达到化神还虚、以武入道的目的。

不过也有反着来的人，有些内家功夫从内向外修，先结金丹，再练把式，甚至不练把式。好比有些佛道高人，一辈子只念经，只修道，甚至只是扫地敬香，什么武功都没练，一出手却无人能挡。那是因为他们的功夫早已做完了，伸手便是武不尽势、势无穷意的随心境界。

这两种方法没有谁对谁错，练好了殊途同归，只不过后者比前者入门难上许多。

李临道：“练这种功夫的多是出家人，戒律森严。就算不是出家人，本身也清心寡欲，保持身心明净，否则难成气候，更别说是练到大人这种境界。不知你平日有没有注意大人的饮食？”

姜小乙回想了一下，恍然道：“对哟……”

肖宗镜曾跟他们一起吃过几次饭——桌上的大鱼大肉他一口不动，只吃米饭和青菜。姜小乙刚开始还以为他是体恤下属，不忍跟他们抢，却没想到他是根本就不愿吃。她惭愧地反省着，自己好歹也是从道观里出来的，可每天山珍海味，贪恋口腹之欲，离肖宗镜的境界可差远了。

姜小乙喃喃道："他若不喜喝酒，为何那晚喝了四五坛呢？"

这时店小二端上菜肴，李临理了理桌面，笑道："没办法，菩萨也有烦心事啊。"

一番对话下来，明明已经饥肠辘辘的姜小乙，面对满桌好酒好肉，胃口忽然差了许多，默不作声地夹着菜。

时近傍晚，他们吃得差不多了，姜小乙开始琢磨怎么支开李临去找达七。

没等姜小乙编出什么借口，李临那边倒先开口了。

"那个，小乙……"他喝了点儿酒，面带红晕，显得有些羞涩，"嘿嘿，兄弟这边想请你帮个忙。"

姜小乙道："你说。"

李临道："实不相瞒，兄弟有个想见的人，往常只能等旬假才能去找她，今日正巧借了你的光……"

他稍稍停顿，欲言又止。

姜小乙挑眉："哦，是你相好的？"

李临大嘴一咧，笑得是"你知我知"。

姜小乙用小指抠抠鼻尖，装模作样道："我要是不同意呢？"

李临在桌下踹了她一脚，瞪眼道："老子管你同不同意！"

姜小乙："这么凶，李大人是被哪家小姐勾了魂？我也要去瞧瞧。"

李临坏笑道："窑子里的小姐，你去吗？"

姜小乙："窑子？宫里的规矩可是不许侍卫逛青楼的，被抓到怎么办？"

"抓我？谁抓？"李临不屑道，"就都察司里那几头烂蒜，也配跟小爷过招儿？除非密狱的人来抓我，不过那是不可能的——戴王山自己就喜欢逛窑子，有脸抓别人？"

姜小乙："他还喜欢逛窑子？他没家室吗？"

李临："有啊，人家娶了十几房妾室呢，但家花哪有野花香呀？十八香里的官老爷多了去了，根本没人管。"

姜小乙思索片刻后道："戴王山与肖大人年龄相仿……戴王山都娶了这么多妾室了，肖大人为何还不成家呢？"

李临顿了顿，道："不知道，也许大人的想法跟我们不同。不过你不用担心，天京城里等着嫁给他的女子都排着队呢，全都来自有头有脸的大户人家。"

姜小乙："大户人家？他不是家道中落，就剩一个人了？"

李临"啧"了一声，道："一个人又如何？你还真是什么都不懂。"他身子靠前些，压低声音说道，"我这样跟你说吧，陛下信佛，你知道吧？"

姜小乙："当然知道。"

永祥帝信佛信到几乎癫狂的程度，举国皆知。他今年不过二十八岁，还很年轻，但是宫里已有传闻——从太子出生的那年起，到现在六年时间里，他再没去过后宫近过女色。

李临道："陛下甚至曾想出家，虽被杨严死谏劝止，但依然接受了传戒仪式，就在千秋殿后面的菩提园里。传戒仪式除了陛下和大法师外，只有三个人在场，就是谢大人和肖大人，还有刘公公，你懂我的意思了吧？"

姜小乙长长地"哦"了一声。

李临道："陛下与肖大人的关系非同一般。陛下生母乃一宫女，因生陛下而亡。先帝觉得此子不祥，极厌恶他，自小将他送到宫外养。'庚午之变'……你听说过吗？"

姜小乙道："当然听过，那年我刚出生，现在过了十几年了，还有人在说。"

十八年前，也就是天应三十七年冬天，宫中举办宴会。武王谢邕忽然率众起事，把包括太子在内的十来个兄弟杀了个片甲不留，当场逼迫老皇帝让位。他本已荣登大宝了，谁承想没福分，没出几日突然病毙了。最后老皇帝找来找去，发现只剩下一个儿子，就是早年被他扔到宫外养的小皇子谢惟。就这样，谢惟被接进宫，由刘行淞伺候。仅过了一年，老皇帝一命呜呼，年仅十一岁的谢惟登基。

李临嚼了一会儿花生，忽然道："其实宫中一直有传言，说武王当年不是染病死的，而是在去宫外准备除掉陛下的途中被人给暗杀了。"

姜小乙问："谁？"

李临笑而不语。

姜小乙道："不会吧？'庚午之变'那年大人才多大啊？我听闻谢邕是因为连续做了三届武状元，才被封为'武王'的。"

李临道："是啊，武王功夫高，大人那年十三岁。"

姜小乙难以置信，道："这……"

李临摆了摆手，道："都是些深宫传闻，你随便听听就好了。陛下早年在宫外过得很苦，多亏了谢大人的父亲，就是安王殿下庇护。安王殿下是先帝的六弟，生性淡泊，与肖大人的父亲是好友。他见陛下可怜，经常予以关照。谢大人与肖大人跟陛下年纪差不多，他们是一起长大的，所以关系非比寻常。"

姜小乙点了点头，没想到还有这段过往："那肖大人的双亲是……？"

李临道："大人的父亲曾是兵部堂官，母亲是外族人。她被人贩拐到天京，是肖大人的父亲救了她。你看大人的长相，尤其是他的眼睛，是不是跟我们不太一样？"

姜小乙恍然点头。

李临叹了口气，又道："可惜大人命不好，八岁的时候，他的父亲作为督军随军前往西北平定羌人之乱，不幸战死。他的母亲得知这消息后，茶饭不思，没多久也病逝了。陛下即位的第二年，大人离开朝廷，外出拜师，磨炼武艺，二十岁时归来，入军中任职三年，后回朝廷创立侍卫营，到现在已经过去八年多了。”

华灯初上，外面的夜市热闹起来了。

李临：“唉，一扯就远了，我就是告诉你，大人跟陛下的关系非比寻常，他本事又大，模样也好，可不是那活阎王能比的。谢大人的亲妹妹——凝郡主，比你年纪还小一点儿，我见过一次，那可真是美若天仙，又对大人一往情深，我看八成就是他们俩了。”

他瞧了瞧天色，懊恼道：“呀，都这个时辰了，兄弟得走了，咱们明日午时此地见。”

姜小乙“嗯”了一声。

夜幕降临，酒楼里的人越来越多，也越来越吵，楼下还来了几个唱曲的，“咿咿呀呀”好生热闹。姜小乙向帘外望去，朱雀长街灯火辉煌，行人如织。可周围越吵，她偏越觉得冷清。不知为何，忽然间懒劲儿就上来了，她往椅子里一靠，连达七也不想见了，就想在这情竹间里一坐到天明。

当然，她想坐一夜是不可能的，首先店家就不会答应。

在姜小乙干坐的这段时间里，店小二几次进来嘘寒问暖，添茶倒水。姜小乙知道店里生意正旺，也不好意思干占着雅间不吃饭，赏了点儿银钱便走了。

装着货物的车就停在酒楼里，姜小乙轻装上阵，走了大半个时辰的路，来到喜迎楼。

伙计迎上来：“大爷住店吗？”

姜小乙：“找人，劳驾带我去忠字房。”

伙计带她上了二楼，顺着廊道绕了小半圈，来到最里面一间房门口。伙计敲了敲门，道：“爷，有位客人说是来找您的。”

屋里的人“嗯”了一声。

姜小乙听出对方是达七，直接推开了门。

房间是好房间，屋里陈设讲究，榻、椅、柜、架一应俱全，四角点灯，墙上挂画，桌面上摆着一盏精致的香炉，从中散发着袅袅檀香。

床上懒散地躺着一个人。

姜小乙觉得自己每次见达七，他都是这副半死不活的模样。

伙计关上门，姜小乙和达七隔着一丈的距离，相互对视。

“啧啧啧，瞧瞧这是谁啊？”达七舔了舔嘴唇，“三清鼠怎么蹿到天京来了，不是不做北方生意吗？”

姜小乙笑了笑，冲达七拱手道：“七爷，好久不见了。”

达七：“坐。”

姜小乙坐到房间中央，问道：“七爷是怎么找到我的？”

达七：“我跟威虎军交易完后，去老地方等了你三天，不见你来，就知道一定是出事了。我回齐州打探，那里的人都在传官差把公孙阔抓去天京了，我就猜想也许你也跟着来了。到天京打听来打听去也找不到，我只能去宫里试试了。”

姜小乙不抱任何希望地问了一句：“我的钱呢？”

“被我花光了。”

姜小乙面无表情。

达七懒洋洋地道：“你看我作甚？找你不花钱吗？打点宫中关系不花钱吗？这年头儿你不给钱，谁帮你办事？”

姜小乙给自己倒了杯茶：“七爷可以呀，连皇宫里都有门路。那张洪海是什么人？”

“以前也是个跑江湖的人，得罪了人，后来进宫躲着了。以前宫里管得严，现在人找对路子，塞够银子，就能进去谋个差事。这些人也没想待多久，自然要为以后考虑，大家互通有无，各取所需罢了。不说他们了，说说你，是怎么回事？莫名其妙地就跟人进宫了？宫里的银子没那么好赚的。”

姜小乙道：“我进宫倒也不是为了钱。”

达七淡淡地道：“不是为了钱，那就是为了人咯？”

姜小乙笑笑，说道：“跟你说点儿新鲜事，我遇见密狱头子了。”

“十殿阎罗？”

“是。”

“真人如何？”

“名不虚传。”

达七脸色严肃——这是他难得认真思考的神情。

姜小乙道：“怎么？你想做他的买卖？”

达七嘿嘿笑了两声：“算了，这点子太扎手了，还是留给别人吧，有其他的新鲜事吗？说来听听。”

姜小乙：“没了。”

达七咂了一下嘴，道：“非要我说出来——你不是进了侍卫营吗？他们平日也不在江湖上走动，消息比密狱还少。跟我说说，他们一共多少人，都负责何事？我只知他们当家的人叫肖宗镜，副手是小安王，都是皇帝跟前的红人，他们的本事如何？”

姜小乙：“不知道。”

达七哽了片刻，沉痛地感叹：“信任真是世间最金贵的物品，我达七难求又难得。三清鼠，你摸摸自己的良心，自打我们认识以来，你朝我打听的事，我何曾搪塞过？”

姜小乙：“你千里迢迢地来天京找我，就是想说这些事？”

达七：“当然！”

姜小乙与他对视片刻，道：“我不信。”

达七瞬间破功，讪笑道：“还是你了解我。”他从床上一个打滚儿坐起来，往地上磕了磕烟杆，“现在有这么个小生意，你看看你感兴趣吗？”

姜小乙道：“我现在人在宫里行事不方便。”

达七道：“就是在宫里你才能干。放心，简单得很，绝触不到你顶头上司的霉头，是这样的……”

燕州慈金有个大古董商叫刘大千，想买官，托人给吏部侍郎郭绩送了不少好东西，其中好几件宝贝都了不得，比如一件青铜古树，传说不仅可以招财进宝、镇宅消灾，还能解毒治病、延年益寿，是一件不可多得的宝物。

刘大千将礼送出去了，郭绩也收下了，可迟迟不给提拔。刘大千着急了，就让家丁进京询问，不承想那家丁连郭家的门都没进去，被一顿毒打扔了出来。

“就是想赖账了。”姜小乙琢磨道，“这郭绩我好像有点儿印象，长得倒是慈眉善目、人模狗样，没想到拿钱不办事，委实畜生不如。”

“没错！”达七叼着烟附和，“该死！”

后来刘大千得知消息，也知道郭绩是不会认账了，就想把钱拿回来，至少把那件青铜古树拿回来。他在黑道上也有些门路，就找上了妙手空空。

“上个月妙手空空进京，探了郭府，也找到了藏货的地点，但是唯独锁着青铜古树的箱子打不开。”

姜小乙道：“妙手空空可是江湖上数一数二的名盗，还有他打不开的锁？”

达七道：“那箱子使用的是一种材质特殊的异形锁，加了四个形状古怪的弹子，锁芯最内侧还有一根鲁班轴和一条软簧，结构复杂得紧。如果贸然开锁，软簧一断，箱子就会彻底锁死，到时候打草惊蛇就不好办了。”

姜小乙不屑道：“倒是严密。”

达七道：“妙手空空在郭府藏了几天，一直找不到钥匙。后来有一次郭绩上朝前开了箱子，拿出古树把玩了一阵，又锁上走了。当天晚上妙手空空把他的朝服翻了个遍，也不见钥匙，所以猜想钥匙平日可能放在宫里。”

听到这里，姜小乙就懂了：“你想让我去给你找？”

达七从怀里掏出一张纸，抖开了递给姜小乙。

这是一张礼单，上面写着刘大千给郭绩上贡的全部财物，包括黄金三百两、白银两千两、青铜古树一件、珊瑚镜一件、玉佛两尊、玄阴剑一把、深海珠一颗、珠宝首饰若干、滋补药品若干……

达七道：“刘大千找妙手空空，开价就是那三百两黄金，银子太重不好拿，让他自行取用。主要是剩下的珍宝刘大千要尽数拿回，尤其是那件青铜古树，和众多珍宝都被锁在郭绩的私人宝箱里，钉死在墙中，难以得手。妙手空空是个讲究人，找到我，金子对半分。当然七爷我更讲究，我就随便抽几颗珍珠意思一下，你只要能拿到钥匙，一百五十两黄金如数奉上，这不就把你之前在齐州亏的钱给补回来了？”

姜小乙看着那张礼单，问道：“这玄阴剑是什么？”

达七："就是剑啊。"

姜小乙抬眼看他。

达七笑道："你眼光不错，这玄阴剑是有几百年历史的宝贝了，吹毛断发，削铁如泥。而且据说它是前朝一名得道高人的修炼法宝，内藏玄妙。"

姜小乙若有所思地"哦"了一声。

达七："至于是真是假我就不知道了，也有可能是刘大千为了给宝贝贴金，自己杜撰的。"

姜小乙："我要这个。"

"什么？"

"我说我要这把玄阴剑。"

"啧，人家财主都交代了，金银随便拿，这几样珍宝要全部带回去。"

"金子我可以不要，就要这个，不行就算了。"她把礼单放回了桌面上。

达七奇怪地问道："你什么时候对兵器感兴趣了？"

姜小乙道："你只说行还是不行？"

达七抬手："等等，你先容我想想。"他思索一阵，最后应了下来，"行，这事我就做主了，玄阴剑给你，一百五十两金子也给你。"

姜小乙大吃一惊，看向达七："几个月不见，七爷竟如此大方了？"

达七笑道："早说了，我达七是个赤诚之人，这笔买卖算我送你的，庆祝你逢凶化吉。而且你如今进了宫，又跟了皇帝眼前的红人，我等于又通了一条眼路，将来大家多多合作，一块儿发财。"

姜小乙也笑了："七爷客气了。"她沉思片刻，又道，"如果真是藏在宫里，我大概能猜到钥匙放在哪儿了。我需要一套郭绩的朝服，明日就要带走，你弄得到吗？"

达七眯了眯他那细长的飞燕眼："龙袍我都弄得到。"

姜小乙："那我明早来取。"她想了想，又道，"我拿到钥匙要如何给你们？我最早月底才能出来一次。"

达七道："拿到钥匙你就交给张洪海，她会想办法送出来的。如果妙手空空得手了，你的金子和宝剑，我也会托她带给你。"

姜小乙道："那就一言为定了。"

谈好了生意，达七又躺回了床上。

"聊点儿闲事吧，你可知我们那两个月白干了？"

"什么叫白干了？你不是拿到钱了？"

"钱是拿到了，他们的军师来与我交易，可还没来得及回去，威虎军就被杨亥给连锅端了，所以还是等于我俩白干了。"

"杨亥？他怎么在那里？"

"他的军队从角舟山绕过去，真是神不知鬼不觉啊。威虎军驻扎在距离齐州西边一百二十里的山坳里，被杨亥发现位置，关门打狗，一天工夫就杀干净了。这威虎军确实就是一群土包子，就算找了个病痨军师，也是烂泥扶不上墙。”

威虎军原是起于西北的一伙强盗，起初不成规模，仗着血气之勇攻下几座山头，后来来了个姓刘的军师，帮忙整编队伍，管理军务，渐渐才有了点儿样子。半年之前，他们想对齐州动手，刘军师提前四个月找到达七买齐州布防图和驻军信息。本来一切都就绪了，可惜队伍的底蕴太差，军师不过是出去交易了一天，他们就被杨亥抓住破绽，连根拔起。

达七：“当然，也不能说他们一无是处。毕竟杨亥用兵如神，折在他手里，威虎军也不算冤。”

如今纷争四起，每天都有各种各样的门派组织、军队民团灭亡，无非是过眼云烟，姜小乙也懒得记。

她起身道：“你抓紧时间找衣服，我先走了。”

“等等。”达七在床边磕了磕烟杆，“还有个事，我得多一下嘴。”

姜小乙道：“什么事？七爷请说。”

达七：“你想好退路了吧？”

姜小乙起初没太听懂他的意思，仔细想了想，觉得他说的应是离开侍卫营的路子。

“我刚进宫，还没考虑这个。”

“我就知道，这事你一定要赶快想。”达七吸了口烟，又道，“不过，有一点我很好奇。只要是江湖人，都不会喜欢靠近官差才对，你为何要跟肖宗镜走？”

姜小乙：“我们大人与其他官差不一样。”

达七听得大牙一龇：“这才几天……你已经开始‘我们大人’了。”他沉吟片刻，又道，“我看出来了，你不适合在宫里生活，捞够了钱就赶快撤吧。”

姜小乙道：“七爷为何如此说？我下山游历，本也没什么目的，随心而行，到哪儿都一样。张洪海身为江湖人，不也是在宫里生活，和我有什么两样？”

“有什么两样？”达七瞪她一眼，“张洪海跟的是个守活寡的娘儿们，毫无危险，说走就走。你跟的可是皇城侍卫营的老大。侍卫营和密狱一样，都处于京城权力最中央，是要真刀真枪出去拼命的！”

而且他更担心的一点是，姜小乙是个重情之人，若真与侍卫营的人相处久了，定生感情，到时候免不了要一起跳火坑。

达七冷冷地道：“将来战火若是烧到天京，侍卫营就是最后一道防线，难道你还要跟他们一起上城墙死战？”

姜小乙道：“七爷想得未免太远了。”

“一点儿也不远。小乙，你刚下山三年，一共也没去过几个地方，很多事还看不清楚。我这样跟你说吧……”达七也不抽烟了，苦口婆心地道，“大黎是马上就要完蛋了，短则一两年，长则三五年，必将改朝换代。谁坐下一庄现在还不好说，但这些旧朝之臣绝无可能有什么好下场。”

姜小乙站在门口，默默不言。

达七见她有些听进去了，再接再厉道：“我给你数一数啊，东南沿海现已被青州军拿下；最北边的滨州也是人迹荒凉，驻军都跑干净了，成了无主之地；还有东北边的抚州，匪患持续几十年，几路悍匪仗着地势剿之不尽，杨亥拿他们都没办法；现在南边各路叛军也都渐成规模了，这些你都是知道的。”他再次吞了口烟雾，总结道，“大黎气数已尽，就算那姓肖的再厉害，仅凭一己之力也无法扭转乾坤。你还是听我的吧，多赚几笔银子，赶快撤退吧！”

过了好久，姜小乙低声道：“七爷说的这些，我都知道。”

达七歪了歪头，意思是：那你如何打算？

姜小乙思索片刻，缓缓说道：“当初我为给敏娘一家报仇，与肖宗镜结识，见之如故，自愿随他进京。他并未强迫我。直至今日，他也没做过任何倒行逆施、伤天害理之事，更没有丝毫对不起我之处。他待我不薄，甚至对我有救命之恩。于情于理我都不能捞完钱就跑，那不成了背信弃义、反复无常的小人？”

达七拉着一张脸。

得，等同他全白说了。关键他还没法反驳。

其实在得知姜小乙进了侍卫营后，达七还特地跑到黑市打听肖宗镜的消息，想寻点儿他干的脏事，用以劝说姜小乙，别付以真情。没想到他找了一圈，肖宗镜的消息实在少得可怜，而且大多是惩治贪官污吏的义举。肖宗镜就算是下狠手，大开杀戒，也都在法度之内行事，全然没有滥杀无辜、欺男霸女之行径，简直干净得令他恶心。

姜小乙又道：“我是冲着肖宗镜才进宫的。至于朝廷前景如何，将来谁坐拥江山，与我无任何干系。”她朝达七抱了抱拳，“不过七爷的提醒我都记下了。放心，我一定会慎之又慎的。”

弦月高挂，夜已极深，天京的热闹也落下了帷幕。

姜小乙与达七分别后，回到客栈，稍事洗漱后，躺到床上呼呼大睡。

李临醉倒在迷幻的十八香里。

野猫轻灵地走过空空的石板桥，落叶飘落，水波寒凉。

而皇宫的夜，似乎比外面更为浓重。

一道黑影走进肖宗镜的营房里。

肖宗镜正在灯下反复阅读章太竹的奏章，那影子来到肖宗镜身边，垂首道：“大人。”

这人身材高大，肤色黝黑，正是周寅。

肖宗镜：“你怎么来了？”

周寅没说话，也没动。

肖宗镜依旧在看奏章，淡淡地道：“你今日不是该出宫巡查外营吗？怎么来这里了？”

周寅眉眼中流露出几分犹豫之色。

肖宗镜：“明显就是有事，说吧。”

周寅抿了抿唇，道：“大人，属下今日在宫外碰到姜小乙了……”

肖宗镜：“我让李临带她出去转转，宫里太闷了。”

周寅：“但我见到他时他只有一个人，而且远离采购路线。我觉得有些奇怪，就跟了上去，发现他在喜迎楼见了一个人。”

肖宗镜神色不变，随口问道：“谁？”

周寅：“那人很谨慎，专门挑了间死角房间见面，我不能靠太近。姜小乙离开喜迎楼后，我再去探察，发现那人已经没了踪影。我找客栈掌柜查了他的符牌记录，作假……相当高明。”

肖宗镜“嗯”了一声。

周寅：“大人，这人明显是个道上老手。姜小乙年纪轻轻，又刚进宫，我怕他……”

肖宗镜抬手，止住了他的话：“不用说了，我带回来的人，我心里有数。”

第四章　高明的“贴身靠”

姜小乙今年芳龄十八，入行三年，不算久。不过她将“三清鼠”这个名号在江湖上打得很响，实在是因为她的脑子活，本领精，手脚也快。

在接下妙手空空的委托之后，姜小乙很快就开始准备了。

托之前执勤的福，姜小乙早早把皇宫各处摸得清清楚楚。

郭绩是吏部官员，下朝后的办公地点在外廷宣和门外千步廊东侧，正好在侍卫营的巡逻范围之内。姜小乙回宫后，连续跟几个营内的兄弟调了排班，在千步廊巡逻。

其实大伙儿都不爱去千步廊巡逻，又远又开阔，风吹日晒，没个遮挡。

所以姜小乙愿意换班，大家都十分乐意。

就这样，姜小乙观察了两日，记下了几处要点，第三天就动手了。

这天，风和日丽，秋风习习，姜小乙随队巡逻。在走到吏部办公地点的时候，姜小乙以腹痛为由，让其他兄弟先走，自己去茅房。

时辰尚早，永祥帝不常上朝，但又怕文武百官太过松懈、不务正业，所以规定大臣们每日去千秋殿上奏政事，由杨严主持，太监执笔记录，再由刘行淞带去给他。

五更开始，整场上奏大概持续一个时辰。

姜小乙发现郭绩有个非常明显的习惯，就是他下朝后回到千步廊，通常会先去茅房蹲一炷香的时间，再去办公。

而有习惯的人最好利用。

姜小乙藏在茅房后面的树后，等到辰时三刻，郭绩跟其他几名官员有说有笑地回来了。不出所料，他果然又钻进了茅房里。姜小乙从树后出来，早已穿戴好达七事先准备的朝服，变成了郭绩的模样。

她点了一根毒香，插在茅房后方的木缝里。这香会使人头脑昏沉，意识麻痹，产生醉酒的效果，却不至于昏迷。她用这种香是为了让郭绩等一下回去只想着休息，不会多与人交流，防止露馅儿。

姜小乙用一根树枝轻轻别住门，随即前往吏部办公处。

两名侍卫朝她恭敬行礼："郭大人。"

姜小乙大摇大摆地进了门，环顾一圈，刚巧尚书王世殷不在，整个房间里的人属郭绩官职最大。

她先欣赏了一番。

吏部是掌管天下户籍、财经之机关，事务应该相当繁忙，可从这屋里的情况可完全看不出来，几张桌案上放的不是笔墨，而是香茗。周遭书架上摆的也不是书卷，而是各式摆件。房间内坐着几名主事，正有一搭没一搭地看着文书。

她一眼扫过去，这整个屋子里也没什么特殊的藏物的地方……

一名官员见了她，连忙起身，笑脸相迎："大人辛苦，大人辛苦，卑职已为您泡好了茶。"他压低了声音，"卑职听说您最近上火生疮，特地在茶里加了波斯石榴叶，大人要注意休息，莫太操劳啊。"

姜小乙"嗯"了一声："你有心了。"

"应该的，应该的。大人快请坐。"

姜小乙顺着他示意的方向看过去，是一张靠南边的桌子，想来那就是郭绩的位子。

桌上摆着一盏刚泡好的茶，还有一盘没下完的棋。

姜小乙心说这官当得也太舒服了。

忽然间，她注意到那张椅子有些奇怪，下方并非镂空，而是往下延了半尺。她走过去坐下，往旁边一瞄，果然是个小抽屉。

抽屉上着锁，不过是设计较为简单的锁，大概郭绩认为宫内把守森严，没人能到这里来偷东西。姜小乙表面装作研究棋局，一只手不动声色地从腰带里抠出一根铁丝，轻松地撬开了锁。抽屉里的东西不多，只有几方精美的松烟墨，还有一对田黄石的佛手把件，内侧则是一个细长的盒子。

姜小乙抽出盒子，里面装着一把钥匙。

达七给她描述过锁芯的形状，姜小乙一眼判定这就是她要的东西。

她右手一抖，从朝服的袖子里落下一个小盒，上下一搓，露出内部平整的朱砂泥，眨眼间便将钥匙拓了印，又物归原处。

合上抽屉，姜小乙往屋外看了看，天高云淡，秋意正浓。

她端起那杯泡了波斯石榴叶的茶喝了一口，太苦，不是她的口味。

出了吏部，郭绩还没从茅房出来，她听了听，郭绩还在里面哼哼唧唧地拉屎。姜小乙偷笑两声，取了树枝，吹了毒香，于角落里变回之前的样子，换好衣服后翻出后墙。

她原本打算今日先去看看热闹，端是踩个盘子，没想到如此顺利地成事，哼着小曲心情舒畅地离开了。

当日下午，姜小乙再次与人换班，去外廷巡逻，与前往浣衣坊的张洪海擦肩而过，递了东西。

巡逻回来的姜小乙无事一身轻，推开侍卫营的大门。练武场上，肖宗镜正与周寅说话。

肖宗镜每日忙得要命，一整天也难见一面，姜小乙心里高兴，跑过去跟他打招呼："大人！"

肖宗镜冲她笑了笑："回来了？"

"大人今日在营里？"

"不，等一下就要出去。"

姜小乙抱抱拳，道："那我不打扰大人了。"

"等等。"肖宗镜叫住她，"你留下，我有话跟你说。"

他又交代了周寅几句，便对姜小乙道："你跟我来。"

肖宗镜带她回了自己的营房，关好门："这几日我未曾问过你过得如何，可有什么需要？"

"我过得很好，没有需要。"

肖宗镜顿了顿，道："我听周寅说，这几日你都跟外廷的兄弟换班了？不觉得辛苦？"

姜小乙睁眼说瞎话："不辛苦啊，外廷敞亮，最近天气凉了，正好去晒太阳。"

她心想：肖宗镜为何问这个？难道他怀疑什么了？不应该啊，他那么忙，哪有工夫管她？

"小乙。"

姜小乙激灵了一下，站直身子："在！"

肖宗镜道："过段时间跟我出趟门。"

姜小乙愣了愣，问道："去哪儿啊？"

肖宗镜："丰州。"

丰州在大黎正南面，离天京三千多里，快一杆子支到海里了。

姜小乙奇怪地问道："去丰州做什么？"

肖宗镜道："查案。"

姜小乙又问："那……什么时候走啊？"

肖宗镜道："我这边还有一点儿事，处理好就走。"

姜小乙心里琢磨达七和妙手空空什么时候能得手，很想在出发前拿到玄阴剑。

"怎么？你还有其他事？"肖宗镜问道。

"没……没其他事。"

肖宗镜但笑不语。

姜小乙被他看得后背发凉，干笑两声，道："那……那小的就先退下了。"

“小乙。”她走到门口时，肖宗镜又叫住了她。他盯着她发愣的表情，稍久了一点儿，就好像能透过这层伪装看到那双曾在齐州附近山谷里见过的——精明又稚嫩的眼睛。

姜小乙：“大人可还有话要吩咐小的？”

肖宗镜回神，把到嘴边的话又咽了回去——恐怕她自己都没发现，她一旦心虚，就会自称“小的”。

他道：“没什么，休息去吧。”

当晚，李临来传肖宗镜的话，两日后出发。

姜小乙到浣衣坊找张洪海询问情况。

张洪海告诉她，钥匙已经送出去了，以妙手空空的手段，拿到钥匙当日就会得手，但东西进宫还需要时间。

姜小乙急道：“可我还有两天就要离开京城了。”

张洪海：“今日无论如何都来不及了，最快也要明日傍晚，如果我拿到东西了，会把东西藏到金水河西边的断虹桥下面。”

姜小乙：“好，明晚我会去看的。”

张洪海：“夜晚皇宫巡逻森严，你万事小心。”

这两日姜小乙过得格外焦心。

到了最后一夜，姜小乙躲在房间里偷看外面的天色。

外面月明星稀，不太适合夜行。

她考虑了一会儿，从榻下拿出黄纸朱砂，月下书符。

写好符后，她用两指夹住轻轻一抖，符箓自燃。姜小乙用碗接住灰烬，兑水服下，盘坐榻上，口诵《太上六壬明鉴符阴经》。

很快，她周身生出淡淡的云烟，让她的身体似隐非隐，看不真切。

姜小乙就带着这股烟离开了房间，悄悄跳出侍卫营的高墙。

侍卫营里那几个常驻的人武功都不差，她不敢明目张胆地跑来跑去，只能寄托玄门法术。

这招确实瞒过了当晚执勤的李临，可惜没有瞒过另一个人。

肖宗镜在姜小乙离开房间的瞬间便察觉了，来到窗边，将窗户开了一道缝隙向外看，只见姜小乙的房门一开一闭，却模模糊糊不见人影。

肖宗镜颇为无奈地叹了一口气。

姜小乙穿梭于黑夜之中，一路向南，来到外廷，顺着金水河摸到断虹桥下。踏入金水河时，她冻得哆嗦了一下。

姜小乙心中默念，可千万别让她白来一趟。

她忙着在桥下找东西，并没有注意到崇楼之上有个人正居高临下地看着她。

夜风吹动肖宗镜的发丝和衣摆，这里离断虹桥有几十丈远，又是黑夜，但肖宗镜目力惊人，借着微弱的月光，将断虹桥下荡漾的清波瞧得一清二楚。

后来，他干脆蹲在垂脊上，等着瞧姜小乙要搞什么名堂。

蓦然间，他目光一转，看到远处出现一队人。外廷夜间的巡逻由禁军负责，他们五人一队，提着灯笼朝这边走来。

就在这时，姜小乙找到了张洪海存放的包裹，心下一喜，当场就想打开查验。

肖宗镜随手掰开一块瓦片，朝前一丢，瓦片敲在离断虹桥最近的一棵树上。

"嗯？"姜小乙瞬间警觉。

紧接着肖宗镜便看到一个人影鬼鬼祟祟地从桥下探头出来。姜小乙施了法术，真人他看不清，但河水里的倒影映得清清楚楚。

姜小乙也看到了那队禁军，不敢托大，把包裹系在身上，顺着原路摸了回去。

肖宗镜站在崇楼上看着她溜边离开，轻笑一声，发自内心地道了一句："真像只耗子。"

姜小乙翻回侍卫营，见肖宗镜的房间安安静静，猜想他可能是为了明日出行，早早睡下了。

她回到自己的房间，反手关上门，迫不及待地打开包裹。最上面是数根湿漉漉的金条，她将其拨到一旁，露出下面那把玄阴剑。

宝剑约三尺四寸长，鞘、柄皆为黑色，纯铜装具，极为古朴。她闻了闻剑鞘，应是黑檀木，再观察剑柄，上面有细密的颗粒，摸着手感乃是鲨鱼皮所制。

这剑外表看起来不甚起眼，不料她拔出剑，顿见奇异景象，剑身发出月色般轻柔的光芒，冰凉寒意席卷周身，周围散发一股阴凉冷香。

等她再定睛想细看，光芒又急速消失了。

"这……？"

寒光在如水的剑身上流淌，好像银河，清清楚楚映照人脸。河底藏有七星，靠近剑柄处，以小篆刻着两个字，正是"玄阴"。

姜小乙惊道："果然是好东西！"

她研究了一会儿，低声道："所谓'宝剑配英雄'，这般神兵若留在刘大千或郭绩身边，毫无用武之地，只会渐渐落于俗流。"她举起宝剑，轻轻一弹剑身，笑道，"明日我就将你送到真正的英雄身边，让你蛟龙出水，飞腾升天！"

玄阴剑被她弹出悦耳的嗡鸣声，好似回应。

晴空如洗，这是个出远门的好天气。

李临为肖宗镜和姜小乙此次丰州之行挑选了马匹，送行之时对姜小乙道："果然被我言中了，你接到大活儿了。"他撇了撇嘴，又道，"不过你才来几天啊，大人就要单独带你出门了。此次任务如此重要，可是个立大功的好机会。"

肖宗镜还在房里整理东西，姜小乙跟李临在外院调侃。

“什么味道？我怎么闻着酸溜溜的？为什么带我？想来是大人觉得我最顶用吧。”

李临手掐她的脖子，咬牙切齿地道：“臭小子！蹬鼻子上脸了你！”

不仅李临，营房内的谢瑾对肖宗镜要带姜小乙去丰州的决定也颇有微词。

“军饷之案事关重大，你怎么挑了这么个人一起去？徐怀安呢？周寅呢？就连李临都比他稳妥！”

肖宗镜道：“我自有我的考虑。”

他语气淡然，似是不想多谈。谢瑾知道肖宗镜做事一向深思熟虑，且绝不会拿这么大的案子开玩笑，虽心中有所不满，但也没有再提异议。他思索片刻，道：“敢劫军饷，必是穷凶极恶之徒，你一定要小心。陛下给了你调动驻军的权力，必要之时你就调兵相助，务必找回军饷，查明赵将军的下落，为陛下分忧。”

肖宗镜：“我知道，这一趟少说也要月余，天京城的事就辛苦你了。”

谢瑾：“职责所在，何来辛苦？”

肖宗镜从房间里出来，见姜小乙和李临还在外院闹，你踢我一脚，我打你一拳，好不热闹。

“小乙，走了。”

姜小乙同李临和周寅等人告别，与肖宗镜一起离开了皇宫。

天京城内繁忙拥堵，暂时骑不了马，两个人牵着马匹朝城外走去。肖宗镜记挂着军饷的案子，走一路想一路。姜小乙却不怎么在意案子，只当是出来放风了，走走停停地看热闹，路边卖什么新奇玩意儿都要去瞧一瞧。

她不仅自己瞧，还想拉着肖宗镜一起瞧，可几次暗示下来，肖宗镜都没什么反应，她的兴致也淡了，默不作声地跟在他后面。

走到一条小河边，姜小乙忽然开口：“大人。”

见肖宗镜回头，姜小乙在自己的行囊里翻了翻，掏出一件包着靛蓝方布的长长的物品递给肖宗镜：“这个给您。”

肖宗镜接过，从入手的重量和质感判断出这是一件兵器。

但他还是问了一句：“这是何物？”

姜小乙道：“我上次跟李临出宫时在路边碰到的，您平日没有武器傍身，我看这剑做工还凑合，就买回来了。”

肖宗镜笑道：“哦？送给我的？”

姜小乙：“区区薄礼，不成敬意。”

肖宗镜打开方布，看着手中之物：“剑。”

越到里面就越湿，说明剑鞘和手柄近期浸过水，还没来得及晾干。

想起昨夜姜小乙在金水河里的表现，肖宗镜又在心里叹了一口气。漆黑的玄阴剑置于阳光之下，肖宗镜拿在手里掂了掂，随即将剑抽出——

其实挑选这个时候送剑，姜小乙也是有自己的考量的。

首先是肖宗镜最近被军饷的案子弄得十分严肃，营内人多热闹还好，现在就他们两个人，她不太适应；其次就是昨夜这宝剑无故发光一事，玄之又玄，不好解释，如果她白天送出去，多少可以掩饰一下。

她没想到的是，这玄阴剑光天化日下被肖宗镜拔出，依然发光。而且这一次的光芒更亮，也更为持久，不像昨夜一闪而逝，光芒平和稳定地包裹着剑身，散发出寒意。

肖宗镜微眯起眼眸，此剑绝非凡品："这剑是你在路边碰到的？"

姜小乙"坦然"说道："是啊。哎哟，这……"她做作地捂住嘴，"是小的眼花了？这剑怎么还发光了呢？我买的时候不是这样的啊。"

肖宗镜不言，定睛看着玄阴剑，右手持剑，左手成剑指置于宝剑底部，轻轻抚过。

随着他的手指过处，光芒渐灭，露出锋利而平滑的剑身。

肖宗镜看了剑许久，抬起眼："小乙，这东西不一般，你究竟是从哪里得到的？"

姜小乙嘴硬道："就是上次跟李临出宫时买的啊。"

她心想：从某种层面上讲，自己这话说得也没错。

肖宗镜："从谁那里买的？"

姜小乙："一个外地商人。"

肖宗镜："多少钱？"

姜小乙："六两银子。"

肖宗镜面无表情，往空中随意一挥。

旁侧的一块大石头像豆腐块一样，被他一剑劈到底。

他再问："六两银子？"

姜小乙"唑"了一声，神色如常地道："卖家不识货。"

肖宗镜深吸一口气："姜小乙。"

他都直呼全名了，姜小乙赶忙拿出装傻充愣的本事："大人，小的不敢骗您，这真是在路边买的，我也不知道那人为何如此贱卖。啊……我知道了，是赃物！这东西一定是赃物！不过不要紧，就算是赃物，到我们这里也不知倒了几手了，苦主找不到我们头上的。"

肖宗镜听了哑口无言。

姜小乙不给他再说话的机会，望了望天，道："竟然都这个时辰了。大人，咱们赶快上路吧，可别误了正事。"

说完，她牵着马跑掉了。

肖宗镜看着她的背影，最终还是跟了上去。

两个人出了城，一路向南。

姜小乙早早就领教过肖宗镜赶起路来不要命的架势，渴了饮泉，饿了啃饼，跋山涉水，片刻不停。

一天下来，姜小乙尾巴根上的皮都快被磨掉了。

夜幕降临前，他们赶到一座小村落。村子里只有百十户人家，夜里房门紧闭，路上一个人也没有。

他们来到村子南边的驿站。

驿站与客栈不同，只供官家使用，可以歇脚、换马，不过居住方面的条件相对就简陋了一些。

肖宗镜向驿长出示了符牌，驿长带他们来到二楼客房。

肖宗镜走到门口才想起来，如果不做特殊要求，驿站大多是多人拼房住的。他站在原地尚有些犹豫，姜小乙已经大踏步走进去了。

“大人，任务要紧，还是快些休息，明日早点儿上路。”

肖宗镜：“好吧。”

驿长点燃两盏烛灯，照亮简朴的屋子。

姜小乙放下包裹，落座歇脚。

不一会儿，又来了个驿卒，端来些许饭菜、一盘酱肉，又补了一床铺盖，关好门后离去。

肖宗镜道：“先吃东西吧。”

姜小乙饿极了，埋头开吃，一阵风卷残云后抬起头，见对面的肖宗镜不紧不慢地夹着菜。他的吃相也称不上多斯文，只不过慢条斯理，跟她全然不同。

她舔舔嘴唇，嘴里的肉不自觉地嚼得慢了些。

吃过了饭，肖宗镜把桌椅拖到一旁，余出空间将铺盖铺在地上。

姜小乙见了，忙道：“大人，还是我睡地上吧。”

肖宗镜摇摇头，出门让驿卒烧了两盆热水，简单洗手、擦脸后，吹熄了灯，和衣躺下：“早些休息，明日寅时出发。”

姜小乙钻进被子里，因里面凉丝丝的，便蜷缩成一团，躺了片刻，悄悄往肖宗镜那边看。

黑咕隆咚，什么都看不清楚，她集中精力，勉强能听到肖宗镜沉稳绵长的呼吸。

她一下一下听得昏昏欲睡，就在这时，肖宗镜忽然开口。

“小乙。”

姜小乙迷迷糊糊间还以为是幻觉。

肖宗镜：“知道你没睡着，应个声。”

她这才清醒过来，忙问道：“大人有何吩咐？”

肖宗镜：“我有话想和你说。”

姜小乙支起身子，道：“有什么话，大人请讲。”

肖宗镜：“我好像还从未与你提起过营里的规矩。”

姜小乙微微一顿，心说：他果然没有相信关于玄阴剑的说辞。

肖宗镜：“我知你从前是江湖人，而且以你这习性看，想来你也不是安分的江湖人。”

姜小乙急忙道：“大人，不是的，我——”

“不过，”肖宗镜打断了她的话，“你不用担心我会约束你，一来你进营情况特殊，一部分也算是我的失职；二来我也的确需要你这份与寻常公人不同的机敏。”

说到这里，肖宗镜坐了起来。

他们在黑暗之中面对面，从姜小乙这边看，肖宗镜盘膝而坐，像是夜幕下一座峭然的山峰，他的眼神就是那夜山间流淌的寒泉。她仿佛又回到了当初他邀请她的那一晚，他的话也像那时一样，不急不缓，打着商量。

“所以，我不会查你的来路，也不会限制你的作为，我允许你剑走偏锋。但是小乙，家有家规，你得答应我，心中要有分寸，至少在营内期间，你不能失大节。”

他讲得认真，姜小乙听得也认真。

肖宗镜：“你这么聪明，一定明白我在说什么。”

姜小乙想了想，道：“大人，虽然我不懂什么大道理，但道上也有道上的规矩——红眼耗子出油盆，吃里爬外这种事，放哪儿都是要掉脑袋的。我自从决定跟着您的那一刻起，就绝不会有二心了。”

肖宗镜闻言点头：“好，我信你。”

他拿起枕边的玄阴剑。

姜小乙连忙说道：“这剑真的没问题，大人就放心用吧！”

郭绩不办事，买卖没做成，那这剑就等于还是刘大千的。现被明码标价地拿出来做生意，她干了活儿，拿报酬实属天经地义。

肖宗镜看她郑重而急切的眼神，笑道：“你别这么激动，剑我收下了。”

姜小乙见他松口，心中一喜，趴回被子里。

肖宗镜看着手中的宝剑，低声道：“剑乃兵中君子，百炼之钢，秉天下正气，无妖不斩，有秽皆除。希望我们这次丰州之行也能借此吉寓，斩奸除恶，一切顺利。”

姜小乙道：“定是可以！”

肖宗镜抬眼看她，微一抱拳，轻笑道：“那在下……就多谢小姐赠剑了。”

这一夜，姜小乙睡得格外踏实。

第二天早上，她是被鸡的打鸣声叫起来的。

她模模糊糊地睁开眼，发现肖宗镜早已收拾妥当，正坐在桌旁喝茶。他的坐姿总是很好看，看似放松，却腰背笔直，透着埋在骨子里的挺拔。

太阳还未升起，屋内仅有一点儿微光，与肖宗镜冷淡的神色很是相配。姜小乙见他在发呆，就偷偷看了一会儿。

他喝完半杯茶，淡淡地道：“赖这么久还不起？”

姜小乙连滚带爬地起来了。

就这样，一路风餐露宿，披星戴月，他们终于在六日内赶到了丰州。

进城之前，肖宗镜先把这案子详细地给姜小乙讲述了一遍。

他说得详细，其实也没什么内容，这次劫案十分离奇，没有目击者，没有活口，也不见任何尸首，连具体的案发地点也无法确认，只能大概定在冀县附近。

这次负责押运军饷的是南军名将赵德岐，武艺高绝，连肖宗镜也敬佩三分。原计划与他随行的有三百多名士兵，但是因为前线急需粮草，赵德岐怕行军太慢，亲率卫队五十余人，抄秘密粮道押运粮饷。虽然人数少了很多，但这些都是训练有素，可以以一当十的精兵，竟然就这样无声无息地消失了。

目前最大的问题就是那条临时改的秘密粮道具体在哪儿，无人知晓。冀县县令蔡清派人沿途搜寻，始终没有线索。蔡清似乎是个难得的好官，觉得此案难辞其咎，查不出结果，竟自尽谢罪了。

案子刚到手时，谢瑾分析过，最简单同时也是最坏的猜想——赵德岐叛变了，带着军饷投敌了。

但肖宗镜从未有过这样的怀疑。

首先，没有任何一支敌军传来接收赵德岐的消息。其次，赵德岐的家眷都在天京，他不会全无安排就这么走了，那等同置全家老小于火海之中。而且，就算他真的决定抛家弃子，背主投敌，也不可能只带五十个人走。现在军队都在前线，尤其是跟着他南征北战的私人卫队，人数近三千人，都是生死过命的兄弟，赵德岐要走至少该把这支队伍一起带走。

还有一点，也是肖宗镜不愿怀疑赵德岐的理由。

赵德岐与他的父亲肖谦曾一起在军中任职，他们是关系密切的挚友，赵德岐在他儿时也曾指点过他的武艺。在肖宗镜心中，赵德岐与杨亥一样，是忠君报国的良将——肖宗镜不相信赵德岐会背叛朝廷。

“所以我们此行的目的就是来抓劫匪的？”姜小乙问。

肖宗镜道：“抓劫匪是其一，更重要的是要把军饷找回来，还有查明赵将军的下落。现在南军正在与贼军交战，军心不能乱。记住，我们的动作一定要快。”

姜小乙眺望远处繁忙的丰州城，转了转手里的缰绳，利索地应道：“懂了。”

丰州的地理位置在大黎正南方，是个天然宝地，四季如春，气候宜人。

从天京城赶来的短短六日里，姜小乙亲眼见着干枯荒芜的山野，一路变为翠绿的景致。

大黎最重要的三个商业区域，排第一的当然是天京城。另外两个，其一是已被贼军占领，位于东南沿海的青州；其二便是姜小乙脚下的丰州。

丰州交通便利，四通八达，南部更是有几百里的海岸线做通商之用。与荒凉的齐州不同，这里人口众多，往来客商无数，热闹的同时也鱼龙混杂。

姜小乙从没来过丰州，对这里唯一的了解是北边有一座著名的高山，名为虹舟山，山顶上有南方最大的武林势力——天门。天门的现任掌门便是“四方神”之一，人称拳宗的姚占仙，家大业大，门下弟子无数。

军饷被劫发生在冀县附近，位于丰州中北部。

姜小乙一进城就被忙碌的景象吸引了，大路两旁商铺无数，天南海北的东西都有的卖，北方的山货、南方的茶布、东边的海物、西边的药材……数不胜数，满大街都是商贩和跑腿的伙计，踩得地面尘土飞扬，不时还要有人出来洒水。

这里简直比天京城还要热闹。

肖宗镜扯开领口，挽起袖子，额头上都是汗珠。

确实是太热了。

已经是深秋时节，天京此时寒意袭人，宫里已经开始烧火取暖了，丰州却犹如盛夏，街上打着赤膊干活儿的人比比皆是。

进城时刚好是正午，两个人先找地方简单吃了饭，出来后便朝县衙方向走去。姜小乙一路东张西望，很快目光被路旁一处吸引了，停住脚步，对肖宗镜道：“大人，我想去那边瞧瞧。”

肖宗镜顺着她的目光看过去，是路边一处简陋的食肆，没有屋瓦，只是支了个棚子，卖些简易吃食，食肆旁挂着个牌子，上书二字——“吕坊”。

虽然食肆又破又小，可架不住热闹，一共只有六七张桌子，已被占得满满当当。但是那些人明显不是寻常食客，而是些青皮流氓，挑衅闹事，来往的行人都不自主地躲着那里走。

肖宗镜笑了笑，明知故问道：“是没吃饱，还是另有打算？”

姜小乙赧然道：“大人说笑了，我哪有那么能吃？我就是想去看看。”她向来喜欢这些青皮扎堆的地方，总有新鲜事听。她提议道：“大人，您有您的办法，我有我的路子，咱们不如各查各的，或许这样更快一些。”

肖宗镜道：“好，你想去便去吧，今晚太阳落山前，我们就在这里碰头。”

与肖宗镜分别后，姜小乙走向吕坊。食肆内已经人满为患，没有其他空位了，姜小乙仗着体格小巧，顺着缝隙往里挤。

这些青皮通通看向屋内，那里有一个女子，年纪二十几岁，颇有姿色。她穿着灰色衣衫，下系白色凤尾裙，腰间戴孝，应是家里刚刚办过丧事。她正忙着干活儿，袖子挽了起来，露出白嫩的手腕，发髻也有些凌乱，脸颊不知是热的还是气的，红艳艳的。

青皮们不时调笑她。

“梦妹子，坐下歇会儿吧。”

“就是，一个破坛子你都擦了多久了？过来陪陪哥儿几个。”

“瞧这汗出的，衣裳都快湿透了，爷可什么都看清了！”

他们口出恶语，越来越过分，吕梦忍无可忍，把手里的抹布朝笑声处一扔，泼辣地骂道："有爹生没娘养的狗畜生！你再放屁试试？！老娘撕烂你的嘴！"

打头的青皮想躲，没料到抹布飞得奇快无比，砸在他的脑门儿上，疼得大叫一声："哎呀！"

他捂住额头，再拿开，手心竟然有血。他旁边的同伙捡起抹布一抖，从里面掉出一块石块来。

吕梦冷冷一笑，道："接着叫呀。"

"贱婆娘！怪不得嫁不出去！"那青皮头子气得脸红脖子粗，一拍桌子就想寻事。

吕梦还就等着他闹事，将裙子打了几个旋，往腰上一插，前掌一伸，厉声道："不怕死的就放马过来！"

那青皮头子似是有些忌惮，人不敢上去，但嘴没闲着，讽刺道："跟我们动手算什么能耐？真有本事你就去天门给你爹报仇啊。啊！不对，应该说是接你爹的班，继续骗吃骗喝去！"

一旁角落里的姜小乙听到"天门"二字，眼睛微眯。

吕梦怒道："不许你提我爹！"

青皮头子抓住她的痛处，讥笑道："全丰州谁不知道，你爹都被逐出师门这么久了，还年年上虹舟山，打着切磋的旗号要钱要物！也就是姚掌门脾气好，才忍了这狗皮膏药这么多年。好在老天开眼，终于让这癞皮狗病死了，全丰州的人都在替姚老叫好呀！"

一群人起哄般大笑起来。

吕梦气得面色潮红，眼中含泪，一口银牙几乎要被咬碎了，恨不得这就上去跟这伙人拼命。

青皮头子又道："你弟呢？赶快叫他回来吧，让他把地契交出来，你们赶快滚出丰州。现在出让，我们余爷还能给个好价钱，要是再拖拖拉拉，呵……"

他冷笑一声，点到为止。

就在场面一时僵持不下的时候，有人拍了一下桌子："你吃好没？吃好行个方便？"

青皮头子扭头，见一个瘦弱伙计站在后面，斜着眼睛问话。他没好气地道："你是眼瞎还是耳聋，看不出这儿有事吗？"

姜小乙道："我不瞎也不聋，就是想喝口凉茶。"

这青皮头子看出姜小乙是故意找碴儿了，冷笑着站到她身前，稍一打量，道："生面孔啊，想学人家英雄救美？"

姜小乙："学又怎样？"

青皮头子抬起下巴，周围几桌人都站了起来，将姜小乙团团围住。

吕梦有些着急，拨开人群，朝姜小乙道："用不着你多管闲事，走开！"

青皮头子笑道："嘿，人家不领情啊。"

姜小乙有心想要讨好吕梦，趁着青皮头子笑得正欢，抡起胳膊就是一耳光！

“哎呀！”青皮头子被扇得头晕眼花，惊魂未定，“你……你……你……来人，上！给我上！给他点儿颜色瞧瞧！”

姜小乙心说：我打不赢肖宗镜，打不赢戴王山，难道还打不赢你们？

她脚下动作灵活，左躲右闪，也不出重手，见谁都是一耳光。这些地痞流氓基本都是地头青帮里最底层的人物，只能聚众骚扰平头百姓，没什么真本事，几圈下来被姜小乙扇得人仰马翻。

打头的青皮捂着肿胀的脸，怒道：“哪里来的不懂事的乡巴佬儿？！敢在这儿出头，你给爷等着！”

姜小乙冷哼一声，坐到他刚刚坐的位子上：“我还就等着你了！店家，上茶！”

吕梦端来一壶茶水，见食肆周围都是看热闹的人，对着姜小乙指指点点。吕梦火气上来，朝他们嚷道：“有什么好看的？！都走开点儿！”她把食肆棚梁上绑着的竹帘放下来，遮住外面的视线，然后坐到姜小乙的对面：“小兄弟如何称呼？”

“我叫姜二，姑娘呢？”

“小女姓吕，贱名一个梦字。姜兄弟是外地人？”

姜小乙随口胡编道：“我是齐州铜花县人，跟我大哥来这边想做点儿生意，一进城就见到这帮无赖闹事。十几个人欺负一名弱女子，算什么本事？小弟也是习武之人，看着实是气不过。”

吕梦笑道：“我虽是女子，却一点儿也不弱，只是懒得跟他们一般见识罢了。”说着，她面露难色，“你刚才说你跟你大哥来丰州想做生意，那可坏了。”

姜小乙：“如何坏了？”

吕梦压低声音道：“刚刚那些都是青庭帮的人。”

姜小乙笑道：“蜻蜓帮？我还蚂蚱帮的呢。”

“小兄弟别说笑了！这可不是闹着玩儿的！”

“好，请姑娘详细讲来。”

“青庭帮是本地最大的帮会，下有几十个香堂，遍布全丰州。刚才那伙人就是老鹰堂的，专管冀县东边这一块地方。你跟你大哥来这儿做生意，不去拜码头不说，还开罪了他们，以后想行事可难了。”

姜小乙不屑地道：“他们有这么大的本事？谁想做生意还得经过他们的同意？”

吕梦道：“别处我不知，但在丰州，向来都是帮会管事。”

姜小乙问道：“本地衙门呢？”

吕梦道：“衙门里才几个人？丰州重商，做生意的人不跟这些黑道交好，货连丰州都出不去。现在世道太乱了，刚死的县太爷自己家就是做绸布生意的，他们家的货前几个月都叫人给抢了，更别说是普通百姓了。”

姜小乙道：“这么厉害？那这个青庭帮的帮主是谁？人在何处？”

吕梦道：“帮主是‘独眼金镖’钱啸川，他的仇家多，不是帮内要人是不可能知道他的下落的。”

姜小乙暗暗思忖：这青庭帮跟军饷的案子会不会有什么关系?

吕梦见其不说话了，以为对方是害怕了，安慰道：“他们肯定还会再来找你，这个……”她从怀里掏出一小包银子递给姜小乙，“你把这个给他们，趁现在事还没闹大，向他们服个软。”

姜小乙把银子拿在手里掂了掂，怎么也有十几两，从这小店稀稀拉拉的食客看，这对吕梦来说应该不是一笔小钱。

“这未免太多了吧。”

吕梦道：“老鹰堂想要这块地，天天有人在这儿闹事，本地人都怕他们，我已经……”她说着说着，顿了一下，才又低声道，“我已经很久没有碰到愿意出手相助的人了。姜兄弟，你是个好人，我不能让你因我受了委屈。”

姜小乙心想：不管再如何洒脱泼辣，吕梦说到底还是个姑娘家。

姜小乙将银子推了回去，笑道：“我不怕他们，要来便来。”

在刚刚短短的一段时间里，姜小乙已捋清思路。

以往她跟达七搭伙，那是个无可救药的懒货，能躺着绝不坐着，能坐着绝不站着。她打探消息，通常只能暗地挖门子盗洞，一点点推进。但是现在有了肖宗镜这个撒手锏在，她能用的方法就多了起来。

他们在丰州人生地不熟，而且时间紧迫，综合所有条件，姜小乙觉得最好的方法就是引蛇出洞。

吕梦还想劝点儿什么，忽然有个男子摔进竹帘，扑到一旁的凳子上。姜小乙还以为是谁来偷袭了，连忙起身防备。

“阿圆！”吕梦见到来人，惊呼了一声。

姜小乙仔细看，这男子年纪跟吕梦差不多，体形比自己还瘦弱。他穿着一身灰色短打，袖口、裤脚都扎着，粘了些许树叶、灰尘，像是经过了一番跌打。他的容貌与吕梦非常像，都是细嫩的脸蛋儿、姣好的五官，眉清目秀。

吕梦扶起他，介绍道：“这是我的胞弟吕圆。”

姜小乙：“你们长得可真像啊。”

吕梦：“我们是双胞胎，所以才像。阿圆，这位是姜二兄弟，刚刚是他帮了阿姊。”

吕圆朝姜小乙拱拱手，拳都抱不紧，气也喘不匀，浑身抖如筛糠：“多……多……多——哎哟！”

谢到一半，吕圆腿一打弯又要跪下去。

姜小乙忙上前扶他：“出什么事了？圆兄弟可是被歹人欺负了？”

吕圆摇头，也说不出话来。吕梦扶他坐好，端来凉茶和点心，又去后厨准备了些饭菜。

姜小乙看着吕圆吃了两碗饭，总算缓过来些。

吕圆道："小弟失态了，见笑了。"

姜小乙道："你这是怎么了？"

吕圆道："没事没事，刚刚练拳归来。"说到这里，他转向吕梦，神色肃穆道："阿姊，我这次真的悟了！"

吕梦叹了一口气，到一旁擦起桌子来，似是对他要说之事毫不关心。

倒是姜小乙好奇地问道："你悟什么了？"

吕圆道："我爹的拳法！"

姜小乙又问："令尊用的是什么拳法？"

吕圆严肃道："随心所欲拳！"

姜小乙顿了顿，继续问道："恕兄弟孤陋寡闻，还有这种拳？"

吕梦听得脸颊发红，颇为难为情："别听他胡说，根本不是叫这个。"

"怎么不是叫这个？"吕圆不满地道，"我问过爹，是他亲口说的，就是叫随心所欲拳。"

吕梦道："那是爹乱说的。他想让你专心读书，随口唬你的。"

吕圆道："好呀，那你倒是说说，不叫随心所欲拳，那叫什么？"

"这……"吕梦犹豫道，"虽然爹从没说过，不过肯定不是叫那个。"

姜小乙坐着看了一会儿姐弟俩拌嘴，又看看外面的天色，心想：这老鹰堂的人怎么还不来？该不会小半日下来连条像样的地头蛇都见不到吧？

这念头刚一起，竹帘外的人声忽然沸腾起来，有人大声呼喝着赶走了周围百姓，"呼啦啦"将食肆围了起来。

吕梦站起身来，紧张地说道："糟了，耽误太久了，他们来找你的麻烦了！"

姜小乙冷哼一声，心说就怕他们不来。

竹帘被掀开，几名喽啰打头进入食肆，气势汹汹地踹开桌椅板凳，簇拥着一名壮汉进入。

姜小乙观察来人，四十岁左右，身高七尺有余，面方颌阔，厚厚的嘴巴紧紧闭起，颧骨高耸，目如铜铃，太阳穴凸起，面泛青光，背上还背着一把鬼头大环刀，可谓气势凛然。

姜小乙坐在椅子上一动不动。

那名领头的青皮拨开人群，来到她面前。

吕梦挡住他，厉声道："你们想干什么？！有什么事找我，别牵扯外人！"

青皮头子冷笑道："现在说这个，已经晚了！"他拨开吕梦，来到姜小乙面前："小兔崽子，你可知这位是谁？"

姜小乙道："不知。"

青皮头子大笑一声，道："井底之蛙没见过天！这位是我们老鹰堂副堂主，江湖人称‘青面马’的马雄飞马爷是也！”

这位青面马在被人介绍完后，将大环刀往地上一戳，地面登时下陷三分。他气息浑厚，声如洪钟地说道：“你虽瘦小，但胆识不差，竟敢留在这里等我们。马爷敬你算是条汉子，今日就给你指个道。你伤了我的人，不能白伤，留下右手，发誓再不进丰州地界，我就放你活着离开。”

姜小乙哈哈大笑：“留下右手不可能，离开丰州更不可能，我和我大哥来这里是要发财的，谁也别想挡道！”

马雄飞道：“发财？你是何人？你大哥又是何人？”

姜小乙一拍桌子，高声道：“我和我大哥是齐州铜花县人，鄙号‘翻山鼠’，我大哥则是‘混江龙’！我们兄弟并称‘铜花双侠’，你可曾听过？”

她脑子一热编出这么个名号，人家上哪儿听去？

马雄飞满肚子里搜刮着这两个名号，那青皮头子先开口了：“什么狗屁的翻山鼠、混江龙，听着就是两个不入流的草莽，也配跟马爷叫号？！”

马雄飞想了一会儿，也确实没听说过什么铜花双侠，见姜小乙年纪轻轻，甚至带着点儿稚气，心下断定这应该是个初出茅庐，学了两下拳脚便想扬名立万的愣头儿青。

他沉沉一笑，道：“小子，我看你这是火神庙里点灯——找错门了！”

说完，他将大环刀交给身旁的跟班，似是觉得小小阵仗不需兵器：“给了活路你不走，就别怪马爷手下无情了。”

姜小乙提神聚气，准备会会这位青面马，忽然眼前一晃，竟是吕圆挡在她身前。

姜小乙歪了歪头：“圆兄弟……？”

吕圆抬手，一本正经地道：“不用说了，我爹教过我们，为人要‘义’字当先，我是绝对不会让你为我们涉险的。”他活动活动手脚，“正好我今日有所领悟，就拿他来试拳了。”

言罢，他缓缓抬臂，前手成掌，后手成拳，脚成虚步，起了一个架势，口中念念有词：“所谓随心所欲拳，重要的就是随心，手随心转，法从手出，以意念控制身体，再由身体启发意念，环环相扣，生生不息。我先试一套‘抢风拳’看看——”

吕圆看着就是个手无缚鸡之力的书生，姜小乙一直觉得他说的什么拳法都是闹着玩儿的，没想到他这一拳出去，还真惊到了自己。

吕圆出拳很快，而且他的拳很奇怪，先是一记普通的直拳出去，马雄飞完全没放在心上，抬掌准备将拳头拍飞。结果吕圆中途突然变阵，脚下一个虚晃，移到马雄飞的身侧，直拳也变成了钻拳，照着马雄飞的太阳穴打去。马雄飞抬起左臂格挡，不料没碰到拳。吕圆再次变阵，又一个虚晃，来到马雄飞身后，钻拳改劈掌，朝马雄飞的后脑勺拍去——

马雄飞忍无可忍，怒骂一句：“别他娘的转了！”

随即他一个猴子捞月，想要抓住吕圆的衣裳，没想到吕圆身法灵活，那一掌也不打后脑勺了，改打马雄飞抓过来的手，“啪”的一下，脱身而出。

虽然拳法有些凌乱，但是姜小乙可以看出，吕圆确实是有点儿功夫的。

吕梦惊喜道：“阿圆，你还真悟了！”

吕圆道：“都跟你说了，谁叫你不信我？”

马雄飞大怒道：“废话连篇！”

他一个箭步上前，两个人再次缠斗到一起。姜小乙在旁边看着，不一会儿就发现了问题。这吕圆身法倒是灵活，但只能躲，打不到人。一到关键时刻，他就会像刚刚那样突然变阵，变来变去，看得人心急。

吕梦：“阿圆！你倒是打他啊！”

吕圆：“好好好！这就打！”

他嘴里这样说，可手上还是没变化。

姜小乙心道：这样下去岂不是白耗力气？瞧吕圆这点儿功底，在马雄飞手下，最多也就能撑半炷香时间。

姜小乙明显高估了吕圆。别说半炷香时间，她这念头刚一起吕圆就不行了。他腿上功夫不扎实，绕来绕去，小腿很快开始抽筋，“哎哟”一声歪倒在地。马雄飞冷笑着抓住吕圆的胸口，拎小鸡一样将他提到面前。

“怎么着，你接着转呀？”

一旁的青皮们齐声叫好。

吕圆还想挣扎，竟张着嘴朝马雄飞的脖子咬去！

马雄飞大骂一声：“小畜生！”

他往外狠狠一扔——吕圆摔到地上，疼得满头流汗。

“你这狗贼！”吕梦见胞弟受苦，拾起桌上的茶碗朝马雄飞掷去，人也随着碗一同向前，击向马雄飞的肋下。

马雄飞冷哼一声，迎面拆招。

姜小乙把吕圆扶起来，看他脚下发虚，额头湿透，可见消耗了太多体力。

他颤巍巍地看向吕梦：“阿姊小心，此贼好大的力气！”

吕梦缠起裙摆，杏目圆瞪：“马雄飞！我们吕家到底哪里得罪了你们青庭帮？我爹刚去，你们便欺人抢地，一再相逼！”

马雄飞冷笑道：“闲话休问，你只管照做便是。”

吕梦道：“好，那咱们今日就新仇旧恨一并算了！”

她叱喝一声，劈拳向前。她的功夫与吕圆同出一门，不过功底强了一大截，没有那诸多变化，单精燕形拳。只见她脚步轻盈，形似游燕，腰如轴立，身法敏捷多变，拳势密不透风，专挑眼睛、喉咙、下裆这种要命的部位下手。

马雄飞沉喝一句：“好阴险的婆娘！”

吕梦道：“武功再阴，阴得过人心吗？”

马雄飞脸色一冷，道："你学了你爹几成功夫？"

吕梦道："几成又如何？"

马雄飞道："听闻你爹与拳宗姚老同拜天门老掌门为师，精通拳术，马爷一直十分向往，可惜未曾有机会领教。所以我今日前来，除了为老鹰堂的兄弟们出气，也想趁机讨教几招。真是可惜，你弟就不用说了，你的功夫虽比他强，但也不够看，如果你得了你爹的真传，那只能说明坊间传闻尽不可信。"

吕梦大怒："凭你也配提我爹？！"

说完，她再次攻了上去。

这次马雄飞不再留手，重重一喝，含胸拔背，松肩坠肘，真气蓬勃，整个上半身的肌肉遒劲鼓胀，比之前大了一半还多，实是骇人。青皮们见了士气大振，纷纷大喝，一声声"马爷"将食肆撑得鼎沸轰鸣。

马雄飞大吼一声："留神了！"

吕梦见他气势如虹，不敢硬接，化攻为守。马雄飞这一次比之前不知快了多少倍，拳如落星，一下下打出去，竟然响出爆炸般的雷声，可见内力之雄厚。

炮拳刚劲，燕拳阴柔，本是柔能克刚，可再相克的功夫也架不住功底的差距。

两个人几番拆招，吕梦渐落下风，马雄飞找准时机，迎面一拳击出——吕梦来不及躲闪，双掌在胸前相叠。刚拳对细掌，吕梦觉得自己像被攻城的木车撞了一样，根本承受不住这气力，整个人向后飞了出去。

吕圆惊慌道："阿姊——"

姜小乙推开他，两步上前托住吕梦的后背，掌心在她背上转了那么小半圈，将力道卸去大半，落到地上。

吕圆上前扶住吕梦："阿姊，你没事吧？"

吕梦摇摇头，胸口一滞，一口血被吐了出来。

吕圆大惊："阿姊！"

吕梦道："皮肉伤，没大碍。"她对站在她身前的姜小乙说道："姜兄弟，我们姐弟拦住他，你快些走吧！"

姜小乙："这叫什么话？你们且在后面歇着，我来会会他。"

旁边的青皮头子大笑道："来来来，通通上来，看我们马爷不把你们一盘端了！"

马雄飞气势正盛："终于轮到你了。你伤了老鹰堂的人，这笔账可要好好算算！"

姜小乙冷笑："哟，就怕你四体发达，脑子不灵，算不明白呢。"

马雄飞怒喝一声："休要嘴皮！"

马雄飞冲向姜小乙。他不知姜小乙的功夫深浅，没有贸然进攻，而是晃了几个虚招儿。姜小乙比吕梦身法更为灵巧，穿梭在他的拳臂之间，滑得像条泥鳅。马雄飞真气蓬勃，拳掌之间磨出"噼啪"的电鸣声，摄人心魄。不过姜小乙见多识广，更是面对面会过肖宗镜和戴王山这种当世顶尖高手，所以对马雄飞这一手也没怎么瞧入眼。

她基本摸清了他的路子，抽空退了三步，站定道："其实我擅长的不是拳脚功夫，但是今日赶鸭子上架，只能献丑了。"

说完，她化拳为掌，侧身迎敌。

再次交锋，姜小乙以掌代拳，攻击套路怪异莫名。马雄飞一时难以适应，以守为先。姜小乙身捷步灵，虚实难辨，出掌力道不大，却刁钻莫测，难以琢磨。马雄飞被骗过一招，姜小乙以一个极为古怪的姿势翻到他身旁，掌心凝聚真力，朝马雄飞的腰眼打去。

马雄飞感觉身侧起了寒风，深知这掌非同小可，连忙向旁边翻滚，狼狈抽身。

这几招下来，马雄飞明白了姜小乙也非寻常角色，口中喃喃道："这是八母掌，手法正统，难道是道门中人？铜花双侠……的确不曾听过啊。"

姜小乙："念叨什么？不是要教训我吗？我还等着呢。"

马雄飞大喝一声："拿我的刀来！"

跟班连忙捧来他的鬼头大环刀。

马雄飞抽刀在手，凶神恶煞地道："不管你是何人，今日你这条命，马爷都收下了！"

姜小乙啐了他一口，大骂道："老子的命在这里，有本事来拿！"

马雄飞一刀劈下，姜小乙向后翻起，刀砍烂了桌子，还入地三寸。

马雄飞抽出刀子，大吼一声，追身上前。一番缠头裹脑、破空斩棘的连环劈下来，桌椅板凳碎得稀烂。姜小乙东躲西躲，捡起灶台上的碗、筷、盘子一个个扔出去，尽数被马雄飞砍碎。瓷碴儿飞溅得哪儿都是，青皮们也遭了罪，捂着脑袋四处躲闪。吕氏姐弟见姜小乙在马雄飞手下尚有余力，连连叫好助阵。

狭窄的食肆里登时一片混乱。

马雄飞将姜小乙逼至角落，吼道："看你还往哪里躲？"

他一记横刀，姜小乙往上一蹦，站到柜台上。马雄飞将刀高高举起，还要再劈，却发现劈不动了。

不知何时，自己的手腕竟然被人从后面握住了，那人逆着关节轻轻一拧，他吃不住力，"哎呀"一声刀脱了手。

马雄飞回头，见一黑衣男子手持着刀，平静地看着他。

食肆里霎时静悄悄的，大家都没注意这人是什么时候进来的。

姜小乙见了来人，兴奋之情溢于言表，张口道："大——"她刚想喊"大人"，后马上意识到不对，改口道，"大哥！"

马雄飞面目狰狞，恶狠狠地道："好好好，你就是混江龙了！"

肖宗镜神色木然地听着这个名号，环看满屋狼藉，抱在一起的姐弟、捂着脑袋的青皮和站在柜台上的姜小乙，一时之间，竟不知该从何问起。

肖宗镜虽没弄懂现下的情形，但总不会拆自己人的台便是了。

姜小乙从柜台上蹦下来，对马雄飞道："这位便是我大哥，人称混江龙的肖大！识相的话你就跪下认错，免你一顿皮肉之苦！"

马雄飞狠狠地"呸"了一声，骂道："小兔崽子，马爷就先收拾了你大哥，再来解决你！"

说完，他再次含胸拔背，鼓足真气，朝肖宗镜攻过去。这一次他不再试探，出手就是全无保留的杀招儿，拳风较之前更为猛烈，刚拳带出的"轰隆"之声迅疾霸道，听得围观众人胆战心惊。

肖宗镜格开他的拳头，道："发劲似爆炮，出拳如捶落，原来阁下是练老炮捶的。"

马雄飞道："马爷这套雷山炮捶师承金刚寺普照和尚，这可是正统古拳术，今日就让你开开眼！"

肖宗镜淡淡地说道："武术不过是格斗技法，正不正统、传自谁，都是虚的，好用才是硬道理。"

马雄飞骂道："没见识的乡巴佬儿！雷山炮捶可是上传三皇的神拳！看招——"

见他又挥出一拳，这次肖宗镜不再与他周旋，左手背后，右手从下一翻，拿住了马雄飞的手，一扭、一转、一扣，身形原地小转半圈。眨眼间，他已站到马雄飞身后，三指压在马雄飞的腕心上，掐住其命门，令马雄飞当即不能动了。

他使力之巧、身法之精，马雄飞直到被拿住都没回过神。

肖宗镜："看来三皇用得好，未必阁下就用得好。"

马雄飞一张青脸憋得通红："你使赖！放开爷爷，咱们重新打过！"

姜小乙跳过来，照着他的胸口就是一记飞踹："去你的！"

马雄飞刚巧被踹到吕氏姐弟面前。

吕梦大骂道："畜生！"

她一个耳光打得马雄飞满嘴是血。吕圆拾起地上的茶壶，大喝一声，照着他的脑袋上砸了个稀烂。

马雄飞被这么一条龙"伺候"一轮，终于两眼一翻，晕了过去。

青皮们这时才回过神来，跟死了爹一样冲到马雄飞身旁，此起彼伏地号叫。

"马爷——"

"马爷呀！"

"坏了！出人命了！出人命了！"

"马爷，你死得好惨哪！"

吕圆到底是个读书人，听着这叫声有点儿发慌，心想：该不会真出人命了吧？那可是要吃官司的。

他上去摸了摸马雄飞的脉，登时叱道："去去去，都哭什么假丧？！他还没死呢！赶紧抬走！别耽搁我们做生意！"

青皮头子心说：你这破店都被砸成这样了，还做个狗屁的生意。

他往旁边一瞥，见那混江龙坐在整座棚子里仅剩的一张椅子上，完全不在意周遭的乱象，那翻山鼠则立在混江龙身旁，忙着给其倒凉茶。青皮头子心知今日败得彻底，叫人架起马雄飞，对姜小乙等人道："行，看来你们是打定主意要与青庭帮作对了，你们可别后悔！"

吕梦嘲讽道："打不赢就趁早滚蛋！总要留几句废话，晦气！"

青皮头子气得后脑勺发烫，可又无可奈何，狠狠一咬牙，带着人离开了。

吕圆从地上蹦起来，满脸兴奋地来到肖宗镜和姜小乙面前："二位哥哥！今日多谢你们相助了！"

姜小乙笑道："好说，只是可惜了店里这些桌椅，等一下赔你们银子。"

吕圆摆手道："不用不用，都是些破烂儿，不值钱。"他看向肖宗镜："这位是……？"

姜小乙："哦，我来帮你们引见。大哥，这是吕家姐弟，这位是吕梦，这位是吕圆。二位，这是我大哥肖大，江湖人称混江龙，与小弟并称铜花双侠！"

吕圆赞叹道："果然是侠肝义胆，英武不凡！"

吕梦笑道："你们兄弟俩的名字倒也有趣。阿圆，你先带他们到后院休息，我把这里收拾一下。"

这家吕坊属于前店后户，食肆后面就是吕家姐弟的住处，一间小小的院子，南边有一口老井，还有一个磨盘，四周种了梨树。院落不大，好在精致且整洁大方。吕圆把他们迎进屋，然后就出门买酒买肉去了。

大门敞着，夕阳的余晖洒在院子里，又顺着青石地面爬到屋内的桌子上。

人走光了，姜小乙与肖宗镜面对面坐着。肖宗镜一手搭在桌面上，指尖轻轻点了点桌子。姜小乙立马起身认错："大人恕罪，小的口无遮拦，胡说了许多话。"

肖宗镜道："说什么无所谓，这一日下来，你可有收获？"

姜小乙沉思片刻，道："大人，我们分开之后，我听到了这些……"

她将自己在吕坊的所见所闻尽数对肖宗镜道来，最后说道："大人，我原本只想看个热闹，没想到这对姐弟的爹竟然与天门颇有渊源，应当不是普通人物。后来我又听吕梦说，他们招惹上的这个青庭帮是丰州本地最大的黑帮，人数众多。我猜想，军饷的案子或许跟这些地方势力有关，所以就替他们出头了。"

肖宗镜点了点头，道："这倒是与我想的不谋而合。我今日见了冀县新县令刘叔范，他说这案子蹊跷得很，全程无声无息。由此推断，作案的人一定对丰州地界了如指掌。天门尚不了解，不过这个青庭帮的耳目遍布全丰州，就算不是他们做的，我觉得他们大概也能听到点儿风声。"

姜小乙问："新县令？冀县已经有新县令了？"

肖宗镜"嗯"了一声，道："老县令蔡清自尽谢罪，这个刘叔范是太守章太竹临时任命的。"说着，他叹了口气，"我今日去给蔡清上了香。可怜他的遗孤年岁还那么小，我定当奏报朝廷，给他们一笔抚恤金。”

姜小乙：“那这新县令对这案子可有什么想法？”

肖宗镜摇头道：“没有，现在全县已经戒严，但是封不了太久。丰州是商业重地，是朝廷的纳税大户，一直封锁的话，损失太大了。”

简而言之，他们还是要快。

姜小乙道：“大人，我觉得我们该找那个青庭帮的帮主问一问。”

肖宗镜道：“有理。”

姜小乙又道：“不过这些地头魁首往往藏得深，我们主动探寻会慢些，被他们找却很快。我想借着吕家姐弟，惹他们上门来。”

肖宗镜道：“你倒是经验颇丰。”他又想到了什么，忽然笑了笑，调侃道，“你今日出了不小的风头啊，翻山鼠！”

姜小乙耳根一热：“小的刚刚忘记说了，我做这决定也与大人有关。”

“哦？”

姜小乙义正词严道：“正是因为大人英明神武、万夫莫敌，所以我才有这个胆子正面挑战青庭帮。我哪有什么风头呢？只不过是沾了大人的光！”

这话倒也不是假的，行走江湖，随机应变是基础，今日若换成与达七搭伙，姜小乙死也不会这样闹。

肖宗镜面带笑意，琢磨道：“翻山鼠、混江龙……你我既是兄弟，为何你是鼠，我是龙呢？”

姜小乙嘿嘿一笑，搓手道：“小的与大人的差距，何止是鼠和龙啊？”

肖宗镜但笑不语。其实姜小乙当下这副神情，他十分熟悉。这应该是她这几年装孙子走江湖养成的习惯，龇牙假笑，点头哈腰，一副标准的谄媚之相，形容不可谓不猥琐。但自己又知晓她真正的为人，所以这副样貌落在他眼中，莫名地带了点儿憨态可掬的意味，惹人发笑。他看着看着，一日下来焦灼的心情，竟也缓解了几分。

过了一会儿，吕圆将酒肉买了回来，吕梦也打扫好了食肆，做了一桌好菜，招呼姜小乙和肖宗镜来吃。四个人围在一起同吃同饮。姜小乙性格开朗洒脱，轻而易举地就跟吕氏姐弟打成了一片。

几坛酒下肚，他们越聊越投机。姜小乙套话功夫一流，几番来去，吕氏姐弟几乎把自己的家底全交代出来了。

原来他们的父亲吕顺与拳宗姚占仙曾是同门师兄弟，但二十几年前，吕顺因忤逆师父被逐出天门，来到冀县开了这么一家小小的食肆过活。

可惜他不太会做生意，年年亏本，生意惨淡。后来姚占仙担任新的掌门人，吕顺便每年都上虹舟山找姚占仙切磋，二十几年来从未间断。他们的切磋都是闭门进行，没人知道结果，但吕顺离开时总是带着百八十两银子。久而久之，大家都知道了，这吕顺切磋是假，向师兄要钱是真。

就在上个月初十，吕顺照常上虹舟山找姚占仙切磋，可这次其状态不太好，上山前身体便有恙，最后竟然在比武之时因心力衰竭暴死当场。天门将尸首送回，给了三百两银子的安葬费用，便不再过问。

姜小乙听到“上月初十”这个时间，心中一动。

朝廷收到章太竹的奏章是十月末，奏章中提到，军饷本该在十月初十送到南军手中，可延了两日还未到，南军那边便遣人催促。后来又过了几日，丰州太守章太竹和南部驻军才发现事情不对，紧急派人进京。

虽然章太竹在发现军饷失踪之后，立即下令全城戒严，派兵严防死守各处关卡通道，查询往来货物，但还是太晚了。

在讲完吕顺的事情后，桌上的气氛有些压抑，尤其是吕梦——提到死去的爹爹，她几度哽咽，眼睛也红了。吕圆倒还好，帮他姐姐又倒了一碗酒。

姜小乙问：“圆兄弟，你姐说你之前是个书生，怎么突然习武了？”

吕圆：“我要去找姚占仙。”

姜小乙：“你要报仇？”

吕圆：“我爹是自愿去切磋的，报仇谈不上，我只是想问个明白。”

姜小乙：“问什么？”

吕圆淡然一笑，道：“不管别人如何非议，我始终认为我爹不是他们说的那种人。我爹的拳法厉害得很，他每次去切磋都很郑重，绝不会单纯为了要钱。我一定要找姚占仙，让他为我爹正名。”

姜小乙：“你爹很看重跟姚占仙的比武？”

吕梦：“对，这是爹一年当中最重视的事。为了集中精神，他还会提前两日进山采月荧草。这种草是丰州特产，在月光之下会发出荧光，生在百丈绝壁之上，人在采草时稍有不慎便会摔死。所以能采到月荧草的，无一不是丰州最顶尖的武者。每次他成功采回月荧草，都会把它煮成水喝，然后静心斋戒，准备迎战。”

姜小乙：“煮水？这草药有什么功效？”

吕梦：“说来也神奇，月荧草是用来解蛇毒的，其本身也有毒性，若误食会浑身钝痛难耐，可我爹喝完无碍，反而神清气爽。”

姜小乙点点头，又问道：“我们兄弟想来丰州做点儿小生意，最近风头可好？”

吕梦道：“不算好，最近官兵突然多了起来，各路都查得很严，从上个月中旬便开始了。”

姜小乙问：“是出了什么事吗？”

吕梦小声说道：“坊间传言是南军的军饷被劫了。”

姜小乙故作惊讶道：“军饷被劫？谁能有这么大的本事，竟然敢劫军饷？”

吕梦道：“这谁能知道？不过本地最有实力的组织就是青庭帮和天门——青庭帮是黑道，活跃于市井间；天门是武林门派，扬名于江湖中。若是本地人做的，这两家最有可能。”

姜小乙心想：吕梦所言倒是与她的分析一样。

她正思索着，一旁的吕圆却忽然开口道：“我倒觉得不像是本地人干的。”

吕圆这一句话引起了姜小乙的兴趣。

“圆兄弟为何这样认为？”

吕圆：“兔子还不吃窝边草呢，青庭帮和天门在丰州都属于老辈分了。尤其是天门，他们立派的时间比大黎立朝还早，树大根深，财力雄厚。而且他们门派向来有规矩，绝不参与官家事，又何必在自家门口犯下这么大的案子？”

姜小乙暗忖：他这话似乎有几分道理。

她又问：“那青庭帮呢？”

吕圆摸了摸下巴，道：“青庭帮还真说不准。他们没有天门根基深，是最近几年才成名的，不过在丰州也算是有头有脸了。虽说最近几年不算景气，但他们多少也有的赚，没必要抢这一票，得罪朝廷惹祸上身。不过……”他话音一转，又道，“我倒希望是青庭帮干的。”

姜小乙：“哦？为何？”

吕圆开心地一拍手，笑道：“让他们跟狗朝廷斗一斗啊！所谓狗咬狗一嘴毛，咱们就作壁上观，看看家狗、野狗哪个凶！”

姜小乙听着这一堆“狗”字，头皮略麻，悄悄瞥向肖宗镜。

肖宗镜神色如常，正独自饮酒。

姜小乙接着问：“这青庭帮的当家的，圆兄弟熟悉吗？”

吕圆：“当家的是独眼金镖钱啸川，在我们丰州很有名，是六年前才接了他爹的班。从前丰州有不少黑道势力，青庭帮只是其中之一，是他接手后才逐步做大的。此人心思深沉，善于用人。原本青庭帮在冀县都是做亏本生意的，后来他提拔了一个叫余英的账房做冀县四堂之主，就是现在老鹰堂的堂主，不到一年就扭亏为盈了。”说着，他冷笑一声，“不过，就是这个贼人要拿我们家的地的，我就是死也不会让给他们的！”

姜小乙道：“圆兄弟别激动，总会有办法的。你可知这钱啸川在哪里？或许可以与他面谈试试。”

吕圆愤然道：“跟这些人怎么可能说得通？他们哪儿是讲理之人？而且我们绝见不到钱啸川。青庭帮的老巢在丰州最中央的应城，但钱啸川仇家太多，行踪不定，连他们帮内的人都很少知道总舵在哪儿。不过这么一想，钱啸川为人如此奸诈阴险，又胆大包天，如果这军饷的案子真是本地人做的，那绝对有他们的一份‘功劳’。哼，想来这帮畜生今年是发大财了。”

一旁的吕梦见大伙儿吃得差不多了，便起身收拾桌子。

“谁干的都跟我们无关，你少琢磨这些事，老老实实地读书，不要再动习武的念头了。爹不教你，就说明你不是那块料。”

吕圆蹙眉道：“我偏要学！姚占仙是我爹一生的心魔，他老人家一辈子被人非议，却对天门只字不提，就这样莫名其妙地去了。我心中有结，根本读不进书。我一定要会会姚占仙。”

吕梦当即给他泼了一盆冷水，道：“你还想会姚占仙？你信不信你连他的面都见不到就会被丢下虹舟山？”

吕圆：“不信，我一定见得到。”

姐弟俩没说几句话又吵了起来。

吕梦手叉腰，居高临下地道：“就算见到了又怎样？你有几斤几两？马雄飞你都打不过，还敢找姚占仙的麻烦，上赶着去送死吗？”

吕圆的倔劲儿也上来了，眉毛一挑：“我就是被姚占仙一掌拍死也要去！我若真死在他手里，那也是命中注定！”

吕梦被他气得腮帮子发鼓：“爹顶着骂名向姚占仙要钱，就是为了供你读书，让你考取功名。你竟然说出这种话，你对得起他吗？！”

“我都说了爹绝对不是为了钱！”吕圆不屑地冷笑了一声，“更何况，那破功名有什么可考的？谁不知道现在乡试都是明码标价了？我又不是没考过，结果被人用二百两银子就换了名次。阿姊，这朝廷从里到外都已经烂透了，臭气熏天，我们何必硬凑上去？！”

姜小乙手指头抠了抠下巴，眼神不知该落在哪里。

其实，就她下山这三年的见闻来看，民间对朝廷的态度普遍如此。以前她都是当热闹看的，但自从跟了肖宗镜，心态有所改变，今日这热闹看得多少就有些尴尬了。

不过肖宗镜自始至终只是安静地坐在那里，没什么表情，一杯接一杯地喝酒。

吕梦道：“就算你不想考功名，我也不能让你白白丢了性命。我已经想好了，大不了就将这块地卖给青庭帮，我们去瑱州。那是爹的老家，他从前总说将来要带我们回瑱州生活，那里还有我们的亲人。往好处想，这次也算是个时机吧。”

吕圆断然拒绝：“不，我生在丰州长在丰州，这辈子都要留在这里。”顿了顿，他又道，“而且心结不解，我比死还难受，不论去哪里都过不了好日子的。我一定要把爹的拳法练好，上虹舟山找姚占仙讨个说法！”

见这倔驴说什么就是不转弯，吕梦急得火烧火燎。

就在这时，肖宗镜开口了：“令尊所用是何种拳法？”

这个姜小乙知道。

她抢先回答道：“大哥，是随心所欲拳！”

肖宗镜跟姜小乙当初一样，听了这拳法的名字也顿了片刻，方道：“我听闻两百年前，虹舟山上有一名云海山人。他本是一名耕夫，在劳作之余研究山野间的花鸟鱼虫、飞禽走兽，创出一种包罗万象、神奇莫测的拳法，自此开宗立派，起名‘天门’。”

吕圆激动地道："没错！看来肖大哥是懂行的！听说天门中的拳谱如浩瀚烟海，学之不尽，我爹只学了数套象形拳，二十几岁就下山了，后来自己钻研，才变为随心所欲拳。"

吕梦无奈地道："都说了不是叫这个，你还乱说。"她对肖宗镜道："我爹最初学的就是象形拳，我的燕拳就是小时候跟他学的。但后来或许是因为没有师门指点，我爹自己闷头苦练，结果越练越奇怪，到最后什么形都没了。"

吕圆道："才不奇怪，明明很厉害！"

眼见两个人又要开始拌嘴，肖宗镜对吕圆道："你可否将拳法演练一番，让我看看？"

吕圆道："当然可以！不过我爹没教过我，都是他练拳的时候我自己偷看的，可能有差错。"

说完，吕圆来到院子中，沉气扎马，面色严肃，大喝一声开始演练。

他打的这套拳跟之前他与马雄飞交手时的路子差不多，确实是"随心所欲"，各种步伐凌乱不堪，崩钻炮横，虎鹤燕猴，换来换去，看得人眼花缭乱。

吕圆自己打得倒是起劲，趁着酒意，还不时大吼几声。可没打多久脚下就开始拌蒜，最后收尾，腰一扭，腿一软，就地栽倒。

吕梦赶快跑过去把他扶起来拽回桌边，帮他拍掉身上的土："丢人！丢人！真是没眼看！"

吕圆也觉得这拳打得不尽如人意，不好意思地道："肖大哥见笑了，我现在状态不佳，明日酒醒了我再给你打！"

静了片刻，肖宗镜问道："刚刚结束时，你的拳风明明朝东，为何硬要转到南边？"

吕圆道："因为我爹从前练拳时，收势的一拳总是习惯性地打向南边，我就记下了。"

肖宗镜的目光落在院落里，沉思不语。

姜小乙宽慰吕圆道："其实我觉得这拳还不错，就是乱了点儿，你再理一理就好了。"她用胳膊肘儿碰了碰肖宗镜，想让他也安慰几句："是吧，大哥？"

肖宗镜没说话。

吕圆苦恼地道："我也觉得拳太乱，只是也不知要怎么改，明明我爹打起来就流畅得很。"

肖宗镜将目光从院落里收回落到吕圆的身上，淡淡一笑："这拳不乱，只是顺序错了而已。"

他此言一出，桌上的三个人都愣住了。

"顺序错了？"

"你在打这套拳的时候，是不是有种时而顺畅，时而阻塞之感？每到该发力的时候，气息跟不上；不想发力的时候，却浑身是劲。”

吕圆激动地道：“对对对！就是这样！我跟马雄飞对阵时就是你说的这种感觉！肖大哥，你是怎么知道的？”

肖宗镜将手里的最后一碗酒喝光，起身来到院落中，站在吕圆刚刚的位置，道了一声：“看着。”

随即他开始放慢拳势，逐步拆解吕圆刚刚的动作。

肖宗镜功底扎实，同样的招式打出来，不知比吕圆好看多少倍。到一记劈拳时，肖宗镜停了下来，问道：“你是不是打到这里，气便弱下去了？”

吕圆猛点头：“没错！”

肖宗镜道：“因为你后面接了崩拳。劈拳似斧性属金，而崩拳似箭性属木，金克木，你将自己的拳势削弱了。”

吕圆喃喃道：“金克木、金克木……难道应该接火性的拳？”

肖宗镜笑道：“不愧是读书人，一点就透。五行拳内，劈崩钻炮横，分属金木水火土。象形拳也各有特点，龙可搜骨、虎可扑食、猴能纵山、燕能取水、螳螂短手快钩、鹰爪分筋擒拿。拳路千变万化，内含相生相克之理，只要运时而动，则威力无穷。”

见吕圆听得入神，肖宗镜接着道：“天下武功论理都不难，难的是内化，真正练到顺应天时，与天合一之境地。看好了——”

肖宗镜双手在身前放平，缓吸一口气，便如巨鲸饮长川，天边云雾散。

这不是姜小乙第一次看肖宗镜展露身手，却是第一次看他这样心无杂念地打一套拳——或许也不是全无杂念，只是在此时此刻、此情此景之下，他那沉重的挂念被酒和月光暂时蒙蔽，所以他抛开了许多心事，来专心指点一个天真的书生武功。

姜小乙咬着酒杯想：这或许也是他的随心而行。

肖宗镜拳路由小及大，拳拳相生，招招相连，气穴越打越通，拳风越积越重。到最后，他势如黄钟大吕，通达九霄，四方天地，大巧若愚，五脏精气生克制化，朝归黄庭，可谓——形如蛟龙闹东海，周身若有紫气来，一身精血藏不住，行满功成天门开。

他与吕圆一样，拳收南侧，院内三棵梨树枝叶摇颤，正南面的一棵更是承受不住力道，“咔嚓”一声断成两截，“哗啦啦”的叶子如九天碧瀑飘洒而下，铺了满地。

吕圆和吕梦全都看傻了。

姜小乙也算半个习武之人，受其感召，通身发热。她叫了一声：“大哥！”

然后她捡起一坛酒扔给肖宗镜。

肖宗镜接过酒坛仰头就喝。半坛酒下肚，他看着满地落叶，轻轻一笑：“这拳打得不好，到底是心事重收不住，可惜这树了，我赔你些银子吧。”

吕圆回过神来，呼天抢地地扑到肖宗镜的大腿上，号叫道：“树先欠着！肖大哥，你收我为徒吧！”

肖宗镜："起来，我有话问你。"

吕圆爬起来，正色道："师父请讲！"

肖宗镜笑了笑："谁是你师父？"

"您哪！"吕圆笑眯眯地道，"师父请放心，我有拜师的费用！跟您说个秘密，其实我家有宝藏！"

吕梦："……"

吕圆不顾姐姐狠瞪的眼神，强行拉着肖宗镜到柴房里，把地上的砖掀开，里面有个箱子，装满了银两。

吕圆道："我爹走后，我们收拾他的遗物时发现一封信，说柴房下面埋着他毕生的积蓄，是将来回瑱州生活要用的。我和阿姊挖出来时吓了一跳，都不知道我爹什么时候攒了这么多钱！师父，这些做学费，你教我武功吧！"

吕梦上来狠捶了他一拳："爹都说了这是回瑱州用的银子！你还——"

吕圆叫道："我不回！我就在丰州哪儿也不去！这钱我俩一人一半！我不管你的那份干吗，你也别管我的这份怎么用！"

吕梦双眼怒瞪，吕圆也与她对瞪。两个人互瞪了片刻后，吕梦就见对面那双与自己极为相似的眼睛里慢慢涌出一层薄薄的泪，月色之下泛着光。吕梦心中一滞，知弟弟性格洒脱，如果不是被逼到极致，是绝不会流泪的。

她叹了口气，道："罢了罢了，你这个败家东西，都随你吧。"

吕圆见她同意，又充满希望地看向肖宗镜。

可惜肖宗镜还是那句话："我做不了你师父。"

"可——"

"不过我可以告诉你一件事，"肖宗镜扣上箱子，淡淡地说道，"关于你爹的事。"

肖宗镜说完，吕家姐弟皆愣了愣，而后一同走上前来。

吕梦："你怎么会知道我爹的事？"

肖宗镜道："我且问你们，令尊平日练拳站在哪个位置？"

吕圆回到院中，在自己刚刚打拳的地方往旁边又走了几步，道："大概就是这里。"

肖宗镜点点头，道："这就是了。"

吕梦有些焦急，问道："肖大哥，到底是什么事？"

肖宗镜指着一处："你们看那里。"

他所指的是院子里的那口老井，位于院落南边。肖宗镜过去抹了抹一侧的井壁。大家都凑上前来，吕梦看来看去也看不出什么名堂来，问道："这里怎么了？"倒是吕圆看出点儿门道："咦……这边较其他地方是不是光滑一些？"

姜小乙看得更仔细些，道："不只是光滑，你们从上面看，这边比其他地方要薄上半寸。"

吕氏姐弟站起来一看，果然是这样。吕圆已经懂了，嘴唇发颤地道："这难道……

难道是爹……”

“不错。”肖宗镜道，“这里离令尊练拳的位置近一丈远，尚且能被打磨到如此地步，可见令尊的武功修为至少已练至真气离体、拳风成罡的境界。虽不能说是无人能敌，但也是世间少有。”

姜小乙心想：练到真气离体，那岂不是跟肖宗镜和戴王山有的一比了？

她不禁赞叹道：“竟有这么厉害！”

肖宗镜接着道：“我虽没有见过姚占仙，不知他是否真的做到脱尘违俗、超凡入圣，但可以断言，能与令尊这样的顶尖高手切磋交流，以武论道，是绝大多数武人向往之事。所以，令尊绝不是什么骗吃骗喝的无耻之辈，你们切不要听信他人谗言。”

院里静了许久，吕梦突然哭了起来，起初只是小声啜泣，后越来越大声，双手捂着脸庞，像是要把藏了一肚子的委屈都哭出来。

吕圆抱住姐姐，拍着她的后背，语气之中难掩激动：“别哭别哭，看吧，我就说了，爹绝不是那样的人。阿姊，你擦擦眼泪，咱们今日一定不醉不归！我这就去把剩下的酒全都拿来！”

吕梦哽咽道：“那我再去准备点儿下酒菜，肖大哥、姜兄弟，你们稍等。”

目送他们离去后，姜小乙偷偷看向肖宗镜：“大人。”

肖宗镜“嗯”了一声。

姜小乙：“你心真好。”

肖宗镜：“是吗？”

姜小乙：“我刚才还担心吕圆说的话会惹你生气呢。”

肖宗镜淡淡一笑：“在你眼中，我就是如此没有气量？”

姜小乙连忙说道：“没有没有。”她看着他微醺的面孔，“不过您不能再喝了吧？”

肖宗镜：“为何？”

姜小乙差点儿脱口而出“你明明就不喜欢喝酒”，后想想好像不该就这样把李临卖出去，便道：“您已经喝很多了，咱们还有任务在身呢，可别误事了。”

“哦？”肖宗镜微微挑眉，目光瞥过来，“我会误事？”

肖宗镜平日言谈举止十分稳重，现下喝了酒，语速较往日慢了些，语气却有种说不出的变化，加上他看来的眼神，姜小乙好像瞬间被人抓住了五脏，狠狠挤压，透不过气。

肖宗镜又道：“我就是在执行任务。这难道不是你给我安排的身份吗？”

也不知是打拳打起劲了，还是酒意上来了，肖宗镜抬手抓着姜小乙的后颈，缓缓将她带到身旁。两个人并肩而站，看着青石院落。

肖宗镜弯下腰，低声道：“我既是混江龙，又为何不能饮酒呢？”

他刚打了一趟拳，气运周天，身体比往日热了许多，加上满身的酒气与沙哑干涩的嗓音，姜小乙顿时感觉一魂出窍，二魂升天，就如同过水的虾子，从脚底到脑袋都烧透了。

她忙推开他，可第一下没推动。

“大……大……大人！你喝多了吧？！”

肖宗镜又“哦”了一声，道了一句：“是吗？”

眼瞧着心里那股火要从耳根烧到头发丝了，姜小乙大脑一片空白，只剩下一个念头，就是得离他远点儿。

她趁肖宗镜手上松懈，弯腰弓背，头上一扭，准备金蝉脱壳。

她不动还好，一动肖宗镜立马回过神来，手上本能地一翻一拨，又把她压回原位。

姜小乙见自己这么容易就被他制住了，着急的同时又有点儿不服气，脚下一动，不自主地认真起来。

肖宗镜眉峰一动，也不含糊，当即与她斗起身法。

其实姜小乙的一身功夫都是假的，她真正拿得出手的只有两样本事：第一个是“胎化易形”，这是由于她儿时遭遇，命格特殊，才能机缘凑巧地修得天罡道法，借形补形；第二个就是“九宫八卦步”，这是道家武功的基础步法，却也是姜小乙真正下功夫练的。

至于她的手上功夫，那都是以九宫八卦步为基础，照葫芦画瓢学的皮毛。就算这样，她都能跟马雄飞打得有来有回，可见她的步法确已练至极为精深的境界。

肖宗镜自然也看出了门道，笑道：“你把身法学得如此精妙，是为了走江湖时，打不过能逃掉吗？”

被他道明了心思，姜小乙脸上一红，运起内功，脚下瞬间虚虚实实，影迹难寻，身体也像是一道青烟，轻盈飘转，随风而去。

肖宗镜道了声：“好。”

然后肖宗镜也运起真气，踏空而出，奔着那道虚影而去。

两个人在院中几番腾挪，你来我往，上上下下，飘忽不定。

这样纠缠了一会儿，两个人内功的差距逐渐显现出来了。姜小乙明显后劲不足，步法越来越慢，额头上也渗出了汗。

最后她在内心长叹一声，一把抓住肖宗镜的胳膊，道了一句：“罢了罢了，大人莫要拿小的开玩笑了。”

肖宗镜疑惑道：“我何时拿你开玩笑了？”

姜小乙愤恨道：“小的在江湖上也算混过一段日子了，还不曾见过如此高明的‘贴身靠’，大人还说不是在逗小的玩儿呢？”

原来姜小乙早就察觉出来了。

所谓“贴身靠”，也是一种身法功夫，只不过不太入流，都是飞贼、扒手用得多。这功夫顾名思义，就是紧贴在人的背后，跟着对方动作，避免被人发现。刚刚肖宗镜与她缠斗之时，看似两个人有来有回，其实肖宗镜全程紧贴在她身后，她连他的正脸都不曾看到过。

肖宗镜听她咬牙切齿的语气，忽然仰头大笑起来。

姜小乙极少听到肖宗镜这般爽朗的笑声，而且他就站在她身后，这样一笑，她的后背跟着颤动起来，甚至觉得比之前的酒气更让人醉。

听得她浑身又麻又烫，难受得紧。

这时，吕圆及时回到院子里，抱着酒坛好奇地问道："肖大哥何事如此开心呀？"

肖宗镜道："无事。"

姜小乙趁他说话的工夫，一溜烟逃至院中，一回头，见肖宗镜站在原地，双手轻轻掐在腰上，正冲着她笑。风吹来，他额前几缕碎发轻轻拂过。月光照亮他唇边两道浅浅的纹路，地上树叶沙沙地响，飘来清甜的气味。

姜小乙心想：这应是此地残留的花果香。

此时此刻，天上地下万事万物，竟无一不美。

见吕梦端来热菜，姜小乙忽然慌乱，闷着头往屋里跑去。

肖宗镜跟在她身后进房，踏过门槛时，弯下腰，压低声音道："你年纪这般小，有此身法已属不易，这功夫接着练下去，再有十年，我应该就贴不住了。"

听听，他这是安慰人的话吗？

姜小乙咬牙，心中默念身份有别，不容造次，好不容易才忍住了狠狠瞪他一眼的念头。

也不知道肖宗镜今晚是中了什么邪，心情忽然大好，拉着吕圆一坛接一坛地喝酒。月上中天，满院都是酒香。姜小乙和吕梦劝不住，到最后两个人喝得舌头也麻了，脸色酡红，双眼迷离，说话都不清楚。

姜小乙和吕梦架着他们回屋，将人推到床上。

一张床被两个人占满后，姜小乙找吕梦借了一床铺盖，将两张桌子拼在一起，准备凑合一夜。安排好一切后，吕梦也回自己的房间休息去了。

姜小乙躺在桌子上，旁边传来重重的鼾声，也不知是肖宗镜的还是吕圆的。

夜越来越深，所有人都睡下了——除了姜小乙。

不知是不是鼾声闹的，姜小乙心思杂乱，翻来覆去就是睡不着。最后她抓抓脑袋，逼着自己去想案子。

这么一强迫，她还真想起来什么。

她悄悄爬起，来到柴房。

之前他们只顾着为吕顺正名，却遗漏了这地方还有些许不对劲之处。她把地上的砖撬起来，细细检查……

"果然。"她看了片刻，喃喃道，"箱子有做旧的痕迹，地砖的接缝处也没有磨损，这箱子应是最近才放进去的。"

看来，有人在吕顺死后送了一笔银子给他的遗孤，又不想被人知道，所以就伪造成是吕顺的遗物。

会是谁呢？姜小乙暗自思量，这与军饷一案会不会有关系呢？

就在她深思的时刻，吕坊东边几里地开外，一家名叫“开门见财”的赌坊正热闹着。

本朝有宵禁，但在天高皇帝远的丰州宵禁几乎是形同虚设。

如果是开门见财的常客，会察觉今日的赌坊跟往常不太一样，看场的打手似乎比往日多了些。

大家都知道是什么原因。所谓好事不出门，坏事传千里——老鹰堂副堂主青面马马雄飞，在吕坊被两个初入江湖的无名小卒打得屁滚尿流的事很多人都知道了，不少人等着看热闹呢。

赌坊后堂灯火通明，气氛压抑。

冀县青庭帮四个香堂的要人齐聚一堂，除了堂主和副堂主以外，还立着十几位大汉，都是各堂的打手。堂中央摆着一把躺椅，上面躺着一个人，正是马雄飞。不是他不懂规矩，确实是伤得太重，头上缠着绷带，别说站起来，连说话都勉强。

老鹰堂堂主余英立在正堂之下。他已年过半百，身材矮小，脸形瘦长，悬胆鼻，留着两撇八字胡，眼睛小而混浊。他是青庭帮冀县四堂堂主中年纪最大的，因过度操劳，头发白而稀疏，更显几分衰败之相。

余英不会武功，原本只是开门见财的账房，但是能谋善断，又长于经营，被钱啸川所喜。钱啸川任命他为四堂之主，做青庭帮在冀县的管事。

“余爷！你倒是发个话呀，大伙儿都等你拿主意呢！”一名身高八尺有余，壮如铁塔的急性汉子率先嚷道，“要我说还有什么可想的？老子这就带人去围了吕坊，抓了那劳什子铜花双侠，当街斩了！”

余英看向他，好说好商量地道：“牛堂主少安毋躁，现下情况特殊，不能草率行事。”

这位就是青庭帮冀县四位堂主之一的牛树高。他不满余英的言辞，怒道：“什么情况特殊？被人欺负了不还手，别人就会看扁我们青庭帮！”

他右边坐着一名长条脸的汉子，名为王常捷，也是四堂主之一。

王常捷说道：“的确，丰州其余的黑道势力虽然都被帮主压了下去，但他们死而不僵。万一我们镇不住场，他们肯定会再次冒头。这次马副堂主可是在众目睽睽之下吃了败仗，这一笔账我们定得找回来，可不能让别人瞧笑话。大伙儿说对不对？！”

众人齐应：“王堂主说得对！不能被人瞧笑话！”

一时间堂内杀气腾腾。

但不管他们如何拱火，余英就是不同意。

很多帮内的重要事务，这些底下的人不知道，他却知道。

最近不太平，所谓流年不利，喝凉水都塞牙。上个月的糟心事就不说了，这个月总舵又来了位不速之客。上个月出事时钱帮主至少还能保持往日的镇定，这次来的这位不速之客，却彻底让帮主的精神紧绷起来。

余英看在眼里，也是着急不已。他还没找到合适的解决之法，结果现在又冒出了个什么铜花双侠。

唉……

见余英久久不语，牛树高左边的一名三白眼的瘦高汉子语气风凉地道："恕我直言，余爷这么胆小怕事，可不像是黑道人物的做派。"

余英瞥了他一眼，笑道："我又不会武功，不像各位堂主这般英勇无畏，总喜欢事事多考虑些。"

这三白眼的汉子便是最后一位堂主——徐扈。

徐扈道："余爷深谋远虑也无可厚非，但人家摆明了跟咱们过不去，咱们若是还躲，确实让人瞧不起。"

牛树高和王常捷在一旁帮腔道："没错！还有什么可想的？"

他们越说语气越冲，已把不满和不屑都写在了脸上。

余英看着他们愤愤不平的样子，心里十分清楚，自己一个不会武功的老账房做到冀县四堂之主，这些人一直不服气，经常私下聚会，议论长短，一有点儿风吹草动就想找他的麻烦，恨不得取而代之。

真是一群没脑子的棒槌，余英脸上不动声色，心中鄙夷。若不是他们现下都被拴在一条绳上，他真想让这些莽夫去踢踢铁板，栽几个狠跟头，见见天有多高。

就在群情激愤之时，躺在中央躺椅上的马雄飞颤颤地开口道："各位……我……我有话要说。"

第五章　定破此案，为你报仇

余英走向马雄飞："马副堂主有什么话，快请说来。"

马雄飞艰难地撑着眼皮，说道："余爷……这铜花双侠的名号虽没听过，但万万不可小觑。那翻山鼠倒也还好，他那大哥混江龙才是真的看不清深浅。我觉得……以防万一，咱们还是应该先向总舵通报此事。"

牛树高登时不满："不行！这不是明摆着让我们在帮主面前露怯？！难道我们冀县无人了吗？"

王常捷也道："没错，而且帮主已经吩咐过了——他近期有贵客上门，不许外人打扰。"

马雄飞道："可是，总归要稳妥些……"

徐扈哼笑两声，道："看来青面马在老鹰堂待久了，也染上'深谋远虑'的好习性了。"

他故意强调"深谋远虑"，听得马雄飞黑了脸。

"徐堂主这话是什么意思？"

徐扈道："也没什么意思，就是想告诉马爷，青庭帮可不都是贪生怕死的无能之辈。"他斜眼瞄向余英："帮主让老鹰堂赶一对没钱没势的姐弟离开丰州，竟然半个多月还没成事，这说出去谁信？"

余英无奈道："吕坊在丰州经营多年了，我不想将事做得太绝。"

王常捷哈哈大笑："余堂主，青庭帮走的是夜路，你这一肚子的妇人之仁简直让人笑掉大牙！"

马雄飞见余英被辱，顾不得一身伤，撑起身子道："王常捷！你有胆量就再说一次！"

后方老鹰堂的人也一同站了出来，怒目而视。

青庭帮有帮规，严禁窝里斗，所以王常捷虽不满，却也不会真的与余英起冲突。他冷冷一哼，睨向他处。

堂内氛围可谓剑拔弩张。

其实包括余英在内，这一屋子的人都不知道的是，就在他们还在为如何处理此事争吵不休的时候，有两个人已经悄悄前去吕坊了。

青庭帮内大多还是胸无点墨的泼皮，只想着吃了亏就要找回来，并不像余英一样懂得揣度形势。

这次前去吕坊的两个人，一个是之前的那个青皮头子，另一个是他的铁杆兄弟。他们实在忍不了白天吃的亏，尤其是一想到翻山鼠姜二那奸诈得意的嘴脸，真是饭也吃不下，觉也睡不着，非得去找回场子不可。

他们身份卑微，没有资格参加堂会，也不知余英关于此事的处理态度究竟如何，脑子一热，拎着干草和几桶油就出发了。

他们深知自己武功低微，动起手来不可能占到便宜，所以也没想和人发生正面冲突，而是起了坏心眼儿，想放火烧店。

他们赶着夜路来到吕坊门口，店面已经关了，四周寂静。两个人互相看一眼，着手行事，将干草铺在店门口，又在上面洒了油。

如果他们就此点火，然后快快撤离，或许真能给吕家姐弟带来点儿损失，自己也不见得有麻烦。可是他们不甘心，尤其那个青皮头子，就是想给翻山鼠一点儿颜色看看。他们知道铜花双侠都住在吕坊后院，决定一不做二不休，趁着夜深人静，干脆把吕家后院一块儿点了。

只是他们想得未免过于轻松了。

几乎在他们上房的一瞬间，姜小乙就察觉了。

她已从柴房回到房间里，躺在两张桌子拼成的床上。她没有睡着，双手垫在脑后，跷着腿，正在思考接下来的打算。

就在这时，她注意到了房顶的动静。

姜小乙悄声翻下桌，谨慎聆听，房上瓦片响声非常明显，来的应该不是什么高手。她断定这应该是青庭帮又派来了什么虾兵蟹将找麻烦，刚想出门口看看情况，忽见床上坐起一道黑乎乎的影子，晃来晃去，好像迷迷糊糊的。

姜小乙连忙跑过去，小声道：“大人……”

肖宗镜“嗯”了一声，眼睛往房上瞟了瞟。

姜小乙道：“是青庭帮又来人捣乱了，都是些小喽啰，不劳大人动手，我这就去打发了。”

肖宗镜的目光又移到姜小乙的脸上，他尚未完全清醒，眼神还有些恍惚。

姜小乙：“大人好好休息吧。”

肖宗镜盯着她好久，深吸一口气，声音沙哑地道："睡不着了……"

之后他便推开吕圆下了床。他落地时有一点儿踉跄，吓得姜小乙赶快伸手去扶。结果这一扶她自己差点儿栽倒。平日里肖宗镜身法灵活、步履无声，给姜小乙留下了一个错误的印象——好像肖宗镜本身也是身轻如燕的。谁知今晚他喝多了酒，少了些控制，身体顿时重得像座山一样，这一搭手差点儿把她压塌了。

"大……大人，请小心啊！"

肖宗镜摇摇头，直起身，醉醺醺地道："没事，我有数。"

姜小乙被浓重的酒气熏得紧了紧鼻子，心说：你说话都大着舌头，能有什么数？

她刚想再劝，肖宗镜已经拨开她出了门，一晃就没了影儿。随后，姜小乙听见"哎呀"两声，追到门口一看，肖宗镜一手抓着一个人，已经落回院子里。

姜小乙上去一瞧，认出青皮头子，不禁咂嘴道："怎么又是你？"她见那青皮头子手里还拎着油桶，一下就明白了他的意图，"好啊，来使坏的。"

青皮头子也是识时务，见事情败露，两膝一软，当场下跪："爷爷饶命！小的们一时糊涂，一时糊涂！"

姜小乙将指头放在嘴前，"嘘"了一声。

"你莫要吵，吵醒了吕家姐弟，我要你好看。"

青皮头子点头如捣蒜："不吵不吵，求爷爷们饶命……"

姜小乙围着他转了一圈，拍了拍他的脑瓜儿："如何称呼呀？"

"回爷爷的话，小的叫娄淄。"

姜小乙笑道："真是人如其名，专捅娄子。"

娄淄："不不不，爷爷，小的是淄水的淄。"

姜小乙一拍他的脑门儿："谁管你是哪个字？！说！谁让你们来的？"

娄淄："没人让小人来。是小的胆大包天，自己决定的。"

姜小乙冷笑道："还敢嘴硬是吧？我就先撕下你的一只耳朵，看看你还硬不硬？"

娄淄的同伙在一旁求饶道："两位大爷，他没说谎！现下冀县四堂堂主正聚在一起商讨如何对付你们。我俩只是想找吕家姐弟出口气，不晓得二位大爷在此。若是知道，我们打死也不敢来呀！"

姜小乙也懒得拆穿他，接着问："商议对策？可有什么结果？"

娄淄道："我们出来的时候尚无结果。"

姜小乙冷笑一声，威胁道："没结果？今日你们要是说不出个子丑寅卯来，就别想全须全尾地离开了。"

姜小乙原本计划的是，先尽可能地从这二人身上榨取有关青庭帮的消息，等明后天他们的硬茬子找上门，就更好应对了。可肖宗镜连这一步都没耐心听了，蹲到娄淄面前："带我去。"

娄淄只感觉面前一黑，肩膀随之一颤："大爷想去哪儿？"

"你打哪儿来，我就去哪儿。"

姜小乙在后面偷偷拉了拉肖宗镜的衣裳，肖宗镜没理会。

娄淄鼻子一抽，闻到浓厚的酒气，心想：这混江龙定是喝了不少酒，没准儿是酒壮了胆子打算直捣黄龙。

他暗笑，心说：您老人家这不是前往老鹰堂，您这是赶着去酆都城呢。就算你们两兄弟武功高强，可老鹰堂戒备森严，尤其此时，其他三个堂的堂主都在那里，高手如云，岂容你们放肆？

姜小乙也有类似的顾虑，怕肖宗镜喝多了酒上头，悄悄在他耳边说道："大人，我们还没彻底摸清他们的根底，还是小心为上吧。"

肖宗镜："这不就去摸了吗？"

娄淄还没反应过来，忽然之间天地倒转。肖宗镜将他扛上了肩，倏地跃上院子高墙，沉声道："指路。"

娄淄指向一处，肖宗镜拔腿跃出。姜小乙不敢怠慢，连忙跟了上去，临了想到什么，回头冲院子里剩下的那个青皮道："那边有井，你去打水把店面整理干净再走，一点儿油星儿也不得留！"

娄淄被肖宗镜扛在肩上，跳上跳下，耳边的风"嗖嗖"地吹，胃里翻江倒海，只觉得这人跑得比飞还快。

也就半炷香的工夫，肖宗镜来到开门见财。店里人声鼎沸，喧闹嘈杂，铺面外挂着一串串红灯笼，里外都透着喜庆气氛。门口的木桩子上拴了七八匹马，还停着几辆空马车，喽啰们腰间带刀，随走随查。

肖宗镜一出现就吸引了他们的目光，有几个眼尖的人认出了娄淄。

"这不是娄三哥吗？"

"怎么回事？你从哪儿回来的？"

"这人是谁呀？"

他们一边问，一边靠近。

离得远时看不清，等走近了，一个白天去过吕坊的人认出肖宗镜，瞬间大叫道："什么？！你……你……是你——"

肖宗镜嘴角轻轻一扯。

赌场内，大家玩儿得正酣，喊声一浪高过一浪。

近年来战乱四起，各行各业生意都不好做，唯独赌场、妓院这些玩乐场所依旧日进斗金，生意兴隆。这也不奇怪，正是因为日子不好过，有一天没一天，所以大家才会选择以这样的方式麻痹自己，消遣度日。

突然间，门开两扇，一个人横着飞了进来。这人惨叫着摔到桌子上，惊得众人四散开来，赌具及金银撒了满地。这还只是开头，紧接着外院的看守们就像下饺子一样，被人一个接一个地扔进屋里，摔得七上八下，惨不忍睹。

大堂顿时乱作一团，有好事的人大喊道：“来人！快来人哪！有人砸场子了！”

内堂的打手们纷纷冲上前去，刚冲到门口，又集体停下，慢慢往后退。

赌客们觉得奇怪，抻着脖子往外看，见一名男子缓缓走了进来。

等他进了门，大伙儿顿时眼前一亮，这男子端的是仪表堂堂。此人黑衣黑发，英俊挺拔，身上出了些汗，领口微敞，袖子挽起，健壮的胸膛和小臂皆呈油亮的橄榄色。他面带醉意，两颊发红，目光明亮，嘴边挂着一丝不以为意的笑容，真可谓风姿秀逸，气宇轩昂。

赌场里的打手们将他围了起来。

“什么人？！胆敢来此闹事！”

肖宗镜沉声一笑，缓缓说道：“去告诉你们当家的人，就说混江龙来了。”

后堂内。

余英与其他几位堂主还在开会，一个手下连滚带爬地冲了进来。

余英眉头一皱，道：“何事惊慌？”

这手下被人揍得鼻青脸肿，满脸是血，颤抖着手指着外面，叫道：“不好了！不好了！余爷！那混江龙杀来了！”

堂内众人闻言大惊失色，王常捷“噌”的一下站了起来。

“人来了？他带了多少人？”

“好像是一个人来的！”

“一个人？”王常捷难以置信地道，“他一个人就敢来？他不是还有个兄弟吗？”

那手下道：“没瞧见第二个人！各位爷，快去看看吧！兄弟们拦不住他，房子都快被他拆了！”

话音刚落，前厅传来“哗啦啦”的破碎声，紧接着又是一阵杀猪般的惨叫声。

徐扈回头，怒视余英：“余爷不会还想忍吧？！”

余英脸色黑沉，并未说话。

牛树高满脸鄙夷，冲他狠狠地“呸”了一声，又对徐扈和王常捷道：“两位大哥，这里小弟功夫最好！你们在这里等着，待我去会会他！”

王常捷道：“好兄弟！我们等你的好消息！”

牛树高便带着一群汉子气势汹汹地杀向正厅。

到场之后，他打眼一看，场面已是一片狼藉，能瞧见的东西都烂了个七七八八，十几个老鹰堂的手下倒在地上，正哼哼唧唧地呻吟着。

牛树高怒目圆睁，粗眉竖起，冲他们骂道：“你们是要生了还是怎么着？不许叫了！谁再叫牛爷爷一锤砸死他！”

被他这么一吼，屋里顿时安静了不少。

牛树高朝堂中央看去，满屋只剩下一张完整的桌子，桌子上面蹲着一名黑衣男子，两条胳膊搭在膝盖上，正有一下没一下地玩儿着手里的色子。

牛树高眯起眼，一拍胸脯，喝道：“爷爷乃是金刚无敌牛树高！你就是混江龙肖大？”

肖宗镜一把抓住空中落下的色子，把目光移到这铁塔般的壮汉身上，淡淡地说道：“然也。”

牛树高也不多废话，甩开膀子：“取我的兵器来！”

手下们抬着一双巨大的黄铜倭瓜锤上来了，这锤子少说也有百八十斤，至少要两个人合力才抬得动。肖宗镜见了，不禁道了句：“好重的兵器。”

牛树高瞪着铜铃般的眼睛，道：“你牛爷爷别的没有，就是力气大！”

说完，他重喝一声，舞着一双铜锤朝着肖宗镜砸去！别看牛树高体态硕大，壮如蛮牛，却异常灵巧，涮、曳、挂、擂、冲、云、盖，一双铜锤耍得虎虎生风。

肖宗镜瞧在眼里，心想：他能将这么重的兵器使得如此得心应手，硬功应不凡，尤其是双臂力量更是惊人。

肖宗镜没有与他正面相碰，而是像之前对付疯魔僧时一样，用身法与之周旋。

牛树高很快就发现了，不管自己怎么舞这双锤子，就是打不到肖宗镜，别说打到人，连衣摆都擦不到，浑身力气使不出，被气得哇哇大叫。

“你他娘的！真像条泥鳅！有种别跑！”

肖宗镜倒也爽快：“行，我不跑。”

牛树高两锤一撞，“当”的一声，震得几名手下两腿打战。他再次朝肖宗镜冲去——肖宗镜在他距离自己三尺远的时候，忽然侧身弯肘，脚下走了个奇怪的步伐。牛树高感觉眼前人影分散，眨眼间便被肖宗镜绕过了两个铜锤。

肖宗镜弯腰藏于牛树高身侧，稍一沉气，而后猛地向前上方一顶！

这步伐细看之下，与之前姜小乙在吕坊院子里使的九宫八卦步有着异曲同工之妙，想来是肖宗镜在与姜小乙斗身法时有所心得，在这儿活学活用了。

这一撞刚猛非常，牛树高整个人连带着两个铜锤一齐飞了出去。

后面的手下不禁大喊：“快！接住牛爷！接住牛爷！”

他们的身子却躲得远远的。

喊归喊，大伙儿又不傻，这要是被牛树高连人带锤砸中，小命可就交待了。

牛树高就这么撞烂了后门，还翻了两圈，直接滚到后面的庭院里。

后堂门大敞，老鹰堂众人看到这一幕，全都挤到门口来。肖宗镜从后门冲出，立在院内。

牛树高翻身而起，因当众出丑，气得火冒三丈，怒吼一声：“再来比过！”

肖宗镜：“好。”

就在他们再次攻到一起时，余英已经悄悄从人群中退了出去。他刚才只瞧见肖宗镜一眼，不过以他的识人之能，这一眼就已经够了。

他从后堂溜出去，来到院外，奔着拴在树上的马快步走去。行至中途，他见树后走出一个人来。

来人背着手，笑眯眯地看着他，道："我大哥亲自登门拜访，诚意满满，余爷不会这么不给面子吧？"

院子里，牛树高发现肖宗镜身法绝妙，自己一双铜锤难取上风，便扔了兵器，大吼一声扑了过来！

这一招并非普通的莽夫之举，而是暗藏了摔跤的技法，想要近身制伏对手。

肖宗镜的身量放在普通人里已经数一数二，可在牛树高面前，如同没长开的稚儿，不论任何人看见，都会觉得他应该采用防守后攻的策略，避免正面相碰。

刚刚他也确实是这样做的。

但是，就在牛树高冲过来的一瞬，肖宗镜的余光忽然扫到后方。此时所有人的注意力都落在他和牛树高的身上，无人发现姜小乙混了进来，身旁还带着一个半百老头。

电光石火间，她与肖宗镜视线交会，不经意地点了点头。肖宗镜明白了她的意思——余英已在她的看管范围内，他不用有任何顾虑。

她这点头落在他的眼里，平白使他心中一热。

再看眼前铁塔般的壮汉，酒力一激，肖宗镜忽然起了莫名的好胜心。他干脆也不躲了，面对迎头冲来的牛树高，压低身形，目光明亮，双掌一拍，喝了一声："来！"

两方轰然相撞，谁也没退半分。他们互相抓住对方的手臂，肖宗镜的体重远不及牛树高，他把重心压得更低，下肢四平大马扎得稳如泰山。牛树高肌肉膨胀，脖筋暴出，龇牙咧嘴，用尽全身力气，发出"咿咿"的声音，想要掀起肖宗镜。

此时肖宗镜也不好受——这牛树高少说也有三百多斤，而且还不是虚胖的肥肉，是正经练出的一身上好的腱子肉，一双胳膊犹如铁钳，绞得他好不难受。

青庭帮众人纷纷为牛树高打气，呼喝之声震耳欲聋。

肖宗镜冷哼一声，双手变招，抓住了牛树高的腰。这腰粗如染缸，抱都抱不住，肖宗镜牙关一咬，猛然发力！牛树高顿感身体一轻，竟要被人连根拔起，登时大怒："做梦！"

他瞬间沉气下压，重如千钧！

两个人再次较起劲来。

这是一场彻头彻尾的蛮力角逐，肖宗镜下颌紧绷，一双小臂肌肉鼓起，血管根根分明；而牛树高更是汗如雨下，面色酡红，眼珠子都快被瞪出来了，周身蒸腾出轻薄的汗汽，仿佛置身三伏酷夏，看得众人目瞪口呆。

围观众人里，最先回过神的是徐崑。

他朝王常捷使了个眼色，王常捷点了点头。

他们的举动自然落在姜小乙的眼里，她明白他们的意思，这种僵持的场面，最适合偷袭不过了。

徐扈和王常捷绕到肖宗镜身后，轻声拔出武器。徐扈使的是剑，而王常捷用的是单刀，他们手持兵器，悄无声息地靠近肖宗镜。

姜小乙瞧着他们慢腾腾地往前蹭的步法，心中冷笑，心想：肖宗镜是什么修为？就凭你们这两把刷子，也能偷袭他？

果然，在他们相距一丈远之时，肖宗镜警告道："站那儿别动。"

徐扈和王常捷脚下一顿，没想到他这么快就察觉到他们了。

牛树高看着他们："我制住他！二位大哥快动手！机不可失！"

肖宗镜忽然笑了。他此时浑身都使着力，笑得不如往日随和，倒带了点儿凶狠之意。

"机不可失？我倒不知何来之机？我现在斗力斗得正过瘾，你们若是扰了我的兴致，就别怪我动真格的了。"

徐扈和王常捷的武功都不如牛树高，听见肖宗镜的威胁，两个人不免心中犹豫。

牛树高急得大吼："不用听他的！有我牵制他，他动都动不了！两位大哥快动手！别被他骗过去了！"

徐扈和王常捷被他一催，恶向胆边生，心说：有牛树高这么大的力气制着，这人如何还能拦住他们兄弟的刀剑？若是能顺利斩了这条混江龙，对青庭帮来说无疑是大功一件，他们就可以向帮主好好告余英一状了。

想到这里，他们没再犹豫。随着徐扈大喝一声，三个人也有默契——牛树高使出全身力气压制肖宗镜，王常捷和徐扈一刀一剑，一劈一刺，袭向肖宗镜。

肖宗镜脸上笑容消失，沉声道了一句："不知好歹！"

牛树高瞪大眼珠，咬紧牙关，霍然仰首。肖宗镜武学造诣何等之深，见这起势便知他要用一招头槌，不禁冷笑，竟也猛提一气，随之仰首——

头槌对头槌，硬功对硬功，院内众人眼瞧着这两个人的额头撞到一起，像是编钟狠狠对砸！"咣"的一声，大伙儿单听这动静，鸡皮疙瘩就起了一身。

牛树高只觉脑子"嗡"的一声，眼底涌血，瞬间失去了知觉。

从一开始，肖宗镜就没有用任何技法与牛树高比拼，纯粹是出于争强好胜的玩乐心态，与之硬拼力气。现下他运起气功，加固额顶强度，牛树高当然不是他的对手。牛树高被他一头撞晕，身体脱了力，向一旁栽倒。

刀剑戾风紧逼而来，肖宗镜转身迎敌，一招老牛伏背，将身体压至极低，将将躲过剑尖，刀锋又随之袭来！

在场众人大多觉得肖宗镜这一手老牛伏背是个昏着儿，他若往后闪身，或许还有生机，可他就地俯身，虽然躲过了迎面一刺，却也没有再腾挪的余地。眨眼之间，头顶的单刀和变招的长剑从他上侧和旁边夹击而来，就连姜小乙都倒吸了一口凉气——

肖宗镜该不会是真喝多了要阴沟里翻船吧？！

但紧接着她注意到肖宗镜手上的一个动作，跳到喉咙口的心又落回原处。

肖宗镜摸到身侧，抽出宝剑，霎时间银光四射，雪虐风饕！

徐邕和王常捷只感觉眼前一闪，“嚓嚓”两声，手上顿轻，然后便是彻骨阴寒之风扑面而来。他们都是土生土长的丰州人，没见过真正的冬天，这一刻才领教到何为冰山白雪，天寒地冻，五脏六腑都像结成冰块了一样，痛彻心扉。

但这感觉稍纵即逝，等徐邕和王常捷回过神，人已不知不觉地后退多步，周身寒栗。残刀断剑还在微微打战，切口平滑如镜。他们看向肖宗镜，肖宗镜负手而立，掌中空空。他们再将视线移到肖宗镜的腰侧，看到那里挂着一把剑。其实他一直佩着剑，只是这剑外形简单朴素，又是通体黑色，甚不起眼，他们也就没当回事。

肖宗镜出手之快，让人连这剑的本来模样都没看到。

他们惊疑不定：“这……？”

站在门内的余英瞧着这一幕，不禁摇头。这些人虽跟自己不对付，但说到底还在帮内一起共事，眼见他们被人打得毫无还手之力，他也觉得面上无光。

其实，就在手下通报混江龙来砸场的时候，他心中就已暗生不祥的预感。后来混江龙闯入后院，打了一个照面，他便知又要出事了。可惜……他斜眼瞄了一眼身旁这瘦弱的伙计。此时这伙计的脸朝向院内，正专注地看着场内的角逐，但是余英知道，自己的一举一动都在其观察之下。

他心中一叹，也就认了。

场内败下三位堂主，喽啰们你看看我，我看看你，也不知该不该上。余英冲他们摆了摆手，无奈地道：“放下兵器，都退下去。”接着他又冲肖宗镜拱手施礼：“好汉息怒，在下余英，是青庭帮在冀县的管事，有事咱们里边谈吧，请。”

肖宗镜看他一眼，大踏步走来，步入内堂。余英把手下尽数屏退，一个不剩，又亲自关上了门——最后时刻，他与院中的徐邕对视了一眼。徐邕明白他的意思，待门紧闭后，立马着手向总舵送信。

堂内，肖宗镜也不客气，径直走到底，端坐于正位上，姜小乙则站在他身旁。

余英再次向他们施礼：“二位英雄，多有得罪了。”

肖宗镜没说话。

姜小乙：“真讲理的话，是我们来得罪你的。”

余英连忙说道：“可千万别这么说，手下人不知天高地厚，劳二位大驾了。”

姜小乙冷冷地道：“你少拍马屁，跟在丰州只手遮天的青庭帮相比，我们兄弟又算得了什么？”

余英抬手擦了擦额头，道：“二位英雄莫要出言讥讽了，实是令人汗颜啊。”

肖宗镜还是没说话，只有姜小乙与余英交涉。

余英此人丝毫不会武功，之所以能得到钱啸川的赏识，全是因为其心思缜密，善谋善察。他一边说着话，一边不动声色地打量姜、肖二人，尤其是肖宗镜，虽未发一言，但举手投足间藏着一股说不出的气势，绝不可能是一般的江湖人。

有此等做派和身手，又在这种敏感时间来到丰州的“生面孔”，所为何事，余英心里多少也有点儿数。

他面上不动，内心迅速思索，考虑着目前应城总舵面临的各种麻烦。

所谓“债多不愁”，有时候局势越乱，越好梳理，情况越危险，反而越容易寻得生路。

一番虚与委蛇的对答后，余英下定决心，缓缓说道：“俗话说得好，不是猛龙不过江，不是恶虎不下岗。二位英雄绝不是普通人，来此必有要事。无论何事，咱们都好商量，还请言明吧。”

余英的语气让姜小乙颇为惊讶——她竟从中听出了坦白和倾诉的意味。

余英并不是马雄飞和牛树高之流，只懂比拼武力，姜小乙刚见到他时还有些犯愁，觉得想从此人嘴里套出真话恐怕要费一番功夫，没想到他竟是如此态度。

这其中是否有诈？

姜小乙行走江湖，人话鬼话都听过不少，看余英这样子也不像是要下套。

她灵光一闪，想到余英这么急着摊牌的另一种可能——或许是有些事的后果已经超出了青庭帮可以承受的范围，他们自己也在想办法转移祸端。

姜小乙心道：你想说，我还不急着问了。

“余堂主别急，我们兄弟来这里，主要是想为吕家姐弟讨个公道。以你们青庭帮在丰州的势力，不至于非要那么小小的一块地吧？你们究竟为何如此欺压他们？”

“这……”余英顿了顿，才继续说道，“此事的确事出有因，我们青庭帮与吕家无冤无仇，是另有人想让他们离开丰州，逼着我们这么做的。”

姜小乙：“还有人能逼迫青庭帮？”

余英苦笑一声，道：“在外人眼里，我们青庭帮在丰州作威作福、横行霸道，可肚子疼只有自己知道，丰州真正的当家人从来不是青庭帮。”

姜小乙心中一亮，似乎明白了。

余英接着道：“我们每年都要往虹舟山上送三万两银子，还要包他们全山的衣食用度，少一钱，来年就别想好过。”

姜小乙问：“你们还要给天门上贡？”

余英道：“当然，丰州大大小小的地头帮会都要按账目年年向虹舟山递份子钱，这是不成文的规矩。现在我们青庭帮一家独大，这银子基本全部落在我们头上了。”

姜小乙问：“是天门让你们逼吕家姐弟离开丰州？是何原因？”

余英道：“二位英雄可能还不知道，吕家姐弟的爹——吕顺与拳宗姚占仙曾是同门师兄弟，但是后来结了仇。”

姜小乙问：“到底多大的仇，人都死了，天门还要为难他的两个孩子？”

余英回忆道：“都是二十几年前的仇怨了，据说两个人是因为前任门主的女儿产生了争执。后来他们比了一场武，是姚占仙获胜，娶了月夫人，吕顺则被逐出天门。可惜吕顺一介武夫，也不会做生意，日子过得拮据，所以每年都上虹舟山挑战姚占仙，其实就是去要点儿银子。姚占仙本不想管他，但是月夫人念及往日情面，坚持让他上山——姚占仙这才应允。”

“这……”姜小乙恍然，“原来是情债吗？”

她摸了摸下巴，嘀咕道：“一年一度，堪比鹊桥相会啊。嘿嘿，也怪不得姚占仙这么大的火气。”

“非也。”余英摇头道，“其实月夫人在与姚占仙成亲后第三年就病逝了，但姚占仙依然履行了对她的承诺，直到今年。现在吕顺死了，他也无须再忍了，想把眼皮子底下彻底清干净也是无可厚非的。”

姜小乙道：“原来如此，不过你们好歹也是有头有脸的黑道，就这么怕天门？”

余英无奈地道：“说什么黑道，我们也不过是买卖人，只要是买卖人，就不得不学会向人低头。好在我们帮主领导有方，整个丰州需要我们低头的也只有这一处。天门弟子武功高，远胜市井帮派，而且他们在虹舟山驻扎两百余年了，根基比我们深太多。我们上贡，一来买平安，二来也讲求个辈分。”

姜小乙一字一句听得很认真。

她的行事风格就是喜欢收集零散的消息，从前她走江湖，也都是从这些边缘入手，觉得这样更容易接近真相。

可一旁的肖宗镜听不下去了，再聊下去天都要亮了，时间紧迫，他们必须直切核心，快点儿打探到有关军饷的消息。

他没有打断姜小乙，只是稍微抬了抬下巴。

姜小乙瞬间察觉。

她话锋一转，幽幽地说道：“不过，想必以贵帮今年的收成，区区三万两银子，应该不放在眼里了吧？”

余英顿了顿，将声音放低：“英雄这话如何讲？”

姜小乙手往桌子上猛地一拍！

她这一拍突如其来，不仅余英，连肖宗镜都被吓了一跳。

姜小乙厉声道：“能看出我们不是普通人，算你有点儿眼力！我不是诈你，你最好还是趁早交代，免得招来更大的麻烦！”

余英语气不变：“二位英雄想让老朽招什么？”

姜小乙：“还装傻？你们青庭帮最近是不是发了笔横财？”

余英叹气道：“横财没有，横祸倒是有一堆。”

姜小乙：“如何讲？”

余英抬眼，精明的目光在姜小乙和肖宗镜之间转来转去，最后像下定了什么决心一般，神色肃穆地缓缓发问：“在这之前，老朽想问问二位，究竟是哪一路的英雄？”

姜小乙冷笑：“你都自身难保了，还想打听我们的来路？”

余英面无表情地说道："有一句话，老朽想先告诉二位。老朽在此与二位谈论这些事，不是因为二位武功高强，能随时要了我的老命。请二位不要小瞧了老朽。我余某人虽不会武功，但绝不是贪生怕死之辈，钱帮主待我有知遇之恩，此生难报。区区贱命不值一提，二位若不信，大可动刑，看看能不能从余某这张嘴里撬出些什么。"

他这一番话平平淡淡，姜小乙却听得烦心不已。

江湖里最怕的就是这种人，看似软弱可欺，实则跟头倔驴一样，软硬不吃，完全不转弯。

见他们没说话，余英接着道："二位若真想从老朽这里问出点儿什么，至少得让老朽知道你们打哪儿来。"

姜小乙刚要说话，肖宗镜忽然道："可以。"

肖宗镜也不多话，抬起一根手指指了指天："打那里来。"

余英抬头看了看天棚，再回眸时，肖宗镜已经站起身，来到他面前。肖宗镜高出他一头还多，垂下眼眸。

"我看到你第一眼，就知道我们来对地方了。"肖宗镜可比姜小乙直接多了，开门见山地问，"军饷在哪儿？"

余英周身一紧，心说他们果然是为这个来的，口中道："抱歉，这个老朽不知。"

肖宗镜道："是真不知，还是在跟我讲帮派义气？"

余英不语。

肖宗镜将手掌压在余英的肩上，缓缓说道："你现在可以什么都不说，我会接着查。一旦我查出这案子与你们青庭帮有关……"肖宗镜停了片刻，声音又沉了几分，"你信不信，不管钱帮主在哪里，不管你们有多少个兄弟保护他，我都能把他挖出来，活剐了他。"

他口中还有残余的酒气，神色平静，却气势逼人。

余英脸颊滚烫。他自诩胆量不输任何习武之人，此时却被面前的人四平八稳的话语压得气势全无。

肖宗镜直起身，又道："你们已铸成大错，切不可错上加错，祸及满门。"

他的手一松，余英顿感肩膀上挪开一座大山，呼吸都变得顺畅了。

他自然也明白肖宗镜口中"打那里来"的意思，双手抱拳，朝肖宗镜深施一礼："老朽有眼不识泰山，二位大人请恕罪。但老朽并未说谎，青庭帮连半点儿银子和粮草也没有见过。"

姜小乙眼中灵光一闪，敏锐地道："你这话说得奇怪，没见过银子、粮草，那见过什么？"

余英耷拉着眼皮子，明白这次是无论如何都躲不过去了，不如顺势而为。

他心下一横，说道："见过随行官兵的尸首。"

姜小乙肩膀一僵，那一瞬间察觉身旁之人已在震怒的边缘。

肖宗镜这冰冷的杀意连不会武功的余英也察觉到了。他连忙道："大人！人绝不是我们杀的！给我们天大的胆子，我们也不敢劫朝廷的军饷！我们也是被迫无奈啊！"

姜小乙："何事被迫？"

余英："上个月初六，有个人找到我们帮主，让我们挑二十个可靠的兄弟，在初八这天帮他办件事。"

姜小乙："什么人？"

余英："不认识。"

姜小乙讽刺道："不认识你们就帮？你们青庭帮还真是好差遣，谁都能让你们办事。"

余英叹气道："那人武功高强，而且知道我们帮主是个孝子，事先挟持了帮主的母亲。帮主原将老夫人藏得很好，连我们这些帮内的弟兄都不知道住所，他竟然能查到，可见是有备而来。"

姜小乙："他让你们帮什么忙？"

余英："当时他只说埋东西，给了我们一个地点，让我们当夜亥时前去，不能早也不能晚。我们到的时候就看见地上有数十具官兵的尸首。"

姜小乙："劫匪不在？"

余英："不在，军饷也都被运走了，想来他们可能人手不够，或者赶时间撤离，才让我们去掩埋尸体。那些官兵死状离奇，脸都变成了绿色，面目狰狞。我们虽走黑道，却也觉得这事诡异邪门，都当是撞了鬼，匆忙埋了人就回来了。"

姜小乙："脸变绿色？难道是中毒？"

余英："这我就不知道了。"

姜小乙又问："找你们的人样貌如何？多大年纪？"

余英："他没报家门，不过看样子肯定是混江湖的，年龄三十几岁，气质阴郁，肤色惨白，身上带了一把刀。"他顿了顿，又道，"对了，这人的眼睛很奇怪，总是半闭半睁，像没睡醒一样。"

姜小乙默默记下这等形容，又问道："官兵的尸首被埋在哪里？"

余英顿了顿，摇头："能说的我已经都说了。"

姜小乙蹙眉道："什么意思？"

余英："若是二位没听够，就请去总舵找我们帮主吧。"

姜小乙："你不是怕我们对钱啸川不利吗？为何还主动要我们去见他？"

余英："二位大人是为了劫案而来，我们青庭帮也不想替人背黑锅，当替死鬼。帮主能与二位当面解释清楚，总好过被误会。"

姜小乙冷冷一笑，道："你既然知道埋尸地点，为何还要费事让我们去见你们帮主？是事情太大你做不了主，还是另有什么想法？"

余英只摇头，不回答。姜小乙还是觉得奇怪，可接下来不管自己再怎么问，余英就像是合上壳的蚌，说什么都不再交代了。

姜小乙还想再使点儿招，肖宗镜却松了口，让余英给出钱啸川的位置。

余英告诉他们总舵地址和接头暗号，又写了封书信，道："二位将此信交给帮主，他一定会配合二位。"

姜小乙收了信，与肖宗镜一同步出大堂。

此时已是四更天了，外面只剩下整理东西的人，见他们出来，纷纷立到一旁，不敢说话。

余英将他们送出赌场，问道："可要叫人陪同二位前往？"

肖宗镜："不必，牵两匹马来。"

一名喽啰牵来马匹，二人骑上马匆匆离去。余英看着他们的身影，满目忧虑之色。他身边上来一个拿着扫帚的手下，正是娄淄。

娄淄刚刚留下来为的是看个后续，见铜花双侠就这么走了，颇为不甘："余爷，就这么放了他们？"

余英："不然你去拦？"

"这……"娄淄挠挠头，赔笑道，"小的哪有这么大本事？不过总舵高手多，刚刚徐堂主和王堂主已经先行一步去总舵报信了，帮主定可以帮我们出这口恶气！"

余英不耐烦地道："牌子都快让人摘了，还出恶气？！你们什么时候能动动脑子？！"

娄淄唯唯诺诺地点头："余爷，他们到底是什么人啊？"

余英淡淡一笑："朝廷的人。"

"朝廷？"娄淄惊了惊，随即又奇怪地道，"丰州的官府向来软弱，也颇给我们帮派面子，他们怎么这么横啊？"

余英累得眼中血丝密布，道："官府看起来'软'，源于他们要跟我们一起赚钱；现在'横'起来，则是因为有人踢到铁板了。"他冷冷地继续道，"你记着，不管朝廷看起来多么腐败可欺，也不是民间组织可以硬拼的。一旦真交手，你就会发现这纯粹是以卵击石的找死行为。"

娄淄听完，心中一阵后怕："那这次到底是谁得罪了他们？岂不是要倒大霉了？"

"哼哼，那也说不准。"余英精明一笑，摸了摸自己的八字胡，"我们青庭帮不过是想多赚点儿银子，快活度日，所以才需要在制衡之中求生存。但如果有人不是为了钱，也不是为了快活，而是有更凶狠的目标的话，那他们就脱离了'民间组织'的范畴，行事也就不再受种种约束和限制了。"

娄淄没太听懂，问道："有这样的组织吗？"

余英淡淡地说道："有啊，比如……青州军。"

娄淄大惊，道："余爷的意思是，丰州有人要造……"被余英狠瞪一眼，娄淄赶快捂住嘴，随后犯愁道，"余爷，既然那两个人如此强悍，那他们去了总舵岂不是会带来更大的麻烦？”

余英目光幽深，盯着漆黑的长道：“他们是强悍，可天下强人不止他一家。好比有些事情，有人让说，有人不让说，我们哪边都得罪不起，就不如将这些强龙都搅到一个池子里，让他们眼中只有彼此，看不到我们这些小鱼小虾，这才是如今在乱世的生存之道。”

和肖宗镜回吕坊取了行囊后，姜小乙觉得与吕家姐弟此后大概是无法再见了，便留下些许银两，悄无声息地离开了冀县。

姜小乙一路走一路想，越想越觉得疑惑重重，最终叫住了肖宗镜：“大人。”

肖宗镜拉紧缰绳停了下来。

姜小乙道：“我还是觉得不对，那余英一定是有事瞒了我们。”

肖宗镜道：“那你觉得，他口中关于劫案的内容是真是假？”

姜小乙想了想，道：“倒不像是假话。”

肖宗镜道：“这就是了，只要这些话是真的就行了。与其在这里想办法严刑逼供，我们不如就顺着他的意思见一见钱啸川来得更快。”

“可是，”姜小乙犹豫道，“我总觉得……”

“不要紧。”肖宗镜淡淡地说道，“只要有劫案的线索，就是龙潭虎穴我也要闯，事不宜迟，抓紧上路。”

姜小乙听他这么说，整理好心情，正色道：“是！”

二人趁着夜色马不停蹄地赶路，在当日下午便赶到了应城。

应城位于丰州正中央，是丰州的商业中心。比起冀县，这里更为奢华，城中到处都是酒肆、茶楼和玩乐场所，路上人满为患。姜小乙此时已经无心游玩了，他们饭都来不及吃，便来到余英给出的总舵地点。

有些出乎她的意料，这里只是一处位于城区内部的极为普通的民宅。

姜小乙叩门，很快出来一个小丫鬟轻声询问道：“二位有事吗？”

姜小乙说出余英给的口令：“生死道上淋金雨，金兰殿内照祥云。”

小丫鬟面色不改，打开门：“二位请进。”

他们步入宅院后才发现内有乾坤，先是一座四方形的石头小院，三个方向各自有门，小丫鬟带他们进入西边的门，然后又是一个四方小院，还是三道门……就这样反反复复，拐来拐去，每处院子都一模一样，全是青灰色的石头、两三个看守的护卫，绕得姜小乙头晕眼花。

最后，他们来到一栋二层小楼前，小丫鬟停下了脚步。

姜小乙眨了眨眼睛，看清楼前站着的两个人，不禁“哎哟”一声：“你们两个脚程不慢啊。”

这二人正是王常捷和徐邕。他们经过昨夜惨败后，接到余英的眼神示意，日夜兼程地赶到应城，来给钱啸川通风报信。牛树高则因昨晚被肖宗镜那一记头槌伤得不轻，留在冀县休养。

王常捷和徐扈乍一见姜小乙和肖宗镜，魂都要被吓出来了。

“是……是你们！”

两个人心中焦急，奈何就是进不去屋子，也见不到帮主。

小丫鬟用同样的理由把姜小乙和肖宗镜也拦下了：“帮主现在有贵客，二位请稍等。”

姜小乙从怀里取出信，道：“这是冀县管事余英写给你们帮主的，你交给他，我们最多只能等你送信的这段时间。”

“这……”小丫鬟有些为难，“帮主已经吩咐过了，这次见客不能被打扰，就是天大的事情也要放后面。”

姜小乙笑道：“什么客人？这么大排场！”

小丫鬟道：“这奴婢就不知了。”

王常捷在旁边质问道：“你们怎么找到这里的？”

徐扈止住他的话，低声道：“既然余爷写了信，他们肯定是私下商量好了什么。”

王常捷：“商量什么？唉！余爷糊涂！他怎能将总舵位置告诉敌人呢？！”

姜小乙没工夫跟他们废话，对小丫鬟道：“我不管你们帮主在见谁，总之我们等不了。你要是不送信，我就亲自去送了。”

王常捷怒道：“你敢闯总舵，爷爷给你好看！”

姜小乙挑眉嘲讽道：“手下败将也配叫嚣？”

王常捷气得龇牙咧嘴：“你——”

小丫鬟听得眉头紧蹙，心道：最近这是怎么了？哪里来的这么多个硬茬子？

她正想着找个什么借口拖延一下，二楼一个房间里走出一名护卫，小心地关上了门。

他下楼环顾了院内情形，最后对小丫鬟道：“绿绮，你让他们安静些，帮主正与贵客相谈要事。”说完，他又冲王常捷等人抱了抱拳：“诸位堂主少安毋躁，帮主很快就谈完了，到时候再请各位堂主上楼详叙。”

王常捷心想：要汇报的事已经在这里摆着了，还详叙个屁，可嘴里又不好这么说，只能支支吾吾地点头。

姜小乙冲这人道：“这儿有余英的一封信，麻烦你交给钱帮主。”

那护卫并不认识他们，以为是余英介绍来拜码头的，颇为不耐烦：“你听不明白话吗？不管有谁举荐，你们现在都只能在这里等着。”

姜小乙转头看向肖宗镜，后者仰了仰下巴。姜小乙把信收回怀中，抬起头，手掐腰，猛吸一口气：“钱啸川！给老子滚出来！”

她这一声吼把在场所有人都吓出一身汗来。

“听见没有？出来！”

众人都被喊傻了，还是护卫最先回神，几步冲了过来：“你不要命了？！”

他要用手堵姜小乙的嘴，但中途被肖宗镜扣住手腕。

“钱帮主是不是就在你刚刚出来的房间里？”肖宗镜问完，也不等回答，脚下一绊，两只手分别抓住这护卫的后背和腰，把人提了起来。

“哎哎！”侍卫叫唤两声，挣脱不开。

肖宗镜抓着人，以右脚为中心画了个半圈，竟将这大活人原地抡了起来。一圈、两圈、三圈，他找准时机一脱手，吼了一声：“去！”

护卫顺势飞了出去，正好砸在他刚刚出来的房间的门上，摔进门内。

“哎哟喂——”这护卫滚了几圈，被一只黑靴踩住。

紧接着，这黑靴的主人冷哼一声，将护卫一脚踹到墙边。护卫被肖宗镜抡上来倒没受什么重伤，被踢这一脚却直接吐了口血，昏死过去。

小楼并不高，视野开阔，这大门一开，屋里、院里的人互相看了个清清楚楚。

姜小乙刚准备开始新一轮骂阵，看到楼上桌旁那人，一口气差点儿没上来。

那高大的身形、那恐怖的眼神、那阴森的嘴脸，不是戴王山又是谁？！

其实在来的路上，姜小乙设想了诸多状况。她多少也感觉出目前青庭帮应该正面临着难以解决的困境，所以余英才想让她与肖宗镜破局。但她原本猜想，来找麻烦的应该是些眼馋军饷的江湖势力，万万没想到竟是戴王山。

他不是在天京吗？他什么时候来到丰州的？他来这儿做什么？难道他也是为了军饷的案子？

姜小乙一时头大，嘴里的话也忘了喊。

戴王山身旁还坐着一个身着华服之人，一只眼睛蒙着金色的眼罩，想来便是独眼金镖钱啸川了。

钱啸川走出门来，看着楼下两位不速之客：“二位是何人？为何在此闹事？”

不用他们开口，王常捷仰头道：“帮主！就是他们！这两个是铜花双侠，一个是翻山鼠，一个是混江龙！他们昨天在冀县闹事，属下无能，没能拦住他们！”

“铜花双侠？”钱啸川嘀咕了一句，“不曾听闻……”

他身旁的戴王山也走了出来，站在栅栏旁。

他与肖宗镜四目相对，互不作声。

姜小乙硬着头皮取出信函，飞给钱啸川。

钱啸川接过信，拆开阅读后，沉吟片刻，收起信道：“原来是远方的贵客，有失远迎，还望见谅。”虽然余英在信中已有预警，但他还是颇为顾忌戴王山，斟酌道，“这位是北方来的玉石商戴先生，正与在下谈些生意，可否请贵客稍等在下……半炷香的时间？”

姜小乙看向肖宗镜。

肖宗镜："半炷香的时间我等不了。"

小楼上凭栏而立的"玉石商"戴先生抱起手臂，挑了挑眉："半炷香的时间我谈不完。"

"这……"钱啸川被夹在中间，难上加难。

姜小乙万分同情钱啸川，这样被前后夹击，场面真是说不出的尴尬。但几人这么僵持下去，除了浪费时间，没有半分好处。她悄悄蹭到肖宗镜身旁，低声道："大人，要不我们……"

她刚想劝几句，戴王山却忽然一改语气，对钱啸川说道："算了，钱帮主，我这人比较好说话，不为难你，让他们先谈，我可以等。"

姜小乙心里一惊，戴王山竟然主动让步了？随后她马上想到，不对，他这是另有想法。这次谈话谁后谈谁有利，因为他们都有实力从钱啸川嘴里逼问出先谈一方所谈的内容，再做后续打算。

密狱虽然也是朝廷势力，可是跟侍卫营完全是两回事，在有些事情上更是水火不容——就好比之前齐州的那个案子。

现在他们的处境更是敌暗我明，朝廷内部有不少人知道军饷的案子落在肖宗镜的头上，他们却丝毫不知戴王山为何会出现在这里。

如果戴王山也是为了劫案一事而来，那可就出大事了……

就像是看出了她心中的焦虑一样，戴王山冲她微微一笑，道："看来二位还是有所担忧。那不如先让这位混江龙进去谈话，这位翻山鼠暂且留下，咱们互相打消一下对方的疑虑如何？"

姜小乙："这……"

她有心，但有点儿没胆。

姜小乙正犹豫不决时，肩上轻轻落下一只手，一股清凉之气游走周身，将姜小乙的不安躁动全部抚平了。

"不用想太多。"肖宗镜低声道，"他不敢怎样，你只要记住我们来此地的目的便够了，其余不用担心。"

姜小乙定下心来："是，那我就留下与他谈一谈。"

肖宗镜"嗯"了一声，顿了顿，又吩咐道："不要离开这个院子。"

好不容易达成一致，钱啸川也松了一口气，屏退了王常捷等人，与肖宗镜一同进了房间。

院子里只剩下姜小乙和戴王山。

他从二层翻下，落地悄无声息。

姜小乙内心赞叹：真是高明的轻功。

见戴王山走到她面前，姜小乙恭敬地施礼："见过戴大人。"

戴王山哼笑道："哪里来的'大人'？听不到钱帮主是如何称呼我的？侍卫营的人

难道都像你这样，嘴上也没个把门的？肖宗镜就是如此调教的？”

姜小乙听他张嘴就咄咄逼人，心下不满，脱口而出道：“戴先生，‘侍卫营’这三个字可比‘大人’更加引人注目吧？”

戴王山可能还从没被下属顶过嘴，当即冷下了脸：“放肆！”

姜小乙突然清醒过来：“大人恕罪！”

戴王山冷笑一声，偏着头扫视她：“看来你最常用的就是这副皮相了。”

姜小乙心下一凉，难道他已经知道了？

她故作疑惑地问：“小的不知大人在说什么。”

戴王山弯下腰，一张阴森的脸逐渐靠近：“你当爷爷是傻的？”

其实戴王山长得不算难看。实话实说，他也称得上浓眉朗目，英武非凡。可不知为何，姜小乙就是不敢看他。他一靠近，她就浑身难受。

姜小乙想来想去，觉得戴王山可能是杀人太多，命中缺德，所以才煞气环身，如此不招人待见。

既然已被识破，姜小乙也不藏着了。

“大人英明，小的确实最常用这副皮相。”她不想在这些事上与戴王山浪费时间，于是摆出一张笑脸，“说来也巧，竟然在这里碰到大人了，不知大人来此所为何事？”

戴王山森然道：“这话轮得到你问我？”

姜小乙僵了僵。

这人讲不讲理？明明是他点名要她留下打消双方疑虑的，又不让人开口问话。

戴王山悠闲道：“你们是来查军饷案子的吧？”

姜小乙：“是。”

戴王山：“查到什么程度了？”

姜小乙正色道：“我们来到丰州，听说青庭帮是这里最大的帮会，觉得他们有重大嫌疑！这案子很有可能就是他们所为！”

“放屁。”戴王山冷冷地道，“骗鬼呢？”

他要说是骗鬼，其实也没问题……

姜小乙心道：你与鬼没多大差别。

戴王山：“这种地头帮派也配劫赵德岐的货？肖宗镜不会如此糊涂吧？”

姜小乙附和道：“其实我们也只是试一试。”她悄悄抬眼看戴王山，再一次问道，“那大人来此——”

戴王山再次打断她的话，自顾自地道：“不过，既然肖宗镜找到了这里，想来是有什么线索了，说来听听吧。”

姜小乙不语。

见她不答，戴王山极为险恶地“嗯？”了一声。

姜小乙：“我们的线索极少，几句话就说完了，不如大人先告诉小的您来此地的目的吧？”

“你哪里来的胆量敢与我谈条件？”他往前走了两步，沉声道，“齐州的账，咱们还没算呢。”

戴王山在身量上与肖宗镜差不多，不过体态更魁梧一些，且气质阴狠，加之他的眉眼浓黑，往姜小乙身前一站，压迫感十足。

姜小乙耳根冒汗，解释道：“当时小的也是任务在身，实是迫不得已……”

她的脑筋飞转，当初在齐州，她只与戴王山相处了短短几个时辰，但是从中悟出一个道理——戴王山似乎有心与肖宗镜一较高下。

想到这里，她换了个策略，谄媚地道：“不过好在大人英明神武，手腕高明，不费吹灰之力便处理了此事，也免除了刘公公的后顾之忧。听说大人以一己之力便解决了公孙德一行几十人，做得滴水不漏。不瞒您说，这消息传到侍卫营，我们大人也是极为震惊，此事完全出乎他的意料。大家私下都说，放眼朝廷……不，是放眼天下，能将此事办得如此干净利落的，恐怕也只有戴大人您了。”

戴王山听完，笑了笑，道：“你倒是会拣人喜欢听的话说。”

这马屁好像正好拍对了地方，戴王山开恩道：“行吧，告诉你也无妨，我来丰州是找人的。”

姜小乙：“大人要找谁？”

戴王山：“一个江湖人，‘白衣相士’这个名号你可曾听过？”

姜小乙内心一动。她当然听过这个名号，不仅听过，还见过这人呢。

不过，她肯定不会跟戴王山说实话就是了。

她摇了摇头，道：“不曾听闻，好像也不是什么有名的人。”

戴王山嘲讽道：“难道侍卫营就只会处理官场之事？”

姜小乙道：“我们大人确实不怎么管江湖上的事。”

这话说得倒也诚恳，从姜小乙进宫以来的观察来看，肖宗镜和谢瑾一门心思放在肃清官场上，江存书整理的文书也多是各地官员送来的资料，李临最常做的就是去抄各个贪官污吏的家，很少听他们谈起江湖。

戴王山冷冷地道：“说到底还是宫里豢养的家畜，连天要变色了也看不出。”

这话辱没了肖宗镜，姜小乙本想反驳一句，但话到嘴边又停住了。她在心里一叹，又问道：“戴大人，这白衣相士到底是何人？”

戴王山：“一介书生，唯恐天下不乱，竟敢煽动刁民抢刘公公的银丝贡米，当真是罪该万死。我得到消息说他近期出现在丰州，很可能是想出海逃命。我当然不会放过他。青庭帮耳目遍布丰州，我来这里就是让他们把这人给我挖出来。”

姜小乙“啊”了一声。

戴王山在一旁抠了抠自己的耳朵。当然，他也有所隐瞒。他的确是为了刘行淞的贡米一事来丰州，不过也知晓军饷的案子落在侍卫营的头上，既然顺路，那不使个绊子就不是他的风格了。

密狱平日就在暗地里行走，与全国各地的黑道都很熟悉。戴王山来到丰州后，很快就见到了钱啸川，也先一步问出了青庭帮与军饷一案的关联。他本想在这几日里先查出白衣相士的所在，办完正事，然后再编个圆满的瞎话，等肖宗镜来了之后让钱啸川转达给肖宗镜，使他们此行无功而返。

不料肖宗镜动作太快，戴王山连白衣相士都还没找出来，他们就到了。

姜小乙听完戴王山的话，脑海里不由得开始分析：他说的是不是实话？他究竟留没留后手？甚至……密狱到底有没有参与到劫案中来？

其实，姜小乙有些多虑了。

她并不了解戴王山，也并不了解密狱。

刘行淞是个彻头彻尾的利己之人，他的属下也基本是一丘之貉。他们的一切作为都只有一个目的，就是为己谋私。而他们这么妄为的根基，是建立在永祥帝的宠信之上。是以，刘行淞绝不可能做出劫军饷、杀名将这种动摇永祥帝的皇权根基之事。

至于戴王山对肖宗镜的种种阻挠，完全是出于“见不得他人——尤其是侍卫营立功”的心态。他本人对军饷案这种费时费力、危险重重，而且毫无油水可言的事是兴致索然的。

正是因为知道这一点，所以肖宗镜才放心让姜小乙留下与戴王山详谈。

戴王山不动声色地瞄了一眼姜小乙。

从齐州开始，肖宗镜两次行动速度都超出了他的预计，想必与这丫头不无关系。

既然暂时杀不了这人……戴王山轻轻一笑，抱起手臂，在姜小乙面前踱步：“肖宗镜给你什么条件？”

面对戴王山突然之间的奇怪发问，姜小乙没反应过来：“什么？”

戴王山停步，弯下腰，在与她相距咫尺时再道：“他给你开多少俸禄？不管多少，我出十倍。所谓良禽择木而栖，你不如弃暗投明，来密狱如何？”他扯了扯嘴角，“我不会亏待你的。”

姜小乙听傻了，他这句“弃暗投明”是怎么说出口的？

“小人惶恐！”

戴王山哼了一声，一只手捏住姜小乙的下巴，冷笑道：“叫你来是看得起你，你留在那狗屁侍卫营是没有出路的。肖宗镜是个彻头彻尾的蠢货，你跟着他，早晚也要玩儿完。”

姜小乙抿抿嘴，退后三步，恭恭敬敬地施了一个大礼：“多谢大人抬爱，我之忠心，天地可鉴。”

戴王山沉下脸，直起身：“原以为是个机灵的，没想到还是个榆木脑袋，怪不得进了侍卫营。”

姜小乙赶快换了个话题，赔笑道：“小的不值一提，还是说案子吧。原来大人来丰州是找人的，既然大人都亲自来了，这人的‘白衣’肯定要变‘红衣’了。”

“呵。”戴王山摆出一副理所当然的神态，道，“爷爷说完了，轮到你了。”

姜小乙把在冀县时余英对他们讲的话转告给了戴王山。戴王山听完，暗自想着，这与钱啸川同他说的情况差不多，那肖宗镜这次应该就能问出具体的案发之地了。

姜小乙见他沉吟许久，试着问道：“大人可有什么想法？”

说起来，戴王山也是个一等一的狠角色，如果他们能借上力，自然最好了。

可惜戴王山无情地打破了她的幻想：“想法自然是有的，不过要想让我帮你们查案，你得叫肖宗镜亲自来求我。”

姜小乙尴尬道：“大人说笑了……”

这时，二楼的门被打开了，钱啸川陪同肖宗镜走下楼来。

见肖宗镜路过戴王山身前，不做片刻停留，姜小乙紧随肖宗镜离开青庭帮总舵，牵着马向外走去。

出了青庭帮总舵，姜小乙问道：“大人可探听到埋尸之地了？”

肖宗镜道：“出事地点在距冀县北边七十里，钱劳山和四明山的交界入口处，他们将人就地埋下了。”

姜小乙道：“距冀县北边七十里……那可快到虹舟山了。”

见她欲言又止，肖宗镜接着道：“不错，钱啸川猜测，此事天门应该也参与了，否则这一众外人不可能把案子做得如此密不透风，毫无踪迹可循。而且更重要的一点是，天门在丰州的地位极高，除了官府以外，只有他们的车马在关卡不会被查验。”

姜小乙：“这的确至关重要，不被查验，货就可以随处运了，也不怪丰州太守怎么堵都堵不到。”

肖宗镜：“不过钱啸川并无实证，这也有可能是他想要拉天门下水的托词。”

姜小乙：“无论如何，我们速速前往吧。”

她刚说完，肚子里“咕噜噜”叫了一声。肖宗镜听到，凝重的神色微微缓和，笑道：“饿了？”

姜小乙有点儿不好意思：“一整天都没吃东西了。”

肖宗镜：“所谓气饱不饿，神满不卧，你也算半个修道人，怎么连一天都撑不住？”

姜小乙赧然道：“您也说了只算半个修道人，不还剩下半个俗身吗？”

肖宗镜笑着牵过马匹：“走吧，先带你吃东西。”

他们顺着街道往外走着，拐了两条街，街上逐渐繁华起来。路边商户喧嚣吵闹，热闹非凡。姜小乙走着走着，心里忽然冒出点儿歪心思来。

见肖宗镜寻了一家酒楼，姜小乙抢先牵上马：“大人，我去拴马。”待肖宗镜进了楼内，她马上招呼店伙计，低声问道：“小兄弟，请问城中可有‘盛坊布庄’？”

店伙计道：“有呀，就在前面那条街，一转弯就是。”

姜小乙心道：真是天助我也。

她赏了点儿碎银给他。

肖宗镜叫了一桌当地的特色菜肴，乳猪肉、蛇羹、白灼虾……菜品色香俱全，姜小乙食指大动，埋头苦吃。

肖宗镜道："慢点儿，不差这一时，你要吃饱一些，今夜恐怕无休。"

姜小乙知道，他嘴上说不急，心里一定恨不得马上飞到四明山去。

但可惜，她还得再耽误一会儿。

吃到中途，姜小乙以肚胀为由，遁去茅厕，从后院翻出，直奔刚刚店伙计说的地点。

姜小乙在街口一转，果然见到盛坊布庄。她找到掌柜的，从怀里掏出一个墨玉牌子递给他。

掌柜的拿了牌子对着光看了看，牌子内侧暗刻着烟云图案，还有一个花形的落款。他道："原来是七爷的朋友，这边请。"

姜小乙道："这儿有七爷养的鸟吗？"

掌柜的道："有，在后院。"

姜小乙道："借笔墨一用。"

待掌柜的拿出笔墨，姜小乙又问："冀县可有贵庄分部？"

掌柜的道："有。"

姜小乙道："太好了，这样就不用我再跑一趟了。"

她裁了一条白布，在上面写了点儿什么，装到一截细竹筒里。

掌柜的带她到后院，树上挂着几个鸟笼，里面有数只灰鸽，正上蹦下跳。掌柜的道："这都是不久前跟着商队送过来的鸽子，一个个都急着回家呢。"

姜小乙抓了一只最欢腾的出来，将信绑在它的脚上，朝天一抛。

鸽子扑棱着翅膀，飞向北方。

其实这盛坊布庄并不是达七所有，不过布庄的大东家与达七是结拜兄弟，有过命的交情。盛坊布庄生意做得极大，店面遍布全国，达七就在这些地方养鸟，用以传信。

她不敢久留，放了信鸽后匆忙返回酒楼，见肖宗镜已经吃完饭，正坐在桌边喝茶。

"大人久等了，咱们走吧。"

再一次踏上路途，归途比来时更快，他们一路追着夕阳回到冀县，又向北行了七十余里，终于踏入四明山地界……

月上中天，山林寂肃，地面冒着潮湿且刺骨的寒气。

姜小乙与肖宗镜顺着山间小道朝四明山与钱劳山的交界处走去。夜色迷离，也许是已经知道这里发生了惊天惨案，姜小乙打心底觉得此地阴森得不像话。四周冷风吹拂，老树盘绕，枝丫插天，形状怪异，偶尔响起一声鹰唳吓得她后颈发麻。

这地界真是说不出的诡异。

又绕过一处转弯，四明山出现在眼前，姜小乙抬头一看，顿时冷汗涔涔：“这——”

马儿嘶鸣，肖宗镜拉紧缰绳：“怎么了？”

姜小乙看着眼前的景象，眉头紧蹙，生出一种极为不好的感觉。

这钱劳山和四明山并不像普通山脉一样呈平缓之势相互交叠，而是以各自的悬崖相接，中间只有数丈远，两崖高度千尺有余，上下几乎同宽，此时月光从中间照过，他们远远看去，就像天泻水银，山峰从中间被断为两半。

肖宗镜也感觉到了些许肃杀之气，沉吟不语。

姜小乙指着前方，道：“大人，你看这山像不像是被刀斧劈开了？这种地形在风水术中唤作‘天斧煞’，是大凶地势，主血光之灾。”

肖宗镜：“这与军饷在此被劫有何关联？”

“有可能只是碰巧，但……”因自身也算是个修道之人，对许多事有独特的感知，所以她对此地有一种极为强烈的直觉，“大人，如果不是凑巧，那之前我们猜想，敢劫赵将军的军饷，至少也要百名左右的好手，可如果劫匪中有人精于法术，那依此地势，则极易作法。”

肖宗镜面色不变地问道：“何种法？”

姜小乙：“这样的地形，任何主杀身之祸、刀兵之灾的法术都可增强效果，也适宜用些左道旁门的法子。如果贼人中有人擅长此道，便可大大降低进攻的难度……也许就不需要太多人手了。”

肖宗镜静了片刻，道：“先找到尸首再说。”

他们行至四明山脚下，入口的风迎面吹来，空灵悠长，好似有人唱起冥冥的玄音，让人不寒而栗。

按照钱啸川所说，他们将人埋在入口处右前方的林子深处，标记是三棵长在一起的枯树。姜小乙找到地点，脚下踩了踩，果然土地颇松。

肖宗镜从马上卸下工具，两个人便默不作声地开始挖。

先挖到东西的是姜小乙，手下一顿，她的心也跟着抖了一下。

“大人……”

肖宗镜过来，用手拨了几下，露出赭色的铠甲，正是南军的军服。他抓着铠甲用力提起——

那死尸的脸正对着姜小乙，下半部分颜色变得与铠甲相似，已经溃烂，散发着恶臭的气味，眉眼之间则呈诡谲的绿色。他睁着眼睛，眼珠上翻，向外分散，嘴巴咧开，死状极为狰狞。

多年前的记忆片段瞬间涌入脑海，姜小乙脱口而出道：“这不是‘死人道’吗？！”

这名字肖宗镜不曾听闻："什么是死人道？"

姜小乙："大人可听过'阴阳道'？"

肖宗镜想了想，道："好像是北边一个道门流派。"

姜小乙："不错，阴阳道主修风水命理、阴阳术数，是正统道门，可惜门下出了一个逆徒，名叫张青阳。不知大人可还记得几年前闹过一次饥荒？"

肖宗镜："记得。"

那是五六年前的事了，当时北方闹了一次饥荒，死了十几万人。

姜小乙："阴阳道就在肇州，是饥荒最严重的地区。他们的掌门人丙奇道长与我师父是好友，他们实在是过不下去了，来信求助，我师父就拿了观里仅剩的余粮去帮忙，我在那里见到了张青阳。"

她与张青阳有过一面之缘。他比她年纪还小，当时只有十一二岁。她印象很深刻，张青阳体形瘦小，却有一双灵动的眼睛。她曾见过一次他作法，那双原本就很大的黑瞳再次扩张，几乎充满整个眼球。双眼内光芒全部隐匿，整个人陷入一种极为怪异的境界。

她听她师父与丙奇道长说起过，张青阳命格特殊，通阴鬼之气，若不好好引导，将来必为祸一方。

姜小乙道："张青阳体质特殊，学道术很快，尤其擅长制造幻境。他十岁的时候便研究了一种邪门儿阵法，人只要走进去就会迷失心智而死，那些死人眉目之间都会变成绿色，同这个一模一样。饥荒的时候他经常偷偷练习这个阵法，弄死了不少人，当地百姓管这个叫死人道。当时官兵来抓他，被他逃了，许久都没有消息。没想到他竟然入了绿林，与朝廷作对了。"

肖宗镜冷冷地道："魑魅魍魉，蚊蝇蚁蟑，都是一路货色。"

接下来他们又挖出几具尸体，死状与第一具相差无几。后来挖得越来越深，姜小乙又碰到一件铠甲，这铠甲与之前的不同，颜色灰黑，更为沉重繁复。姜小乙心中已有预感，低声道："大人……"

肖宗镜走来，将人挖出，翻到正面——这是一位五十几岁的男子，国字脸，蓄长须，面容刚毅苍劲，眉眼间同样呈现出阴绿的腐色。

肖宗镜看清此人的面目，不禁颤了颤："赵将军！"

赵德岐是本朝名将，与肖宗镜的父亲肖谦曾是莫逆之交。肖谦死后，赵德岐对肖宗镜也颇为照顾，二人私下以叔侄相称。虽然赵德岐常年驻守南方，与肖宗镜见面不多，但二人感情依然深厚。如今眼见赵德岐死于非命，肖宗镜悲愤难抑。

"想不到你南征北战，戎马一生，最后竟死在此宵小手中……"肖宗镜沉声道，"我定破此案，为你报仇！"

这幽深的密林似乎也感受到了他的怒意，刮起阵阵狂风。

姜小乙大气都不敢出。

有件事她没敢告诉肖宗镜——其实当初张青阳使用死人道，也并非为了害人。

那时的饥荒太过严重，已经到了人吃人的境地。有些孤寡老人没有人保护，经常被青壮年杀害。后来张青阳把老人们集中在一起，在外面设了法阵，不让人进入。一开始还有人不信邪，后来连续死了十几个人后，大家才明白那地方是真的去不得。

但是这些过往，姜小乙现在不能说。

她悄悄看着肖宗镜，他脸色阴沉，难掩愤怒之色。她不禁捏了把汗，心道：张青阳啊张青阳，你小子这次真是要倒大霉了。

过了许久，肖宗镜平静下来，看着遍地的尸首，问道："那妖道武功如何？"

姜小乙连忙说道："他不会武功。至少我认识他的时候，他只会法术。"

肖宗镜沉吟道："不对，光凭这点儿道行，他绝不是赵将军的对手。"

姜小乙思索片刻，道："余英说找上门的是一个三十岁左右的男子，可张青阳比我年纪还小，他们一定还有其他人。"

话虽这么说，可这些尸首都非常完整，身上不见其他伤痕，只有死人道的痕迹。

肖宗镜眯起眼："点火。"

姜小乙从怀里掏出几张火符，轻轻一震，燃起微弱的火苗。这火在如此阴湿的林子中维持不了多久，姜小乙以手掌挡风，尽量护着火苗。

这时天空忽然传来一声鸣叫，她浑身一抖，猛地抬头。

一只鹰飞过天空。

她心里骂自己不该这么草木皆兵，再看肖宗镜，他已经扒开了赵德岐的铠甲、衣衫，借着微弱的火光，再次查验尸首。

姜小乙蹲到他身边。

"嗯？"他似乎有所发现，把手掌置于赵德岐的脖颈上，真气运转，使之松懈。

一道细细的纹路在赵德岐的喉咙间缓缓显现。

火光熄灭的前一瞬，姜小乙看清了那痕迹："是刀伤！"

肖宗镜低声道："薄如蝉翼，这人刀法高明。"

姜小乙听着这句"薄如蝉翼"，回想起余英之前的描述，脑中忽然浮现出一个人的样子："难道是他？"

肖宗镜抬眼："谁？"

"'夜蝉'！"姜小乙解释道，"夜蝉是早年江湖上一名使刀的高手。听说他生来眼睛就比常人敏锐，视黑夜如白昼，所以只喜欢在夜间动手。他又使一把极薄的窄刀，便获得了'夜蝉'这个绰号。但因为眼睛过于敏感，他白天活动便受影响——大人可还记得余英形容此人眼睛总是半睁半闭？想来是光太亮，使他睁不开眼。他也销声匿迹很久了，没想到这时候出来了。"

肖宗镜："看来军饷是上等的饵料了，竟把这么多藏形匿影的人都钓出来了。"他看了看姜小乙，面色稍显欣慰，"亏了你对这些事颇为了解，省了不少时间。"

姜小乙心想：她以前跟达七吃的就是倒卖消息的饭，知道的事当然多了。

“事发之地应该就在刚刚的山道上，去看一看，或许还能找到什么线索。”肖宗镜放下尸首，与姜小乙一同来到山崖下。

此种地形，无风也起三尺浪，行至十丈外，姜小乙已经被吹得浑身冰冷，睁不开眼：“这种地势太危险了，南军为何要选这一条险路？”

肖宗镜叹道：“南军现在正与反贼交战，前线吃紧，赵将军太急了。”

姜小乙道：“这伙匪徒会不会就是反贼派来的？”

可据她所知，目前成气候的叛军都在东边，西边也有几股，南边都是小打小闹。按理来说，这种档次的叛军，应该请不起夜蝉这样的助力才对。

肖宗镜：“现在还无从判断。”

两个人在山道间查看，一条路走到头，也不见什么异常之处，只能从被卡在背风口的几撮马草和粟米里，看出军饷曾经运到此地。

望着远处的萧瑟景象，姜小乙再次悲观起来，都过去这么久了，他们到底要上哪儿去找军饷？

虽然她认出了张青阳，也猜出了夜蝉，可人家肯定早就跑了。就算肖宗镜本领通天，最后天南海北地把人抓获，又能如何？对这种混江湖的亡命徒来说，钱比什么都重要。已经吞下的银子，他们还能指望人家再吐出来吗？

“那是什么？”肖宗镜望向一处。

姜小乙顺着他的目光看过去，两座山的峭壁上似乎有光，但是若隐若现，看不真切。肖宗镜两步上前，脚下一顿，飞身跃起，停在笔直的峭壁之上。他攀着绝壁向上，爬到亮光处，取下一物，再落回地面上。

姜小乙凑过来，发现是一株青草，但神奇的是，这草的草尖颜色很淡，微微透明，还发出弱弱的荧光。

姜小乙“咦”了一声，道：“大人，这草发着光，又生在绝壁之上，会不会就是吕家姐弟口中所说的月荧草？”

她拿过一株揪下草尖，顿时叫起来：“好疼！”

肖宗镜忙取了水袋帮她清洗，可她的指尖还是被蜇红了。

肖宗镜细细观察，将草放进嘴里轻尝了一口，随即吐出：“这毒草吃不得，应该只能用药。”

姜小乙：“吕顺竟然能用它煮水喝，真是个怪人。”

肖宗镜看向姜小乙：“你还记得吕梦说过，吕顺是哪一日进山采草的吗？”

姜小乙回忆道：“是切磋前两天，他初十上山，那就是……初八！”

这不就是余英口中所说的案发之日吗？又是在这个地点！

“会不会是吕顺看到了什么？世上会有这样的巧合吗？”

肖宗镜看着手中的青草，道：“该上虹舟山看看。”

姜小乙觉得，他们已经离事情真相越来越近了。不过，她犹豫道："我们只有两个人，天门可不像青庭帮都是些地痞流氓，如果这案子真跟他们有关，那光凭我们俩人手怕是不够。"

肖宗镜"嗯"了一声。

姜小乙原以为肖宗镜会立刻动身调集人马，没想到他静了片刻，道："不急，先休息一下吧。"

姜小乙以为自己累出幻觉了："休息？"

肖宗镜："可惜此处没有镜子，你该看看自己的脸色。"

姜小乙的确很累。算一算，她已经快两天两夜没有睡过觉了，而且一路上风尘仆仆，忙东忙西，身体已快累到极限了。

不过可能是因为内心有个目标在，姜小乙觉得自己还撑得住："大人不用担心我。"

肖宗镜背过身去，低声道："天亮动身，还有两个时辰。"

姜小乙望着他沉默的背影，某一刻忽然明白了他的意思。

回到林间，肖宗镜找到一个避风处，捡了些柴枝。姜小乙想帮忙，被他按了回去。她坐在一棵老树旁，静静看肖宗镜点燃火堆。火光温暖了夜色，也温暖了姜小乙疲惫的身体。一旦松懈下来，倦意铺天盖地地袭来，姜小乙很快入睡了。

虽然周遭都是死尸，空气中还飘着一股腐烂的臭味，但姜小乙这一觉睡得非常踏实。

她再睁眼时，天已亮。

头顶是叽叽喳喳的鸟叫声，她爬起来环顾四周，满地尸首不翼而飞，昨晚的肃杀诡谲场景仿佛是一场幻梦。

姜小乙向林中走去，在一片空草地上，看见了肖宗镜……和一片青坟。

阳光洒在他的肩上，周围沉寂而安宁。

姜小乙刚刚睡醒，还不是很精神，被这情景弄得更加恍惚了："大人……"

听到她轻轻的呼唤声，肖宗镜回头。一切在刹那间明晰，他的面容、他的心情，都镌刻在这漫天的金光之中。

姜小乙走过去，道："大人将他们都安葬了？"

肖宗镜："可惜除了赵叔，我谁也不认得。可怜这些将士客死他乡，墓上却连个名字都没有。"

他的语气不再是昨夜的愤怒与仇恨，只余几分深沉，剩下尽数归于平静。

姜小乙沉默不言。

在现下这种紧迫危险的关节，肖宗镜花费这么大精力，一夜埋葬数十人，她不好评价此举是否明智，但对肖宗镜做出这件事，又好像一点儿也不意外。

无意间，她看到几根树枝的影子落在肖宗镜的身上，好像绳子将他绑住了一样。

姜小乙忽然有些明白，为何戴王山说肖宗镜是个彻头彻尾的蠢人了。

她喃喃自语道：“原来是这个意思……”

肖宗镜没听清：“嗯？”

姜小乙摇头：“大人，咱们还是出发吧！您省着点儿力气，天门可不好惹。”

肖宗镜淡淡地道：“难道我好惹？”

她想：从某种意义上讲，你确实是挺好惹的。

肖宗镜见她没搭话，那双浅色的眼不禁眯了眯。

姜小乙笑道：“大人玩笑了！大人神功盖世，武艺超群，举世无双，旷代一人！小的已经迫不及待地要闯虹舟山，给那姚老头一点儿厉害看看了！”

肖宗镜轻描淡写地哼了一声：“话不真心就别说。”

他抬起胳膊，大手在姜小乙的头上用力按了按。

“呀！”姜小乙捂住脑袋，再抬眼，肖宗镜已与她错身而过，渐行渐远。

她干瞪了一会儿眼，才慢慢有了反应，整个天灵盖的穴位都一弹一弹的，热力流淌周身。

树上的鸟儿更加欢腾了，“叽叽喳喳”，上蹿下跳，也不知是被谁感染的。

第六章　阁下身有龙凤

虽然他们已经决定要上天门，但方法还要细究。

真算起来，天门立派比大黎开国早了三十余年，至今已有两百多年的历史了。它根基之牢固，实力之强大，不止在丰州，放眼全国武林也是数一数二的。

天门势力覆盖了以虹舟山为中心的十几座山头，姜小乙粗粗计算，天门少说也有四千多名弟子，个个接受正统武学传授，与聚集一群乌合之众的青庭帮可谓天壤之别。

他们硬闯天门显然是不现实的。

姜小乙想来想去，如果这案子真是天门所为，那么要夺回军饷，最稳妥的办法就是调动驻军了。

永祥帝给了肖宗镜这样的权力，可肖宗镜觉得南军现在正与叛贼交战，前线紧张，并不愿轻易调兵。

两个人讨论之下，最后还是决定悄悄潜入，先探个虚实，等真查出军饷所在，再另做计划。

做好决定后，他们踏上行程。途经一处山间险径，二人牵马步行。肖宗镜见姜小乙一路不言语，闷头思索，淡淡地笑道："怎么不说话？难道怕了？"

姜小乙："我只是想点儿事情，哪里怕了？嘿，打得赢最好，打不赢大不了我们就跑呗。"她摇晃着手里的缰绳，大大咧咧地道，"难道大人不知我最拿手的就是脱身的本事？只要那姚占仙别邪门得像戴王山和——"

她刚要说"你"，反应过来后赶快闭嘴了。

肖宗镜问道："和什么？"

姜小乙道："没没没！"

肖宗镜："其实戴王山也不是邪门，练武与修道一样，到达一定程度，通感开了，对世间万物的观察自然都敏锐了。说起来，姚占仙和戴王山都是使拳的，也不知谁的境界更高……”

姜小乙：“原来戴王山是使拳的！”

肖宗镜：“更准确地说应该是掌法，不过拳掌不分家，说是拳法也一样。”

姜小乙想起之前在齐州，戴王山在她面前露的那一手，至今回忆起来还后怕连连。

“他用的是什么掌法？”

“是他自创的掌法，他起名为‘观庵掌’。”

“观庵掌？”姜小乙皱眉道，“真是个奇怪的名字，有何含义呢？”

肖宗镜斜眼看她：“本朝如此崇佛，你竟一点儿佛学典故也不懂。”

姜小乙：“我师父是道士，我怎么可能去学佛？！”

肖宗镜耐心地解释道：“此‘庵’指的是‘庵摩罗果’，这是天竺国的一种果子。这名字取自一个佛教故事，说的是一名尊者得了道，观整个世间，就像看放在自己掌心里的庵摩罗果一样。戴王山以此命名他的武功，大概是想说世上所有的对手，在他眼中不过都是手里的一颗小果子，皆在他的掌握之中。”

姜小乙咂舌：“这也太狂了！”

肖宗镜：“单论武学造诣，戴王山确是不世之材。”

姜小乙：“那他比得了大人吗？”

肖宗镜听了这问话，抿嘴一笑：“这还真不好说。”

姜小乙静了片刻，笑嘻嘻地道：“不过大人呀，我发现一提到武学你好像就有说不完的话，之前在吕坊也是这样，你还抽空指点了吕圆武功。既然大人如此痴迷武学，又乐于施教，我看你将来若是养老，找个镇子开家武馆该是不错的。”

阳光落在山间的小石路上，青草被微风吹得轻轻摇摆。周围太静了，只有马蹄踩踏石子儿的声音，听得久了，几乎催人入眠。肖宗镜垂着眼眸，看着自己的脚步一下一下踩在暖阳之中。

“开武馆……”他自己想了一会儿，低声道，“听着不错，若有这个命的话。”

“当然有了。”

肖宗镜侧过头，看见姜小乙的面孔被阳光照得发亮，几乎蒙上一层光辉。她有所察觉，也转过头看他，目光炯炯有神。

“大人？”

倒是肖宗镜先避开眼，重新低下头，留下一声浅笑。

离了险径，他们重新上马，向北前行，过了半日始见人烟。虹舟山下分布着三四个小村落，正值饭点，炊烟袅袅。姜小乙找了个村民询问天门入口，得知从这里上天门就只有一条路，顺着往上去就是了。

这一条道上有许多人，多得超出了姜小乙的想象。她随便问了一个人，得知这些人竟然都是各地赶来上山拜师学艺的。

不过说是拜师学艺，姜小乙却能看出来这其中大有端倪。

她和肖宗镜挤在人堆里，小声说：“这些人多像是乞讨之人。”

肖宗镜点了点头。

天门在半山腰设了个关卡，有七八个弟子堵在那里，对这些人一个个地进行筛选。他们在旁边还放着几口大锅，里面都是蒸好的馒头。大概天门也知道来这里的人里多数不是正经向学的，碰到这类人，问个名字、籍贯，给个馒头就了事了。只有少数真心实意来拜师的人，他们会做一番记录，然后将人带到后面。

他们挑中的大多是孩童，年纪最大的也就十一二岁，看起来干干瘦瘦、穷困潦倒，正围在一起吃东西。

做记录的是个二十岁左右的年轻人，穿着天门弟子统一的灰白袍子，袖子撸起，嘴里叼着一根青草，一脚踩在石头上，在那里奋笔疾书。

轮到姜小乙和肖宗镜，年轻人刚看一眼便摆手：“去去去，领馒头去吧。”

姜小乙未动。

年轻人不耐烦地道：“自己挑两个大的，别耽误大伙儿的时间。”

姜小乙笑道：“兄弟如何称呼？”

年轻人道：“我叫吴淞，干吗？”

姜小乙道：“原来是吴兄弟。你误会了，我们不要馒头，我们是真心想来拜师的。”

吴淞抬起头来：“拜师？你们这都多大岁数了，现在才想来拜师，晚了点儿吧？”

他尤其瞪了肖宗镜一眼，姜小乙险些没乐出来。

肖宗镜倒是好脾气，对吴淞道：“所谓有志不在年高，在下虽年纪大了点儿，却也是诚心向学的。实不相瞒，在下也曾学了几年武，却一直难窥门路，听闻天门武学超群，姚掌门的拳法更是独步天下，所以专程从天京赶来拜师学艺。”

“天京？你们从那么远的地方来的？”吴淞听肖宗镜这样讲，放下了笔，起身围着肖宗镜转了两圈，“嗯……确实像是练过的，你以前都学什么了？”

肖宗镜道：“一点儿拳脚功夫，不值一提。”

吴淞捏了捏肖宗镜的肩膀，又捏了捏他的胳膊，然后拍了拍他的后背和腰，像买猪肉般挑肥拣瘦，最后咂咂嘴，道：“这身板好像还行，是个习武之人。不过我们很少要这么大年纪的人，能不能收你我也不知道。这样吧，你们千里迢迢地赶来也不容易，先在这边等着，晚点儿我带你们去问问。”

姜小乙和肖宗镜就这样坐到了一群小孩子中间。

吴淞又忙活了一个多时辰。等来了人替换，他才领着这一大帮人往虹舟山上走去。

一群人走过了几条山道，周围彻底安静下来，只剩下风林鸟鸣之音。

头顶一只山鹰飞过，在空中掠出一道凌厉的线。

姜小乙看到山坡上有开垦的田地，问道：“山里还有居民吗？”

吴淞道：“没有，这些都是弟子们种的。”

姜小乙道：“你们还种地？”

吴淞道："当然，天门奉行百丈之规，一日不做，一日不食，你们要是真拜进来了，也得跟着种。"

姜小乙感叹道："竟然是这样，我还以为天门只是修行的地方呢。"

肖宗镜道："听闻当年云海山人就是在山林田野的劳作间得了道，所谓道不远人，闭耳塞听、向壁虚构是成不了大气候的。"

吴淞听后"咦"了一声，回头打量他："你这番话倒与师尊说得差不多。"

姜小乙忙问："师尊就是姚掌门吗？我们能见到他吗？"

吴淞笑道："来天门的人都想见师尊，各个给你们见不累死他老人家了？何况他刚刚开始闭关，短时间内是不会出来的。"

姜小乙诧异地道："闭关？在哪里闭关？"

"那就不能告诉你们了，师尊闭关可不能被闲人打扰。"吴淞回头看她，"不过如果你们真能拜进山门，早晚会见到他老人家的。"

一群人又走了一会儿，天门的各方建筑逐渐显露出来。

灰色的围墙常年被雨水冲刷，留下道道斑痕，角落里生长着翠绿的青苔，灰色的瓦片一层叠着一层，朴实之中带着岁月痕迹，而墙壁缝隙里偶尔生长出各色的野花……远远看去，此地秀丽灵动，颇具古风。

这时迎面来了几名女弟子，将年纪小的孩童们带走了。

姜小乙和肖宗镜则被吴淞领到一处偏房里。

"你们还不能进门，先在这里等一下吧，我去叫太师伯。"

没过一会儿，吴淞带回一位耄耋老者。这老者个子不高，脸颊干瘦，满头白发，背着手走进来，半睡不醒，一副犯迷糊的样子。

吴淞道："太师伯，这两个人是千里迢迢从天京来的，说想拜师。我看他们怪辛苦的，也颇有诚意，就带上来了，行不行您给看看……太师伯？别睡了，喂！太师伯……醒醒！"

老者被喊得激灵了一下，茫然地点头道："好好好！我看看，你下去吧。"

吴淞应下。

待他离去后，肖宗镜冲老者拱了拱手："肖某见过前辈。"

老者仿佛困得不行，"嗯嗯"了两声。

肖宗镜与姜小乙对视一眼，继续说道："前辈，我们兄弟二人十分仰慕天门武学，此次上山诚心拜师，不知可否见一见——"

他话说到一半，老者打着哈欠转过头，笑着道："你们想做什么与我无关，不用跟我说。"老者一双眼睛很小，目光却清澈如水。他操着带有浓重惰性的丰州口音，又道："我只是答应淞小子来看一眼，就看一眼而已。"

肖宗镜淡淡地道："那前辈可看出什么了？"

老者静默片刻，语气忽然郑重起来："阁下身有龙凤啊。"

肖宗镜不言。

姜小乙眉头一紧，没听懂。

什么叫身有龙凤？

老者回视前方，颇为感叹地嘀咕：“如今真是年轻人的天下了，尤其是最近这一个月，我是越发觉得自己老了，不服也不行哟……”随即他轻声一叹，起身往外走，嘴里还嘟囔着，“看完了看完了，我要回去睡觉了。”

他走到门口，姜小乙终于忍不住问了一句：“前辈就不好奇我们来此所为何事吗？”

老者回头反问：“你们不是来拜师的吗？”

姜小乙顿住。

老者弓着腰，背手一笑：“我同意了，不如你们先行个拜师礼吧。”

姜小乙彻底没词了。

老者打着哈欠离去。

姜小乙奇怪地问道：“他这是什么意思？他怎么不拦也不问？”

这时吴淞回来了，问他们道：“怎么样？太师伯说什么了？”

姜小乙笑道：“似乎还差点儿缘分。”

吴淞遗憾地道：“那就没办法了。你们赶路辛苦，就留宿一晚明日再走吧。后山你们可以随便逛，等会儿我去给你们拿点儿东西吃。”

姜小乙道：“多谢了。”

没一会儿，吴淞送来米饼和酱菜，又烧了两壶茶。

但姜小乙和肖宗镜并未动用饭菜。吴淞走后，他们离开房间，在附近转了转。

他们碰到几个干完农活儿归来的弟子。男男女女一路有说有笑，好似急着赶回去吃饭。天色已近傍晚，夕阳染红半边山，他们清脆的笑声飘在火红的山林之上，像翩翩起舞的蝴蝶，让姜小乙几乎产生了世外桃源之感。

她偶生了几分怅然，不禁说道：“这可真是个好地方……”

肖宗镜看着那些弟子离去的方向，低声道：“不愧是立派二百余年的名门，门风端正，岁寒不凋，非寻常武林势力可比。”

姜小乙问道：“大人觉得，这案子会是天门干的吗？”

肖宗镜沉默片刻，说道：“我们必须见一见姚占仙才知道。”

红霞满天，姜小乙往天门内望了望，那里有今日刚收进门的孩童，正被一名女弟子带着往一处走去。姜小乙小声道：“大人，请跟我来。”

她带着肖宗镜从旁边的山林绕路，来到那群孩童的侧方。孩童们正在院子里玩乐，姜小乙闻了闻，有饭菜香味，想来旁边那间就是公厨了。姜小乙从怀里掏出一张符纸，咬破拇指抹上血，将符纸折成一只小鸟的样子。随着她低声念咒，纸鸟竟扇扇翅膀飞了起来。

这鸟儿引起了一个站在最外侧的女孩儿的注意，姜小乙操纵着纸鸟将之引到无人的角落，低声道：“大人……”

肖宗镜了然，半潜进草丛，行至女孩儿面前，出手如电，点中她的几处穴道。小女孩儿当即晕倒，肖宗镜轻轻将她抱住。

姜小乙道：“把她的衣服扒了。”

肖宗镜顿了顿，还是照做了，将女孩儿的外衣脱下，留下里衣，用手往里拢了拢。

他一转头，姜小乙已经变作女孩儿的样貌，光溜溜地站在他面前。

他虽有预感，还是蒙了蒙：“你……”

这小女孩儿只有五六岁的年纪，还是个童子皮囊，加之姜小乙一开始做事便心神专注，所以并没有注意到肖宗镜的愣神儿。

“快啊。”她伸出小手在肖宗镜的面前晃了晃，“大人，衣裳！”

肖宗镜被她喊醒，赶忙把衣裳披在她身上。

“你……”他看着面前认认真真地穿衣的姜小乙，想说些什么，又不知从何开口。

在他犹豫之下，姜小乙已经换装完毕，低声道：“大人在此稍等片刻，我去去就来。”

随后她一蹦一跳地进了院子。

一名女弟子从公厨里出来，对孩童们道：“准备吃饭了，都不要玩儿了，吃完饭还要去登记名录，明天就要开始做早功了！”

孩子们排队往屋里进，姜小乙故意留到最后面，磨蹭着没进去。女弟子注意到她，走过来道：“我记得你叫小年对吧？你爷爷送你来的。你怎么不去吃东西？”

姜小乙撇撇嘴，眼睛一眨，泪水涌出：“师姐……”

这女孩儿本就长得瘦小，再被姜小乙刻意一伪装，显得更加凄凉可怜了。

这位师姐心一软，把她抱了起来，道：“别哭，是不是想家了？”

姜小乙不知道这小女孩儿是什么身世，也不敢乱说话，只顾着哭。

师姐轻声安慰她：“师姐也是苦孩子，也是在你这个年纪来天门的。别怕，上了虹舟山，从前的惨淡经历就再与我们无关了。以后山上所有的人都是你的亲人，不管发生什么事，师尊都会保护我们的。”她摸了摸女孩儿的头发，“你也要好好习武，无愧天门的栽培，将来守护虹舟山的平安。”

姜小乙抱着师姐，哭着道：“师尊真的会保护我们吗？”

“当然了。”

“可我都没有见过他……”

“师尊正在闭关，等他出来你就能见到了。”

“师尊在哪里闭关呢？”

师姐抹了抹她湿湿的小脸，指向一个方向，柔声道：“你看那里……”

那是一座高耸的山峰，在层层云雾中若隐若现。

“瞧见没？那是神珠峰，是虹舟山的主峰，师尊就在那里闭关。”

姜小乙顺着她指的方向看过去，距离并不是很远。

师姐道：“别哭了，去吃饭吧。”

姜小乙点头，道：“师姐，我想去茅房。”

待师姐放下她，姜小乙溜到茅房中，又从后面翻了出去，回到肖宗镜所在之处，变回之前的样子。

小女孩儿还晕着。见肖宗镜打了个手势，姜小乙藏入身树丛中。

肖宗镜把衣服给女孩儿穿好，在她的后背穴道上一点。当她茫然地睁开眼时，他已顷刻间退到暗处。女孩儿如大梦初醒一般，四处看了看，回到院子里。

林中，姜小乙与肖宗镜默不作声，朝神珠峰进发。

夜幕降临，山野静悄悄的，他们未再遇到什么阻拦。两个人脚程极快，赶了一个半时辰的路，来到目的地。

一切闲散神情都从肖宗镜的身上消失了。

他看着眼前的神珠峰，缓缓地道：“一个地方若是全不设防，要么是什么都没有，要么就是不把任何人放在眼里，我们一定要小心行事。”

姜小乙严肃地道：“是。”

肖宗镜先一步踏进了月光里。

神珠峰的山口有一道小门，对他们来说形同虚设，翻过门后，再走一条短短的小径，便是一座简朴的院子。院子用栅栏简单围起，东侧有一间屋子，门口是石桌、石凳，院中央是一块被磨得光秃秃的练武场。

这里没有任何遮挡，月光将一切照得无所遁形。

虽然空无一人，但这里并不安静。相反，这里很吵。这是一种区别于人世的喧闹，猛烈吹拂的山风，高山水瀑震耳欲聋，天然的杀气笼罩四周。

空中有鹰盘旋，叫得姜小乙心里发慌。

肖宗镜率先迈入院内，姜小乙紧随其后。他们走到房屋门口站定，姜小乙看向肖宗镜，后者点了点头。姜小乙清了清嗓子，问道：“敢问……姚前辈可在？”

久久无人应答。

肖宗镜道：“站在我身后。”

待姜小乙躲到后面，肖宗镜走上前，推开房门。

房门没锁，屋里面也没人。

屋内陈设依旧朴实无华，只有木榻、小桌和一张床。这房间里最引人注目的是墙壁上挂着的一幅画，看着已经有些年头儿了，画上是一个清瘦的女孩儿，容貌出奇平凡。

姜小乙琢磨道："这就是前任门主的女儿？"

跟她想象中的倒是有些不同。

回到庭院中，姜小乙环视一圈，发现靠近山崖的一侧有个山洞，山洞封着石门，想来这便是姚占仙闭关之处了。

"只可能在这里了。"她走到石门口，再次开口道："敢问姚前辈可在？"

还是无人应答。

这一侧水瀑声更加"轰隆"，依稀能分辨出山崖下方不远处就有瀑布，姜小乙说到最后几乎是喊着才能听到自己的声音。

"有人吗？请问有没有人？"

肖宗镜将她拉到身后，将手掌置于石门上。

鹰再次在高空中鸣叫，姜小乙手脚一凉，心跳莫名地加快。肖宗镜深吸一口气，运功于掌上，在石门缝隙间猛然发力，石门应声而碎。

洞里一片漆黑，肖宗镜道："放哨。"

姜小乙："是。"

肖宗镜走进山洞，姜小乙警惕地看向四周。

不知为何，她心神不宁，总觉得哪里不太对劲。

这一路未免太顺利了，刚刚那天门太师伯明明看出了什么，却也没有拦他们。

头顶星云密布，像一张撒开的大网，网内有无数只眼睛盯着她。黑鹰扇动着巨大的翅膀在夜空中盘旋。

嗯？

鹰？

姜小乙的脑中灵光一闪，这一路上他们似乎见了好多只鹰，难道这是丰州特色？

不对吧。

他们之前也没怎么见到鹰，好像一直到踏入四明山地界，才听见第一声鹰唳。

电光石火间，姜小乙终于明白是哪里不对劲了——这分明就是同一只鹰，一直跟着他们！

姜小乙瞬间渗出满背的冷汗。她冲向洞口，朝里大喊："大人！小心有埋——"

"伏"字她还没说出口，山洞里突然传来一声巨响！

"大人！"姜小乙顾不得其他，立即跑了进去，却又很快停住脚步——山洞本是被封死的，可奇怪的是从洞内吹来一股劲风，夹杂着水汽，吹得姜小乙睁不开眼。

山洞尽头的墙壁被打碎了，洒进半缕月光。

一道苍劲的身影站在尽头，遥望着破壁外的山野。

姜小乙很快意识到，肖宗镜被偷袭了——山壁被打穿，他从后面坠落了山崖。

她很想过去看看肖宗镜的情况，可迈不开步。前方的人影缓缓转身，姜小乙根本看不清他的脸，但嗅到了浓浓的危险气味。

她浑身肌肉紧绷。本能在第一时间告诉她，这是一场不可能获胜的对局。山壁上凝结的水珠缓慢地滴下，在水珠落地之前，姜小乙已经回过身，拼尽全力地向外逃命。

她能感觉到身后之人在快速地逼近。

她脖颈上的每一根汗毛都在警示她对手的可怕。

姜小乙根本来不及逃下山。她逃到院子里，径直躲进屋子里，反手锁上了门。

她似乎听到那人笑了一声。

也对，对这种高手来说，这样的门岂能拦路?

但姜小乙只能赌一把。

姚占仙负手站在门外，说道："出来吧，我不想拆自己的房子。"

他语气虽轻，却中气十足，在风箫声动的山顶上，清晰地传进了姜小乙的耳朵里。

姚占仙等了片刻，不见有人出来，便随手一摆，以掌风扇开门板。见姜小乙背对着他站在房间中央，他手成鹰爪，直取姜小乙的后颈。

姜小乙猛然回头——

姚占仙平淡的双眼瞬间闪现惊疑之色："什么？！"

他闪电般收回右手，后撤之力让其连退了三步，站到门外。

烟尘散尽，站在他面前的，分明是那画上的女孩儿。

姜小乙一动不动。她不知女孩儿究竟是谁，但既然女孩儿的画像被如此珍视地保存着，日日夜夜供人观瞻，总归是个重要人物。姜小乙情急之下只能用这个法子试一试，没想到真的暂时躲过一劫。

姚占仙五旬年纪，头发花白，身量不高，但体格强健有力，眉目之间可见大家风范。他盯着姜小乙，目光从一开始的惊愕到闪烁不定，最后慢慢归于安宁。

"我本不想动手，但你竟敢冒充她。"

"啊？"姜小乙惊了，难道适得其反了?

姚占仙望了望天上的月亮，幽幽开口道："如果早几年，我一定立刻杀了你。"

姜小乙连忙问道："那现在呢？"

姚占仙思索半晌，最后叹了一口气。随着这一口气的吐出，他周身的气势去了大半，瞬间好像变了一个人，腰板也弯下来了，眉眼也耷拉了，显出几分衰老之意。

姜小乙不自觉地也跟着松了一口气，这时才注意到他的穿着打扮，就跟田地里的老农户一样，粗布短衣，脚下是发灰的布鞋，敦厚质朴，土气冲天。

他从姜小乙的身旁走过，自房内取出两坛酒，到院中独酌。

"站到我面前来。"姚占仙说道。

姜小乙规规矩矩地站到姚占仙身前。

虽然卸去了气势，姚占仙萎靡了不少，但仔细看的话，还是能看出他与常人的不同之处。他生了一副端正的武人面相，龙凤之目，鼻如悬胆，骨有九起，伏犀贯顶，虽然因为常年风吹日晒，脸色红黑，皱纹明显，但也难掩威严气势。

他就这样一边看着她，一边喝着酒。

不过两碗酒下肚，姚占仙脸上就弥漫了酒意，眼神也恍惚了。

姜小乙看得真切，心道：这又是一个酒量奇差的高手。

她自知也逃不了，干脆同他说起话来："前辈，你说我像吗？"

姚占仙勾了勾嘴角："世间无人像她。"

"那你还看得这么仔细？"

"我再多喝点儿酒，就没那么吹毛求疵了。"

他说话的声音老迈而随和，带着点儿江湖人特有的潇洒。因为喝了酒，他的眼神移动变得异常缓慢，跷着腿，手支着脸，毫无宗师的架子。姜小乙恍惚间觉得，自己面前的人不是名动天下的拳宗，而是一个普普通通的醉酒庄稼汉而已。

这时高空中的黑鹰又发出一声鸣叫。它似乎有些急切，飞得越来越快了。

山谷中隐隐传来打斗的声响，姜小乙回头望去。

肖宗镜没有死……他正在与人交手，而且战况应该十分胶着，不然这鹰也不会如此急躁。

姜小乙心中挂念，下意识地站起身来。

姚占仙威胁地"嗯？"了一声。

姜小乙立马坐了回去。

姚占仙一碗接着一碗地喝酒，看向她的眼神越发炽热，毫不在意山谷下方的战况。

姜小乙叹了口气，望天道："天门可真厉害，没想到竟能驯服这样的鹰，我们太大意了。"

姚占仙："这鹰不是天门的。"

姜小乙："那是谁的？"

姚占仙冷哼一声，道："惹是生非的贼的。"

姜小乙追着问："谁是惹是生非的贼？"

姚占仙不再作答。

姜小乙又问："那军饷到底是不是天门劫的？"

姚占仙缓缓说道："是又如何，不是又如何？"

"不是当然无妨，是的话……"她犹豫了一会儿，无奈地道，"是也就是了，我们都已经这样了，还能如何？前辈就当奖励我让你见到了故人，让我死也死个明白吧。"

"故人……"姚占仙听到这个词，眼中的醉意更加浓了。

他思索了好一会儿，问道："与你同来的人是谁？"

姜小乙："自然是官差。"

姚占仙琢磨道："此人的功夫委实了得。你这一身本领也是闻所未闻，皇宫里竟然也有你们这样的人物了。"

姜小乙道："皇宫里什么人都有。"

姚占仙话锋一转，又道："不过虽然他武功不俗，但在这种黑夜环境下，裘辛绝对更为强悍。更何况裘辛还可以在暗处伏击，可谓占尽天时地利。在我看来，裘辛起码有九成赢面，那官差的小命怕是保不住了。"

"裘辛？"姜小乙听他的描述，问道，"难道就是夜蝉？"

姚占仙挑了挑眉："哦？你竟猜出了他的来路，也算有点儿见识。"

姜小乙："你与他们是一伙的？"

姚占仙摇头道："天门自古以来就有门规，只保一方平安，绝不卷入朝堂纷争。"

姜小乙："既不想卷入纷争，那为何配合他们设下埋伏？你的话漏洞百出，吕顺不就是因为看到你们作案，才被你们灭口的吗？"

一听这话，姚占仙脸色大变，手掌拍下，酒碗当场碎成粉末。

姜小乙极度惊惧之下反而豁出去了，瞪起眼睛厉声道："难道我说错了？你堂堂天门掌门人，不会连杀个人也不敢承认吧？你敢说吕顺是病死的？"

"住口！"姚占仙五指成爪，向后一收，姜小乙顿时被一股气力吸了过去。

他掐着她的脖颈，漠然道："小丫头，我不想从官差嘴里听到我师弟的名字，别逼我亲手杀你。"

姜小乙被他甩到地上，滚了两圈又爬起来，道："师弟？你害死吕顺不说，又找来青庭帮逼迫他的一双无辜儿女，竟还认他是你师弟？"

姚占仙忽然怔住："儿女？你见到他的孩子了？"

姜小乙："我当然见到了，不仅见到了，还把他们从青庭帮的手里救下来了！你要是不爽，就给我个痛快吧！"

"你救了他们……"姚占仙似乎有些恍惚，凝视着青石桌面，片刻后，冷笑了一声，"这世上许多事，都不是表面看到的样子，赶那两个孩子走，是师弟自己的意思。他想让他们回老家生活，既避开麻烦，也有个依靠。"

姜小乙："麻烦？什么麻烦？他不就是得罪你了吗？"

见姚占仙眼睑微颤，周身腾起浓重的杀意，姜小乙不敢再胡说，小声问道："既然不是因为得罪你，那吕顺到底是怎么死的？"

姚占仙静了许久，重新坐下，另摆了个酒碗，冷冷地道："我师弟是被冀县县令蔡清毒死的。"

"啊？！"姜小乙大惊，"蔡清？他不是觉得难辞其咎，自尽谢罪了吗？"

"哈哈！"姚占仙好像听到了世间最大的笑话，恨恨地道，"大黎官员有千万种死法，唯独没有'自尽谢罪'这一种！"

姜小乙："那——"

姚占仙看向姜小乙，笑眯眯地道："蔡清是我杀的。"

姜小乙听得一头雾水。

姚占仙抓起酒坛，将剩下的酒一饮而尽，满足地打了个酒嗝儿。

姜小乙连忙又帮他开了一坛酒，倒满酒碗，推到他嘴边，怂恿道：“来来来，前辈，你再说说。反正我也要死了，你再多讲点儿也无妨。”

姚占仙歪了歪头看她。

姜小乙看出姚占仙对吕顺有同门之情，便觍着脸开始编瞎话。

“我与吕圆、吕梦甚是有缘，实不相瞒，我们三个已经结拜了。既然吕顺是他们的爹，那也就是我的爹！我想知道我爹的事，还请前辈成全！”

“你爹……？”姚占仙静了许久，似乎在考量这其中的关联，最后喃喃道，“我师弟的事……我师弟入门比我晚，当年他的家乡被战乱波及，便逃难至此，晕倒在虹舟山下，是月师姐救了他。”

“月师姐？”姜小乙想了想，指着自己，“是‘我’吗？”

姚占仙笑道：“月师姐是师父的掌上明珠，曾是全丰州最美丽、最高傲的女人，你怎么能跟她比？”

姜小乙“哦”了一声，看来不是了。

可是，虽然姚占仙口口声声说她不配与月师姐比，她却从他的声音里听出了调笑和喜爱之意。

姚占仙又道：“月师姐曾言，她会嫁给天门这一代武功最高的弟子。师弟入门虽晚，却是武学奇才，大家都觉得他们是天造地设的一对。”

姜小乙心说：你怎么一句话拐到这里了？

她并不关心天门的感情纠葛，只想知道军饷一案到底是怎么回事。

可惜现在不是她说了算。

姚占仙醉得更加明显了，陷入了没头没尾的呓语中，姜小乙要靠得很近才能听见他的话。

“可惜师弟并不钟情于月师姐，而是喜欢月师姐的婢女小风。这是他的秘密，他只告诉了我一个人，想让我帮他一次。他故意疏于练习，武功退步，开罪于师父，最后在比武场上输给了我。师父很生气，将月师姐许配给了我。月璎嫁给我后，我们相敬如宾，互助互爱，师弟则带小风离开了天门。我原以为……我成全了所有人。”

姜小乙：“你不喜欢你师姐吗？你不是说她是最美的女人吗？”

姚占仙：“对我来说，月璎就是天上的神仙，能看能拜，却不亲切。可怜她婚后不久就忧思成疾，生了重病。弥留之际，她要我至少每年与师弟切磋一次。她知我的武功不及师弟，说儿女私情是小事，天门的正统武学绝不能断。”

姜小乙：“原来她都知道。”

姚占仙：“是，她要我们一直比，一直比，比到我真正能赢他的那一天。其实我师弟也在等这一天。他早就想带一双儿女回瑱州，能离小风近一点儿。当年月璎病逝，小风觉得自己难辞其咎，刚生下一双儿女便去瑱州出家了。”

姜小乙忽然道：“啊！我好像明白了。”

姚占仙抬起一双醉醺醺的眼。

姜小乙："我之前还奇怪，为何吕……我爹比武前要喝月荧草煮的水，那分明就是毒草，他还骗儿女说喝完神清气爽。如果你师姐叫月璎，那就能解释了。他一定觉得对不住你师姐，才自我惩罚。这二十年来他任由他人诬蔑诋毁，也从不反驳，想来也是心中有愧。"

姚占仙冷笑道："这草的名字与月璎的名字一样，小时候我和师弟淘气不练功时，月璎便用此草惩罚我们。他吃完此草难受归难受，却不会真的伤身。"他说着说着，声音更恨，"这种自我折磨究竟有什么用？从他决定背弃师门的那一刻起，所有人的命运都已经注定了，我们都太顺从他了！"

姜小乙又问："那'我'呢？'我'到底是谁？"

姚占仙低垂着头，许久之后，身上最后一丝杀意也被酒水冲干净了。从姜小乙这里看，他彻底变成了一个失意的老头。姚占仙低声道："'你'是我在老家的未婚妻。我外出拜师，留你在家，本与你约定，学成归来就成亲……"

姜小乙："那你为何不去？"

姚占仙缓缓地摇头："再重的承诺，也抵不过世事无常。我受师父大恩，迎娶月璎，继承天门。这里两百多年的武学传承、满山的弟子、避难的孩子，都需要我的庇护。我一生都要留在这里了。"

姜小乙"啊"了一声，试探地问道："那想来，你十分恨我爹了？"

"当然恨！"姚占仙紧咬牙关，可片刻后，声音又低了些，"可他究竟错在哪里，我也想不出。"

他若有所思，嘀咕："我们好像都没犯大错，可大半生过去了，谁也没得到自己想要的结果。"说到这里，他忽然笑了笑，问姜小乙，"小丫头，你觉得我师弟将一双儿女起名'梦圆'，有何含义？"

姜小乙道："那时他刚刚迎娶心上人，又有了孩子，自然是'美梦已圆'之意。"

姚占仙哈哈一笑："听你这解读，便知你未经世事。"

姜小乙不满道："那你说是什么意思？"

姚占仙的神色忽然变得严肃，他凝视着夜幕的尽头，喃喃道："小丫头，你若有幸继续走下去，终有一天会明了，世事的真意是好梦难圆。"

事已至此，姜小乙也恍惚了。

姚占仙与她设想的完全不同，这一切都跟她事前猜测的情况相差太远了。想了一圈，她还是问起了自己最关心的问题："我爹……究竟为何会被蔡清毒死？"

把压在心底的事都讲了出来，姚占仙也放松了许多，淡淡地说道："自然是因为那狗官心中有鬼。"他把玩着手中的酒坛，回忆道，"上个月初八，师弟去山里采药，刚好撞见劫案。他初九去报官，却不料蔡清就是给劫匪提供押运路线的内应。这狗官因畏惧事情暴露，便给我师弟下了毒。"

姜小乙感觉头皮一麻，想起之前肖宗镜去给蔡清上香，还要替他的遗孤向朝廷要抚恤金，不禁用力抓了抓头发。

“也就是说劫案不是你们做的……那你该恨劫匪啊！他们跟蔡清是一伙的，你怎么反而帮他们在这里埋伏？！”

姚占仙凝神道：“初八那一夜，他们与师弟交了手，以那几个人的身手，稍加配合，完全可以让师弟当场毙命。可他们认出师弟武功承自天门，知道天门从不参与官场之事，便手下留情了。初九他们前来拜访议事，我便知晓了这一切。”

姚占仙看着姜小乙，正色道：“这些人虽是匪徒，却懂规矩，讲道义。他们与蔡清绝非同类，不过是那当官的见财起意，对他们加以利用罢了。只可惜了我师弟，天真了一辈子，最后还妄想让贼捉贼！”

姜小乙哑口无言。

姚占仙继续道：“初十师弟上山的时候，毒已入骨，回天乏术。师弟怕他的孩子们被牵连，让我赶他们离开丰州。他不允许我报仇，更不允许天门参与到这宗劫案中。”姚占仙声音干涩地说着，低着头，拳头越攥越紧，“可我怎能不报仇？我怎能不给他报仇？！我这一生都顺着他，只违背了一次他的意愿，便是杀蔡清！而我允许重明鸟的人在此设伏，也是因为大黎这群狗官的确该死！”

姜小乙瞠目：“你说谁的人？！”

姜小乙的话音刚落，山谷中突然传来一声啸鸣，响彻九霄！

清风起，龙低吟，山林簌簌，水月清明。

姜小乙后背一热，忽然之间好像预感到了什么，猛然回头，朝着洞口的方向喊道：“大人！”

片刻后，一道人影自山洞中走来，一步一步踏出黑暗。

姚占仙背对着他，轻轻抚摸着酒坛，幽幽地道：“这我倒是没有料到……”

肖宗镜左手拿着一刀一剑，右手拎着一个已然昏厥的人。他走到院子中央，左手一抛，将刀丢到姚占仙身前；右手一松，人重重落在地上。

姚占仙道：“天门以拳术、掌法纵横江湖，我们的双手就是最强大的兵器。”

肖宗镜面无表情，将左手中的玄阴剑也扔到地上。

姚占仙冷冷地道：“阁下真是自信满满。”

肖宗镜通体尽湿，衣衫破损，披散的头发贴在苍白的脸颊上，黑得惊人。他周身冰冷，好像倾泻到地面的月光。

他身上有多处伤痕，尤其是左肋一道刀伤，皮肉翻出，深可见骨。他的身体满是血迹，半身苍白，半身鲜红，但他毫不在意，自始至终只看着姚占仙一人。

“你水性如何？”肖宗镜低声道。

姜小乙愣了半天，才意识到这句话是对她说的，连忙答道：“还……还成！”

肖宗镜：“带着他，从山洞跳下去，下方是个水潭，水流会通到山下，自己想办法脱身。”

待姜小乙把昏迷的裘辛拽到自己的身边，肖宗镜又道：“若我回不去，你就去找戴王山，告诉他此案功劳归密狱所有，他会接手的。”

他说得太过平静了，以至姜小乙一时没反应过来这个“回不去”是什么意思。

一切发生在转瞬之间，姜小乙耳边响起虎豹雷音——

音还没落地，二人拳掌已相接！

庞然的气劲自中心散开，尘沙漫天，姜小乙未设防，尖叫一声，人已被震开数丈远。

漫漫飞沙中，她听见肖宗镜的声音。

“走！”

她在地上翻了两圈，拽起裘辛就往山洞里跑。

悬崖的侧面是个小瀑布，水汽弥漫，“隆隆”作响，水瀑的声音将神珠峰上的打斗声暂时掩盖了。

姜小乙忽然止步，望着山崖，想起一件事来。

肖宗镜既已生擒了裘辛，抓走审问就是，还回来干吗呢？

他还回来干吗呢？

姜小乙手脚颤抖，这一步怎么都迈不下去。

她的精神已经紧绷到无所适从的地步，无意间回头，她猛然一惊，一个小女孩儿正站在不远处看着自己。

似曾相识，似曾相识……

姜小乙的命格特殊，按照春园真人的说法，她在儿时受到过严重的惊吓，元神受损，压不住七魄，所以经常会出现生魂离体的状态。本来她命数早夭，幸得春园真人传授道术，修得天罡正法，以形补形，才意外活了这么久。

春园真人为她算过命，要她十五岁入江湖历练，磨炼心志，或许有机会找回完整的元神。

“过来，”她冲那小女孩儿说，“过我这边来，过来啊……”

小女孩儿扭头走掉了。

姜小乙忽然清醒，惊出一身冷汗。

“大人……”她喃喃道，“他是回来救我的，我不能走。”

她又扛着裘辛原路返回了。

她走出山洞，第一眼便看到了肖宗镜被月光照亮的背，不禁再次恍惚。

肖宗镜一根脊柱犹如笔直的龙骨，肌肉顺着脊椎向外发散，一层叠着一层，既有刚劲的锋翼，也有藏在下面的浓密细羽，淋漓的鲜血铺满后背，让这双翼变得鲜红耀眼。

姜小乙在这一刻，忽然明白了天门太师伯对肖宗镜的那句评价——

“阁下身有龙凤啊。”

这或许是对一个武者的躯体的至高评价。

姚占仙全然不见刚刚的颓废模样，眉目清朗，尽显高人本色。感受到肖宗镜的真气凶猛异常，姚占仙沉喝一声，左手向下一压，将气劲强行化解。姚占仙将酒气全部顶到头颅，束发木簪顿时崩裂，白发飞散。

肖宗镜眼底赤红，嘴角泛出一丝笑，深吸一口气，拳不收回，而是再次催力。他身上的伤口未被处理，经过一番运功，血流如注，地面上很快积聚一摊鲜红的血迹，他的脸色越发苍白冰冷。

姚占仙左手成掌，在空中画了半个圆，手掌划过的空气流动变得缓慢，好似抹在水面上。他使出了天门独家心法，将肖宗镜的力量顺着双腿导入地下。

与之前肖宗镜跟牛树高的蛮力角逐完全不同，他们二人现下正比拼内力，这是更加细微，也更加危险的较量，稍有偏差便是经脉尽毁、武功全废的下场。

姚占仙心中颇为震惊。

天门与其他武林门派最大的不同在于，他们不在乎宗派之别，不拘泥于一种形式的拳术。天下武功如浩瀚星河，习武者懂得其中相生相克之理，便会事半功倍。刚刚短暂交手之中，姚占仙至少使用了七八种拳法，但是每次变招，肖宗镜都能迅速判断，选择最适合的武功进行拆招，凶中带稳，杂而不乱，足见功底。

“如此年纪，如此境界，真是难以置信。”姚占仙思索片刻，沉声笑了笑，“不过，阁下还不收拳吗？”

月光照耀着肖宗镜伤痕累累的躯体，内力的比拼使他伤势加重，整个人如同披了一件血衣，触目惊心。

姜小乙在旁边看得焦急万分，再这样下去，不用姚占仙动手，肖宗镜自己就会支撑不住。

“大人！”姜小乙急切地道，“劫案不是天门做的！”

姚占仙讽刺地一笑，道：“哦？处于下风，便开始想退路了，二位将我天门武威置于何地？二位既敢上神珠峰撒野，合该做好一切心理准备才是。”

姜小乙气急：“你——”

肖宗镜神色未变。不管是姜小乙的话，还是姚占仙的话，他皆置若罔闻。他与以往一样，在对局中展现出无比的专注与耐心。他察觉姚占仙均匀的气息因为对话出现了细微的变化，便将拳势上挑——姚占仙只当他想撤手，刚准备追攻下一招，肖宗镜猛然雷音一啸，整体下压，将全部真气灌入对方的掌心中。

姚占仙原以为肖宗镜受了如此重的伤，又经过刚刚一番打斗，已是强弩之末，做最后困兽之斗，没想到他还有如此多的余力，且对气劲的控制依旧细致入微、冷静自制。姚占仙本就将气劲导向双腿，现下肖宗镜突然加力，几乎承受不住，连忙抽身。可肖宗镜的拳岂是这么容易躲过去的？姚占仙一旦卸下力气，肖宗镜的拳风顿时化为重锤！肖宗镜一个箭步上前，将拳头直接砸向姚占仙的胸口。

姚占仙在半空中再运内功，双手画了个圆，使真气挤压在身前，像一面波光粼粼的水镜。肖宗镜的钢拳正中中心，像打在棉花上一样，无处受力。他毫不在意，神力再催，牙关紧咬，双眼仿佛能瞪出血来。

天地安宁，一瞬之间，拳峰传来微妙波动，肖宗镜将真气聚集到拳尖上，猛地大吼一声，风起云涌，山野回荡，万物似应。

他竟打穿了这精妙的护体真气！姚占仙顿时飞出三丈远，落地后又退数步。

肖宗镜站在原地，嗓音沙哑，轻轻吐字："仅从外在判定局势，未免有失宗师风范。"他搓了搓指尖，浅色双眸中流过一丝银光，低声评价，"不过，这真是在下此生遇到过的最黏稠的真气，看来您是过了拖泥带水的一生啊。"

姚占仙听闻此语，眉目之间怒意顿现。

山林"沙沙"作响，似也想为战局添彩。

肖宗镜嘴角微勾，绽放嗜血的笑容："前辈，咱们半炷香内见分晓吧。"

他话音刚落，姚占仙胸口一颤，终是没有压制住刚刚那一击的威力，唇边流下些许血迹。姚占仙抹掉血迹，目光越发深沉，连道了三声"好"。

肖宗镜淡淡一笑，沉心静气，将精气神聚于玄关一窍，周身竟慢慢蒸腾出缥缈的烟流。随着他吸气，烟流先是向四周发散，至起手扎马，烟流又缓缓收拢。最终在他的周身形成一道似有似无的烟层。

姚占仙眼睑一颤，沉声感慨道："真是令人叹为观止啊。"

他正准备全力迎战，忽然察觉到什么——

不仅是他，肖宗镜和姜小乙也发现了，远处山坡处有人上来了。

吴淞"吭哧吭哧"地翻山越岭，来到神珠峰，站在山口不敢再向前，小心翼翼地冲里面喊："师尊——恕弟子打扰啦！师尊，你在吗？"

姚占仙听到这声音，脸色丕变，心道一声糟了。天门从不参与官家之事，他也绝不能让弟子搅进此次纷争中，陷入危险中。他想开口预警，可吴淞是从后面上来的，离他实在太远，这么一张口，岂不是给那两个人提了醒？

姜小乙的耳朵自然也在第一时间竖了起来。

一回到峰顶，她就一直在想办法，肖宗镜能不能赢姚占仙还不好说，就算赢了，也要消耗大量气力，以他目前的伤势来看，他们很难全身而退。

而现在，吴淞的出现让一切有了转机。

前山那位师姐的言论姜小乙记忆犹新，想来是姚占仙待这些弟子皆如至亲……

赢了……姜小乙心中狂喜，此战赢定了！现下，她与肖宗镜离山口更近，他们可以先一步抓住吴淞，用他来威胁姚占仙，借以脱身。

姚占仙自然也料到这点，额头不自觉地渗出汗水，目光在姜小乙和肖宗镜之间来回游走，谨慎戒备。

在此剑拔弩张之际，肖宗镜最先动作——

他一挥手，散去了一身的战意。

姜小乙怔住了。

不光是她，姚占仙也怔住了。他想过肖宗镜可能会挟持吴淞，也想过肖宗镜会无视吴淞，继续交战，唯一没想到的是，肖宗镜竟生生停下了。

为战者，岂不知“一鼓作气”之意？更何况肖宗镜身已带伤，流血过多，现在只能背水一战。他这样一停，胜算锐减。

肖宗镜静静地立于夜幕中，嘴唇苍白如月色。

姚占仙目光微动……吴淞还在山口喊人，姚占仙深深看了一眼肖宗镜，理了理衣裳，走过他身旁。

吴淞见到姚占仙从院里出来，兴奋地道：“呀！师尊！您真的出来啦！”

姚占仙背过手，冷冷地道：“唤我何事？”

吴淞眨了眨眼，奇怪地问道：“师尊，你的头发怎么都散开了？”

姚占仙：“我要休息了。”

吴淞：“那您怎么穿得这么整齐呢？欸……这里是不是有酒味？”

姚占仙脸色愈沉：“你到底有什么事？”

吴淞赖皮地一笑，道：“师尊恕罪，弟子本不想打扰师尊，但有一事弟子还是想问问师尊。”他挠了挠脸，“那个……其实也不是什么大事，就是今天有两个人，千里迢迢地从天京过来拜师，但是好像没入太师伯的法眼，明日就要走了。弟子觉得他们从那么远的地方来这里也不容易，要是就这么被赶走了，得多失望啊，能不能再给他们一次机会呢？”

见姚占仙板着一张脸没说话，吴淞再接再厉道：“虽然只有一面之缘，但是弟子觉得他们两个人还蛮好的。虽然那个高个子的人年纪是大了点儿，应该都三十好几了，不过他心诚啊。师尊，要不您抽空给看看吧？没准儿他有点儿天赋呢。当然了，他跟弟子的天赋肯定是没法比的，但他如此高龄还从天京跑来丰州，想来是对武功极感兴趣的，所谓兴趣是——”

“吴淞。”姚占仙打断他的话，缓缓地道，“你进天门，是来学说书的？”

“呃……”吴淞也察觉自己话说得多了点儿，抓了抓头，“师尊恕罪，是弟子多嘴了。”

他们的对话字字句句都落在了院中人的耳朵里，但姜小乙半句话都听不进去——她全身心都放在肖宗镜的身上。刚刚他强行打断运功，使伤势加剧，血流得更快了，她还从没见过肖宗镜的脸色如此惨白。

风吹过，他微微踉跄，姜小乙险些失声唤他，而后马上把自己的嘴捂住。

他付出如此代价，只是为了不把吴淞卷进此事中，她若是喊出声，岂不是白费了他的心意？

他为何不抓人呢？姜小乙的手快把自己的脸抓破了，她明明知道答案，可还是忍不住在心中质问，他为何不抓吴淞呢？现在已经没有机会了。

风拂过他的脸颊，他低垂着眼眸，不知在想些什么。

吴淞还在外面长篇大论，肖宗镜又一个打晃，终于支撑不住，向后栽倒。姜小乙匆忙奔过去，将他接在怀里。

他的身体太冰了，冻得姜小乙浑身发抖。她轻声唤他："大人！大人！"

肖宗镜全身血水混杂，湿润的黑发遮住半张毫无血色的脸。见他嘴唇微动，姜小乙将耳朵贴过去，听见他低哑的声音——

"你敢不听我的命令……"

不等姜小乙解释什么，他就彻底晕了过去。

姜小乙顾不得其他，撕开自己的衣摆，为肖宗镜包扎止血。不知不觉，她也沾了满手鲜血，又冰又黏，好不难受。她包着包着，眼底忽然一热，颤抖着道："我看那姓戴的说得没错，他说得一点儿都没错。"

山门口，吴淞什么都没注意到，还在试图说服姚占仙。

姚占仙却察觉到身后微妙的变化。

他看着吴淞的小脸，因为大半夜翻山越岭，吴淞的耳边被擦破了点儿皮，脸上也脏兮兮的，只剩一双善良而稚嫩的眼睛，在月色下闪闪发亮。

姚占仙叹了口气，道："不用说了，你回去吧，我抽空会去见见他们的。"

吴淞欣喜地道："真的？太好了！那弟子告退了。"

姚占仙背着手，看着他远去，忍不住道："真是废话连篇！"他在原地站了片刻，见吴淞的身影渐渐消失不见，才低声道，"不过，有一点你说得对……"

他话说了一半，呵呵一笑，慢悠悠地踱回院内。

月亮似乎比之前更亮了，青色的冷光照亮了神珠峰上的一片狼藉。

姜小乙刚刚帮肖宗镜止好血。她像一只全神戒备的猫，手里攥着宝剑，紧紧盯着姚占仙。

姚占仙沉默片刻，淡淡地道："你既变作了她的容貌，就不要挡在别的男子身前，看着实在令人火大。"

姜小乙无心与他玩笑。

地上的血像开出了花。

姜小乙知道已经错过了最佳机会，但不能放弃。她紧盯着姚占仙的一举一动，认真地说道："夜蝉已经输了。"

姚占仙挑了挑眉："输了又如何？"

姜小乙："你允许他在此地设伏，可他输了，你还要替他们出头？天门的门规不是不许参与官家之事吗？"

姚占仙没有说话，目光落在肖宗镜的身上。姜小乙往旁边移了移，有意挡住他的视线。姚占仙转向她，问道：“他当真是个官差？”

“当然。”说完，她又谨慎地补了一句，“不过我们大人是好人，不是所有当官的都像蔡清一样。”

姚占仙呵呵一笑，未评价，又问：“他在江湖上可有什么名号？”

姜小乙：“没有名号，他就是个普通的公人，怎么了？”

姚占仙：“此等人物，不能一决高下，真是可惜。”

姜小乙见他没有要动手的意思，连忙从怀里取出了一粒丹药喂肖宗镜服下。

她满脑子想的都是等一下该如何脱身——如果只是她自己，未必没有机会，可是要带着两个受重伤的男人，简直难于登天。

她简单地帮肖宗镜处理了伤口，再回头，见姚占仙已经重新坐回石桌旁饮酒。

他一手撑着脸，看着他们悠然地说道：“你对他倒是尽心。”

姜小乙理所当然地道：“他现在是我的东家，食君俸禄，自然要为君分忧。”

姚占仙：“是这样吗？”

他又满上一碗酒，看着倒在地上的两个人，目光炯炯有神地道：“活捉比毙命要难上数倍。不过他既已生擒裘辛，还特地赶回来。”说着，他笑了笑，“你这东家待你也算不薄了。”

姜小乙闷头喂药，并不说话。

姚占仙看了片刻，淡淡地道：“你们走吧。”

“什么？”惊喜来得过于突然，姜小乙难以置信，“你说的是真的？你愿意放过我们？”

姚占仙：“我已经帮了他们一次忙，算是还了拜访之礼，他们自己本事不够大，怪不得别人。你这东家明知刚刚是个大好机会，却没对吴淞动手，也算是条好汉。此事就此与天门无关了，等你的东家醒了，你记得告诉他，再上虹舟山，可就没有生路可言了。”

姜小乙激动地朝姚占仙紧抱一拳：“前辈不杀之恩，他日必报！”

姚占仙无所谓地一笑。

姜小乙指着裘辛，道：“既然此事与天门无关了，那这人我能带走吗？”

姚占仙：“自便。”

姜小乙解开腰带，将昏迷的肖宗镜与裘辛绑在了一起。

姚占仙看她在那里忙来忙去，低声问道：“你们大老远来一趟丰州，拼没了半条命，知道自己在做些什么吗？”

姜小乙手下动作不停，闷声道：“当然知道，我们来这里是为了夺回军饷，惩奸除恶。”

“惩奸除恶？”姚占仙笑道，“谁是奸？谁是恶？”

姜小乙全然站在肖宗镜这边，不做他想，道：“既然此案是重明鸟犯下的，他自然就是奸恶。”

“哦，”姚占仙像个饭后闲暇的小老头，跷着腿晃了晃，点头道，“言之有理。”

姜小乙起身去屋里翻出了床席子，将昏迷的两个人放在上面固定好。

肖宗镜暂时没有性命之危，她稍稍放缓紧张的情绪，不禁想起另外的事来。

“前辈，这些人上个月就劫了军饷，都已经过去这么久了，为何夜蝉还留在这里？”

姚占仙嘴角带着玩味的笑：“你觉得呢？”

姜小乙：“按理说，劫完了货，应该尽快离开这是非之地才对，难道他们被什么事耽搁了，没走成吗？”

姚占仙但笑不语。

姜小乙想到一种可能性，身上的汗毛都竖了起来：“人都是要守着财的，他们留在丰州，难不成军饷也还在丰州？”她飞快地思索着，继续说道，“重明鸟、夜蝉、张青阳……他们三个都留下来了？”

姚占仙不经意地道：“是三个吗？”

姜小乙心中一动。

不是三个，那是几个？

她脑海之中隐隐有种感觉，好像许多东西千丝万缕地绕在一团，就差某个小小的契机，自己就能把一切捋顺了。

可是……姜小乙又产生了一个疑问：“如果他们都在丰州，那为何今日只来了夜蝉一人？既然他们决定出手伏击，难道不是应该多来几个人，确保万无一失才对？难不成他们轻敌了？”

姚占仙不答，手上把玩着酒碗。

姜小乙喃喃道：“不对，应该是有别的事……一定是有什么突发情况，打乱了他们的计划，将他们分开了。他们人手不够，分身乏术，所以只留了夜蝉看守案发之地。”

姚占仙好似喝酒喝得很开心，听了她的话，竟然笑了起来。

姜小乙：“是我猜对了？”

姚占仙无所谓地道：“谁知道呢？”

姜小乙抱拳道：“多谢前辈提点，告辞了。”行了几步，姜小乙又想到什么，再次停下，回头道，“前辈，吕坊柴房里那些私藏的银两，是不是你偷偷放的？”

姚占仙脸上的笑容消失了。

他木然道：“如今世道，没钱寸步难行，我师弟天真了一辈子，始终觉得读书入仕才是正道。他一心想让他儿子考取功名，这些钱足够吕圆在老家买个小官当当了。”

姜小乙：“吕顺临终时交代了两件事，一是不要给他报仇，二是让儿女回老家。前辈既然已经违背了一件，干脆都不听算了。吕家姐弟是不可能离开丰州的，吕圆也不是当官的料。他倒有些练武的天分，是我们大人都看好的人。请您再等些时日吧，他一定会来找您的。”想起那双活泼的姐弟，姜小乙这一整晚难得露出些轻松的表情，“有吕圆和吴淞在，想必前辈下半生有的热闹了。”

姚占仙双唇紧抿，眉间似流露出几分苦恼之色。

姜小乙则带着肖宗镜和裘辛默默离去。

山崖变得比以往更为寂静了。

许久之后，从暗处走出一位老者，正是天门太师伯。

他坐到姚占仙的对面，与其对饮：“刚刚淞小子过来，你明知有我在，何必还如此慌张？”

姚占仙不语。

太师伯叹了一口气，道：“你从小就心软。”他嘟嘟囔囔道，“你们几个心都太软了，否则事情也不会变成现在这个样子。”

姚占仙苦笑道：“请师伯莫要数落我了。”

太师伯站起身，思索道：“不过，你放走他们，确实是个明智之举。”

姚占仙：“哦？师伯之前不是还想让我杀掉他们吗？”

“当时的确有如此想法，毕竟你已经杀了一名朝廷官员，合该斩草除根，反正大黎的狗官死一个少一个。但是……”太师伯语气一顿，神色凝重了一些，“见到他之后，我改变了想法。此人能在被埋伏的情况下生擒裘辛，绝非省油的灯。他在朝廷里说不好是何种分量，你贸然下手，恐招后患。”他冷笑一声，又道：“正好那重明鸟也不是什么易与之辈，我们莫要被他牵着鼻子走，让这两个人把裘辛带走，也就是将这些是是非非一同带离虹舟山。你只想为吕顺报仇，既然已经达到目的，就不必再蹚浑水。山中这数千人的安稳最为重要，不能有差池。”

姚占仙点点头，道：“放他们走的时候，我却没想这么多，只觉得此二人不该命绝于此。”

太师伯：“不过，这人是好官还是赖官不说，就凭他如此年轻，就练就这样一身功夫，真是让人忍不住起杀心。”

姚占仙笑道：“师伯一把年纪了，就别跟小辈们争了吧。”

太师伯：“我记得拜访之日，你与重明鸟也过了一下手，在你看来，他们哪个更强？”

姚占仙沉吟片刻，道：“不好说，若论武功精绝，他毕竟长些年岁，可能略胜一筹，但是重明鸟当日也未尽全力。”说到这里，他想到了什么，又低声道，“不过，这二人的功夫……”

太师伯：“怎么？”

姚占仙摇了摇头：“没什么，可能是我想多了。”

静了片刻，太师伯举起酒碗到姚占仙眼前晃了晃，道：“说来说去，你放走了他们不说，最后还给了他们诸多提示，又是何意啊？”

姚占仙斜眼看过去。

四目相对，他抢过太师伯的酒碗，将一夜的喜怒哀愁一口喝光。

无边寂寥随风逝，幻梦夜，心轮挂天边。

他没有回答，太师伯也没有再问。其实，她刚刚挡在那男人身前保护他的样子，某一瞬间真的像极了她……

姜小乙拖着两个重伤人士往山下走去，片刻不敢停歇。

最近的落脚处就是天门门口，吴淞为他们准备的房间。但姜小乙觉得那里不稳妥，那只鹰已经不见了，说不好又飞去哪儿给谁报信了，若是把重明鸟招来，那就完了。

姜小乙身上已经湿透，分不清是水，是汗，还是血。下到半山腰，姜小乙仰头望天。今夜月明星稀，山野空气清新，可她此时已累得心口发空，视线模糊，看不真切这美景。她双手打战，一边走一边低声念道："坚持一下，再坚持一下，马上就安全了……"

也不知这话她是说给谁听的。

她就这样一口气下了山。

山脚的村落早已陷入沉睡，姜小乙就近翻入一户农家。

将人放下后，姜小乙体力耗尽，气海空虚，两腿直拌蒜。她来到主屋门口，哆哆嗦嗦地撬开了锁，潜入屋内。

这是一户两口之家，一双夫妻正在睡觉，姜小乙点了二人的穴道，又各自喂了半包蒙汗药。她把这对夫妻拖到一旁，把肖宗镜抱到床上，取来水和干净的棉布为他处理伤口。

肖宗镜避开了要害部位，只有左肋上的一处刀伤深可见骨，十分严重。姜小乙坐在他身边，小心擦拭。她此时已毫无力气，拿布的手不住地抖，不小心拨开了皮肉。肖宗镜身体一颤，姜小乙连忙说道："对不起，大人，对不起……"

可他并没有醒来。

姜小乙看着他在油灯灯光下安静的眉眼，深吸了几口气，心神渐渐安稳。她将他的几处重要伤口做好清洗包扎，然后又将周围血迹擦拭干净。做完一切后，她扶着床沿，低语道："大人，是我见少了世面，才毛手毛脚的。"

她伸手过去拨开肖宗镜额前的湿发，露出他光洁的面庞。他嘴唇微张，眉头稍紧，看起来比往日憔悴了许多。

她喃喃道："大人，你要是知道了这案子是蔡清勾结重明鸟做的，会怎么想呢？"

怪不得他们做得这么干净，货物通行无阻，谁都查不到，竟是官府里出了内鬼。

她接着道："不过大人，看来是老天保佑，这群劫匪不知是被什么事给绊住了，我们应该还有机会。"

寂静的深夜，暗淡的灯光，疲倦的过路者……

姜小乙蹲在床边，看着昏迷的肖宗镜，无意识地低语："可惜看不到大人与拳宗交手，我觉得若是正面较量，一定是大人赢。"

她将下巴垫在床边，看到他近在咫尺的手臂上有几道落疤的旧伤。她仔细看，他身上还有许多处这样的伤痕——这副躯体饱经岁月的打磨。

姜小乙看了很久很久，茫然地发问道："大人，你与公孙德和蔡清之流同朝为官，是什么样的心情呢？"

昏暗的灯光下，他的眼眶似乎更为凹陷了，因头微微偏向外侧，他半张脸落在阴影中，气色灰败。

姜小乙心里一紧，蓦然道："我不问了。"

她低下头，看到他落在身侧的手，不由得握了上去。肖宗镜的手掌很大、很厚，全是粗糙的硬茧，这种坚硬感给了姜小乙无声的支持。

她低声道："大人，你安心养伤，我一定会把这个案子彻底弄清楚。"她手上用力，"你要相信我。"

肖宗镜像是听到了她的话一样，指尖不经意地一动。

姜小乙转头看向趴在地上的裘辛，扳过他的脸仔细端详。这人恐怕是常年在夜间活动，脸色惨白得犹如死人，脸颊瘦长，眉峰突出，眼圈竟比达七的更黑上几分，发青的嘴唇紧紧抿着，耳朵还长得偏高，冷不防一看，活脱脱一只蝙蝠成精了。

她检查了一遍裘辛的身体，明白肖宗镜为了审讯，并没有对裘辛下杀手。

不过虽然裘辛没受致命伤，也没少遭罪，肩膀有两处剑伤，身上十几处关节被肖宗镜以拆骨之法卸掉，尤其是他的肩膀和双臂，完全不受力，如同断了线的木偶，七零八落。他的身体滚烫，体内混杂了肖宗镜大量的真气，杂乱无章，血脉闭塞，这也是他一直昏迷不醒的原因。

姜小乙检查了一圈，没发现什么问题，又取了半包蒙汗药给他服下，现在还不是他清醒的时候。

一切结束后，天已蒙蒙亮了。

此地不宜久留，姜小乙偷了村民的衣裳，装扮成一名普通商户的样子，又去买了一辆驴车，把肖宗镜和裘辛放到车上，启程回冀县。

一路上她都在思索昨晚发生的事，尤其是姚占仙的那些话。

重明鸟……

其实，直到进入侍卫营之前，姜小乙对那位江湖大盗都是有几分敬佩的。

自打这重明鸟踏入江湖以来，干的无一不是惊天动地的大事。而且难得的是他每每挑最难啃的硬骨头下手，且次次成功，次次全身而退，不留一丝破绽。到现在，江湖上连他姓甚名谁、多大年岁都不知道，她真是想不服都不行。

而那裘辛和张青阳也不是普通角色，均是各怀绝技，如今竟与重明鸟搭在一起劫军饷……

他们是偶然凑到一起的吗?

不对，此案难度极高，他们分工明确，配合默契，可以说是一击即中。这不可能是临时凑的，给人的感觉……他们应是在一起搭伙有一阵子了。

虽然人数不多，可这一干人物均是可以独当一面的强将，实力远超普通的江湖势力，委实不好对付。

姜小乙乱七八糟地想了一会儿，最后一拍自己的额头。无论如何，目前首要之事是把肖宗镜保护好，他伤得太重，一时半会儿好不了，她是不是该向天京求援?

她犹豫片刻，回头看了一眼驴车内的情形，不看还好，一看顿时吃了一惊。肖宗镜本是平躺在驴车上，不知何时竟自己坐起来了，靠在板车旁，盘膝而坐，头微垂，双手交叠。姜小乙以为他醒了，连忙把车停在路边过去查看。

她叫了几声，肖宗镜并没有反应。

她摸摸他的额头，十分热，他的皮肤也泛红，像是在发高烧。可她观他的面色，却比昨夜安稳多了。他头顶的百会穴比往常更加有力地跳动着，呼吸也十分缓慢，每一次吞吐都极为深长，神色自若，眉目端正，气息稳定。看着看着，姜小乙渐渐觉得他这个样子不像是昏厥，也不像是清醒，倒是有些像进入了禅定的状态中。

姜小乙不敢打扰他，小心翼翼地为他盖好薄毯，忽然发现了什么，把毯子拉开了一点儿。

除了几处较深的伤口外，肖宗镜身上还有一些细密的小口子，因为不严重，姜小乙没有进行包扎，此时这些伤口已经泛出新的肉色。

姜小乙以为自己眼花了，揉了揉眼再看，被她紧盯着的一道浅伤已然只剩下淡淡的红印。姜小乙大惊失色，跌坐在板车上。肖宗镜的整个躯体完整地呈现在她的视线里，她仿佛看到了他周身流动着的纯然真气。

姜小乙不知这究竟是何种功法，但记得她师父曾经讲过，练气之人的至高追求，便是以天地为炉，自身为鼎，炼化先天之气，最终达到周而复始、生生不息的境界。

她回忆起那个阳光明媚的午后，自己抱着树听老道念经，昏昏欲睡。春园真人恨铁不成钢，喷着唾沫星子训斥她，说她若再这样懒惰下去，这辈子也难窥门径。

姜小乙看着肖宗镜，喃喃道:“我虽达不到此境界，但见到了，也算三生有幸。”

她小心地为他盖好薄毯，再次赶驴上路。

她应该是不需要向天京求援了。

回到冀县，姜小乙不敢去客栈，也不敢回吕坊，带着这么两个昏厥之人，太容易被盯上。其实最安全的去处就是当地的盛坊布庄，但姜小乙和达七约定过，绝不能将外人带去布庄。思来想去，她只能故技重施，找了一户人丁稀少的人家，药倒一双夫妇，再次鸠占鹊巢。

她将肖宗镜安顿在主屋里，照料妥当后，去柴房看裘辛。

算算时间，他的药效差不多也到时候了，姜小乙弄了一盆冷水将他泼醒。

裘辛被点了穴道，卸了关节，加上被五花大绑，完全动弹不得。不过从他的神态里也看不出过多的痛苦和慌张，他睁眼后，第一时间扫视了一圈，最后视线被什么吸引了，落在一处。

姜小乙问："你在看什么？"

她原以为裘辛不会理她，没想到他很平静地回答道："蜘蛛结网。"

他的声音发虚，虽没有致命伤，但肖宗镜也没轻饶他——昏迷时倒还好，一旦清醒，损坏的关节疼得他呼吸困难，面无血色。

姜小乙抬头，找了半天才在顶棚的角落里看到一个小黑点，完全无法分辨是什么东西。她称赞道："名不虚传，果然眼力惊人。"

见裘辛看蜘蛛看入神了，姜小乙又问他："你们劫的东西呢？藏在哪儿了？"

他不言。

姜小乙："听说你这一身功夫都仰赖你这双特殊的眼睛，你说我若挖掉一只，影响大吗？"

裘辛："不知道，你可以试试看。"

他语气不甚在意。姜小乙听得出来，他不是装腔作势，是真的不怕。

姜小乙也不急，站起身在房间里转了几圈，好奇地问道："重明鸟到底分了你多少银子，让你这样为他卖命？你别忘了，银子到手了，你也得有命花才行。"

裘辛："二百两。"

姜小乙眨了眨眼，脑袋出现在裘辛的视线里："你再说一遍，他给你多少银子？"见对方没回答，姜小乙加码道，"我出四百两，如何？八百两？一千两！不能再多了！"

裘辛哂笑不语。

姜小乙冷下脸，直起身："耍我是吧？敬酒不吃吃罚酒，真当我没法子撬开你的嘴吗？"

姜小乙虽然放着狠话，可一时之间还真想不出什么好办法。她没干过严刑逼供的事，缺乏经验，万一手下没个准头，把人逼死了，线索可就又断了。

而且，她最怕的就是裘辛还有余英那种人，宁可死也不吐露半个字。

她瞄着裘辛，裘辛瞄着蜘蛛网，场面一时陷入沉默之中。

姜小乙在心中一叹，闪电出手，封了裘辛的穴道。

她回到肖宗镜所在的房间里时，他仍然处于昏迷之中。姜小乙将被子往上拉了拉，轻声道："大人，我得出去一趟，马上就回来。这里还算安全，你好生休养。"

随后，她直奔盛坊布庄。

布庄掌柜的姓宋，姜小乙与之对接了信物。

宋掌柜一瞧玉佩上暗刻的落款，便说道："这朵花……您快请进。您来得巧，七爷的信今早刚到。"

“他回信了？”姜小乙惊讶道，“竟然这么快！”

宋掌柜将一个小竹筒交给姜小乙，竹筒外也刻着一朵小花的图案。

达七给每个人的信物都不同，上面都有独一无二的标记，布庄的掌柜们不靠名字和长相识人，只认信物。

宋掌柜：“您先看，若有吩咐尽管叫我。”

姜小乙一个人留在书房内，拆开信函。

她不久前灵光一现，在应城传信给达七，为的并不是军饷的案子，而是戴王山。

她从戴王山口中得知他来丰州是为了抓捕白衣相士，而这位白衣相士好巧不巧，正是当初威虎军里跟达七接头的那位病秧子军师，名叫刘桢。他当初找到达七，想买齐州的布防图和驻军将领信息，价格出得虽然不高，但因为齐州地势偏僻，一直是达七做生意的空白地带，所以买卖也就做成了。

这刘桢也是个聪明人，可以说是一手将不成器的威虎军带了起来，可惜后期被杨亥给截和了。

姜小乙并没有跟刘桢直接接触过，但在暗处观察过他。此人年岁二十五六，身体似乎不太好，气虚体弱，一副文弱书生的模样。

姜小乙读完达七的来信，当场烧掉。

达七信中所言，这刘桢身患顽疾，属寒心之症，须日日服用温热药物，严重的时候每天要泡两个时辰的汤泉。自从上次威虎军被杨亥屠杀殆尽，达七就再也没有见过刘桢，也没听说他有什么别的动作。

姜小乙对他本没多大兴趣，只是因为他惹上了戴王山，就多问了一句，也顺带提醒达七，对密狱多加提防。

但此次虹舟山之行后，她又冒出点儿别的想法。在神珠峰上，姚占仙似乎有意暗示——重明鸟一行不止三人。

刘桢……

这些人当真就这么巧，在同一时间全跑丰州来了？

姜小乙的直觉告诉她，她该去查一查，就算刘桢跟军饷的案子没有关系，也可以用他的信息与戴王山进行交换。所谓术业有专攻，在审讯逼供这方面，密狱可执天下之牛耳，他们或许有办法撬开裘辛的嘴。

姜小乙眉头紧锁……

那只鹰颇通灵性。裘辛被擒，它八成会去报信。

也不知这重明鸟现在在何处？被什么事耽搁了？

她必须抓紧时间，在这大盗赶来之前把军饷找到。

姜小乙一边思考，一边离开房间。她找到宋掌柜，问道：“掌柜的，同您打听个事，冀县当地最大的药铺在哪里？”

宋掌柜道：“我们县一共有十几家药铺，都差不多大小，您可是需要什么药材？您告诉我就行，我去准备。”

“我不需要药材。”姜小乙琢磨了一会儿，忽然又问，“冀县可有汤泉？”

“汤泉？”宋掌柜笑道，“嘿，你还真问着了，我们这儿可是有闻名天下的药泉呢。不过不在城内，从南边出城顺着官道走，二十几里处有一座卧牛山，山脚有个佻屋村，那里有许多汤泉眼。”

二十几里路，也不算很远，姜小乙决定去碰碰运气。

她胡乱塞了顿饭，安顿好肖宗镜和裘辛，便动身了。

申时左右，她赶到了卧牛山。山如其名，远远望去就像头酣睡的老牛，山野葱郁，鸟语花香，仙气环绕。

佻屋村规模不小，有两百多户人家，依山傍水，颇为富足。

姜小乙在村口碰到个玩耍的男童，笑着作揖，问道：“小公子，请问本地汤泉如何去呀？”

那男童看了看她，也没太奇怪，似乎已经习惯了这些慕名前来之人。

“往这边走，半山腰上有两个大池子，大部分外地人在那边游玩，你要是想长住，就找户有小池子的人家，给点儿银子就好。”

姜小乙：“现下有外人在村里住吗？”

男童指着东边，道：“有啊，那边有几家有人的。”

姜小乙点点头，辞别男童，朝东走去。

第七章　交换人质

因为本地汤泉出名，佻屋村外来人很多，虽是个山间小村，却也十分热闹。青石铺路，房屋林立，家家户户都装饰得有模有样。

村里主路两旁分布着茶馆、食肆，用来招待远来的游人和歇脚的客商。

姜小乙打算先去那两处大池子看一看。

她走着走着，途经一户人家门口时，蓦然产生一股怪异之感，好像有人在她眼里滴下一滴墨，墨瞬间晕染开来。

这是一种修行人的敏感，似乎有同道中人在此地设立法阵。

这……

她想站住脚弄个清楚，可忽然间，又察觉周围的环境有些不对，旁边的茶棚里，人未免过于多了。

好像除她之外，还有人对这座宅子感兴趣。

待已经落下的脚掌踩实了地面，姜小乙故作轻松地从这户人家门前路过，也进了对面的茶棚。

茶棚里共有十张桌，四张长桌、六张小桌，有十几个人正在歇脚饮茶。从外貌装扮看，这里有商人、猎户、当地村民，还有几名文人打扮的年轻人。他们各自分散坐着，饮茶聊天儿，有说有笑。

姜小乙找了一张空着的小桌坐下后，店家前来招待她。她叫了一壶清茶和几样点心，一边自斟自饮，一边暗自观察。

这一观察不要紧，她竟看到一个熟人。

角落里有个独饮之人，虽装得不起眼的模样，但姜小乙一眼认出，那是曹宁——戴王山的人。

曹宁在监视着这户人家……也就是说，刘桢在这里?

姜小乙瞥向那宅子，觉得自己脑中那无数条丝线已经基本要捋清楚了。

太阳逐渐西沉，姜小乙还没喝完半壶茶，气氛突变。她回过头，见路尽头有一人骑着高头大马，踏着夕阳霞光缓缓行来。

此等暴戾沉郁之气，来人不是戴王山又是谁？

姜小乙心中一紧，后马上想到自己现在是个商户打扮，应该不成问题。

曹宁见戴王山来了，立即起身相迎。戴王山进了茶棚，于正中央的位子落座，曹宁熟练地取了条长凳给他搭脚。

店家瞧他那凶神恶煞的模样，犹豫着不敢上前。

戴王山晃晃脖子，懒洋洋地道："查准了？"

曹宁低声道："回大人的话，查准了，兄弟们带着青庭帮的人挨家排查，昨日找到这里的。"

戴王山斜眼看他："查准了还等什么？"

曹宁恭敬地弓着腰，解释道："大人，此贼貌似发了病，身体异常虚弱，有一个人在贴身照料他。若是强行抓人，此贼恐有毙命的风险，没法活着送给刘公公出气。小的已在此处等了半日，人就在院内，还请大人定夺。"

"哦？不能活捉？那确实少了点儿意思。"戴王山打了个困顿的哈欠，似乎感觉有些热，拉开衣襟，给自己扇了扇风，不耐烦地道，"这熬人的地界，马上入冬了竟还这么热。算了，不管死活了，动作快一点儿。"

曹宁："是。"他直起身，凭空道了句："清场！"

他话音一落，姜小乙周围所有人都站了起来，商人、猎户、年轻的文人们，除了四五个当地村民以外，剩下的竟都是密狱中人。

姜小乙很不幸成了被清场的对象，跟着村民还有茶棚老板一起被打发走了。密狱高手们神情冷漠，抽出藏好的佩刀，迅速而有序地将那屋宅围了起来。

戴王山看似懒散，实则全然关注着下属们的一举一动。就在他们逼近门口的时候，他忽然问了一句："跟他在一起的是什么人？"

曹宁："回大人，是个十几岁的年轻人，可能是他的仆从。"

戴王山看了他一眼："'可能'？"

曹宁被他这么一瞥，顿时紧张起来："这……小的只见了一面，没来得及查清楚，但瞧他的模样，不像是习武之人。"

戴王山摸了摸下巴，道："先找个人去探路。"

"是。"曹宁嘴里应承，心中却有些不以为意。

就屋里那两位，一个已经半死不活了，另一个看着便手无缚鸡之力，何须如此谨小慎微？但他还是乖乖照戴王山的吩咐，挑了个机灵的下属，让其先行翻进院内。

就在那人进院的一瞬间，姜小乙感到冥冥之中那股通灵之意更为强烈了，心口像被什么东西捏紧，呼吸越发急促。她抬头看天，在这户人家的正上方，天空颜色昏暗混浊，金乌被遮去大半。此时正当日夜交替时分，阴阳怪道，两界模糊，幽冥之气通达八方。

猛然间，空中响起一声怪唳，天色瞬间变暗，四周景色不辨，院落内腾起腥臭的绿烟，隐隐传来零碎难辨的言语，宛若山魈吐字，“叽里呱啦”，哭笑混杂。

但这声音只持续片刻，便静了下来。

曹宁到墙边，吹起密狱暗哨，院内无人回应。

其他人相互看了看，都感到了一丝怪异。

曹宁皱了皱眉，又点了两个人：“你们俩上去，小心行事。”

被点名的两个人跃上高墙，蹲在上面环视院落。这只是个普通的农院，院子角落里有个形销骨立的小厮，正背对着他们埋头洗衣服，安安静静，无甚异常。

其中一个人冷嗤了一声：“休要装神弄鬼！”

他长刀反握，朝那小厮冲杀而去，另外一个人落入院内，为其殿后掩护。

曹宁在外面等着，只听到那奇怪的声音再次响起，而后再次安静。他吹起暗哨，又没了联系。

他眯起了眼睛：“有古怪，众人退后！”

就在这些人刚把门口让出来的时候，有人忽然察觉到了什么，道：“空中有东西！”

众人抬头，只见昏暗天空中，几团黑影急速坠落！众人赶快躲避，黑影坠地，血肉四溅。他们凑前一看，正是刚刚进去的那三个人，他们像是过了趟地府一般，面部腐绿，表情狰狞，身体散发着阵阵恶臭，已经被摔得不成形状。

饶是密狱高手，也少见此等怪事，一时间惶恐无措，冷汗淋淋。

曹宁毕竟多见过些世面，虽然内心惊惧，面上仍然冷静，道：“备油，准备放火！”

下属们刚要去准备，戴王山走了过来。

面对死状恐怖如斯的下属，戴王山神色未起半点儿波澜。他蹲在那三具尸体前，歪着头瞧了片刻，最后呵呵一笑，道：“这又是打哪儿冒出来的孤僧野道？不在庙里老实地念经，非来人间作乱，那就别怪爷爷毁你的修行了。”

他站起身，看着被黑暗吞没的阴森庭院，又看看剩下的七名下属，道：“普通火油怕是烧不死他，你们给我看住周围，任何人不得靠近。”

“是！”见戴王山有意亲自出手，曹宁心里也落下块石头。他指挥剩下六人，两个人一组，分别看守西、北和东三面，自己则负责看守正南面。

就在他们布置迎敌之策的时候，不远处的树林里还有一个人正在纠结，此人便是姜小乙。

张青阳！她心里狠狠念着这个名字。她没有看错，那绝对就是张青阳的死人道！

她的猜想已被印证，张青阳跟刘桢是一起的，也就是说白衣相士跟重明鸟也是一伙的。可刘桢之前明明是威虎军的人，难道是威虎军全军覆没之后，又转投了重明鸟？抑或……是另有什么说法？

戴王山知道此事吗？

从之前在应城时他的态度来看，似乎不知道刘桢跟重明鸟的这层关系，他应该只是单纯为了贡米一案才来抓刘桢的。

姜小乙纠结得将头发都扯掉了几根，心说：这伙人藏得可真深，连达七这种老油子都没听到半点儿风声。

不过现在她已经没时间想这些了，戴王山明摆着要亲手解决这两个倒霉鬼。

她该怎么办？现在出去跟戴王山说明情况，让他配合她把这两个人送给侍卫营？

想想她都觉得不太可能。

那……姜小乙咬咬嘴唇，一念既定，摸着黑儿悄悄朝那宅院蹭去。

密狱中人训练有素，即便刚刚经历突变，仍是认认真真地巡查放哨。不过到底是受了惊吓，有几个人明显还有些没回过神。姜小乙看出东边角落里那个文士打扮的人最为心不在焉。她蹑手蹑脚地靠近，躲在最近的树丛中。

那文士察觉前方有动静，喝道："什么人？"

他走过去，忽然见数团绿光升起，便如惊弓之鸟般大叫起来："又……又有鬼！"

他的叫声引来了曹宁。曹宁上前查看，原来是林中常见的鬼火。

曹宁训斥他道："你再敢乱叫，扰了大人，我可保不住你！"

文士连连点头，又退了回去。

就在刚刚那一来一回间，姜小乙向前近了三丈距离，已经藏在了旁边的角落里。那文士一回来，姜小乙闪电出手，封住他的穴道，毫不迟疑地翻进了宅院。

落地的瞬间，姜小乙脚下一软，竟踩在了一片血泥里。

她抬起眼，不由得震惊，这四周尽是地狱光景——

血光蔽日，大地震颤，刀山火海，妖魔横行。

饶是姜小乙这半个行家里手，见此场面也大吃一惊，这小子真是长本事了！但这法阵并不是冲她来的，是以威力不强。姜小乙右手掐诀，心中默诵清心咒，幻影很快消散，一座普通宅院出现在眼前。

院子中央有两个人，面对面，一个站着，一个坐着。站着的是正陷入幻境的戴王山，而背对着她打坐的，便是正在施法的张青阳。

多年未见，张青阳如今该有十六七岁了，虽然仍旧消瘦，但身姿较从前明显成熟了许多，不再是当初的孩童模样。他发髻高盘，当中插了一根桃木簪子，青丝如墨，身上穿着一件靛蓝色的长工服，袖子被挽到手肘处，露出白皙的肌肤。在他面前有三支点燃的蜡烛，围成一个三角形，闪耀着微弱却稳定的光芒，蜡烛中间的地面上，是用血画出的特殊符号。

姜小乙不知道他有没有发现有人进了院子。她触碰了他的法阵，他或许已经察觉，但也无暇分心，他全部的精力都只能用在戴王山的身上。

她再看那戴王山，双目闭着，一动不动。有张青阳全力对待，戴王山眼前必是比她刚刚看到的更可怕数倍的景象，但即便如此，他的脸上也未见变色。

姜小乙不知这两个人斗法会是什么结果，只想着得快一点儿才行。

她悄悄进入主屋，屋里没有灯火，一片漆黑。姜小乙借着透过纸窗的微弱月光，隐约看到床上有个人影。

她走过去，一把拨开床帐。

刘桢正背靠着床头，静静地看着她。

刘桢生了一副平常面相，脸颊窄瘦，皮肤苍白，嘴唇发青，身子瘦骨嶙峋。现在的他和效命威虎军时相比，看着更憔悴了，加上又穿了一身月白色的衣裳，整个人便如一阵随吹随散的烟，只剩一双眼睛还透着点儿人气。

虽然如此，他神态倒是轻松的，甚至带了点儿笑容，打量着姜小乙。

姜小乙没给他呼救的机会，迅速点了他的穴道，将他堵嘴蒙眼，用床褥把他当成肉馅儿一样裹起，扛出了房间。

院子里，张青阳面前的蜡烛已经熄灭两支了。姜小乙知道，若是三支全灭，法阵之力便会反噬其主，到时再加上一个戴王山，张青阳恐怕是凶多吉少了。

有那么一瞬间，姜小乙犹豫了。

她与张青阳虽称不上是金兰契友，但至少也有段萍水相逢的缘分。二人都是命格特殊的修行者，彼此之间多少有些感情。

可惜这记忆在脑海中刹那消逝，很快被神珠峰上肖宗镜与姚占仙交手的画面取代了。雷雨浇熄了火光，姜小乙的心也随之冷了下来。

她默默说道："你我再见时时机不对，这也是无可奈何之事。人生各有际遇，你莫要怪我。"

言罢，她扛着刘桢从刚刚那一角翻出了院子。她的九宫八卦步练得极为高明，落地如一片叶子，毫无声息。被她点穴之人还站在原地，看到了她，眼睛瞪得如铜铃一般。姜小乙朝他吐了吐舌头，又做了个鬼脸，钻进树丛里溜走了。

被点穴之人是又惊又气，脸憋得通红，口水都流出来了，可就是出不了声。他心中怕惨了，若是被戴王山发现人是从他这边逃出去的，自己恐怕小命不保。这么一急，他竭力张开了麻木的嘴，狠心咬舌，霎时间疼得气血上涌，穴道就这么被冲开了。

呼吸通畅后，他本想马上喊人，可转念一想，若是这样喊来了人，那自己被人点穴之事肯定也藏不住了。他们追到那人倒还好，若是追不到，他岂不是要遭殃？在戴王山眼皮底下失职，他哪里还有命活？

一想到这里，他改了主意，朝北边喊了一句："什么人？！"

他这一嗓子又把曹宁吸引来了。

"你又胡喊些什么？！"

此人正色道："大人，这次小的应该没看错，好像有人从那边过去，然后……朝东边走了。"

他心说：自己也算报清了方位，至于能不能抓到人，那就是后话了。

北边看守的人疑惑地道："什么人？我不曾见到有人啊。"

就在曹宁准备过去探察一番的时候，院子里忽然传来一阵怪叫，好像野兽被勒住了脖子，濒死挣扎。

院子里，最后一支蜡烛也灭了。

戴王山自幻境中清醒，嘴边还挂着意犹未尽的笑，幽幽地道："不错不错，我原以为这世上僧道都是些欺世盗名之辈，没想到还真有能人。"

张青阳也睁开了眼睛，双目极为骇人，竟是全黑的，没一点儿眼白，犹如活鬼。可他一开口，声音珠圆玉润，谦和动听："小道愚钝，修行数载，还是一事无成，只会几样唬人的把戏，一遇见真神便露馅儿了。"

戴王山放肆地一笑："你知道就好。"

张青阳道："施主真是好心力，见了那般地狱景象，竟全无感觉。"

"地狱？"戴王山懒洋洋地拖长话音，"假的。"

张青阳不语。

戴王山笑道："若真是地狱，该有不少熟人在等我才对。"

张青阳顿了顿，问道："施主手下有许多冤魂？"

戴王山抠了抠指尖："不多不多，今日机缘到了，合该再添一个。"

说完，他脚步瞬移，凶掌带煞，直击向张青阳！张青阳似乎知道自己逃不掉，竟坐在原地一动不动。戴王山眨眼间掐住他的脖颈，没有片刻迟疑，向旁一扭，张青阳的脖子"嘎嘣"一声便断了。

"嗯？"戴王山感觉手感不对，把这"人"拎起来，只见这躯体迅速干瘪，皮肤褪色，最后竟成了一具稻草模样的东西。

"跑了？"戴王山冷哼一声，将手上的东西甩到一旁，推开主屋房门。

屋里自然也是空的。

他回到院中："来人。"

曹宁连忙带着众人进了院子。

戴王山道："人不在房内，怎么回事？"

曹宁："这……刚刚北边似乎有点儿响动。"

戴王山斜眼看过去："北边是谁在看守？"

曹宁回头看向一人。

那人脸色惨白，"扑通"一下跪到了地上："大人饶命！大人饶命！是小的疏忽了，可能没瞧仔细！"

戴王山缓缓走到他身前，手起掌落，拍在他的头顶上。这人登时眼睛向上一翻，脑瓜子往脖颈里陷了三四寸，插在了腔子里，当场殒命。

一旁站着的文士打扮的属下，此时吓得五脏抽搐，浑身冒冷汗，什么也不敢说了。

戴王山看向曹宁："你不是说那贼人眼看就要咽气了，怎么还有力气逃命？"

曹宁不敢辩解，跪地请罪。到底他多跟了戴王山几年，戴王山手下留情，没在他的腔子上也种个"花盆"，只冷冷地道："追。"

他们这么前后一磨蹭，姜小乙已带着刘桢逃远了。

她不敢停歇，打马直奔冀县，没将刘桢带回肖宗镜所在之处，而是把他安置在城郊一座荒废的土地庙里。

她也有私心……不想让肖宗镜见到刘桢。

严格来说，她跟刘桢可是"合作"过的。

刘桢虽没见过她本人，但知晓齐州那一票是"烟鬼"和"三清鼠"合伙干的。所谓做贼心虚，真要被翻出从前的旧账，让肖宗镜知道她曾为叛军通报消息，她怕他不再信任她。

姜小乙把裹刘桢的铺盖卷儿拨开了。刘桢身体本就虚弱，如今被她这么一折腾，实是有气进没气出。姜小乙解开他的穴道，他面色白得几乎透明，身体不自主地打着寒战。

姜小乙想起他患有寒心之症，便渡了几分真气给他，把庙里的草席子全翻出来给他盖上了。

刘桢看着她做这一切，气若游丝地道："看来你对在下的病症很是了解……"

姜小乙："你都抖成这样了，谁都能看出来吧。"

见刘桢不置可否，姜小乙又道："我知道你不好受，咱们长话短说吧，你们把这一票劫的货藏哪儿了？"

刘桢微微一笑，不答反问："你是何人呀？"

姜小乙："想知道军饷在哪儿的人。"

"官家的？"说完他自己先摇了摇头，虚弱地道，"不像。"

姜小乙不跟他闲扯，蹲到他身前，道："你告诉我军饷在哪儿，我就放你一条生路，如何？"

刘桢自嘲道："你放过我，我也活不久，烂命一条，就不劳费心了。"

姜小乙心里犯嘀咕：这重明鸟当真这么驭人有术，属下个个这么硬气，一个临阵变节的都没有？

"何必呢？"她不禁道，"留得青山在，不怕没柴烧，命都没了，你要银子有什么用？"

刘桢轻描淡写地道："有些事，就是比命更重要。"

姜小乙也不多纠缠，换了个话题，道："你确实不用太在乎这条命了，你得罪了十殿阎罗，怎么想都是活不久了。"

刘桢虚弱地笑了笑："难道你没得罪？你从他手里抢了我，你觉得我们当中他更恼谁？"

姜小乙睁眼说瞎话："我不怕他。"

刘桢学她的神态语气："那我也不怕他。"

姜小乙冷冷地一哼，语气之中也夹带了点儿怨气："你怕不怕有什么用？那小道士为了保护你，跟十殿阎罗硬碰硬，现在怕是早已登仙了。"

提起张青阳，刘桢神色略黯，喃喃道："我早让他走，他怎么都不肯。"但他很快又冷静下来，"小仙不会死的。你小瞧了他，他逃得掉。"

他语气那么轻，却饱含着笃定的信念，让听的人也不由得跟着信了。

姜小乙莫名地松了一口气，转念一想：这些人不惜自己的命，却惜他人的命，这就再好不过了。

她走到刘桢身前，把那堆草席子掀开，变着法儿地打量他，伸手在他身体上摸来摸去。

刘桢笑道："阁下这是做什么？"

最后，她从他的腰间找到一块玉佩。那玉佩乃青玉玉质，看样子已经佩戴了多年，温润光滑，细腻精致，上面雕有一个童子，双手执荷，憨稚天真，灵动可爱。

刘桢看着她的一举一动，神色渐沉："你到底要干什么？"

姜小乙瞪他一眼："打劫！"

她重新封住刘桢的穴道，把人藏好，火速赶回民宅。

她先去看了看肖宗镜的情况，一切安好，然后来到柴房，唤醒裘辛。

裘辛眼睛一睁，又开始盯着顶棚发呆。

姜小乙抱着手臂，道："你现在想说了吗？"

他比之前更沉默了。

姜小乙上前两步，手一张，把童子玉佩吊到他眼前。果不其然，裘辛在看清此物的瞬间神色大变，一双阴鸷的眼狠狠地盯着姜小乙。

姜小乙一字不差地又问了一遍："你现在想说了吗？"

裘辛："此物你从何处得来？"

姜小乙冷冷地道："现在是我问你，你来回答。你要是不想回答，我就要换个人问了。"

裘辛："他身边自有能人在，岂能让你轻易得手？休要弄块假玉来诓人。"

姜小乙哈哈大笑："你眼神这么好，是真是假还看不清吗？刚刚忘了告诉你，那小道士被密狱盯上了，此时自身难保，正逃命呢。"

静了片刻，裘辛一字一顿地道："你敢动他，我定要你死无葬身之地。"

江湖上放狠话的人，姜小乙见过太多了。谁有真本事、真脾气，她一眼就能看出来。她不能露怯——所谓关心则乱，现在明显是她占上风。

她蹲到裘辛身前，道："我倒是有心放他，不过他觉得自己的命不如这票生意值钱，你也这样想吗？"

裘辛不语。

姜小乙看得出他内心极为担心刘桢，便再接再厉道："负责此案的人你也交过手了，你觉得他可是善罢甘休之辈？"她拈起他的一缕黑发，淡淡地道，"我告诉你吧，只要有他在，军饷是绝不可能出得去丰州的。我劝你不要为了这注定吃不进嘴的粮食而牺牲兄弟的性命。你好好想想吧，不要指望重明鸟来救人，他绝对来不及。"

裘辛眼底一颤，蓦然沉笑一声，狠绝之中又带着一丝不甘："你们查得也够快的，看来朝廷里也不都是些酒囊饭袋。"

姜小乙收起手中的玉佩："我给你半炷香的时间，只有这一次机会，错过了，小心追悔莫及。"

之后不管裘辛再问什么，姜小乙都闭口不谈。

裘辛撑了许久，目光里终于流露出一丝犹豫："你当真能给他一条生路？"

姜小乙见这硬蚌松口，心中大喜，脸上依旧淡定。

"当然，实话跟你说，我们大人还不知道我把他抓来了，你现在把案子交代清楚，是他唯一的机会。"说着说着，她又往话里夹了点儿私货，"你若诚心配合，那么大人问起时，我只字不提他，就说你服了软，权当没他这个人，也算给你争取一个将功补过的机会。"

裘辛凝视她片刻，缓缓地道："你行事不像官府中人，背着上官做事，是想争功吗？"

姜小乙冷下脸："别再多费口舌，你到底说还是不说？"

裘辛挣扎片刻，最终放弃："好，我说。"

听他应下来，姜小乙心里的两块石头同时落了地。

姜小乙听完裘辛的一番叙述，决定亲自前往查看。在封闭裘辛的穴道前，她最后对他说了一句话："你要是敢说谎，下次睁眼看到的就是刘桢的人头。"

姜小乙离开民宅，一路朝南行去。

据裘辛交代，军饷被藏在南赤湾渡口旁的一间仓库里。

冀县一共有三个渡口，其中南赤湾渡口是最小的一处，连接内陆的净罗江和怀玉江，贯通南北。这里的水岔道分布密集，错综复杂，出了名地难管理，所以南赤湾也是缺少官府手续的黑船最集中的地方。

已经四更天了，渡口黑压压一片，月华映在江水之上，反射出冰冷的波光。

南赤湾渡口是青庭帮的管辖范围，鱼龙混杂，时值深夜，仍有些游民四处乱逛。姜小乙隐踪匿迹，找到裘辛所说的库房。据裘辛所言，他们为逼迫蔡清就范，几个月前就设计抢了蔡清家的几趟货，让他损失惨重。后来重明鸟找到他，他几乎毫不犹豫地就答应了合作。

姜小乙心想：蔡清家里的货被劫，这事倒是符合之前吕梦的说法。

裘辛说，暂存军饷的仓库也是蔡清提供的，这是个灯下黑的所在。他们本想劫货当日趁着众人没有察觉之际，就把军饷顺水路运走，没想到刘桢忽然发病。他们大部分的计划是刘桢拟订的，他单线与船老大联系，他这一病，就把船错过了。后来丰州太守得知军饷被劫，对全丰州陆路、水路各个隘口严查死守，一时间军饷没办法被运出去。他们忙活了半个多月才把刘桢的命给救回来，之后重明鸟让他们留守在这里，自己去想办法。

留下的这三个人，张青阳负责照顾刘桢，裘辛则负责看守仓库。裘辛表示，之前章太竹也派人查过四明山，但没什么结果，只有肖宗镜和姜小乙在查过四明山后又往虹舟山去了。被安排在四明山的黑鹰颇有灵气，见状报信给裘辛。他怕出什么差错，便上天门找到姚占仙，本想设个埋伏，没想到反被擒了。

这下子，所有的事都说通了。

姜小乙暗想：原来他们遇到的意外是刘桢发病……若没有这个意外，自己与肖宗镜此行必然是无功而返了。

当真是命数无常，世事难料。

姜小乙小心避开其他人，来到西南角那个不起眼的小库房前撬开了锁。

库房里堆了不少东西，被劫的货物都用麻布裹在一起，捆得严严实实的。姜小乙拆了一包，撬箱查验，果真是粮草和饷银。

姜小乙强压着激动的情绪："找到了……总算找着了！命都要搭进去了！"

她重新捆好包裹，锁上库房，赶去城郊破庙把刘桢翻了出来。

她解开他的穴道。

刘桢问道："你拿我的玉做了什么？"

姜小乙道："还有精力问这些，看来你一时半会儿死不了。"

"你们抓了谁？裘辛？"刘桢眯起眼睛，"你用我威胁他？他都说了？"

姜小乙没应声。

刘桢已猜到七七八八，不由得悲从中来，颤声道："我本是将死之人，苟延残喘至今不过是想再帮一帮兄弟。谁承想我不仅没帮上忙，反而连累了他们。"

姜小乙见他一脸苍白之相，想起他们几人情同手足，各自舍命相救，内心也有几分动容，不过脸上依旧漠然："你要死也等我走了再死，我答应了他放你一条生路，你可别让我失信。"

刘桢喃喃道："我不会死的，我不会辜负他的心意……"

姜小乙见他说话都吃力，为难地道："你这个样子，就算我放过你，可你怎么走呢？"

刘桢顿了顿，低声道："我怀里有一瓶药，你帮我拿出来，我喝一点儿便会有力气了。”

姜小乙在他的衣服里翻了翻，找到一个小瓶子。刘桢就着她的手喝了两口瓶子里的药，忽然咳了起来，连药带血一块儿往外吐。姜小乙吓得忙去扶他：“你没事吧？！”

他颤抖地抓住她的背：“不打紧，这些已经够了。你们……你们会如何处置裘辛？”

姜小乙冷冷地道：“那就看他自己的造化了，不过想来是没什么好结果的，我走了。”

她走到庙门口，停住脚步，回过头发自内心地道了一句：“咱们最好是后会无期了。”

姜小乙离开后，刘桢艰难地从地上爬了起来。他握住剩下那半瓶药水，扶着墙壁，踉踉跄跄地走到庙外，使出仅剩的力气将那半瓶药水扔到房顶上，药水洒开，落在覆着干草的瓦片之上。

从破庙赶回城里时，天已破晓，姜小乙回到农舍中，查看肖宗镜的状况。他脉象平稳，气息安定，身上细小的伤口都好了大半，只剩下浅浅的红印。姜小乙长呼一口气，侧过头，偶见屋外天光乍现，照着青色的晨烟袅袅而上，几只早起的鸟儿穿过光芒，不知飞向何处。

姜小乙泄了力气，紧绷的神经渐渐放松。

她实在太累了，疲惫感侵袭而来，她的神志不自觉地恍惚起来。

不一会儿，她就靠在床头睡着了。

不知过了多久，她指尖一颤，倏然惊醒，发现有人抓着自己的手腕。她回过头见肖宗镜已经睁开眼睛。姜小乙心中一喜：“大人！”她怕肖宗镜认不得她，忙道，“大人，是我。我用这副商户的样子送你回来的。你终于醒了，我先去弄点儿食物来，大人稍等。”

肖宗镜抓紧她，刚苏醒，声音极为低哑：“这儿是什么地方？”

姜小乙道：“这儿是冀县城东的一处民宅，我怕客栈有眼线，不稳妥。大人放心，这里很安全。”

肖宗镜又道：“你是如何脱身的？”

姜小乙把事情经过与他讲述了一遍，有意省略了刘桢和张青阳的部分：“大人，那姚占仙其实没有参与此案，只是与人另有冤仇罢了。他本就不想与朝廷为敌，就把咱们给放了。”

肖宗镜在听到蔡清才是此案真正的同谋之时，本就难看的脸色又黑了几分：“重明鸟、蔡清……”

姜小乙把藏军饷的地点也告诉了肖宗镜。

“地点我已去查过了，没有问题。大人的伤还没痊愈，还是先休养一下吧。”

“我没事。”肖宗镜想起什么，沉声道，“神珠峰上，你为何不听我的命令？”

姜小乙心道：你怎么还记得这事呢？

肖宗镜：“侍卫营虽不是军队，但也是令行禁止、纪律严明的。”

姜小乙连连点头：“是是是。”

“你听进去了吗？”

“听了听了，大人放心，没有下次了。”

肖宗镜明知她根本没把这话当回事，可也拿她没办法，现下不是说教的时候。

见肖宗镜撑起身体，姜小乙伸手帮忙，扶他坐了起来。他头发未束，弯曲着垂在脸旁，偏过头来。他们离得太近，姜小乙觉得，他此时被遮挡了一半的视线，神色反倒比往日更为深沉了，简直一眼就盯进了她的骨头里。

他低声发问：“那人不像是个软骨头，为什么如此轻易就招供了？你动大刑了？”

姜小乙知道他说的是裘辛，不自觉地做埋头状，手本来扶在他的胳膊上，也悄悄拿开了。

“没……”她斟酌着说道，“可能是他与大人交过手后，觉得没什么希望了，与其硬撑，不如就招了。”

又沉默了片刻后，姜小乙心中惴惴不安，总觉得肖宗镜似乎察觉到了什么，可他并没有再往下问。

姜小乙试探地问道：“大人，裘辛被关在柴房里，要弄醒他吗？”

肖宗镜摇了摇头，道：“现在没空审他，军饷要紧，前线正在交战，耽误不得。”

他盘腿而坐，调息片刻，脸色转好，便前去南赤湾港口检查军饷。

确认军饷无误后，他又找到冀县新任县令刘叔范，让其派人看守。

忙活了大半天，姜小乙肚子饿得“咕咕”叫。

“大人，要不先吃点儿东西吧？”

肖宗镜道：“你先去吃，我要去南军调兵过来押运军饷，大概两日回来，这期间你留守此处。”

姜小乙愣了愣，没想到他这么快就要走：“大人身上还有伤，我与你同行吧。”

肖宗镜：“不必，我已经没事了。你……”他上下打量姜小乙，见她顶着一头脏兮兮的乱发，两腮凹陷，嘴唇干裂，眼底充血，也不知是幻化如此，还是累成这样的。他心中颇不是滋味，声音放轻了许多：“这些天着实辛苦你了，你留在这里歇一歇，吃点儿好的，安心等我回来。”

肖宗镜又对刘叔范交代了一番，便动身前往南军驻地。

姜小乙回南赤湾渡口转了几圈，觉得没甚趣味。刘叔范深知此事的严重性，恨不得把衙门里能喘气的人都调到南赤湾渡口把守军饷。库房门口里三层外三层，少说也有两百多人，围得水泄不通，任重明鸟有通天之能，也不可能闯得了阵。

姜小乙来来回回检查了几遍，觉得守备没什么问题，便去了冀县最奢华的酒楼回香斋犒赏自己。她要了满满一桌酒菜，一一品评，吃到好的东西便默默记下，想着等肖宗镜回来再带他来。

她稍显放松，毕竟案子已破，军饷被找回，肖宗镜也醒了，总算能松口气了。

金乌西沉，华灯初上，店里来了一伙戏班子，为堂客唱曲助兴。姜小乙听得开心，高声叫好，还给戏子打赏了。

就在同一时刻，距离回香斋十几里开外的城郊，那座废弃的土地庙里又出现了新的情况。

随着日落西山，破庙屋顶上那被刘桢洒下的药水渐渐在黑暗中亮起了荧光。这是一种奇怪的光芒，在人的眼中极其微弱，但在某些生灵眼中，明亮刺目——

飞云之上，深红色的虹膜灵动一掠。

黑鹰振翅，盘旋长鸣。

庙里，靠在残壁上休息的刘桢听到这声音，缓缓睁开了眼睛。

一道黑影抱着手臂倚在庙门口。

刘桢喃喃道："你终于回来了……"

另一边，姜小乙酒足饭饱，在路边买了些糕点，轻松潇洒、晃晃悠悠地回到渡口。衙役们得了刘叔范的命令，彻夜无休，严阵以待。因这库房小院过于狭隘，挤了太多人，姜小乙就到旁边休息。她没有走远，找了一块大石头往上一坐，吃起点心来。

夜越来越深，姜小乙有些困倦了，同刘叔范交代好防备事务，便准备回府衙休息片刻。

渡口的地面有些湿润，在月光的照耀下，丝丝银光就像泛着波光。

已经四更天了，街上行人寥寥，姜小乙走着走着听到身后有脚步声，猛然回头——

一个小衙役手里拿着糕点盒追了过来："大人！大人忘了这个，刘大人让小的送来。"

姜小乙"哦"了一声，把盒子拿在手里。

小衙役好像注意到了什么，微微歪着头道："大人，您身上好像有东西……"

"东西？"姜小乙也扭过头，"什么东西？"

衙役帮她拉了拉衣服，道："欸？是小的眼花了？刚刚从后面看，这里好像在发光。"

"发光？"

小衙役眯起眼："小的没看错，真的在发光。"

一阵夜风吹过，姜小乙莫名生出一丝寒意。她顾不上许多，连忙把外袍脱掉铺在地上，冷眼瞧不出来，但在特定的方位仔细观察，的确有那么一丝荧光。

小衙役："哎，大人，您看这像不像是抓出来的手印……？"

姜小乙猛然想起，之前与刘桢分别时他喝的那瓶药水。当时他喝了一半便吐了，她以为他发病，过去扶他，然后他的手覆到她的背上……

姜小乙仰头看天，夜幕黑沉，月亮像是敏锐而无情的天眼，死死盯着她。

“大人……大人，你怎么了？”小衙役有些不解，看着姜小乙的脸色越发泛白，额头还冒了汗，“大人可是不舒服？”

姜小乙摇头，连忙去收地上的衣裳，就在这时，天空中传来一声鹰唳。姜小乙被吓得像只奓了毛的猫，大叫一声。

小衙役也被吓了一跳：“大……大人！怎么了？”

姜小乙一把推开小衙役：“让开！”

然后她撒腿就跑。

剩下小衙役一脸茫然，叫道：“大人，您这是怎么了？这衣裳不要了吗？！”

小衙役看她落荒而逃，一头雾水：“真奇怪。”

他弯腰捡衣裳，起身之时身旁一阵骤风袭来，似乎有什么东西从旁边飞速掠过。

“嗯？”直起身后，周围什么都没有，他眨了眨眼，被风带起的发丝和衣摆又缓缓下落。

姜小乙使出了吃奶的力气逃命。她觉得自己这辈子也没这么疯狂地奔跑过。她专挑偏僻、阴暗的巷子往里钻，企图混于夜色之中。

她听不到身后有什么动静，但知道有人在追她，只是对方身法过于高明，自己一时捕捉不到他的脚步声。她告诉自己要冷静，再冷静。渐渐地，她听到了轻微的声响，在离她七八丈远的地方。她屏息凝神，将功法催至极限，身影变幻莫测，比屋脊上穿梭的野猫更灵巧几分。

但她越跑越觉得不对劲，那人的脚步不紧不慢，不管自己往哪儿钻，他们一直保持着相同的距离。他并不着急捉她，也丝毫不担心她会跑掉。

这个追捕过程足见他对自己的身手的自信。

姜小乙跑了半天，体力见底。她拨倒一排竹竿，然后闪身进了一条黑暗的巷子里，压制体内翻腾的真气，抓紧时间调息。

一阵风吹过，姜小乙倏然抬头！

一道人影走上她前方的屋檐，缓缓蹲下，身躯挡住大半月色。这人戴着一张面具，遮住整张脸，只露一双眼睛，逆着光，神色晦暗难明。绑着面具的绳带和他的发丝一同被风吹起，在夜幕下飞扬。

不等她再多思考，那人已从房上跳下来，站到她的身前。

这下她看得更真切了，这人身材不算十分高大，比起肖宗镜要更瘦一些。他面具上的黑、黄、红三种颜色相互交织，图案像是羽毛，也像是火焰。

他低声发问道：“我的人呢？”

这场追逐战没让他的声息产生一丝波澜，他像是在用气声说话，语气很淡、很缓，十分沉稳。

然而他的这种沉稳给了姜小乙一种难以言明的矛盾感。

一个真正沉稳之人，该像肖宗镜那样，洗尽人世铅华，素姿立于天地之间。而面前这位给人的感觉并非如此，他的沉稳里透着一股邪气，比起戴王山也有过之而无不及。他更应像那面具上的色彩一样，是极度张扬而疯狂的，且有许多藏在暗处不能见人的秘密。他现下的稳重，在姜小乙看来，不过是一种极力克制的假象，如同烧在河底的火种，须等全部水汽都被烤干后，才能吹起燎原的烈焰。

姜小乙咬了咬嘴唇，装傻道："人？什么人？你是谁啊？"

那人缓缓地反问道："你觉得我是谁？"

姜小乙猜了一个她心中最佳，也是最差的答案："重……重明鸟？"

那人淡淡一笑，一掌劈在姜小乙的脖颈上，她双眼一翻，晕了过去。

姜小乙再次醒来时，已被五花大绑，置于地上。她稍动了动，脖颈被打的部位疼痛难当。她醒来后没有马上出声，先观察了一下四周的情况。她身处一个山洞里，面前不远处有一团篝火，篝火旁边有两个熟悉的身影——刘桢与张青阳。

刘桢的状况看起来比之前好了一些，他正靠在石壁上休息。他旁边的张青阳正盘腿而坐，在地上推演算卦，口中念念有词，不知在筹划些什么。

姜小乙后背冒汗，知自己这是掉进贼窝里了。

她刚这么想着，从山洞口走进来一个人，此人正是重明鸟。他刚刚不知去了何处，身上半湿，靴子被拎在手里，衣摆被扎在腰间，袖口和裤腿都被挽了起来。

刘桢见他回来，问道："查好了吗？"

他"嗯"了一声，道："地势东高西低，方便行事。"

姜小乙闭着眼睛装晕，偷听他们谈话。

不过……此人当真就是重明鸟吗？

这真是让人难以置信……虽然他的声音被面具闷着，不太清楚，但她仍能听出他年岁不大。姜小乙感觉，此人最多也就二十岁冒头。要知道，重明鸟比她更早入江湖，朝廷最早对他悬赏通缉是在顺德十三年，也就是北方闹饥荒的那一年。当年重明鸟抢了肇州银库，杀了守库官兵五十余人，震惊朝野。后来顺德十五年，他又趁着乱军侵扰肇州，劫了庆县大狱，再次被悬赏通缉……

如果他就是重明鸟，那最早的惊天大案是一个十五六岁的毛孩子做的？

唑……

说起来，顺德十三年，她不也在肇州吗？她与师父春园真人带着粮食去救济阴阳道的道友，然后结识了张青阳。他修炼邪术，被逐出师门……难道他就是那个时候跟重明鸟相识的？

太多思绪涌入脑海中，姜小乙一时混乱，难以捋清。

“想要装晕，就把气息压得再匀一点儿。”重明鸟背对着她，坐在一块矮石上烤火烘衣，淡淡地道。

姜小乙知道装不下去了，睁开眼睛，自己挪了挪，贴着墙壁坐了起来。

刘桢见她醒了，笑着打招呼道：“兄台，又见面了。”

姜小乙狠狠瞪他一眼，道：“看来好人真是做不得，我从戴王山手里救你出来，还好心放你一条生路，你却私下暗算我！”

刘桢还是那副笑脸，道：“多谢兄台救命之恩，兄台莫要怪我，我也是没有办法。”

姜小乙：“你们抓我来干什么？”

重明鸟把湿布巾放在火边烤了烤，转头问道：“裘辛在哪儿？”

姜小乙心说：他果然是为了这个。

见她闭口不答，重明鸟走过来，蹲在她身前。距离一近，他脸上面具的纹路显得更为灵动了，面具下的双眼很暗很暗，她看不真切。

重明鸟伸手过来，搭在姜小乙的肩膀上。她心头一颤，额头上渗出汗来。

他低声道：“你怕不怕受刑？”

姜小乙心脏跳得厉害。她怎么可能不怕？她行走江湖，向来奉行“苗头不对，立马撤退”的准则。除了戴王山那一次，她还从没被人拿住过，更未受过刑罚。

她知道他们没有确定裘辛的位置，自己应是性命无忧的，但还是忍不住紧张。死不要紧，活受罪才是真难受，一旦元神涣散，她变回原貌，那刘桢一定会猜出她的身份。那她可真是被人拿住了七寸，后患无穷。

姜小乙心中焦急，可一时也想不出逃脱之法，甚是绝望。

重明鸟又道：“告诉我，裘辛在哪儿？”

他的手搭在她的肩上，就像如来的五指山。不知不觉间，她的脖颈、脸颊、后背，全被冷汗浸透。重明鸟的拇指最终抵在她颈侧的死穴上，姜小乙看到他的双眸静水无波。

不愧是十五六岁就敢血洗州府银库的狠角色，眼前的人动起杀念，一点儿表情都没有。

姜小乙咬紧牙关没说话。

你的人个个硬气，难道我们侍卫营的人就是吃素的？

不知过了多久，重明鸟又将手拿开了，低声道：“你履行诺言，放过了刘桢，所以我不动你。”

姜小乙嘴唇发白。

重明鸟站起身，居高临下地道：“我虽可暂时饶你性命，但有些问题你还是要回答我。”

“什么问题？”

“你为何要到佻屋村去？”

姜小乙顿了顿，谨慎地答道："我想去找戴王山。我听说他们去了那边。"

"找戴王山做什么？"

"审人，裘辛什么都不肯说，我不擅长审讯手段，就想找密狱的人帮忙。"

重明鸟呵呵一笑，道："什么时候侍卫营和密狱的关系变得这么好了？"

姜小乙听了心中暗惊——他不仅知道戴王山，还知道她来自侍卫营，甚至连侍卫营和密狱的关系都十分清楚。

这伙人到底是什么来路？

她回答道："我们的关系没有外界传的那么差，偶尔还是可以合作的，虽然次数不多。"

她这也是实话。

重明鸟又问："那你既然来找戴王山帮忙，怎么又从他手里劫人了？"

"当初查案时，我们查出劫匪至少有两个人，其中一个会道术。"说着她看了张青阳一眼，后者正安安静静地推演算卦，头也没抬一下，"后来去佻屋村，正好看到密狱的人被道术制伏，我猜这或许与劫军饷的人有关。我之前听说戴王山来丰州是为了抓人，但不知是抓谁。我怕密狱的人跟我们办案有冲突，就偷偷把人带走了。"

"你之前认识刘桢吗？"

"不认识。"

"那你为何对他的病症如此熟悉，还为他渡温脉真气？"

姜小乙坦然地说道："这有什么奇怪？我不想他死。他冻得手脚冰凉，我肯定要想办法给他取暖。"

重明鸟看着她不再说话。

姜小乙被他盯得浑身发毛，也不知这套说辞他信了几分。

重明鸟不再问下去，重新回到篝火旁烤衣服，顺便还朝姜小乙扔了张饼过来："饿了就吃这个。"

"我被绑成这样，怎么吃？"

"有嘴不就能吃？"

"这……你好歹松开我的一只手吧。"

重明鸟偏过头来看她一眼。

"看来你还是不饿，人真正饿的时候，别说没有手，就是四肢全无，跪在地上，趴在泥里，都会想尽一切办法把食物吞进肚子里。"

姜小乙被他看得浑身一凉，莫名地想起顺德十三年，肇州那场饥荒。

面前这人看似沉着，刚刚的各种举动和话语中也都透着稳重的气息，唯独这一眼，他第一次流露出一股冷然的魄力。火光照在他的手臂上，他的肤色很深，手臂上还有一些兵器留下的伤痕。他领口露出的皮肤明明是白皙的，手臂上的皮肤却如此粗糙，一看就是个常年漂泊在外，沐浴刀光剑雨之人。

这一刻，姜小乙完全确认了，他就是重明鸟。

这就是当今江湖上最炙手可热的风云人物，朝廷也好，绿林也罢，对他都充满了好奇心。这种好奇或伴随着恨之入骨，或伴随着心向往之，不一而足。

姜小乙也曾暗想过，他会是一个怎样的人。

如今他出现在她面前，与她心中所想之人，像，又不像。

静了片刻，姜小乙清了清嗓子，道："你们抓了我，既不严刑拷打，又不威逼利诱，打算干什么？"

重明鸟："换人。"

姜小乙马上明白了他的意思。

"你们要用我换裘辛？"

重明鸟淡淡地道："是有这个打算，你们的当家的好像不在南赤湾渡口，他是伤势太重藏起来了，还是另有去处？"

姜小乙不语。

重明鸟想了想，道："应该不是伤势原因，渡口有那么多官兵，新县令竟然亲自守夜，一定是他下的命令。"

刘桢在一旁道："既然已经找到了军饷，下一步该是押运了，他不会放心由衙役来押运军饷，一定是去南军调兵了。"他冲姜小乙笑了笑，"他几时回来？"

姜小乙心道：这些人猜得好准。

她瞥向一旁："我什么都不知道。"

刘桢思忖片刻，又道："南军正在交战，亟须稳定军心，他一定会以最快的速度来去，两日差不多了。"

重明鸟道："好，那我明日便去官府留书。"

姜小乙忍不住问道："你们知道我们大人是谁？"

重明鸟把烤火的外衣翻了个面，声音里第一次露出了点儿笑意："怎么不知道？皇城侍卫营的肖大人嘛，厉害得紧。我原以为留裘辛和小仙在这里应该足够撑到我回来，没想到还是功亏一篑。我们白忙了几个月，到手的鸭子也给飞了。"

姜小乙："你见过我们大人吗？"

重明鸟用树枝拨了拨柴堆，灰烬随风直上，火焰跃动，光影模糊。他笑意渐失，语气也慢慢沉了下来："这不是很快就要见到了？"

交代完这个换人计划后，刘桢问了姜小乙一句："你觉得你们当家的会换吗？"

姜小乙："谁知道？"

她嘴里虽这样说，但心里的第一回答是——会。

肖宗镜一定会用裘辛来换她。

但姜小乙随即又想到，交换人质恐怕没有重明鸟想的那么简单。冀县现在已经加强戒备了，等肖宗镜回来，还要带回南军精兵，而重明鸟他们加起来只有四个人，包括一个病患一个伤患，就算将人换到手了，他们又怎么逃脱呢？

姜小乙看着火堆旁坐着的三个人，张青阳还在摆卦算阵，刘桢开始闭目养神，只有重明鸟拿着一根树枝照看火堆，不时拨动添柴。夜已深，姜小乙半眯的眼睛只能看到重明鸟小半张侧脸，面具的花纹在火焰的照耀下光芒跳动，那色彩让她想起名山古寺里五彩斑斓的天王像。

她就不知面具下的人有没有护法金刚的实力了。

其实姜小乙对这伙人的看法十分复杂：一方面，就如同姚占仙所说的，他们虽是劫匪，却也讲江湖规矩；另一方面，他们又动了军饷，得罪了不能得罪的人。

时间一晃而过，姜小乙越来越困倦，最后就在混乱的思绪中渐渐睡着了。

第二天一整日，平淡无奇。

重明鸟一大早不知道去了哪里；刘桢状况不佳，休息了大半天；张青阳还是不说话，盘腿而坐，不停地演算。

半夜时分，重明鸟归来，一进山洞便道："肖宗镜回来了。"说完，他又哼笑了一声，"带回三百精兵，离冀县还有十几里路。"

本来昏昏欲睡的姜小乙一听到这个消息，两腿一蹬坐了起来。她见重明鸟手里拿着一堆干草，放到张青阳面前，问道："怎么样？"

张青阳点了点头，一把抹去地上的卦盘，道："没问题，大雨，吹东南风。"

"好。"重明鸟指着干草又问，"这些够吗？"

"够了。"

"那我就去留书了。"说着，重明鸟不知又想到了什么，沉声笑了笑，"我选了一处好地方，与他碰一碰面。"

姜小乙身子一冷，刚刚那一笑，好像将重明鸟沉稳的"妆容"揭开一角，流露出丝丝凶狠的气息，如同猛兽准备迎接强敌时本能产生的杀意。

刘桢自然也感觉到了，嘱咐道："当前最要紧之事是营救裘辛，我们要趁早撤离此地，不要节外生枝。"

重明鸟低下头，缓缓地说道："放心，我自有分寸。反正我们早晚都要碰上，我先探探他的底，看他到底有没有疯魔僧评价的那么高明。"

刘桢知道劝不住他，也没再说什么。

一旁的姜小乙诧异地开口道："疯魔僧？他们与你们也是一起的？"

重明鸟回头，轻声道："哦？你认识三位前辈？"

姜小乙一时说漏嘴，连忙补救道："我们大人在齐州与他们交过手，回京记录在册，我无意间看到了。"

重明鸟没有再问，帮着张青阳把草堆扎起来。

姜小乙一边盯着他们的行为，一边再度陷入沉思。

疯魔僧与他们竟然是一伙的。当初刘桢提前四个月找到达七，言明想买齐州的消息，而疯魔僧也是提前三个月进驻齐州，被聘为公孙阔的贴身护卫的……

姜小乙忍不住想，如果那时肖宗镜和杨亥没有去齐州，接下来会发生什么事……

刘桢拿到布防图和将领信息，下一步一定是带威虎军攻打齐州。不过威虎军毕竟只是支杂牌军，兵力不足，很有可能陷入苦战。这时候疯魔僧便会从城内拿住公孙阔，与公孙德进行交易。在这双重威胁下，这座城很有可能要被他们拿下。

姜小乙看着眼前这一伙人，好像渐渐弄清楚了一些事。

干草已经被扎好了，张青阳拿出一张金色符箓。

姜小乙眼睛一眯，隐隐觉得有些不妙。

扎好的干草立在墙边，高度与真人差不多，甚至有四肢和头部。

姜小乙狐疑地道："你们到底要干什么？"

重明鸟来到她身前，不答一言，直接将姜小乙敲晕了过去。

夜已深，肖宗镜回到冀县，直接将南军士兵带到南赤湾港口。

刚到渡口他就察觉有些不对，刘叔范手里拿着一封信，一脸"出事了"的神情，在库房前的空地上像没头苍蝇一样转圈。

他见肖宗镜来了，连忙跑过来："大人！大人呀——"

肖宗镜下了马，走过来："何事惊慌？"

"不久前有人送来一封信！大人请看。"

肖宗镜拿过刘叔范手里的信，上面字迹潦草，只写了一句话——

"明日二更，居水街牌楼交换夜蝉，设伏立杀之。"

信没署名，只是在角落里留了一根羽毛样式的图案。

肖宗镜："我的人在哪儿？"

刘叔范："这……大人，昨夜分别后下官就没见到姜侍卫了。刚刚我回府衙，发现衙门口的牌匾上钉了这封信，也没人见到是谁留的。姜侍卫是不是被抓走了？大人，这……这夜蝉又是何人啊？"

肖宗镜抬起眼，刘叔范被他的神情震慑住，后退了半步。

"大……大人……"

"带我去居水街。"

安排好库房守备后，肖宗镜与刘叔范前往居水街。这条街位于冀县西边，南北朝向，刘叔范一边走一边给肖宗镜介绍，居水街是冀县最繁华的地带，因为紧邻怀玉江，所以起名"居水"。丰州是商业重地，人口密集，居水街两旁是各种游玩场所，招待来自各地的客商。此时已是深夜，但居水街仍旧有不少寻乐之人。

街口立着一座牌楼，上面挂着牌匾，上书"居水临畔"四个字。

肖宗镜吸了吸鼻子，嗅出空气中有一丝潮湿的气息。旁边不远处就是怀玉江，江水静谧地流动着。肖宗镜一语不发，走进长街，仔细地观察周围的一草一木。

此时，在长街尽头那家最奢靡的酒楼里，一群人正在喝酒——更准确地说，是一人正在喝酒，一群人在旁边伺候着。仔细看这群人里，有钱啸川、余英，以及冀县青庭帮分舵的各位堂主。而他们正在伺候的大爷，正是“北方来的玉石商”——戴先生。

戴王山从佻屋村回来后，失了刘桢的去向，又来找青庭帮的麻烦。青庭帮无奈，只能再次把这尊大佛供起来。

面前摆着一桌子的珍馐美味，戴王山对这些兴趣都不大，只倒了点儿酒喝，一边喝一边与钱啸川说话。

“钱帮主，我也不为难你，再给你两日时间，把白衣相士找出来，够宽裕了吧？”

“这……”钱啸川恭敬地垂着头，“只要大人需要，我们全帮上下一定竭尽全力地为大人找人，可是……可是现在……也不能确定这人还在不在丰州啊。”

“嗯，”戴王山“善解人意”地笑了笑，“也对。那这样吧，你要是觉得他不在了，两日之后也告诉我，我去别处找。不过……”

戴王山话锋一转，语气玩味地道：“如果查来查去最后人还是在这里，可就别怪我治你无能之罪了。”

钱啸川紧张得喉咙干涩。这是关系到帮派存亡的大事，他不敢应，更不敢拒绝。

一旁的余英把这一幕看在眼里，也是干着急。他有心帮钱啸川解围，又不知说点儿什么好。戴王山是尊活魔神，万一他说错话，不用两日，他们现在就要出事。

就在这时，他余光忽然发现了什么。他站的位置靠近窗户，楼下街上几名衙役跟着两个人走入他的视线里。余英眼尖，一眼认出那是新任县令刘叔范和之前硬闯老鹰堂的混江龙肖大。他眼珠一转，心道：你们来得正好，正可为帮主分忧。

他向戴王山施了一礼，示意窗外：“大人，您看那边……”

戴王山往外瞥去，果然被吸引了注意力：“哦？他怎么在这里？”

余英介绍道：“大人，肖大身边的那位是冀县新任县令刘叔范。”

戴王山凝视着肖宗镜，摸了摸下巴，琢磨道：“他们是不是已经找到军饷了？”

余英：“应该没错，昨天南赤湾已经被封了，我们帮有不少伙计在那片做活儿，听他们说，军饷好像被藏在渡口的一个小库房里，灯下黑，之前一直没被人发现。”

戴王山：“主犯是谁？”

余英：“这小的就不知道了。”

戴王山看了片刻，缓缓地说道：“那小耗子去哪儿了？”

“小耗子？”余英稍加思索，回道，“大人可是说那姜二？这……倒是没见到。”

戴王山舔了舔牙，看着街上驻足观察四周的肖宗镜，觉得有点儿不对。他朝旁边勾了勾手指，钱啸川快步上前。

戴王山道：“叫你的人去衙门里打听一下发生什么事了，这些人又为何要来这里。”

“是。”钱啸川给余英递了个眼神。

冀县是余英的管辖地盘，衙门里自然有他安插的眼线，这可比找什么白衣相士简单多了。余英安排人去打听，不消半个时辰就有了结果。他告知戴王山有人在衙门牌匾上留书，要求与肖宗镜交换人质，地点就是这条居水街。

“交换人质？”戴王山眉峰一挑，“那小耗子被人给捉了？怪不得这姓肖的顶着一张臭脸。”

他拍了拍桌子：“真是大快人心！”见肖宗镜吃瘪，他忍不住哈哈大笑，“到丰州半个月了简直无聊至极，总算来了点儿乐趣。明日二更，爷爷就准备看好戏了！”

楼下街道上，肖宗镜并不知晓街边还有个看热闹的戴王山，把全部心思都放在了这条街上。

为什么重明鸟会选这条街交换人质？

肖宗镜站在街尽头，回头眺望——这条街的特点就是笔直，一条长路贯穿始终，不过虽然直，却也乱，街道不宽，两边堆积了许多杂物。这也是条有年头的老街了，地上的砖瓦不少已经破损，坑坑洼洼，难以速行。

刘叔范在旁边道：“大人，此贼不智，竟选了这样的地界交换人质。这条街一向不好走，二更天正是热闹的时候，到时人一多，他就更别想跑了。”

肖宗镜不语。

刘叔范说得也没错，这条路确实不方便，但是不方便贼人逃跑的同时，也不方便官兵追，而且更重要的是，这里不止下面这一条路——还有一条普通人看不见的路。肖宗镜抬头，两侧商铺高低错落，有的距离远点儿，有的近点儿。地上虽乱，但房顶干净。在武功高绝之人的眼里，上面那条“路”，反而比下面这条更顺眼点儿。

肖宗镜站在长街尽头，再向前便没有大路了，横着一条宽阔的怀玉江，江水平缓，上面有一座十几丈长的大桥，连着江对岸。与繁华的居水街不同，江对岸已算偏郊，暗淡无光。

刘叔范道：“过了桥，再往前走一炷香的时间就是西城门。大人放心，明日下官一定派人牢牢把守西城门，一只苍蝇也不放出去！”

肖宗镜一语不发。

他仍不确定为何重明鸟会把换人的地点选在街口牌楼处。如果重明鸟想出城，完全可以把换人的地点选在桥上，或者干脆约在城外。他选在长街口，若想逃，就必须跑完这一整条街，徒增风险，何必多此一举？

刘叔范还在旁边念叨：“大人放心，他一定出不了城！”

肖宗镜依旧没说话。

他走到江边，江风从上游吹来。今夜天气十分闷热，风中夹杂着咸湿与鼓噪的气息。肖宗镜看了看手里被揉得皱皱巴巴的信……从重明鸟的种种举动里，他莫名地感受到一股强烈的争胜与挑衅之意。

他暗想：此贼或许年龄不大，但骨子里极度疯狂，且对自己的功夫十分自信，甚至觉得带着一个伤患，仍能从他的手中逃脱。

“狂妄至极。”肖宗镜孤影临畔，沉声评价，负手而立，望着滚滚黑江，目光比夜色更浓，“也好，你既有心与我一较高下，我就给你这个机会，让你见一见天。”

刘叔范在旁边瞧了一会儿，小心上前，询问肖宗镜明日的部署，毕竟书信上还有一句“设伏立杀之”。

肖宗镜道：“不要打草惊蛇，明日让他们把居水街让开就是了。”

刘叔范应下，又道：“大人，那南赤湾那边如何说？随您回来的张千户已经把军饷装车了。”

南军急需军饷稳定军心，按照原本的计划，他们明日一早就该出发。

肖宗镜思忖片刻，道：“你回去告诉他们，等一日，如果明晚交换人质无误，再让他们启程，以防敌人调虎离山。”

刘叔范道：“大人英明！这样既不耽误军饷押运，也能把贼人一网打尽！”

肖宗镜忽然问道：“你身上带钱没有？”

“啊？”刘叔范愣了愣。

这肖宗镜自来了丰州就是一张冷脸，害得他战战兢兢、如履薄冰，想不到这时候这人会忽然问自己要钱。这正合了刘叔范的心意，他连忙招呼师爷：“快快快！”

师爷指挥衙役抬来一个小箱：“大人请过目。”

箱子一开，里面齐刷刷地摆着一排大金锭，一共六块。

刘叔范谄媚地笑道：“区区薄礼，不成敬意。”

肖宗镜拿起一块金锭掂了掂，沉得坠手。

“六十两，六块。”刘叔范笑着说，“下官并无他意，只是图个吉利，六六大顺，希望大人此行顺利圆满，也让我们冀县重归安宁。大人放心，这都是下官这几年攒下的廉银，干干净净，下官是真心实意感谢大人为丰州平乱。”

这箱金子明显是事先准备好的，但刘叔范一直没有机会给。箱子里有三百多两黄金，也就是近三千两银子。近年来大黎连年战乱，国库并不充裕，但本朝向来不吝啬官员俸禄。永祥帝为了杜绝官员腐败，还专门设立廉银，补贴他们的生活。廉银的数量根据各地财政情况的不同略有出入，像丰州这样的商业重地，一个县令一年的俸禄加廉银算下来，也能有几百两银子。所以，刘叔范这套说辞的确无可挑剔。

但肖宗镜知道，这些银子绝不可能都是廉银，只是现在已经无暇顾及这些了。

他拿了一块金锭，对刘叔范道：“这就够了，你先回南赤湾，我另有事情要办。”

肖宗镜离开后，刘叔范将师爷招呼过来，琢磨道：“你说他这是什么意思？是不是嫌少了？……要不咱们再加些吧，这三百多两金子确实也太寒酸了，我为了顶蔡清的缺，往上面花的钱都远远超过这个数。”

师爷捋了捋自己的小山羊胡，道：“我听说这本是个油盐不进的主儿，没想到竟会主动要钱。咱们先别急，免得被他抓到把柄，先小喂一口，明日过后视情况再定。”

刘叔范叹了一口气：“但愿一切顺利，早些把这瘟神送走，我们也好过逍遥日子。

呵，这也真是个怪人！一个侍卫而已，死就死了，他竟还要如此大费周章地交换什么人质。折腾一晚上，热得我一身汗，唉……”

师爷见状，连忙一边叫人拉了马车过来，一边给刘叔范扇风。

上车前，刘叔范抬头看了看天，抱怨道：“可真闷。”

师爷：“可能要来风了。”

刘叔范的马车渐行渐远。

牌楼旁，一间已经打烊了的药铺二楼，一人靠窗站着，窗缝微开，吹进了几缕潮湿黏腻的晚风。

另一边，肖宗镜已经回到关押裘辛的民宅里，没管裘辛，而是先把那对夫妇放回了卧房。

说起来，这对夫妇也算倒霉到家了，平白被姜小乙盯上，晕了三四天，脸都已经脱相了。肖宗镜点了他们二人的穴道，低声道：“再有半个时辰你们便能醒了，情急之下冒犯二位，也是不得已为之。这个留给你们，就当我们赔罪了。”

说完，他把那金锭放在了他们的床边。然后他去柴房，带走了裘辛。

天亮了。

这一日阴云密布，全然不见太阳的影子，空气越发潮闷。

正午时分，肖宗镜在府衙里吃饭，刘叔范陪同，一阵大风竟然把窗户给吹破了。

院子里的树叶七七八八地飞到房中，刘叔范“哎哟”一声，叫道：“快快快！来人！把窗子补上！”

下人们忙前忙后之际，肖宗镜走到院内，狂风将他的衣摆吹得猎猎作响。他望向头顶上青黑色的天，空中云层叠加，飘得极快，浓云深处不时发出浑厚之音，像是藏匿着无数凶兽，准备肆虐而来。

“这天气……”刘叔范顶着风来到肖宗镜身边，解释道，“大人是北方人，又是内陆人，不习惯这种飓风天气，我们这里年年都有，没什么大事。”

肖宗镜眯着眼睛思索片刻，起身道：“随我去居水街。”

“啊？饭不吃了？大人……大人！”

肖宗镜大步走出府衙，抓来一匹马顶着狂风朝居水街奔去。

刘叔范在后面追，喊道：“大人！大人！哎哟！快！快备马！”

也委实难为了刘知县，四十几岁的年纪，身体肥胖，下肢短粗，活像个倒放的葫芦，趴在马上一路颠簸向前。

肖宗镜赶到居水街，街上的居民预料到要下暴雨，或是整理物品，或是加固门面，忙忙碌碌着。肖宗镜沿街而行，周围都是匆忙来去的行人。地面微亮，已有水珠凝结于青石之上，肖宗镜就这样一路走到怀玉江边。

江边景象与昨日截然不同了，本来静谧的水流开始奔腾，浩浩荡荡地涌向下游。

刘叔范跑得上气不接下气："大人！大人！下官来了！哎呀——"他脚下一滑，摔了个结实——肖宗镜站在前面一动不动。刘叔范在心里骂了句娘，爬起来一瘸一拐地来到肖宗镜的身边："大人，您看什么呢？"

肖宗镜低声道："你去找张千户，借一匹上佳的军马来。"

刘叔范心说：你这不是折腾人吗？刚到又让我回去！

口中他却不敢忤逆，乖乖回去借马。

等他再次赶回江边，肖宗镜还站在原处。江中水位肉眼可见地升高了一些，刘叔范道："可能是上游已经开始下雨了。"

肖宗镜将这匹军马拴在江边的一棵树旁。

刘叔范："大人要这军马做什么？"

肖宗镜："以备不时之需。"

戌时未到，天已完全黑了下来。

肖宗镜屏退众人，回去提来裘辛，在牌楼前的一个茶棚里等待。

茶棚老板收了刘叔范的银子，把其他客人都赶走了，自己也退回了后厨。刘叔范带人去外围看守，茶棚里只剩下肖宗镜和裘辛面对面地坐着。

裘辛已经醒了，手被绑在身后。经过几日的折磨，他与那对夫妇一样——脸色苍白憔悴，脸颊干枯瘦瘪，可他依旧镇定，那双江湖扬名已久的眼睛秋谷寒潭般平静。

肖宗镜端坐在他的对面，手里是一盏茶。天气闷热，肖宗镜把袖子半挽，裘辛看着他的小臂，低声道："我记得这里有一道很深的伤，短短几日，竟只剩这点儿痕迹。"

肖宗镜端茶不语。

裘辛又道："这功夫我在另一个人身上也见过。"

见肖宗镜抬起眼，裘辛道："你好奇是谁吗？"

肖宗镜面不改色，饮下清茶。

闷了一日的雨终于下了起来，一滴滴落在茶棚顶上，越下越大，渐渐掩住了其他声响。

裘辛是习武之人，而且是个难得的高手。

一个习武的高手，看见任何人都会本能地在第一时间寻找其弱点和破绽，可他在肖宗镜身上没有找到。他的话没有惊起半点儿波澜，肖宗镜的戒备始终无懈可击。

裘辛笑了："输在你手里，我也不算屈。"

茶棚外的小林子里，埋伏了几十名官兵，师爷给刘叔范打着伞尽力遮雨。可惜风太大，雨滴从四面八方吹来，还是把刘叔范淋透了。

"都给我打起精神！"

官兵们被雨眯得眼睛都睁不开。

刘叔范抹了把脸，甩开一手水，望向静默的街道："嗞……这西城门已经被封住了，任谁从另外三个门进来都得经过这里才能到居水街，时辰也快到了，怎么一点儿动静都没有？”

师爷也被浇成了落汤鸡，在一旁道：“大人不要急，最好是让肖大人先发现劫匪，那信上留的可是‘设伏立杀之’，万一我们打草惊蛇把人害死了，吃力不讨好！”

“有理有理。”刘叔范连忙嘱咐官兵：“记着！一定要换完人质再动手！”

此时，居水街中的一家妓院里，戴王山从花妓的床上缓缓醒来。他拨开身上的女人，下地来到窗边，看着屋外的瓢泼大雨，打了个哈欠：“差不多也是时候了……”

与此同时，林子里的一个年轻小兵指着牌楼方向：“大人，那是什么？”

刘叔范和师爷抻脖凑上前，天色阴暗，两个人的眼神不佳，盯了半天也没瞧出个所以然来。

茶棚中，肖宗镜端茶的手停下了。

天空中闪过一道闪电，劈亮了牌楼上的一道黑影。漆黑的孤街上，猛然出现这样一道影子，真像是活鬼降世一般。

刘叔范被吓得大叫一声，坐到了地上：“他……他……他是从哪儿冒出来的？”

天空中又是一道闪电闪过，这回刘叔范看清了些。这人一身山民的打扮，身着褐色短打，裤腿被挽到膝盖处，赤着脚站在牌楼上，手里拎着一个昏迷不醒的人。他戴着斗笠，让人看不清面孔，只是浑身散发着秋雨般肃杀的气息。

猛地一声天雷劈过，动荡世间。

“肖宗镜！”

他的吼声伴随着雷雨声落下，听得刘叔范意识涣散，头晕眼花：“这……这……这……邪门了这……”

师爷也捂住自己的胸口，颤声道：“听说厉害的武者能练就至纯真气，以气催声，有伤人之效。大人，咱们还是离远点儿吧！”

“好好好，快退！”

两个人互相搀扶着往林子里躲。

肖宗镜点晕裘辛，提着他走出茶棚。

茶棚离牌楼尚有几十步的距离，肖宗镜抬起头，雨水像天瀑一般倾泻而下，被打湿的衣裳如墨一样浓黑。隔着雨帘，两个人四目相对。重明鸟摘了斗笠，一把抛出！斗笠被风吹了很远很远，滚落在地上，他面具下的双眼赤红发亮。

这漫天的狂风骤雨仿佛是被这二人的战意召来的。

肖宗镜：“你就是重明鸟？”

重明鸟见肖宗镜一脸凶相，蓦然一笑：“肖大人，别这么严肃。”他往牌楼中间指了指，“你看看这是什么？”

他所指的是牌楼上的匾额，上书“居水临畔”四个字，昨日肖宗镜就已见过。但肖宗镜昨日并没有注意到，此匾的落款竟是“蔡清”二字。见到这两个字，肖宗镜眼神不禁一沉。

重明鸟仰头大笑，狠声道：“肖大人，我该说你是可笑呢，还是可怜呢？哈哈哈哈！”

肖宗镜周身的杀意更浓了，这股凶气也将重明鸟的双眼催得越发明亮。

重明鸟提起手中的姜小乙：“你的人在这里，你可接住了！”随即他往空中用力一抛，“去！”

眼瞧着昏厥的姜小乙就要从三四丈高的地方摔下来，肖宗镜松开裘辛，身子一弯蹿了出去。

重明鸟也从牌楼上跳下，两个人错身之际，相视的目光凝成坠落的雨滴，一闪而逝。

重明鸟来到裘辛身边，背起人，从怀中抽出一条绳带。他抛出姜小乙时颇为用力，肖宗镜接到人所用的时间比重明鸟长了那么一些。就是这么刹那间的工夫，重明鸟已将裘辛牢牢地绑在背上。

而接到姜小乙的一瞬间，肖宗镜便察觉有问题——身体、面孔没差，可是重量不对。这“人”太轻了，他感觉就像是捧着一手干草。他知这定是某种障眼法，冷冷地一哼，扔了“人”，直奔向重明鸟。

重明鸟趁机跳上了房。

肖宗镜嘴角勾起一个阴沉的笑：“你还想跑？”

他身形一拔，也随之跃上房顶。

第八章　以此花作证

重明鸟鼓足真气，穿梭在暴雨之间。

他的双臂双腿在偶尔闪过的雷光中尽显凌厉的线条，可见浑身气力已拔至极限，但落在屋顶的脚步依然轻如柳叶，还不及雨水砸落的声音响亮。

刘叔范在小树林里见到他们交换了人质，可自家的“人质”不知为何被肖宗镜扔在了地上。见状，他连忙带人过去把“姜小乙”扶了起来。

“哎？这人怎么这么轻啊？”

“大人，他不喘气！”

“人该不是死了吧？”

“不对，这怎么好像……唉，不管了，把人带着，去协助大人追凶！快快快！追上去！”

刘叔范带人去追肖宗镜，几个官兵抱着“姜小乙”跟在后面。

此时，“玉石商”戴先生正靠在窗边，一边饮酒一边看热闹。肖宗镜和重明鸟刚好上了街对面的房子，从他这边看去十分真切。

“啧，两只落汤鸡。”戴王山咂了咂嘴，“嗯？那是什么？”

待他们靠近了些，戴王山看到劫匪脸上的花纹面具，忽然想起近些年来江湖上的某些传闻，不由得直起身子：“这该不会就是重明鸟吧？原来军饷是他劫的？”

联想到最近几年来发生的诸多事件，戴王山不由得眯起眼睛，“呵”了一声。

很快，街道上又有一群人进入戴王山的视线里。打头的是刘叔范和师爷，后面跟着几十名官兵，还抬着个昏迷的人。

戴王山知道他们今晚来此是为了交换人质，可那昏迷之人不管是从身形还是外貌来看，怎么都不可能是姜小乙。他察觉有些古怪，不由得凝神。这时，天边又是一道闪电，照亮“姜小乙”的面孔，戴王山心下微惊，总觉得这人他好像在哪里见过……

戴王山掌管密狱，这个当朝最神秘，也是树敌最多的组织，自然有其博闻强识的本事。他迅速思索，双眸蓦然一亮——当初在佻屋村，这人不就在茶棚里？！

“好啊！”戴王山想清楚一切，狠狠摔了酒壶。

床上的花妓被他这突如其来的暴戾之气吓得瑟缩在角落里。

他咬牙道：“我就说那白衣相士怎么无缘无故没了踪影，原来是你搞的鬼！”

他望向房顶之上正在追逐重明鸟的肖宗镜，森然道：“你们三番五次坏我的事，我岂能让你们称心如意？！”

说完，他披上外袍，跳出了窗子。

眼瞧着肖宗镜离自己越来越近，重明鸟从怀里掏出张青阳留给他的金色符箓，咬破自己的拇指，在纸上蹭了点儿血，向后一甩，符纸化作一团绿色毒烟，迷住了肖宗镜的前路。

肖宗镜冷冷地一笑，随手扯下酒庄立杆上的破布，拉着一角挥动。破布如同竖起的湖面，中央平生旋涡，四下飘散的毒烟向中心回旋收拢，最后变回一张符纸，被雨水打湿，坠落地面。

一眨眼的工夫，重明鸟又跃出去两三丈远。他于两间店铺中间跃过，肖宗镜看准时机，从屋顶掰下半块瓦片，两指弹出——

瓦片中夹杂着真气，速度飞快，重明鸟在半空中无法抵挡，勉强侧了一下身。肖宗镜瞄的是他的左脚脚筋，他这一躲让开了关键部位，但侧面还是被划出了一道深深的伤口，顿时血流如注。

重明鸟落地时微微踉跄，咬了咬牙，脚踩着雨血狂奔而去。他连多喘一口气的时间都没有，肖宗镜紧追不舍。肖宗镜太快了，又太沉默了，像是一头来自深山的魈鬼，专注而耐心地等待着猎物露出破绽。

不过这一切虽然可怕，却也刺激。重明鸟在这场无声的追逐中体验到了无与伦比的力量和快感。在肖宗镜看不到的正面，他的双眼像要着火一样，他越跑心口越热，冰冷的雨水也无法浇熄他的疯狂，他的每根汗毛都在叫嚣，祈求与之一战。

背上的裘辛在他的飞速奔跑中被晃下了一只手，随之也压制住了他的狂热。

不是今天，再等等……还没到时候！

肖宗镜看着前方灵活的身影，冷哼了一声，手摸到衣摆旁，拔出了宝剑。玄阴剑在他的掌中翻了个花，被他牢牢握住。此剑乃至阴之性，受雨水激发，威能再增，剑出鞘的瞬间重明鸟便有所察觉。他回头的刹那，见肖宗镜手中的兵器竟隐隐发出幽冥般淡蓝色的光芒，寒意逼人，不似凡品，顿时心中一凛，道了声：“糟了！”

肖宗镜将宝剑向上一抛，而后一跃而起，小腿一弹，脚背正中剑柄，宝剑破空而去！

重明鸟皮肉收缩，精神紧绷，眼中万事万物仿佛变得极为缓慢。他听到玄阴剑穿过雨滴的声音，雨水被玄冥之气催化，结成冰粒，落在利刃上，发出“叮叮当当”的声响。

怎么办？

他向旁边躲？来不及了，神兵风驰电掣，他向旁边躲至少要被削下一条胳膊。压低身子？那会降低速度，他会被肖宗镜追上。重明鸟斜眼看向下方……跳下去？路两边都是杂物，他跑不快，最后还是会被擒。

面对如此绝境，面具下的嘴角轻轻一扯，重明鸟心想：不论待人还是待己，自己做事向来不遗余力，也不留余地。他既与肖宗镜约定此局，便坚信自己能够逃脱，落入他手岂非无趣？他不如就给肖宗镜一条胳膊，自己剩一条右臂也足以翻江倒海！

他既下定决心，身体稍向旁边挪了两寸，向前的速度丝毫不减。

肖宗镜微眯起眼睛，沉喝了一声：“找死！”

他的身体微屈，瞳孔收缩，整个后背肌群隆起，像只随时准备扑食的猛虎，只待宝剑伤及猎物，他便要一击即中。

杀气铺天盖地地袭来，重明鸟紧咬牙关，忍不住偏过头看去，冷锋夹杂着冰霜怒雪逼命而来！

就在这千钧一发的时刻，旁侧忽然传来一道破风之声！重明鸟眼瞳微缩，见什么东西从左侧飞了过来，稍向前一压，此物刚巧击中宝剑，声音尖锐刺耳，竟是一块磨铁的石头！石头瞬间被击碎，而玄阴剑同时被弹飞！

肖宗镜于半空中接住玄阴剑，怒目而视：“嗯？！”

临街的房顶上跳下一个人，虽只留了一个模糊的背影，但肖宗镜自然不会认错。

“戴王山！”他沉声说道。

重明鸟微眯起眼睛，当机立断，飞身离去。他来到长街尽头，两指入口，吹起一道响亮的口哨儿。空中雄鹰闻讯而唳。重明鸟回头道：“此击不中，注定我要全身而退了！肖大人，咱们后会有期！”

怀玉江江水涛涛，从上游荡下一条船来，肖宗镜瞧见，冷笑道：“果然如此。”

重明鸟铆足气力冲出屋檐，跃出一道弯月般的弧线——

那船速度极快，他稍有不慎就会行差踏错，坠落江中。此时江中雄涛奔涌，若是他落水，危险重重。不过重明鸟与同伴们共事多年，默契程度非比寻常——他正正好好地落在船板上。他落地时左脚一顿，伤口崩裂，血流得更多了。

他似若无感，卸下裘辛，回头望向肖宗镜。

船已经漂走很远，肖宗镜无论如何也不可能跟着他跳上来了。肖宗镜从屋顶跃至江边，那里有一匹事先预备好的黑色宝骏。肖宗镜上了马，双腿猛一夹马腹。这是一匹身经百战的军马，训练有素，被肖宗镜的怒意感染，长声嘶鸣，脚底生风地追了上去！

它速度极快，在狂风骤雨中奋勇狂奔，渐渐竟有要追上船只的架势。

重明鸟见状非但不慌，神情反而越发激动，赤红的双目紧紧盯着那一人一马，狠声道：“好，好！不枉我惦记了这么多年，你果然值得！肖大人，你我之间早晚有一场不死不休的决战，可惜不是今日！”他回到船舱里抓了个被五花大绑的人出来，迎风站在船板上，冲岸边大吼一声：“肖宗镜！你看看这是谁？！”

蒙在姜小乙眼睛上的布被撤掉，雨水瞬间打湿了姜小乙的视线。雷声“轰隆”作响，小船上下颠簸，她透过雨幕看见岸上策马之人，整整两日的提心吊胆终于有了宣泄的出口，不禁大喊了一声：“大人——”

肖宗镜听到姜小乙的声音，心神一颤。

重明鸟将一块绑好绳子的巨石拎了过来，绳子的另一端被绑在了姜小乙的身上。

姜小乙看着他的举动，面色惨白，颤抖着声音问道：“你……你要干什么？”

重明鸟绑得很快，提着石头和人来到船头。冰冷的江水肆意翻涌着，黑得如同无底的虚空，等着吞噬一切。

姜小乙自然明白他想做什么，吓得哭了出来，拼了命地挣扎：“别，求你了，别……说好了换人质，你不守信用！”

重明鸟闻若未闻，赤足立在船头。

“肖宗镜！你可记好了位置？！”

他手臂一抡，将巨石抛下江——

姜小乙来不及叫，绳子绷直，瞬间被带入了江水之中。

岸上的肖宗镜见到这一幕，目眦欲裂，死死拉住缰绳。军马一个急停，口角几乎被扯出鲜血。肖宗镜下了马往回跑，跑出去十余丈远，然后猛地向江中跳去。他入江后被水流冲向下方，趁着多跑出的距离，迅速闭气下沉。

怀玉江中一片漆黑，肖宗镜抽出宝剑用力刺入江底，以防被汹涌的水流冲远。他只记得大概方位，看不清江底状况，四处摸索，焦急之际，真气催发，手中玄阴宝剑受到影响，再现神能，发出微弱的光芒。

光芒虽弱，但在漆黑的水底已足解燃眉之急，肖宗镜看到了下方不远处的人影——姜小乙已然昏厥。她已变回原貌，衣袍松散，长发随着水流向上漂荡，像是深海里的幽鬼。肖宗镜拔出剑，瞬间被冲了下去。他路过姜小乙身边，一把抓住她的手臂，用宝剑切断绳子，脚在江底用力一踩，浮出水面。

江水汹涌奔腾，起起伏伏。肖宗镜拼尽全力抓紧姜小乙，始终将她的脸托在江面上。不知被冲了多远，肖宗镜隐隐看到下方有几处礁石，朝此方向奋力移动，左肩狠狠撞在石头上，肋下伤口撕裂。他咬着牙，一手抱着姜小乙，一手抱紧石头，几番努力下终于爬了上去。

他压低身体，半覆在石上，脚下踩着湿滑的边缘，鼓起最后一丝气力跃上了岸。

肖宗镜脚下一软，跪倒在地，呕出一口血水。

他抬起头，重明鸟的船早已不知哪里去了。

肖宗镜的体力耗了十之八九，他抱着姜小乙踉踉跄跄地走了几步，手臂因脱力微微打战。离了岸边后，他顾不得平复气息，连忙放下姜小乙，查看她的状况。

姜小乙吸入过多江水，呼吸闭塞，气血停顿，脉息全无。肖宗镜使她俯趴在地，头低足高，双手一上一下按压她的胸背。他稍事调整，将仅剩的真气推送至姜小乙的手足三里，打通人中、地机、合谷、大陵、气海等穴位。

不多时，姜小乙身体抽搐，口鼻中涌出一股水，忽然大哭了几声。

她人还昏厥着，这声音只是还阳之初下意识的反应，犹如婴儿降世的啼叫。她哭了几声后，慢慢安静下来，呼吸也渐渐归于平稳。

见她捡回一条命，肖宗镜终于松了口气，跌坐在一旁。

他仰起头，大雨冲刷着他苍白的脸。

夜色依旧黑暗无边。

没歇多久，肖宗镜再次起身。

他环顾四周，江水还在上涨，这里也不安全。他们此时已身处怀玉江下游，荒郊野岭，周围是一大片黄土岸，并无人家。肖宗镜抱着姜小乙来到滩边一处破旧的房屋前，一脚踹开门。屋里堆了许多船板、渔网和叉子等物品，想来是沿江的渔民们为了临时存放渔具而修建的屋子。

总算有了能遮风挡雨的地方，肖宗镜找来屋里的干草，又拆了几块船板，费了好大的力气才将火生起来。他坐在火堆旁，脱掉上衣，左肋的伤口已被彻底撕裂。他一边简单处理着伤口，一边思索着重明鸟之事。

就在这时，旁边的姜小乙忽然坐了起来。

肖宗镜转过头："小乙？"

姜小乙双眼呆滞，缓缓看过来。她的这副容貌肖宗镜之前在齐州也见过一次，但那日夜色昏暗，并没细瞧。如今火光将她照得清清楚楚，她的眼睛本与原来相差无几，但脸蛋小了一圈，便显得眼睛大了许多，湿润的黑发垂落在肩膀上。她有一个尖尖的鼻子，和一张两侧微微下耷的嘴唇，不笑的时候，瞧着总是不太高兴的样子。她的眉骨和鼻梁都很直，脸颊轮廓清晰，下巴微翘，她是很典型的天京人的样貌。

她变回原貌后，衣服便略显宽大，衣不蔽体，袒露大半，年轻的身体在火焰的照耀下极度细腻鲜活。

肖宗镜不由得别开眼。

他刚转过头，忽听姜小乙大叫一声，扑了过来——

"我总算抓住你了！"

肖宗镜被她压得伤口一痛，眉头微皱。他犹豫了一下。他可以制住她，又怕她身上还有其他伤，便又像上次那样，放任她抓住自己的手臂。

她目光锐利而执着，清脆地道："快还给我！"

在齐州时她也是这样，嚷着让他还东西给她。当时他只当她在犯癔症，可这次她依然如此。

肖宗镜不禁问了一句："你到底想让我还你什么？"

姜小乙："当然是你从我这里拿走的东西。"

肖宗镜："我从你这里拿走什么了？"

"我自己。"

"你自己？"

肖宗镜越听越奇怪。

姜小乙见他表情困惑，越发焦急，不由得用力摇晃他的身子："当日有一半的我跟着你走了，你不知道吗？我元神不全，自己与自己也无法相见，要靠他人的皮相才能生活。我不要过这种日子，你快还给我！"

肖宗镜本是个心思通透之人，听了这只言片语，心里已有了个大概想法。他想了想，道："你是元神有所缺失，才练得此种易形换貌的功法，对吗？"

姜小乙："这是没有办法的办法，你别说没用的，快还给我！"

她十分急切，原本被江水浸泡过的苍白脸蛋微微泛红。

肖宗镜扶住她，道："你先起来。"见姜小乙还要上来掐他，肖宗镜无奈之下点了她的穴道，稍用了点儿力，将她从自己身上拽了下去。

"你放开我！"姜小乙大怒道。

"想来你是在找人……"看着径自挣扎的姜小乙，肖宗镜低声道，"你先冷静一下，告诉我你要找的人叫什么名字，又是哪里人氏。我或许可以帮你留意。"

姜小乙一副看傻子的表情看着他："你在说什么？我找的就是你。"

"你弄错了，我之前并不认识你。"

"不可能错，就是你！"

面对如此坚定执着的姜小乙，肖宗镜叹了一口气。

"好吧，你就当是我吧。你且说说看，你在什么地方见过我？我又是如何把你的元神带走的？"

姜小乙不说话了。

肖宗镜："此事对你如此重要，你要慎重回想。"

她听了他的话，呆了呆，明亮的眼里露出几分茫然之色。肖宗镜耐心地等待着。片刻后，姜小乙喃喃道："那日天很冷，下着大雪，你杀了一个人。"

"大雪？"肖宗镜暗暗记下，既然能下雪，这应该是发生在北方的事，"我杀了什么人？"

"一个很可怕的男人。"

"你认得他吗？"

姜小乙摇了摇头。

"接着说，你还能记得什么？"

姜小乙神情越发懵懂，小嘴一张一合："那日很静……"

真的太静了，明明是白天，街上却一个人都没有，所有房屋都门窗紧闭，生怕吹入不祥的冬风。

肖宗镜轻声发问："我杀的那个男人，他是什么样的人？"

听到这样的问话，姜小乙仿佛受到了惊吓，肩膀瑟缩。

那个男人……她清楚地记得，那是一个巷子口，他缓缓走来。那时她还不会睁眼，但能看到一切。

"他像是一块石头。"

"石头？"

姜小乙目光忽然郑重起来，一字一顿地对肖宗镜说："他是一块燃烧的石头，周身都是黑色的火焰，但那火不是热的，而是重的。他是个信念极强之人。"

肖宗镜完全听不懂了。

姜小乙："他想要杀你，但是被我打扰……他一生气又过来杀我，你……你……"

她越说越乱，目光开始飘忽不定，额头上渐渐渗出薄汗，呼吸变深，脸上泛起红潮。肖宗镜看出她有些难受，伸手解开她的穴道。

见姜小乙向前栽倒，他将她接住。

"小乙，你没事吧？"

见姜小乙的嘴唇动了动，肖宗镜靠近些，听到她轻不可闻的声音。

"你救了我，你……你还像从前一样喜欢救人……"

肖宗镜微微一怔。

屋外风雨交加，地上的篝火偶尔发出"噼噼啪啪"的声响，为这冰冷的深夜带来些许暖意。

肖宗镜记下了这只言片语，最后将姜小乙抱起，自己坐到她身后，为她调理气脉。大概过了两炷香的时间，姜小乙紊乱的气息渐渐平复，她又恢复到了最常见的那副伙计皮相。

时间缓缓流逝，姜小乙醒来时，最先看到的是破损的天棚，转过头，是一团篝火，火光边是一道朦朦胧胧的影子。

昏厥前的某些记忆蹿入姜小乙的脑海中，想起被那巨石带入江中的一瞬，姜小乙下意识地身子一抖。

肖宗镜本在打坐调息，听到动静，睁开眼："你醒了？"

这熟悉的声音使姜小乙慌乱的心稳了大半。她从地上爬起来："大人！"

肖宗镜道："你觉得好些了吗？"

"我没事了。"她看了看周遭的环境，"是大人救了我？"

肖宗镜点了点头。

"那……重明鸟呢？"

"跑了。"

姜小乙懊恼地拍了一下地面。

肖宗镜沉声道："我本有机会抓住他，但是戴王山横插一脚，这笔账我回去定要找他好好算算。"

戴王山？

姜小乙想到了什么，张了张嘴，又不知该如何开口。

肖宗镜面容憔悴，嘴唇发青，声音也颇为沙哑——姜小乙知道，他为救她消耗了不少真元。

他的衣裳被撕下了几块碎布，缠在左肋上，这衣裳本就是黑的，中间更深了一块，血迹斑斑，想来是旧伤也崩裂了。

姜小乙之前对重明鸟的些许好感已被冰冷的江水尽数洗净。她行走江湖几年来，还是第一次发自内心地恨起一个人来。想想他往她身上绑石头的画面，她气得眼皮直打战。

肖宗镜见她一人在那里咬牙切齿，紧捏拳头，目露凶光，劝道："你刚刚醒来，不宜动怒，需要先静心调节。"

姜小乙听从他的话，盘腿而坐，调理内息。

屋外风雨飘摇，更显得屋内静得出奇。

姜小乙闭着眼，心思乱得很。她想了很多很多，最后想到戴王山——要是没有他，也许他们这次的任务会彻底圆满。

那戴王山为何搅局呢？

以姜小乙入宫这段日子的观察来看，戴王山对肖宗镜颇为忌惮，如果不是有充足的理由，他绝不可能正面阻挠肖宗镜办案。除非他手里已有明确的把柄和证据，不怕肖宗镜算后账。

那这把柄是什么？

会不会他已经知道是她弄走了刘桢，先坏了肖宗镜的案子？

想到这里，姜小乙偷偷睁开眼。

肖宗镜还在闭目养神，他的衣服湿透了，紧紧贴在身上，手臂和肩膀处的伤口依然在流血。他已经没有多余的气力运功疗伤了，然而从他的脸上看不出丝毫萎靡的神色。他不动如山，在肆虐的飓风中和跃动的火焰里，仿佛是世间唯一安定的存在。

姜小乙看着看着，眼底莫名一热，哭了出来。她及时止住哭声，却抽了下鼻子。肖宗镜感受到了什么，再次睁眼。两个人隔着篝火相望，姜小乙被那平静而坦荡的视线看得喉咙一哽，终于忍不住了，来到肖宗镜面前，"扑通"一下双膝跪地。

"大人……"她刚一张嘴，眼泪就不受控制一般，扑簌簌地流了下来。

她把肖宗镜哭蒙了。

"你怎么了？"

"大人！我有话想跟你说……"

“有什么话，你起来再说。”

姜小乙哪里敢起来，哽咽道：“大人，我有事瞒了你。”

她把之前在佻屋村发生的事告诉了肖宗镜。说完之后，她又一鼓作气把之前和刘桢在齐州的“生意”也说了。

肖宗镜在听到疯魔僧也是重明鸟的人时，暗自想着：怪不得当初与这三个人交手时，有些怪异的感觉，原来竟是这样。

这伙人绝不是普通的流寇，回京之后，他必须加快对他们的搜查和围剿。

他再看姜小乙——

她鼻涕一把眼泪一把，说到最后，像是喝了几斤酒一样，面红耳赤，语无伦次，惨不忍睹。

在听到他们在山洞中发生的事时，肖宗镜打断了她的话。

“你说你以前见过刘桢和张青阳，此次再遇，他们会不会认出了你的身份？”

姜小乙抽了抽鼻子：“没事的，大人。刘桢没见过我，只知道我的绰号，听说过我有易形的本事。而我与张青阳认识的时候还叫‘姜花’呢，是个女儿身，入江湖后为了方便行事，我才改了样貌和名字，他也认不出来的。”

肖宗镜点了点头，随之笑了笑，道：“姜花？”

“我师父俗家姓姜，这是他给我起的名字。”说到这里，她抿了抿嘴，四肢并用地爬到肖宗镜身边，一转脑袋说，“大人你看……”

她将左耳往前拨了拨，肖宗镜看到她的耳郭后面有个小小的五瓣花的图案。

“这是……？”

“这是我生来所带的胎记，不管我变成什么样貌，这个记号都不会消失。”

肖宗镜静了静，低声道：“这是辨认你的真身的方法，你不该这样轻易说出。”

姜小乙懊悔道：“若不是我瞻前顾后，优柔寡断，也许重明鸟已被大人擒了。”她犹豫片刻后又说，“我之前做的种种事情，大人一定不喜欢。我想说我以后不会再犯，又怕你不信，想来想去只有这个办法了。将来我若有二心，就请大人把这个消息散入江湖，那时我就寸步难行了。”

她紧盯着肖宗镜的眼睛，又道：“我待大人之心，就以此花做证吧。”

破屋的门板被屋外的大风吹得“吱吱”作响，不知从哪个缝隙刮进了水汽，让他们的视线变得有些模糊。微弱的火苗左摇右晃，脆弱的光影先后流过她的发、她的脸。

这情形让肖宗镜恍惚片刻。

姜小乙的目光同她的言语一样，简单却又有力，这不禁让他想起当初在齐州时，自己邀请她入京的那一夜的场景。

可是此时，他的心境远不如那时畅快。

他回想此次丰州之行，其间虽不乏清风朗月的时刻，可最终还是落得眼下的狼狈之相。他之无能，朝廷之无能，就像这风暴中的陋室一样，千疮百孔，摇摇欲坠。

他想了许久，也不知该如何回应，不由得垂下头，自嘲般笑了笑。

“于公无有明政，于私也未护周全，卿之重义，要肖某如何承之？”

姜小乙没料到肖宗镜会说这样的话，一时心中酸楚：“大人……”

肖宗镜抬起头，将手掌按在地面上，温和地道：“坐下说话。”

待姜小乙坐到他身边，肖宗镜又道：“此次军饷能够被顺利找回，你是最大的功臣，至于其他事，你无须想太多。”

他的语气一如既往地平和冷静，姜小乙不知不觉也镇定下来：“好。”

肖宗镜问道：“对了，你还记得刚刚的事吗？”

“刚刚？刚刚的什么事？”

“就是你晕过去时发生的事情。”

姜小乙摇头。

“我恢复原貌的次数很少，其间发生的事都不记得。”她小心观察着肖宗镜的脸色，“我都干了些什么？”

“也没什么。”肖宗镜道，“你说你的元神分出了一部分，跟着一个人走了。你想找到那个人，并把自己的元神找回来。你……”他想起刚刚她扑在他身上说的那些话，也不知该如何言明，“你究竟确不确定自己要找的人是谁？”

“唑……”姜小乙抓了抓脖子，“不确定，我什么都想不起来。我师父告诉我，我以前受到过惊吓，所以才魂魄不全。他给我算过命，要我十五岁入江湖历练，或许有机会找回全部元神。”

肖宗镜想了想，又把那所谓“燃烧的石头”讲了一遍。

姜小乙听后迷惑不解：“这是我说的话？我胡言乱语呢吧？大人还是别信了。”

“我倒觉得你不像是乱讲话，而且听你的意思，这人以前似乎还救过你。对了，你是多大的时候失去那部分元神的？”

“我不知道，我师父很少提及这些。我师父只说世间万事，天意自有安排，不要多问，顺其自然便好。”

虽然她不甚在意，但肖宗镜还是忍不住思索。那个她口口声声说是他带走了她的部分元神，若此事属实，那是何时发生的事呢？

因下意识地认为，人若有记忆，怎么也该有四五岁大，所以他自然而然地将时日定在他离开天京，外出拜师的那几年。

他拜师之地在祐州东侧的山区。祐州是北方的一个小州，位于天京东北方向，左临肇州，右临抚州，再上面就是杳无人烟的极北之地滨州了。

因为抚州常年匪患猖獗，土匪经常骚扰百姓，毗邻的祐州也受到不小干扰。肖宗镜每次下山遇到不平事，都会出手相助。几年时间里，他救下的男女老少不计其数。而且祐州比天京更北，雪下得更多，他实在回忆不起冬天所救之人里到底有没有姜小乙了。

肖宗镜犹豫道："你如果还有什么明确的线索，我或许可以帮你打听一下。"

姜小乙笑道："大人的好意我心领了，其实这些都是小事，大人不用放在心上。元神全不全也没什么差别，我照样能活，只不过是见不到自己真实的样貌而已。"姜小乙从小受春园真人的影响，觉得命数一事不能强求。而且当下事务繁杂，她无意再为肖宗镜添乱，便道："大人，不说我了，咱们还是赶快回南赤湾渡口吧，军饷的事要紧。"

肖宗镜点了点头，此事确实不能耽搁。

二人稍事调息，离开屋子，冒雨向上游赶去。

等他们返回渡口时，天已亮了。

刘叔范本在房里喝茶，见肖宗镜回来，饱含激情地冲进了晨雨之中，慌张地道："大人！大人，不好了！刚刚姜侍卫变成一团稻草了！这可如何是好啊？！"

肖宗镜没空与他纠缠，命他弄来两套干净衣裳，与姜小乙换好，随后找到张千户，道："叫你的人都出来，清点军饷，准备出发了。"

刘叔范在后面偷偷打量姜小乙，略感好奇。此时姜小乙已变换了样貌，他认不出来，遂看了师爷一眼。

师爷暗地摆了摆手：切勿多管闲事。

军饷很快被清点完毕，队伍上路。刘叔范忙前忙后，一路护送了十几里，直到队伍出了城，上了大道才停下。

望着黑压压远去的影子，刘叔范终于松了一口气，回过头与师爷相视一笑。

师爷冲刘叔范拱了拱手，道："恭喜大人，贺喜大人，终于送走了这尊大佛。"

刘叔范也是一脸掩不住的喜色，神清气爽地拍了拍孙师爷的肩膀："咱们的好日子就要来了呀，哈哈！"

肖宗镜带着人押运军饷，一路上未再遇到什么麻烦，最终抵达南军驻地。

赵德歧死后，南军统帅换成了赵德歧原来的副将汤申。肖宗镜交接军饷后，与汤申在帐中议事，姜小乙便在外面等。

这还是她第一次到军队驻地，果然与外界不同，处处弥漫着严肃的气氛。据说这里离真正的战场还有几十里，但姜小乙似乎已能从风中嗅出血腥的气息。

她问一个当值的士兵："前线战况如何？"

士兵答道："乌合之众不堪一击，我们很快就要胜了。"

肖宗镜从营帐中出来，姜小乙迎了上去。

肖宗镜道："我们该走了。"抬头望去，见临冬的天色阴沉，他低声道，"此番耗时许久，京中的事务怕已堆积成山了。"

两个人离开南军驻地，马不停蹄地往回赶去。

两个人越往北走天越冷，沿途景色渐渐荒秃，山野苍凉，马蹄踩着枯黄的落叶，踏出沉重之声。

八日后，他们回到天京。

此案肖宗镜给姜小乙记了头功，许了她多日假期，自己却又忙了起来，早出晚归，日日不见踪影。

不久后，朝廷下达了新的悬赏榜文，重明鸟一行四人都上了榜，其中缉拿重明鸟的赏金最高，直接翻到了六千两白银，可谓“一飞冲天”了。

姜小乙休假，每天吃饱了睡，睡饱了吃，不用执勤，也不用查案，又开始了养老一样的生活。

这天她睡到日上三竿，醒来时碰到从外巡逻回来的李临。他见她懒惰散漫，又气又妒，道：“好哇，你出趟门回来成少爷了，你都几日没执勤了？”

姜小乙摊开手：“谁让我有功呢？你懂什么叫‘头功’吗？‘头功’的意思就是——不用执勤。”

李临冷哼了一声，道：“好，你有功，就在这里晒太阳吧，明日我出宫采办你可别跟着来。”

“哎哎哎！”姜小乙一听他要出宫，立马阿谀奉承起来，“李大人……李大人，在下小人得志，您大人有大量，别放在心上。”

李临斜眼看过去：“想去？”

“想去！”

“嘿，其实我也想带着你。”李临揽住她的脖子，低声道，“你去找大人说一下，再多给我们一日。”

“哦，你又要去逛窑——”

“嘘！这事你知我知就行了！”

姜小乙也希望能多在外面待一天，问题是现在肖宗镜神出鬼没，经常一整日都不回营，自己不是想找就能找到的。

想到最近宫中传来的小道儿消息……姜小乙拉着李临来到角落里的杏树下面，小声问道：“我听说青州那边好像又出事了？”

李临：“没错，有个异族的疯子已经连屠两个县了。”

“啊？”姜小乙眉头一紧，“那朝廷没有动作吗？”

“有，朝廷老早就开始征兵了，不过也得等杨亥回来。前一阵抚州闹起来了，杨亥前去镇压。跟青州比起来，抚州离天京太近了，必须先稳定后方，大军才能出征。”

“必须等杨亥吗？其他将军呢？”

李临嗤笑一声，说道：“其他人打打杂牌军还成，但碰不得青州军。这几年下来，朝廷折在青州军手里的人，光精兵都十几万了，其他的民兵队伍更是不计其数。士兵都不愿意去了，最后一次征讨时，路才走了一半，就跑了三成士兵，就这种士气还打什么仗？现在全大黎算下来，也只有杨亥能与青州军碰一碰了。”

姜小乙之前也听说过青州军很厉害，但没想到竟棘手到如此地步。

她又问道："既然如此，那怎么之前不派杨亥去？"

"杨老将军手握重兵，本就容易遭人猜疑妒忌。前些年他又被人查出派人秘密接近太子，这可是杀头的大罪，遭到众臣弹劾。最后还是永祥帝力保，他才免遭劫难，不过也被削了兵权，这些年都在清剿小型叛军。"说着，李临叹了一口气，"主要是谁也没想到青州军发展得这么快，大家还没回过神，这贼军竟已是如此规模了。"

这段往事姜小乙还是第一次听说，微微惊讶地道："陛下竟然力保杨将军，这是英明之举呀。"

"我们这位陛下……"李临"呵"了一声，道，"别的不说，仁慈是真仁慈，他最近还忙着给前线将士做祈福法会呢。罢了，不说这些了，你快去找大人，帮我俩多要一天假才是正经事。"

姜小乙与下午执勤的兄弟换了岗，准备去外面碰碰运气。

她一边巡逻，一边暗自思索刚刚与李临的对话。

李临是侍卫营里为数不多敢议论朝廷的人，她也从他这里了解了不少宫中之人对永祥帝的真实看法。

她走着走着，忽生意外，出门没看皇历，碰到了最不能碰的人。

长长的外廷根本没有躲避的地方，姜小乙迎面与密狱的队伍碰上了。

戴王山走在最前面，路过她身边时站定那一刹那，沉声道："你给我过来。"

她不想过去……

她想装作没听到，可又不敢。她叫走其他几名侍卫，自己远远跟着戴王山。

戴王山带了四五个属下，押着一个人往密狱方向走去。在一处转角，姜小乙一不留神跟丢了。她快走了几步，忽然被人扯进一道窄巷里。

"哎！"

她脚下一空——戴王山抓着她的领口，把她半拎了起来。

两侧红墙高立，这窄巷也就勉强容得下他们两个人，戴王山阴鸷的气息笼罩下来，令姜小乙忍不住两腿打战。

她哆嗦道："戴……戴……戴大人饶命哪。"

戴王山开门见山地问："你是不是想死？"

"回戴大人的话，小的不想死！"

戴王山将她甩到一旁——

姜小乙摔倒在地，又四肢并用地爬回戴王山面前，上来就是个五体投地的大拜！

"戴大人恕罪啊！小的知错了！"

"两次了。"戴王山沉声道，"你已经坏我两次事了。"

姜小乙听着他说话的语气就浑身发麻，颤声道："小的只是想完成任务，没想到事情又碰到一起了。大人恕罪，小的真的知错了！小的再也不敢了！"

戴王山蹲到姜小乙面前："抬起头来。"

姜小乙梗着脖子仰起脸。

戴王山道："你是不是以为有肖宗镜在，我就不敢动你？"

姜小乙："不不不，当然不是。这世上哪有戴大人不敢做的事？只是大人不跟小的一般见识而已。"

戴王山冷笑道："刘桢跑了的账如何算？"

姜小乙心说：那重明鸟跑了的账又如何算？要不是你从中作梗，没准儿重明鸟现在已经人头落地了。

当然，这种话她只能在心里想想。她谨慎考虑着该如何平息戴王山的怒火，这次应该不是说几句好话就能混过去的。她思来想去，最后脑子一热，来了一句："大人，小的这几年下来也小有积蓄，愿意全部孝敬给大人，请大人消消气，别气坏了身子。"

静了片刻，戴王山忽然笑了起来。

姜小乙肩膀一抖："大人……大人开心就好。"

谁知下一刻戴王山又掐住了她的脖子，姜小乙喉咙一甜，差点儿咯出血来。

"爷爷差你那点儿银子？"戴王山声音阴冷地道，"你去给我办件事。"

姜小乙抓着他结实的手腕，艰难地道："肖……肖大人待我恩重如山，我绝对不可能违背侍卫营的营规……"

戴王山挑起眉毛："谁让你违背营规了？"他呵呵一声，堂而皇之地道，"密狱与侍卫营同为陛下效力，我与肖宗镜也算是英雄相惜，怎会做出如此不义之举？"

英雄相惜？

姜小乙心道：还不是因为永祥帝与肖宗镜渊源颇深，永祥帝事事看重他，你有几分自知之明，不自讨没趣罢了。

戴王山垂眸审视，似乎在掂量姜小乙的斤两，最后幽幽地道了一句："我看你脑子颇为活络，去给我找一样东西。"

姜小乙捂着脖子咳嗽。

待戴王山松开手，姜小乙踉跄着落地，问道："不……不知大人想找什么东西？"

"观果。"

"棺椁？大人要找棺材？"

"蠢材！"戴王山瞪了她一眼，"我说的'观果'是一件宝贝，你记着这个名字，我给你三个月的时间，若是你查不出个子丑寅卯，就别怪我新账旧账一起算了。"

他说着，慢慢靠近姜小乙，勾起她耳边的几缕碎发。姜小乙被他堵在墙边，退无可退，后背紧紧贴在墙壁上。她闻到一股浓郁的香气——与肖宗镜身上那种山川大地、包罗万象的苦香不同，戴王山身上的香更贴近市井的粉香，味道单一，冲击力却极强。

"还有，这是你我之间的秘密，不许告诉肖宗镜，懂了吗？"

"懂懂懂……大人放心，小的绝对不说，小的一定竭尽全力地帮大人查清此物！"

戴王山交代完任务便走了，他的一队人马还在不远处等他。姜小乙从巷子里悄悄冒头一瞥，正好看到他们押送的那个人的侧脸。看形貌，那人应该只是个普通的商贩，从他走路的步态和气息来看，也不像是什么潜在的高手。

不过，这一眼带给姜小乙一种很奇怪的感觉。她仔细想了想，其怪异之处在于，他似乎一点儿也不怕戴王山。

他镇定自若，甚至神色自信，双眼迸发出热烈且兴奋的光芒。

一个平民百姓，竟有如此气魄？

人被带走了，姜小乙摇了摇头，回了侍卫营。

另一边，戴王山将这商贩模样的人押回密狱，自己则前往内廷面见刘行淞。

上午刘公公陪同永祥帝在千秋殿听永恩禅师的讲经会，此时刚回，正趴在榻上由几名宫女伺候着，为他按摩解乏。

“刘公公，”戴王山来到他身旁，“您让我查的事，已经有些眉目了。”

“哦？说来听听。”

“这是个近几年来在民间兴起的野教，属下了解的大概的情况有这些……”戴王山在刘行淞身旁说了一通。

刘行淞闭着眼睛听完，“嗯”了一声，道：“也是因为六部的几个老头子搭上了此教，我才有了点儿兴趣。”

戴王山：“他们那个教主属下也查到了，此人名叫王胜，原是个农民，在之前的灾荒里活了下来，自称开了什么神智，便创此教派。这人有些疯疯癫癫的，应是早年精神饱受摧残，生出了点儿幻相之力，不值一提。也不知道内廷那些老爷信这种货色做什么，还捐了那么多钱。”

“这你就不懂了。”刘行淞冷冷一笑，“山河异变，人心鬼祟，你永远不知道一个耀武扬威的大官背地里心有多虚。”

戴王山奉承道：“公公说得极是。”

刘行淞：“你再去见一见这个教主，看看他是真疯还是装疯。”

戴王山试探道：“若是真疯……？”

刘行淞：“真疯就为民除害吧，这世道不需要再多一个疯子了。”

“那若是装疯……？”

“装疯？”刘行淞的脸上露出精明的笑意，“手能伸到宫里，说明此教在民间已颇具规模，那教众所捐的功德款项怕也不是个小数目了。而且，那个杨严送进宫的永恩禅师最近深受陛下宠爱，今年陛下已给他拨款十几万两银子举办法会。不能让他们再嚣张下去了。这教主若是个聪明人，嘴皮子利索点儿，肯为我所用，我或许可以为他安排一下。”

戴王山恭敬垂首道：“属下明白了。”

另一边，姜小乙垂头丧气地回到营内，正好看见肖宗镜和谢瑾从里面出来。

她悔得肠子都青了。早知道他们要回营，她何苦出去给自己找麻烦呢？

姜小乙多日不见肖宗镜，很想过去与他说几句话，可内心又对谢瑾有几分顾忌，不敢轻易上前。

见肖宗镜和谢瑾走了过来，姜小乙刚准备行礼，谢瑾竟主动在她面前停了下来。

“姜小乙。”谢瑾道。

姜小乙如临大敌，俯首道：“属下在！”

谢瑾道：“之前是我误会你了，看来宗镜说得没错，你果然有些实力。军饷一案你功劳不小，陛下甚为欣慰。我们已在陛下面前为你进言请赏，你说吧，想要些什么？”

啊？

姜小乙惶恐地道：“能为陛下分忧是小的祖上积德，小的断不敢邀赏！”

谢瑾对她这态度十分满意，破天荒地冲她笑了笑：“难得你如此忠心，不过君无戏言，你有什么想要的东西，不用顾虑，可以大胆地提出来。”

姜小乙完全没想过此等场景，偷偷往谢瑾身后看。肖宗镜背手站在那里，淡淡地看着她，并未发话。姜小乙挠了挠脸颊，小心翼翼地道：“那个……明日属下与李临外出采办，我们能不能……能不能在外多留一天？”

谢瑾听了她的要求，漂亮的眼睛先是露出几分疑惑，随后竖眉叱责：“荒唐！这叫什么赏赐？你难不成将朝廷的封赏当作儿戏了？”

姜小乙慌忙赔罪：“小的不敢！”

她心说：我什么都不要，您老人家可赶快走吧。

谢瑾冷哼一声，道：“没想到还真让你猜对了。”

猜对？谁猜对什么了？

她正思索着，她的视线里忽然多出一样东西，这是一块白玉牌，半张手掌大小，四周雕刻着精美的纹路，中间是个“令”字。姜小乙抬头。谢瑾高高在上地看着她，肃穆地道：

“这是吉祥令，本是皇家之物，只有受到陛下赏识与信任的功臣才能获此赏赐。身佩吉祥令者除了不能接触内廷和后宫以外，可以随意进出皇宫。宗镜了解你，提前替你求了这个东西。但你要记着，不管你从前在外是什么样，既然已进宫，玩儿心就要收一收！”

姜小乙看向肖宗镜：“大人……”

肖宗镜：“小王爷的赏赐，你就拿着吧。”

谢瑾不满地说道：“我说过在营内不要这样叫我。还有，这不是我的赏赐，这是陛下的赏赐！”

他把吉祥令放到姜小乙的手里，又是一番嘱咐，要她百尺竿头更进一步，为朝廷和陛下尽忠效命。

姜小乙一一应下。

随后，谢瑾同肖宗镜离去，边走边谈起别的事来：“我之前跟你说的你可别忘了，这次你要再不去，我就拿刀架着你去！”

肖宗镜看他一眼。

谢瑾意识到自己武艺不精，恼羞成怒道：“我架自己的脖子上！”

两个人越走越远，只剩下姜小乙手持吉祥令，独自愣在当场。

“真是令人忌妒！”肖宗镜和谢瑾走后不久，李临和江存书还有周寅从营房中出来，李临盯着吉祥令，脸拉得老长，“大人怎么不带我去查案？我一定也能完成任务！”

周寅冷着脸看着他：“不要质疑大人的决定。”

“这宝贝东西快给我看看。”李临把吉祥令抢了过来。

周寅提醒他：“你别胡闹，那是小乙的东西。”

姜小乙倒不在意：“你们看吧，又看不坏。”

李临好奇地把吉祥令翻来覆去地研究，对着太阳晃了晃，道：“这雕工可真好，不愧是皇家的物件。哎？你们看这里，好像有个暗刻的图案。这是什么？倒放的桃子？”

江存书：“什么桃子？那是树叶。”

李临：“什么叶子的叶尖有这么长？”

江存书：“菩提叶。”

姜小乙拿回令牌，自己对着天空看了一会儿，果然有暗刻的叶子图案。

这是菩提叶？

李临想到了什么，小声道：“哎，我听说千秋殿后面有一座菩提园，为了保暖，全部用贝母贴着房壁，每年光维护的费用就要数十万两银子。园中四季如春，种植着菩提树和各种花草，四周挂满了七宝法器，景色美得像仙境一样。”

姜小乙从没去过内廷，但知道有菩提园这个地方，据说是永祥帝平日参禅悟道之所，只有他的亲信和极少数高僧能进入，其他人均不能靠近。

“不要议论这些事。”周寅严肃道，“李临，注意自己的身份。”

李临撇嘴：“你凶什么？现在又没外人。”

姜小乙收起吉祥令，还有另外一件好奇之事：“刚刚大人们讨论的是什么事？为何谢大人要威胁肖大人？”

“这你就不知道了吧？凝郡主的生辰马上要到了，他这是逼着肖大人去祝寿呢。这两年肖大人四处奔波，很久没有去看望凝郡主了。”说着，他坏笑了两声，“谢大人这根红线牵得真辛苦啊，哈！”

周寅：“李临！”

“你吼个屁，有劲没处使就去练功吧。”李临冷哼一声，抓着姜小乙：“咱们不理他，我也有东西犒赏你，跟我来！”

姜小乙被李临带到外院。

李临说，他前一阵子又抄了一个户部官员的家，此官的六姨太以前是开酱卤饭庄的，手艺颇精，此官家中地窖里还有不少存货，全被他带回侍卫营分了个七七八八。

那时姜小乙还没回来，李临特地给她留了一份。

李临把酱货和偷藏的桂花酿一并交给了她。

“趁着大人不在，你快点儿吃。”

姜小乙：“你还真是会享受。”

李临笑道：“人生苦短，要懂得苦中作乐才是。”

姜小乙抱着食物，问道：“大人最近在忙什么呢？”

“他最近经常跑兵部，想来还是在忙青州军的事吧。”说到这里，他想到了什么，“不过，上次丰州案那个重明鸟，大人好像也颇为上心，一直命人查他们与各路叛军的关系。”

姜小乙连忙问道：“查出什么了吗？”

李临：“目前还没什么消息。好了，你吃你的吧，我得去巡逻了。”

李临离开后，姜小乙回到房间里，打开桂花酒坛子和酱肉坛子，瞬间香气充斥着整间屋子。桂花的清香和酱肉的味道相叠，姜小乙深吸一口气，一时间什么事都懒得想了。

她半开着窗子，一边赏月一边品尝美食，心旷神怡。

不知过去多久，她忽然听到院中传来脚步声。也是奇了，她光听这声音便能辨别出这是肖宗镜。她怕李临的“私藏”被发现，慌忙去关窗子，结果要合上的刹那，四根手指从外伸进，往上一挑。

两个人窗里窗外，四目相对。

姜小乙没控制住还打了个嗝儿。

肖宗镜伸出另一只手点了点。

姜小乙顺着他指的方向摸了摸自己的脸，摸下一丁点儿肉渣。

“大……大人，您怎么回来了？”

肖宗镜淡淡地道：“我的营地，我不能回？”

姜小乙赧然垂首：“大人说笑了。”

她将肖宗镜迎进屋。

见肖宗镜坐到桌旁，姜小乙喝了酒，脑袋晕乎乎的，问道：“大人，你要吃酱肉吗？”

肖宗镜失笑道：“这就不必了，你给我泡壶茶吧。”

“好。”

姜小乙忙着烧水泡茶，肖宗镜在旁边问道：“你明日要出宫吧？”

姜小乙应道：“是，我与李临出宫采办，大人有什么事吗？”

肖宗镜微微叹了口气。

“有件事恐怕要麻烦你了。”

“不敢当，大人有事尽管吩咐。”

肖宗镜放下茶盏，将一样东西拎到桌面上，姜小乙这才注意到他随身带着一个大包裹，看起来颇为沉重。她一听到包裹落在桌上的声音，就知道里面是金子。

肖宗镜：“这里有五百金，你去帮我买点儿东西。”

好家伙！姜小乙睁大眼睛——五百金！什么东西要这么多钱？

“大人要买什么东西？”

“我不知道。”

“不知道？”

肖宗镜无奈地道：“凝儿的生辰要到了。”

姜小乙身体微微后仰：“哦，是给凝郡主的生辰礼物。”

“没错。”

姜小乙不自主地挑了挑眉：“原来如此，那确实是要花点儿心思的。”

肖宗镜看过来一眼，目光同往常一样平静随和，掩不住的是深深的疲惫感。

姜小乙刚燃起了点儿好奇又好事的气焰，结果被这目光轻轻松松打消了，乖乖地道：“大人，你得给我点儿方向，五百两黄金可不是个小数目，我怕花错了地方。你说你看着凝郡主长大的，她平日喜欢什么你总该知道吧？”

肖宗镜想了想，道：“凝儿性格温顺善良，心思又极为精巧，我虽陪伴她长大，却也称不上十分了解她。她今年才满十六岁，想来……应该会喜欢些漂亮的物件吧。我也不懂这些，只能找你帮忙了。”

姜小乙道：“帮忙谈不上，大人的事就是我的事。您放心，礼物包在我身上了，保准郡主满意。”

肖宗镜：“好。”

姜小乙原本以为肖宗镜交代完这件事就要走了，没想到他接着饮起茶来，似乎想把这壶茶喝完了再走。姜小乙有点儿后悔没把水多烧一点儿……

她坐在一旁，低着头，两脚在地上画弧。

“其实，我的生辰也快到了。”她莫名其妙地来了一句，“我师父春园真人是在冬天捡到我的，就把我的生辰定在立冬了。”

肖宗镜低声道：“那的确快到了。”

姜小乙从怀里取出吉祥令，扭头道：“大人送了我这个，就当是生辰礼物了，我很喜欢。”

肖宗镜淡淡一笑，道：“这不是我送的，这是陛下的封赏。”

姜小乙：“是大人向陛下讨的，那就是大人送的。您怎么想到帮我要这个的？”

“知道你不喜欢一直待在宫里。原本陛下要提你的官职，但我想你应该对做官不感兴趣，便向陛下讨了吉祥令。”他顿了顿，又道，“但谢瑾说的话也不无道理，你既然已经入了宫，便与从前不同了。你在宫中的身份不宜被江湖人知道，否则保不齐会有危险。”

姜小乙：“我会小心的。”

肖宗镜点了点头：“那就好。”

他说完，又默不作声地喝起茶来。

姜小乙看他的神色，好像在想什么事，十分入神。

她有种强烈的感觉，好像这次从丰州回来后，肖宗镜比之前沉默了许多，笑的次数也远不如之前多了。不经意间，她总能看到他眉头微蹙，嘴唇紧抿，神色越发深沉凝重。

姜小乙垂下头，手指抠了抠凳子的边沿，想说点儿什么，又觉得讲什么都是多余。最后，她只是跟他一道在这深宫的黑夜里静静地沉沦。

翌日，姜小乙与李临例行出宫采办。

刚出宫门，李临就迫不及待地奔往十八香会他的小情人，与姜小乙约定晚饭时再见面。

姜小乙前去给凝郡主买生辰礼物。

天京城里最不缺的就是贵重物件，五百两黄金听着多，她真想花光，也就是一瞬间的事。

姜小乙在城东的一家首饰铺里挑挑拣拣，看了一圈仍不满意。

“有没有再像样点儿的？”

店铺掌柜姓赵，也是个阅人无数的行家，打量着姜小乙，见这小公子虽衣着一般，朴实无华，但言语中的确透露着有钱的底气，便堆着笑脸道：“有有有，公子里边请。”

赵掌柜将姜小乙带到后面，拿出私藏：“公子看看这些，可有合眼缘的？”

姜小乙随意一瞥，拿起一件水滴形状的琥珀坠子：“这是什么？”

“哎？这个怎么在这里？”赵掌柜也有些诧异，把坠子收起来，“这个是贱内的东西，前些日子以为丢了，还闹了一场。许是放错了，公子看看别的吧。”

姜小乙再看盘中的东西，又被一样吸引了目光：“哟，这珠子可真够亮的。”

“公子好眼力！”赵掌柜兴奋地道，“这颗可是正宗的东洋海珠，东边现在战乱频繁，采珠船都进不来，东洋海珠的货源已经断很久了。现在整个市面上像这种大小和成色的珠子，找不出一百颗！”

姜小乙笑了：“别吹了，说价。”

“此珠要五十金。”赵掌柜捋了捋胡须，“公子绝对找不到比这更良心的价格了。”

姜小乙拿着珠子看了一会儿，珠子有指肚儿般大小，光泽鲜亮，泛着金光，的确质量上乘。

东洋海珠……姜小乙脑中灵光一闪，有了主意。

“五十金有点儿高了。”她放下珠子，“我出十五金。”

赵掌柜登时拉下脸，把珠子也拿回去了：“公子另寻他处吧。”

“你别急，我的要求还没提完。”姜小乙笑道，“十五金一颗，我要三十颗。还有这块碧玉，给我雕成半开莲花状，二十七颗珠子做颈珠，中间玛瑙相连，莲花做吊坠，下面再挂三颗珠子。我要最好的工艺，十日后我来取。这整条项链，我算你五百金。”

赵掌柜哈哈大笑：“公子还是莫要开玩笑了，小店供不起您这尊大佛，好走不送！”

他说着，后面上来两个家丁，要把姜小乙赶走。姜小乙当然不会这么轻易放弃，出手迅疾，点了两个家丁的穴道。

赵掌柜惊道：“你……你要干什么？！”

姜小乙把赵掌柜按回椅子里，两手圈住他：“我出这个数，你的本金绝对回来了，没准儿还能小赚一点儿。”

赵掌柜气得吹胡子瞪眼：“怎么可能回本？！我亏大了，不卖！”

“你这珠子是真货。”

“当然是真货！东洋海珠几乎没有货源了，我怎可能如此贱价卖出？！”

姜小乙微微一笑，俯下身，在他耳旁轻声道：“东边的确战乱频频，但货源可没断。平常人不知情，小爷我清楚得很，现在整条东海岸线都在青州军的控制下，他们扩张势力需要大笔银子，差不多垄断了全部商船，包括采珠船。不过因为官家围追堵截，他们的渠道被封闭不好出货，价格反而比往年压得更低，我说得对不对？”

姜小乙从前就在黑市里倒卖消息，对这些路子可以说是十分熟悉。

赵掌柜眼神飘忽不定：“我不知道你在说些什么……”

姜小乙沉声道：“你好大的胆子，竟敢收青州军的货！”

赵掌柜矢口否认：“你莫要血口喷人！你有什么证据说这是青州军的货？！”

姜小乙不慌不忙地从怀里取出一样东西：“我看你也算有几分见识的，瞧瞧，认识这个吗？”

她把吉祥令放到桌上。

赵掌柜斜眼一瞄，浑身顿时打了个战：“这……”

“你是现在小赚一点儿，还是等我带人抄了这里，自己拿珠子回去做？”

赵掌柜紧咬牙关，思索片刻后，立马换成一张笑脸：“大人莫动怒，咱们有话好说，有话好说。这样吧，不用十日，七日！七日后您来取货，包君满意！”

姜小乙也笑了，拍了拍他的肩膀：“放心，我无意责怪。商人逐利是本分，所谓富贵险中求，想发财，你总要担点儿风险的，咱们七日后见了。”

解决了凝郡主的生辰礼物大事，姜小乙无事一身轻，在天京城里闲逛起来，一直玩儿到傍晚。

她来到与李临约定的酒楼，包下当初的情竹间，叫了一桌好菜，自己先吃起来。

结果一桌菜她都吃了个七七八八了，还不见李临的身影。

她一边剔牙一边想：他该不会是醉倒在温柔乡里了吧……

不过这李临平日虽然吊儿郎当的，却也不是个会享乐误事的人。

这时，店小二进来了："爷，楼下来了两个人，说要找您。"

"找我？"姜小乙往窗外探了探头，果然有两个人在楼下等着。

店小二凑过来小声说："爷，他们是十八香的龟公……"

十八香的龟公？

姜小乙结了账，走下楼去。

外面的两个人见她出来了，凶神恶煞地迎了上来："你是不是姓姜？"

"没错，二位找我何事？"

"你那个姓李的兄弟在我们店里赊了账，还不上，叫我们来找你，你替他还！"

姜小乙紧蹙起眉头："他欠了多少？"

"二百两银子！"

"人在何处？"

"他已经被我们扣下了，你拿了银子我们才能放他。"

人被扣下了？姜小乙心道：李临的武功虽不及肖宗镜，但也是比她强不少的，放到江湖上他肯定也是个有头有脸的人物，怎么可能这么轻易就被扣下了？

姜小乙道："银子不是问题，不过我得看到我兄弟的人，否则你们空口白话，也没个凭据不是？"

两个龟公相互看了看。

"行，你跟我们来！"

姜小乙途中去钱庄取了银子，随两名龟公前往十八香。

要说十八香，在天京也是个极有名的地方，天京城中妓院不少，都没法跟这里比。十八香建在朱雀湖中央，湖不大，没架设桥梁，想进去的人只能坐船，一程便是五两银子，就是进了香楼什么都不干，一来一去十两银子也没了，绝不是普通人消费得起的。

所以，来这里的人通常非富即贵，老百姓只能隔着湖远远地眺望，幻想着其中的旖旎风光。

姜小乙乘着船，吹着湖上的冷风，微微发愣。

某一瞬间，她莫名地想起了肇州，那里有一座景川湖，与这里的湖差不多大小。当年她与师父前去救济阴阳道的道友，正值饥荒最严重的时期，湖中饿殍无数，湖水黏稠发臭。她再看这朱雀湖，连激起的水波都泛着绚丽的金光。这不禁让姜小乙产生了片刻的疑惑——究竟哪座湖，才能代表世间的真实情况呢？

不待姜小乙多想，一座精致的小楼出现在眼前，雕梁画栋，富丽堂皇。金灯彩带月下飘舞，丝竹管弦悠悠飘来，人尚未进楼，先醉了几分。

“果然是个好地方。”姜小乙赞叹道。

龟公得意地道：“算你识货！不过我们这里也不是想来就来想走就走的，你要是欠钱不还，那就别怪我们不客气！”

姜小乙睨了他一眼，上岸步入楼中。她来不及欣赏那些莺莺燕燕，便被龟公带到后面。这湖中小岛规模不小，他们在亭台楼阁中绕了几圈，走了近半炷香的时间，终于来到一间屋子前。屋门口堆放着不少器具，看着像是楼内刑堂。

姜小乙隔着老远就听到屋内有女子哭诉。

“求秦妈妈不要为难李郎，他是熟客，包钱往常都是年底才要，您临时讨要，他准备不周也情有可原。他绝不是欠账不还之人，还请秦妈妈放开他吧！”

另有一个蛮横的声音传来：“我定价，他出价，本是天经地义之事！出不起就别来，自有出得起的人找你。”

姜小乙进入房中，环视一圈。屋里有十来个打手，中间是被人五花大绑放倒在地的李临，他身边还有个哭得梨花带雨的女子，想来就是他的小情人了。

上座有个老鸨模样的女人，一脸戾气地看着下方。

姜小乙见李临没有受伤的迹象，放下心来。李临看到姜小乙，似乎也觉得自己这境况有些丢人，不由得埋下了头。

“你就是他的兄弟？”老鸨发问道，“银子带了吗？”

姜小乙把沉甸甸的银袋丢过去，龟公拆开查看，二十两的大银锭足足有十一个。他疑惑地道：“多了一个……”

“多的银子给我兄弟今晚消遣用。”姜小乙冷笑道，“亏了你们这里还号称‘温柔乡’，却让人过得如此不舒心。开门做生意要讲诚信、懂人情，若是店大欺客，不讲道理，别看你现在多大的买卖，小心转眼成空。”

老鸨别的不论，见姜小乙出手阔绰，立马笑起来：“瞧爷说的，提前讨银子也非我所愿。近两年来生意越来越难做，我这儿周转不开，为保住楼里这些姑娘，我也是不得已而为之。哎，你们愣着干吗？快给李公子松绑，谁让你们粗手粗脚地绑那么结实的？！”

李临被松了绑，却没有马上站起来。

姜小乙瞧着不对，过去把他搀扶了起来：“你没事吧？”

李临摇头，额上有虚汗，脸色十分难看。

“李郎……”那花妓担忧地看着他。

李临冲她温柔一笑：“绿柳，我不要紧。”

老鸨像模像样地赔罪道：“李公子，多有得罪了。”

李临冷哼一声。

老鸨又对绿柳道：“柳儿，快带二位爷回房吧，好生伺候着。”

绿柳引领他们来到自己的闺房。

李临坐到桌旁休息，绿柳则去准备茶酒和点心。

姜小乙关好门，小声问道："到底是怎么回事？"

李临沉声道："我本与老鸨说好，一年二百两银子包下绿柳，往年我们都是年底算账。但前些日子绿柳被一个官员家的公子哥看上了，那人要讨她去做妾，绿柳不愿，这老鸨便临时要钱，坐地起价，还给我下药让我出丑。"

"下药？那你身体可有不适？"

"我没事，药量下得很有分寸。唉，我出门在外已经很注意了，也不知是什么时候中招的，这伙人真是好手段。"李临愤恨地道，"老鸨狗眼看人低，着实可恨！那所谓贵公子也不过就是一个小小的通政司参议罢了，待我回去好好查查他！"

姜小乙有心宽慰他，帮腔道："查，狠狠地查！要是查到贪污受贿就弄死他们！"

李临果然被她逗笑了，道："这话我跟别人不能说，但与你说没问题。现在的大黎，这种事一查一个准，就看谁倒霉。你也知道，我们大人最厌恶这些贪官污吏，我要有心弄他，他绝对跑不了。"

姜小乙拍了拍他的肩膀："先别想这些了，出宫机会难得，你还是抓紧时间与绿柳姑娘快活一番吧。我不打扰你了，明日午时，咱们情竹间见。"

"小乙。"李临叫住她，"多谢你前来帮忙，这银子我回宫便还你。"

"好说。"姜小乙潇洒地摆了摆手，转身离去。

绿柳的闺房在十八香深处的一幢小楼里，姜小乙出来后转来转去找不到出路，竟越走越深了。

路过一片小竹林时，她听到有人在唱曲，声音悠扬婉转。

"轻移莲步小园中，绿柳浓烟叠叠重……"

这是闽州小调《牡丹亭》的唱段。

姜小乙不禁停住了脚步。

她的师父是闽州人，她也在闽州生活了好多年，听到熟悉的调子，心中倍觉亲切。

她驻足聆听，没想到还没听几句就被人打断了。

一人骂道："唱什么唱，还不快些干活儿！今日的药呢？"

那人软绵绵地道："今日奴家求签，说是夜里不宜劳作，明日再说吧。"

"呸！干活儿还求签？！你给我起来！前院有几个小蹄子不懂事，你快去处理了！"

他叫不动那人，气得咬牙切齿，开始棍棒伺候。他下手颇重，一下一下听得人心惊肉跳，却始终不闻讨饶之声。

姜小乙悄悄走过去，看到一个护院模样的男人正拿着棍棒打人泄愤。被他打的那人穿着一身大红裙子，蹲在地上双手捂着头，一声未吭。

出于对刚刚那首小曲的喜爱，姜小乙果断地走了过去："住手。"

可能没想到有人来这里，护院也被吓了一跳，停下打人的手，打量着姜小乙："你是什么人？我怎么没见过你？”

姜小乙冷冷地道：“难道十八香的嫖客你都认识？”

“啊，原来是来玩儿的爷。”护院笑道，“这里是后院了，没花可采，爷怎么走这里来了？”

“我走错了。”姜小乙掏了块碎银扔给他，“我是来寻乐子的，不想见血行不行？”

护院接住银子：“行行行，当然行！小的这就走，需不需要小的带爷去前院？”

“不用了。”赶走了护院，姜小乙来到这人身边：“姑娘……”

被叫了一声“姑娘”，那人缓缓转过头来。待姜小乙看清这人正脸，后背一紧。这分明是个男人，却穿着红衣，化着浓妆，一脸惨白膏粉，委实诡异。

这人被抽打了一通，眼里却不见丝毫痛苦惶恐之色，倒有几分慵懒，冷中带媚。

姜小乙经过初期的惊吓，慢慢镇定下来，发现这人虽妆容夸张了些，可浓妆下的面容并不算丑陋，尤其一双眼睛，好像挑起的红色凤尾，亮得出奇。

他看起来很年轻，最多二十岁出头。

“你可真讨厌。”他懒懒地开口道。

“什么？”姜小乙愣了愣，不确定地指了指自己，“你在说我？”

“当然是你。”

“我讨厌？”姜小乙疑惑地道，“我好心帮你，你不领情不说，还口出恶语，是何意思？”

“本就是奴家耽搁了，他打几下消消气也就过去了，谁叫你出来多管闲事了？”

这人简直莫名其妙！

姜小乙干笑了两声：“行，是我多余了。”她拱了拱手，“告辞。”

“站住。”

这人站了起来，个子不算高，身材消瘦纤细，有一张巴掌大的小脸和一头乌黑光泽的长发，身段举止都像极了女子。

他款款走来，围着姜小乙转了两圈。因为他刚刚出言不逊，姜小乙对他没多大好感，一直瞪着眼睛。他似乎觉得有些趣味，蓦然一笑，道：“不知公子……如何称呼呀？”

姜小乙没好气地道：“你又如何称呼？”

他呵呵一笑：“奴家贱名紫嫣。”

这人连名字也像女人。

姜小乙道：“我姓姜。”

“原来是姜公子。公子莫要怪罪，刚刚是奴家失礼了。”紫嫣抿唇笑道，“后院久不来人，奴家一时不习惯，顶撞了公子，在这里给公子赔不是了。”

他扭来扭去，绕到姜小乙身后：“多谢公子解围。公子先别急着走，让奴家好好招待招待你吧。”

他说着话，指头轻轻搭在姜小乙的肩上。

姜小乙脖子一麻，拨开了他的手。

“免了。”

“哦？公子生气了？”

“没有。”

“那怎不让奴家致谢？”

姜小乙仔细想了想，道：“你若真想谢我，就把刚刚那支曲子给我唱完吧。”

紫嫣听了这话，微微一愣：“公子想听曲？”

“这曲子让我想起了我的家乡，我已经很久没有回去了。”姜小乙掏出最后一点儿银子，“钱不多，你可愿意？”

紫嫣看了她片刻，嘴角微弯：“公子真是个憨人呢。奴家不要钱，公子愿意听，奴家便给你唱。”

他拿捏着姿态站到姜小乙面前，稍事调整，缓缓开口唱道：“轻移莲步小园中，绿柳浓烟叠叠重，双燕子掠晴空……”

虽然这人怪了点儿，但他的歌声十分动听。与寻常歌姬不同，他的声音里少了几分哀怨，多了几分婉转苍凉，到最后竟唱出一丝神秘的味道，让姜小乙莫名地想起了儿时的种种经历。

姜小乙听入了迷。

紫嫣唱完一段，许久不见姜小乙有反应，手中把玩着长发，笑着道：“公子？”

姜小乙被他唤醒：“真好。”她诚心诚意地道，“这是我听过的最好的《牡丹亭》。”

“哎哟。”紫嫣显然不信，“公子真是说笑了，以前还有人说奴家唱歌像哭坟呢。”

姜小乙认真地说道：“你唱得不像他人那么深情，却给人一种恍惚的感觉。杜丽娘的故事本就由一场梦开始，有生有死，亦真亦假。”姜小乙说着说着，想起从前的境遇，叹道，“人活着或许也是这样，偶尔想想过去，似幻似真，疯疯癫癫，也不知是替谁过了这些年岁。”

说完这话，她静了许久。

一阵凉风刮过，姜小乙蓦然回神，发现紫嫣神色稍淡，静静地看着她。姜小乙感觉到那么一瞬间的冷意，也不知是因为这风，还是因为面前的人。

紫嫣自言自语般道：“奴家今日还求了一签，说是要遇贵人，想来也应验了。”

姜小乙：“什么都求签，你也够迷信了。”

紫嫣“哎”了一声：“举头三尺有神灵，公子可莫要不敬呀。”

姜小乙轻轻一笑，抱拳道：“不虚此行，多谢了。”

言罢，她起身要走。

紫嫣缓缓发问道：“公子何时再来呢？”

姜小乙：“那就不知道了。”

她走了几步，听到身后轻柔幽咽的戏嗓。

“公子呀——”

姜小乙回过头，紫嫣的俏影独立于绿色的竹林中，涂着浓妆的脸藏于暗处，夜风一吹，火红的身影呈现出刹那的绝艳，惊鸿一瞥，声音亦凄厉无双。

姜小乙被这画面激得心口一凉，竟不能言语。

风停了，紫嫣顶着怪异的妆容上前两步，嘴角带笑，一双媚眼像是一首无声的歌，静待她的回音。

姜小乙忽生感触，莫名地来了一句：“那就……七日后吧。”

第九章　你比画中人，更好看些

离开十八香，姜小乙一路向客栈溜达。

路上碰到几个沿街乞讨的难民，她身上已经没有银子了，便掏了点儿铜板丢过去。

当今世道，就算是皇城脚下安安稳稳有营生的百姓，一年收入往多了算也不过十余两银子，只够去十八香坐一趟船，还不够达官贵人们一顿饭的开销。而但凡跟宫中沾边的人，就算是李临这种小小的侍卫，只要有足够的门路和手段，也能攒下不少银两供其玩乐。

她站在街道旁，看着几个公子哥从难民身边走过，有说有笑。她环顾四周，恍然觉得这世间好像被切割成了无数块，中间的无形壁垒足以使人对面不见，充耳不闻。

她去盛坊布庄，让掌柜帮忙邀约达七明日见面，之后回到落脚的客栈饱饱地睡了一觉。

翌日午时，她与李临准时在饭庄碰头。两个人吃好了饭，将采办的正事办完，准备回宫。

姜小乙对李临说道："你先回去，我再去买点儿东西，稍晚一些回去。"

送走李临，姜小乙前往盛坊布庄。她一进门，掌柜的便招呼她往里间走，道："七爷已经在等您了。"

他们来到内院正房门口，姜小乙隔着门听到有人在里面说话，看了一眼掌柜的。

掌柜的敲了敲门，道："七爷，您的客人到了。"

达七来开门——见到这双久违的飞燕眼，姜小乙不禁笑了笑。

达七叼着烟杆，也扯了扯嘴角："来，进来。"

姜小乙进了屋，发现屋里还有一个人。男子年纪不到四十岁，体态偏瘦，乌发高束，身穿墨绿色直襟长袍，系朱红腰带，上嵌着一块品质上乘的翡翠。他容貌英俊祥和，面带微笑，双眼精明，透着一股世故聪慧之气。

“我帮你引见一下，这是盛坊布庄的大东家，我的结拜大哥文鉴成。大哥，这是姜小乙，是值得信任的朋友。”

文鉴成的名字姜小乙很早就听达七说过，他与达七从小相识，达七出身贫寒，儿时总做些小偷小摸的脏事，后来惹到仇家被人追杀，被文鉴成所救。彼时文鉴成也只是个十几岁的年轻人——他爹是当地有名的富商，不过因为他是小妾所生，不被正室所喜，在他爹病逝后就被扫地出门了，正巧路上搭救了达七。

两个人就此搭伴。文鉴成本就是个有手段的人，加上达七也脑筋灵活，在两个人合力之下，没过多久便将生意重新拿回手中，从此越做越大。

姜小乙朝文鉴成拱了拱手，道：“文大哥。”

文鉴成冲她笑了笑：“我经常听阿七说起你，别看他从小就在江湖上厮混，其实朋友并不多，主动介绍给我认识的，你还是第一个。”

姜小乙看向达七：“是吗？”

达七哼哼两声，靠在椅子里，依旧是一副半死不活的模样。

三个人坐下聊了一会儿，原来是近些年来战争越发频繁，文鉴成有意将生意都转到北方来，这一趟是过来买宅子的。

姜小乙道：“天京城虽然是整个大黎守备最完善的地方，可说危险也危险，毕竟所有叛军的最终目标都是这里。”

文鉴成叹了一口气，道：“我也知道，但我的老家是座小城，位于青州南边，驻军薄弱，被打下来是迟早的事，等城被破了再想出来就难了。我想现在关几家店，带着我女儿小青来天京保几年平安。”

姜小乙道：“那也好，等事端过去，再寻出路就好了。”

文鉴成又叹了一口气，遗憾地说道：“就是可惜了那边的生意。”

姜小乙道：“东边战乱这么严重，生意还好做吗？”

文鉴成与达七相视一眼，笑道：“那就得看是什么生意了，光靠卖布当然赚不了多少银子。但是所谓‘战鼓一响，黄金万两’，只要打起了仗，就意味着无穷的钱财在流动。青州军造反需要大笔银子，私下里的黑市交易层出不穷。现在有点儿门路的商人都在想办法捞钱，里面也有不少官员呢。”

姜小乙道：“竟还有官员？”

她倒是知道黑市里有人买卖青州军的货物，譬如城东首饰铺的赵掌柜，没想到竟还有官员被牵扯其中。

“当然了。”文鉴成笑道，“全大黎数下来有几个忠臣？大家都在为自己谋好处，毕竟就算王朝崩塌了，日子还是要继续过的。”

达七抽了一口烟，看向沉默的姜小乙，道：“你以为我之前跟你说的都是玩笑话吗？”

姜小乙想起他当初的言论——短则一两年，长则三五年，必将改朝换代。

她挠了挠下巴，闷不吭声。

文鉴成理了理衣裳，道："我还有其他事要做，先走了，你们慢慢聊。"

达七懒得动，还是姜小乙将文鉴成送走了。

她回到房间里，两个人干坐了一会儿。

听姜小乙无意识地叹了一口气，达七皱眉道："你怎么越发老气横秋了？"

姜小乙摆了摆手，问道："你为何突然将文大哥介绍给我认识？"

达七："也没什么，正巧你们都在天京，就安排你们见一面，多个朋友也多条路。怎么？你不想认识他？"

姜小乙道："哪里，文大哥是七爷过命的兄弟，七爷能把他介绍给我认识是看得起我。"

达七皮笑肉不笑地说道："只可惜我的一片真心换不来同等相待，有些人用得着别人的时候殷勤款款，用不着别人的时候翻脸比翻书还快。进了宫，攀了根高枝儿，过往的情谊就屁也不是了。"

姜小乙听着这风凉话，笑道："七爷别气，我这不是一回京就来找你了？而且我有重要消息要告诉你。"

达七蛮不在意地问："什么消息？值几个子儿？"

姜小乙："你听了就知道了。"

她将发生在丰州的事讲述给他听。

达七起初还窝在椅子里听，到后面不由得坐直了，聚精会神，烟都不抽了，大惊道："重明鸟……疯魔僧，原来白衣相士就是刘桢？哎哟喂，这伙人当真可以啊！"

姜小乙大怒道："他们的消息你随便卖！我一文钱都不要！只盼有谁能抓住这群恶贼，给我出口气！"

达七看她气急败坏的脸，哼笑一声。

"恶贼？我发现你的言行举止越来越像个蠢官了，这可不是好事。"

姜小乙静默片刻，又道："总之消息我已经给你了，你自行处理吧。另外，我还有一件事想请你帮忙……你可听过一样叫'观果'的东西？"

达七："观果？没听过，你从哪儿听来的词？"

姜小乙无奈地道："别提了，十殿阎罗逼着我查的，查不到就要找我的晦气，你快帮我想想办法。"

达七道："好，我记下了。给我点儿时间，我会帮你打听清楚的。"

两个人又闲聊了一会儿，姜小乙告别达七，返回皇宫。

等她回到侍卫营时，天色已晚。

肖宗镜的营房里还亮着光。

姜小乙悄悄走过去，怕屋里有谢瑾，先扒在门口仔细听了一会儿。

"进来，别像做贼一样。"

姜小乙缩了缩脖子，推开门，见肖宗镜坐在桌旁，桌上有笔墨，他似乎正在写什么。

“大人。”

见姜小乙进来了，肖宗镜收起纸张，道：“我还以为你得了令牌，怎么也要在外面玩儿几天，竟然这么老实地按时回来了？”

姜小乙笑道：“大人在忙？”

肖宗镜：“没，叫你办的事都办妥了？”

姜小乙：“当然办妥了，我选了一条项链，漂亮极了，郡主一定会喜欢。”

肖宗镜：“那就好。凝儿的生辰在下个月月初，到时安王会在府邸举行宴会。他请了天京城里最好的戏班子，你若喜欢看热闹，就一起来吧。”

姜小乙欣喜地道：“好啊。”

她汇报完任务，本该走了，可又有点儿不想动，便没话找话道：“大人最近在忙什么？都没怎么回过营。”

提起这个，肖宗镜平静的脸上多了几分沉重的色彩。

“青州贼军日益猖狂，半个月前先后攻占了柞津、蓬德两座城。贼军早已占据东南海岸线，现在前方又有这两城做防，大大增加了我军讨伐的难度……”说着，他目光一沉，“而且，那贼军的先锋已经坑杀了近六千名百姓，实是丧心病狂！”

姜小乙：“此贼将是谁？”

肖宗镜：“是青州军首领周璧花费重金从西域请来的一个外族人，名叫丹木基。据查，当年他的部族在与大黎人争夺耕地的斗争中被杀光了。他是个幸存者，对大黎有着极深的仇恨。前线将领称，此贼用兵十分邪门，而且恣睢残暴，嗜杀成性，待大黎百姓毫不留情。”

姜小乙：“怎能任由他们肆虐？！杨亥将军什么时候回来？”

肖宗镜：“杨将军在抚州被匪祸绊住了手脚，还要一段时日。目前朝廷正在征兵，筹备军饷粮草……此次必须一击即胜，我们已经拖不起了。”

姜小乙万万没想到自己随便的一句问话，竟把气氛引领到当下地步。

她安慰道：“大人不必忧虑，一定有办法的。”

肖宗镜淡淡一笑，也不知听没听进去。

他应该是在忙，虽然没有赶她走，但刚才明明就在写些什么，自她进来后就没再动笔了。

姜小乙不再磨蹭，识趣地道：“那我就不打扰大人了。”

她回到自己的小屋里，往榻上一倒，躺了一会儿又爬起来，四肢并用地来到窗边，开了个小缝偷偷往外看。

肖宗镜的房门关着，除了油灯的光影外什么都看不到，可她还是想看。

长夜漫漫，灯影阑珊，深宫将一切光影、声响都压至最低，这里的生活就像一幅幅静谧的图画。对姜小乙而言，从小窗缝隙向外望的夜景，不知不觉间已被牢记于脑海中，烙印在她灵魂的最深处。

她逛逛街，巡巡逻，吃吃喝喝，眨眼间七日已经过去了。

姜小乙一早离了皇宫，前往城东首饰铺取项链——没承想大门紧闭。

姜小乙暗道：该不会是被她吓唬一下就卷铺盖走人了吧？

她拍门板，过了一会儿来了一个老仆。姜小乙说明来由，老仆引她入内。

“已经全部按照公子的要求完成了，请的是天京城里最好的工匠。”

“赵掌柜呢？”

“在后面。”

“都已经这个时候了，你们怎么还不开店？”

“这……唉……”

说话间，他们已经来到后院，忽然传来一声凄厉的惨叫。

姜小乙瞬间警觉起来：“嗯？！怎么回事？！”

老仆连忙说道：“没事没事，是夫人，老毛病了。”

姜小乙谨慎地走过去，只见赵掌柜捧着一个精致的雕花檀木盒从后面跑了过来。他像是刚刚经历一番恶斗，脸上伤痕累累，仔细看，还被抓出了三道红印子，淌着血，实在惨不忍睹。

姜小乙看乐了，道：“赵掌柜，这是怎么了？与夫人吵架了？”

赵掌柜苦不堪言，道：“大人就别取笑我了，您看看项链可符合要求？”

他打开盒子，金光灿烂，贵气逼人。

姜小乙拿起项链看了看，当真是巧夺天工，佳品无误。

她检查完毕，满意地将项链放回了盒子里。

就在这时，里屋又传来一声惨叫！姜小乙身躯一颤，盒子险些被摔到地上。

紧接着，一个女人在三四名下人的阻拦下冲了出来。她衣冠不整，妆发凌乱，脸颊透着浓烈的红光，双眼中是极尽疯狂的神色：“还给我！”她对院中的其他人视若无睹，死死地盯着赵掌柜，“还给我！”

“夫人……夫人！”下人们拉住她，不让她再向前一步。

赵掌柜道：“还不快把她关起来！”

“你会遭报应的！哈哈哈！你别以为你关得住我，我什么都不怕，什么都不怕！我自有灵仙保佑！你们这群邪灵嚣张不了多久了！你们最终都会下地狱的！会下地狱的！”

一直到她从视线中消失，姜小乙仍能听到她疯狂的嘶喊声。

姜小乙看向赵掌柜，见他眼睛泛红，似乎有泪。

姜小乙不好再问人家的家事，拿了项链，与之道别后离去。

姜小乙没有忘记与紫嫣的约定，离开首饰铺后，便前往十八香。她给老鸨付了钱，说明来意，周围几个姑娘听了在旁边调笑。

“爷原来是个走旱道的，真是可惜了。”

姜小乙道：“我只是来听个曲。”

“姜公子。”

姜小乙回头，笑道：“原来是绿柳姑娘，烦请姑娘带我过去吧。”

走在粉香四溢的小路上，绿柳因为先前之事向姜小乙道谢。

姜小乙道：“李临是我的好兄弟，他的忙我当然要帮。对了，那紫嫣是什么人？姑娘可熟悉？”

“紫嫣？他来十八香不久，是自愿进阁的。”绿柳轻声道，“娼馆做大了男女皆收。不过……他性格很古怪，喜欢挑客人，高兴的时候，男女老少皆可，没兴致了，多少钱都不做。秦妈妈屡屡发火，命人教训他，他也无所谓。本来秦妈妈想将他贱卖了，后来发现他有一手制药的本事，才把他留了下来。”

“制药？”

“嗯……”

他们再次来到那片僻静的小竹林，绿柳指着里面的小屋道：“他就住在那里。”

姜小乙四下观察，这里虽不如前院那么花红柳绿、纸醉金迷，倒也别有一番幽静之感。

“谁啊？”

她刚刚踏入院中半步，就听见小屋里传来问话声。

姜小乙道：“是我，你还记得我吗？”

木门被轻轻打开，她没见人影，先见火红的衣角。

紫嫣半倚着门，腻声道：“哟，原来是姜公子来了，看来今早的签又应验了。”

他微微一笑，让开身子。

姜小乙进入小屋。紫嫣的屋子比起绿柳的更为夸张，丝绸、彩带挂满了屋，花里胡哨的。姜小乙注意到在角落里有一张小桌，桌子上放着药臼，旁边还有几把切药的小刀。

桌子中间摆着各种各样的神像，佛、道均有，还有些叫不出名的野路神，甚至连夫子像也立着。

姜小乙不禁说道：“你……信的东西可够杂的。”

“奴家有所求，自然各路神仙都要拜拜的。”

“你有何求？”

紫嫣无奈地道：“奴家的长辈去得早，留下了一大摊子奴家不喜欢的家业。”

姜小乙：“既然你不喜欢，散了不就得了？”

“哪有那么容易呀？那么多伙计等着吃饭呢。”紫嫣叹了一口气，又道，“不说那些恼人的事了，想想就心烦。”

姜小乙觉得甚是奇怪，既然有家业，甚至有伙计，他怎么还自愿进了娼馆呢？但是她看紫嫣兴致不高的样子，似乎也不想再聊。姜小乙看到桌上那堆药材，又问：“之前那人打伤你了吗？有没有帮你叫大夫？”

紫嫣笑了一声，道：“说什么呢？奴家可没受伤。姜公子，你想饮茶还是饮酒？”

“茶吧。”

紫嫣一扭一扭地走过来，为她烧水泡茶，他的妆容还是那么浓艳，甚至比上一次更为夸张。

姜小乙道：“你为什么涂这么厚的粉？”

紫嫣摸了摸自己的脸，笑道：“难道不好看吗？”

“这……”她说不好。

紫嫣走到桌边，对着铜镜看了一会儿，哀怨地叹了一口气，道：“昨夜休息得晚，这张脸看着真老气。”

姜小乙不言。

紫嫣回头道：“怎么如此不解风情？”他晃悠悠地来到姜小乙身边，弯下腰，脸往她那边靠了靠，甜腻腻地道，“姜公子，这个时候你该安慰奴家呀。”

姜小乙接过茶盏，仔细想了想，道：“我认识一个人，他比你大许多岁，现在是三十岁出头的年纪，笑起来眼角和嘴角都有细纹。但是，我觉得他是这世上最好看的人。”

紫嫣问：“是公子的心上人？”

姜小乙愣了愣，摇头道：“不是那个意思……”

紫嫣：“哪个意思？”

姜小乙盯着茶盏，嫩绿的叶子在杯中画了一道漂亮的弧线。

紫嫣看着她的侧脸，艳红的嘴唇微微勾起：“姜公子……你好像什么都不懂呢。”

“不懂？”

紫嫣的手指在姜小乙的下颌上抚过半圈，鼻子在她的耳根处轻轻闻了闻，忽然道：“姜公子，你说谎了。”

姜小乙惊了：“我说什么谎？”

“那日你说你是十八香的嫖客，是假话吧？”紫嫣拈起她的头发，一转一转地把玩着，“公子不是做这种事的人，该不会还是个雏儿吧？”

见姜小乙不言，紫嫣轻声道：“奴家的鼻子可是很灵的。”

他紧贴着姜小乙的脖根，闻了又闻。

他这种轻浅的鼻息让姜小乙觉得仿佛是蝴蝶一下下停落在肩头上。

他轻声道：“奴家还从没见到过，像姜公子这样的纯净之人……”

姜小乙想让他离远点儿，一抬手，忽感指尖一凉，右手食指竟不知是被桌子还是什么东西给刮破了。

“呀，怎么流血了？太不小心了。”紫嫣微微一笑，从怀里取出手帕轻轻擦拭。

伤口很小，血很快就被止住了，紫嫣将手帕放回怀中，拾起姜小乙的手指要往嘴里送。

姜小乙一把抽掉，瞪着眼睛看着他：“你干什么？！”

紫嫣捂着嘴咯咯地笑，道：“公子，奴家很中意你呀，咱们莫要辜负良辰美景。”

他拉起姜小乙的手，朝床榻走去。

姜小乙一动不动：“我只是来听曲的。”

“别呀。”紫嫣笑得更加妩媚了，“今日就让公子瞧瞧奴家的真本事。”

姜小乙认真地道：“你要不唱，我就走了。”

紫嫣与她对视片刻，松开了手，无聊地道：“扫兴……”

他出了门，再回来时抱了一把月琴，与她面对面坐下，指头一拨，琴声如倾泻的碧珠，沁人心脾：“唉，舍本逐末，得不偿失，公子真是个蠢人呀。”

姜小乙听着小曲，喝着清茶，欣赏着竹影映在窗上的姿态，心情忽然好了起来。

若是忽略紫嫣怪异的性格和夸张的妆容，他的曲调唱腔婉转悠扬，比很多经验丰富的歌姬更动人心。

姜小乙听着听着，目光不由得被他的手指吸引。紫嫣的手十分好看，不像男人那么粗硬，反而瘦削纤细，又有力道，上下转动，灵活异常。姜小乙看了一会儿，忽然发现了什么，向前探身。

见她脖子越伸越靠前，紫嫣先是往后靠，后来实在无处避了，压下琴弦，将脸凑了过去：“怎么？公子改主意了？”

又见姜小乙握住他的手腕，紫嫣挑了挑眉，躲也不躲，由着她瞧。

“你的指甲怎么了？”

紫嫣的指甲与常人的指甲不同，有点儿尖，而且十分坚硬，原本应该光滑透明的指甲盖儿却像被什么东西磨过一样，粗糙得看不出血色。

“如此锋利，是为了弹琴吗？”

紫嫣笑道：“心情好时，自然是为了弹琴。”他抬起手，攀在姜小乙的脖子上，幽幽地道，“心情差了，杀人也是方便的。”

姜小乙愣了愣。

紫嫣还是那副云淡风轻的语气，姜小乙听不出这是不是一个玩笑。

“你说的是真的？”

“当然是真的，奴家对自己中意的人，一向都是讲实话的。”紫嫣的指尖缓缓游走，好像一把薄薄的刀片，掠过姜小乙的脸颊。他似是觉得姜小乙的脸蛋手感不错，摸得十分陶醉，缓缓起身，贴在她的耳边道：“只不过，有些事奴家没有说得很直白，怕你们受不住……”

屋外竹影憧憧，细长的叶子被风吹得摇来摇去。

紫嫣的声音和动作明明都是轻柔的，姜小乙却被一种莫名的气势震慑，一动不敢动，任由他抚摸。

一缕碎发蹭过她的耳朵，紫嫣淡淡地道："刚刚曲子断了，奴家再给你弹过……"

在凄清的小调中，天色不知不觉已晚，小屋中的光线越来越淡，最终陷入昏暗。一曲终了，紫嫣起身，点了一根烛，缓缓走到桌边。

姜小乙掏出银子放在桌上。

紫嫣笑道："奴家不要钱。"

姜小乙："银子还是要收的，你也不可能一辈子待在十八香里，将来若出去了，有银子才有出路。"

紫嫣的嘴角也带了一丝若有若无的笑容，他支着脸，轻声道："好吧……"他将桌上的银子拾起，"虽然奴家并不缺钱，但这是公子的心意，奴家愿意收下。"

姜小乙："天色不早了，我得走了。"

紫嫣懒洋洋地靠在桌子上："公子何日再来？"

姜小乙看着他不说话。

紫嫣："公子一直不肯碰奴家，好伤奴家的心呀。"

姜小乙笑了笑，道："我这段时间可能有些忙，等我得了空就会来的。"

这句话不是随口说说，她是真的打算再来找紫嫣。

虽然紫嫣给她的感觉十分古怪，但这古怪不让她厌烦，反倒有那么一点点说不出的神秘感和吸引力。

回了宫，正巧碰到肖宗镜，姜小乙将项链交予他过目。

肖宗镜将项链拿在手里研究了一会儿，道："这莲花不错。"

姜小乙瞪眼："珠子！大人，这几十颗东洋珠子才是重点！"

肖宗镜若有所思道："东洋珠子……"

姜小乙小心观察他的脸色，考虑着要不要把青州军在黑市的种种交易告诉他。但其实她说了也没用，这种事情太多了，成百上千，他根本查不过来，也不可能堵得住……

姜小乙正犹豫之际，肖宗镜淡淡一笑，将项链放回盒子里。

"倒是很漂亮，女人家都喜欢这些东西？"

"当然喜欢。"姜小乙觉得当下气氛不错，趁机问道，"不知大人喜欢什么？"

"我？"他认真想了一会儿，"茶？"

"大人真是稳重。"

肖宗镜挑眉："话里有话。不过……"他顿了顿，又说，"要真说喜欢的东西，你送我的那把剑确实不错，已经数次派上大用场了。"

姜小乙眼睛一亮。

肖宗镜又道："你今日出宫一整日，不是只取了条项链吧？"

姜小乙："大人，我碰到个怪人，明明是个男子，却做女人的打扮。不过他唱曲唱得太好了，尤其是闽州的小调，我一听一整日就过去了。"

"哦，原来是听曲去了，看来你最近真是清闲了。"

"大人有新任务给我吗？"

肖宗镜没说话。

"大人有什么事尽管说。"

肖宗镜笑道："还有五日便是凝儿的生辰了，不管有什么事，等她过完生辰再说吧。"

在深秋的寒风中，时间飞速流逝，转眼便到了凝郡主生辰这日。

宴会在傍晚举行，大概申时左右，肖宗镜回营招呼姜小乙。

安王的宅邸离皇宫有些距离。永祥帝儿时被赶出宫，多亏了安王的照料才平安长大。后来永祥帝荣登大宝，想召安王进宫共享尊荣，被安王婉拒。安王妃病逝之后，安王就在城郊建了个宅子种花种草，过闲散生活。

姜小乙随肖宗镜来到这处宅邸，门外看不出特殊之处，仅有两名家丁看护，大门上挂着一个牌匾，上书"微心园"三个字。

步入宅院，才见到里面别有一番光景，曲径通幽，弯弯折折，姜小乙嗅到清香气味，再一转弯，看到一个莲池。也不知安王从哪里寻来的珍稀品种，马上要立冬了，竟还有数朵莲花盛开。红色的灯笼顺着廊道挂了一排，红影映在池中，随着月光荡漾。

安王的宅邸，处处给人清幽脱俗的高洁之感。

肖宗镜低声嘱咐道："今日来的人多是朝中大臣，等一下用膳你可能要站在后面等一等。"

"大人放心，我懂规矩的。"

"等开了戏就没那么多说法了，你挑自己喜欢的东西吃。"

他们步入堂中，见已经来了十余人。姜小乙放眼望去，个个眼熟，都是宫里的常客，只有上座一位自己没见过。此人半百年岁，两鬓花白，却是鹤发松姿，整洁干净。他穿着一身素雅长袍，未戴任何配饰，更加映衬得唇红齿白，双眸黑亮。姜小乙看周围人对他毕恭毕敬的态度，想来这就是安王了。

他身边站着两个人——一个是谢瑾，与安王站在一起，有七分神似，举手投足间都透着贵气；另一个是位年轻女子，转过头来，让姜小乙都微微睁大了眼睛。

都说安王府的凝郡主容貌美丽，是天京城的明珠，今日姜小乙一看，真令人大开眼界。谢凝穿了一身雪白的衣裙，和身旁的谢瑾并排而立，如同月桂树上悬挂的轻纱，超尘出俗，洁白无瑕。她的眉眼本就生得好看，更难得的是她年纪尚轻，又被安王照顾得很好，双眼透着未经世事的纯洁，惹人垂怜。

姜小乙感叹道："这安王一家看着真像神仙！"

肖宗镜斜眼看她。

"大人，"姜小乙苦着脸，"小的觉得自己像是蛮夷之地的猴子！"

肖宗镜淡淡地道："猴子岂会说人语？你若真是猴，也该是个猴王。"

姜小乙深吸一口气，做恍然大悟状："原来如此啊！"

肖宗镜爽朗一笑，大踏步向前走去。

还是谢瑾最先发现了肖宗镜，碰了碰谢凝："你瞧瞧谁来了？"

谢凝转过头，见到来人，脸上忽现神采。

她有几分紧张，又有几分期许，轻声唤道："肖大哥。"

"凝儿。"肖宗镜来到她面前，"生辰吉乐！我回来得匆忙，准备不充分，这礼物也不知入不入得了你的眼。"

他往后伸手，见许久没动静，回头看向姜小乙。

"啊！"姜小乙这才回过神，忙把盒子递出去。

谢凝打开盒子，拿出项链，一脸笑意："只要是肖大哥送的，我都喜欢。"

肖宗镜与之寒暄了几句，前去向安王行礼："宗镜见过殿下。"

"你可有些日子没来了，"安王打量他，"怎么比之前看着瘦了些？"

"可能天冷缩水了吧。"

"哈。"安王指着肖宗镜，笑骂道，"竟敢与我开玩笑了。"

他看向姜小乙："这位是……？"

谢瑾上前半步，介绍道："父亲，这是我之前提过的侍卫姜小乙。他进营有段时间了，这次军饷的案子还立了大功，陛下特赏了吉祥令。"

"哦？我瞧瞧……果然是少年英雄。"

姜小乙连忙说道："属下惶恐，这案子其实都是大人的功劳。"

"不必自谦，陛下既赏了你吉祥令，足以说明你的功劳。"安王转头，又对谢瑾道："宗镜看人眼光一向好，不像你，常被倨傲蒙蔽双眼，识不得真珠。"

"父亲教训得是。"谢瑾笑道，"所以营里才是他说了算。"

几个人说话期间，周围大臣也围了上来。姜小乙自觉后退，站到角落里随侍。又过了一会儿，永祥帝派人送来贺礼，姜小乙随众人一同跪拜。

永祥帝送给谢凝的贺礼中最贵重的一件是琉璃金刚法螺，个头儿极大，年代久远，嵌满了各色宝石，此外还有数样佛门法器，个个流光溢彩，名贵非凡。太监用尖细的嗓音念着一件件礼物，介绍这些都是经东山寺住持广恩禅师作法护持的法宝。

姜小乙悄悄看向谢凝，发现她的神情远不如刚刚那么开怀。不止她，还有谢瑾，更是阴沉着脸，把不满写在脸上。她再看肖宗镜，肖宗镜虽说不像谢瑾那么挂相，但明显心情也颇为凝重。

好像这三个人都不欢喜……

姜小乙心道：这永祥帝还真是送了个好礼。

对这位广恩禅师，姜小乙也略有耳闻。他是天京城北边石鼓山上的东山寺的住持，被杨严送进宫，经常为永祥帝讲法。他近期操办了好几场法会，为东部三州祈福。永祥帝每日待在菩提院里，已经很久没有上朝了。现在大小政事都由杨严整理，然后由刘行淞转交永祥帝批阅。

听李临说，永祥帝对祈福法会十分上心，肖宗镜最近几次想要觐见，都被他以斋戒静心的理由回绝了。

安王收了贺礼，带众人叩谢皇恩，送走使者。

宴会重新开始，姜小乙站在肖宗镜的身后，看着他们把酒言欢。

安王一家坐在上座，谢凝对朝中事务全不感兴趣，只是吃些点心，由身旁的一个小丫鬟贴身照料。肖宗镜与她位子近，不时与她闲谈几句。凝郡主声音淡淡的，眼眸纯洁明亮，让人见之心生爱怜。

用过膳后，众人来到后院，这里已经搭起戏台，布置妥当。

开了戏，气氛便轻松起来。肖宗镜叫人端来瓜果、糕点、精致小菜，拿给姜小乙。她就着暗淡光影，随看随吃，也没人管。

她正吃得爽，忽然发现谢凝在不远处的廊道转角处正与自己的侍女小声地说着什么，偶尔朝肖宗镜这边望来。肖宗镜身旁还有其他几位大臣，几个人正在闲谈。姜小乙悄悄地碰了碰他："大人，郡主……"

肖宗镜："我知道。"

他又说了几句，起身朝谢凝那边走去。不过这谢凝也奇怪，刚刚明明一直在看肖宗镜，可真当他走过去了，又像还没准备好一样，手足无措地四处找地方躲。

肖宗镜来到她身前："凝儿，你要去哪儿？"

"啊，肖……肖大哥……"

"怎么？我才多久没来，你就如此疏远了？"

"没有……"谢凝脸色白中透红，双手紧握，"肖大哥，兄长说你前些日子去了丰州。那么远的地方，你来回奔波一定很辛苦。对了，我听说丰州的饮食习惯与天京差异很大，怪不得你瘦了许多，你要多吃点儿东西才行。"

她说话时略显慌张，肖宗镜自然也注意到了："凝儿，你怎么了？"

谢凝脸上更红了。她身旁的侍女死死地低着头，拉了拉谢凝的衣袖。

谢凝道："肖大哥，你能帮我一个忙吗？"

肖宗镜看出她有些不对，轻声安慰道："不要急，你慢慢说，不管什么忙，我都可以帮你。"

"我……我想要一样东西。"

"什么东西？"

"我——"

就在这时，谢瑾过来了。他似乎心情不差，喝了点儿酒，喜上眉梢。

“凝儿、宗镜，你们背着我说什么呢？”

肖宗镜不答他，继续问道：“你想同我要什么？”

谢凝看看兄长，摇头道：“没什么……”

谢瑾道：“凝儿，这边有急事，我借你的肖大哥用一下，等会儿再还给你。”说着，他拉着肖宗镜往外走，边走边道，“有好消息，南军大捷！你快来听听。”

谢凝看着肖宗镜离去的身影，欲语还休。这时安王派仆从来叫她，谢凝连忙将双手背到身后。侍女看她脸色发白，低声道：“郡主……郡主……还是先去殿下那里吧。”

谢凝应了声“好”，遣走仆从，然后慌忙地把手里的一样东西扔到旁边的树丛中，与侍女一同离去。

谢凝以为四下无人注意到她，不承想她的一举一动都被姜小乙看在眼里。

其实姜小乙也不是故意要看的，只是目光不由自主地追随肖宗镜，顺便看到了那里。

谢凝扔了什么呢？

姜小乙咬着糕点，想来想去，还是决定一解疑团。

趁着周围没人，姜小乙来到小亭中，屈身钻进树丛里。里面有些暗，姜小乙眯着眼睛仔细寻找，忽见银色反光，过去一看，竟然是一把指头长短的小刮刀。

姜小乙睁大眼睛。

谢凝竟然在面对肖宗镜时偷偷藏了一把刀？

这是怎么回事？

就在这时，身后传来脚步声，姜小乙因愣神太久，想离开时已经晚了。树丛一被拨开，她与刚刚谢凝身边的侍女看了个正着。

侍女也被吓了一跳，看见姜小乙手里的东西，脸色变得惨白，颤声道：“你……你都看到了？”

这时谢凝也跑了过来，三个人一时之间大眼瞪小眼。

旁边又传来声音，似乎有人正往这边走。谢凝最快回神，拉着侍女出了树丛，对姜小乙道：“你也过来！”

姜小乙正巧也想知道究竟是怎么回事，便跟了上去。谢凝带着她们往侧面一拐，进了一间无人的房间。

屋里很黑，姜小乙嗅到浓浓的檀香味，想来这是间佛堂。

在窗外灯笼微弱的光的映照下，姜小乙看到了侍女仓皇紧张的脸庞。

谢凝确定外面无人之后，对姜小乙道：“你是肖大哥的手下，叫什么名字？”

姜小乙规矩地道：“回郡主的话，卑职叫姜小乙。”

“姜侍卫，请你把刚刚的东西还来。”

姜小乙把小刀拿了出来。谢凝要碰到小刀的一瞬间，她又拿开了。

“郡主，恕卑职多嘴，这是怎么回事？”

若是别人也就算了，但事关肖宗镜，姜小乙没法视若不见。

“郡主身上怎么会带刀？您对肖大人……？”

谢凝着急地说道：“不是你想的那样！”

姜小乙：“卑职想的是哪样？”

姜小乙说这些话时貌似淡定自若，其实心里虚得很。这可是郡主，正宗的皇亲国戚，身份尊贵。自己此时的举动已是以下犯上，若是她真怪罪下来怎么办？自己岂不是让肖宗镜为难？

就在姜小乙犹豫之际，眼前人影一晃，那侍女竟然给她跪了下来。

姜小乙一惊，道：“你这是做甚？”

“求求你不要声张。”侍女抬起苍白的面孔，哭着祈求道，“郡主只是为了帮我，我们真的没有做坏事，请你相信我们！”

谢凝急切地道：“阿燕，你快起来。”

见侍女哭得梨花带雨，姜小乙也没法再逼问下去：“郡主说得对，你先起来。”

阿燕失魂落魄，脱了力气，还是谢凝将她扶了起来。她嘴唇发白，浑身是汗，犹如惊弓之鸟，禁不起一点儿刺激。姜小乙看她这可怜模样，心中也有几分不忍。

“这到底是怎么回事？”

“我们没做坏事。”阿燕坚持道，“我只是求凝郡主帮忙，想取肖大人的一滴血……”

“什么？”姜小乙没听懂，“取谁的血？”

谢凝犹豫片刻，终于下定决心，道：“你跟我来。”

三个人离开房间，小心避开其他人，来到院落里更深处的一座阁楼上。谢凝引路，三个人进到三楼最里面的一间屋子里。她从房间角落里的小柜中取出一个上锁的木匣，打开匣子，里面铺着厚厚的红缎，中间放着一个玉盒。

姜小乙心道：这是什么宝贝，如此层层包裹？

谢凝打开玉盒，姜小乙终于看清里面放着的东西，这是一块琥珀，小指头长短，上尖下圆，通体呈半透明的金黄色。

谢凝把这东西放到姜小乙的手中，入手的一瞬间，姜小乙忽然感到有些熟悉。

这个水滴一样的形状……

她想起来了！她在城东首饰铺里也见到过，当时赵掌柜说那是他夫人的东西，便给收走了。

那个坠子与这个一模一样。

“这是什么东西？”姜小乙问道。

“这是灵仙的护法器。”阿燕道。

姜小乙蒙了：“什……什么仙？”

“灵仙。”阿燕郑重地说道，“灵仙是唯一能够实现众生愿望的神明。这是我向大灵师求来的护法器，只要用血擦拭，就可供奉起来，经受大灵师的开光和庇护。血液越纯净，灵力就越强，郡主说肖大人是世间少有的至纯至性之人，所以我想借他的血一用。”

姜小乙又想起来了——“灵仙”一词，她在赵掌柜夫人的口中好像也听过。

这都是什么乱七八糟的东西？

姜小乙见阿燕一脸认真的模样，显然是信极了此事。

一旁的凝郡主道：“姜侍卫，阿燕并无坏心，只是想为病重的母亲求福而已。”

姜小乙拿过那个所谓的护法器仔细查验，并无特殊之处，看材质只是普通的琥珀，只是质地偏软一点儿而已。姜小乙想了想，问道：“阿燕，这东西你花钱了吗？”

阿燕点点头，看向谢凝。

谢凝认真讲解道：“他们的护法器分为好几种，层次各有不同，这是灵力最强的，是我帮阿燕出了二百两银子请回来的。”

二百两银子？！

就这么一块小小的琥珀卖二百两银子？！

姜小乙面色不变，内心咒骂：这到底是打哪里来的神棍，竟然骗钱骗到王府里了？

“郡主、阿燕，”姜小乙柔声道，“此事安王殿下和谢大人知道吗？”

阿燕面露惧色，快速摇头。

谢凝轻声道：“他们不知道，你千万不要告诉他们。父亲和兄长日日忙碌，他们无暇顾及这些，我也不想让他们分心。而且，本朝崇佛，灵仙在人们眼中属于外道，他们知道了这事一定会怪罪阿燕的。阿燕只是想为病母求福，不该受到责罚。”

姜小乙心道：这凝郡主身份虽尊，心地却很朴实善良。

“郡主放心，卑职不会多嘴的。”

阿燕看起来实在太可怜了，姜小乙不免生出几分恻隐之心，可有些话又不得不说：“不过，二位心意虽好，可怪力乱神不能信。这世上并非没有得道高人，但绝不是这种。”

阿燕低着头道：“我知道你一定觉得大灵师是骗子，觉得我很可笑，我不强求你能理解。不管你信不信，我真的从大灵师那里得到了慰藉，他在拯救众生，一定能帮助我……”

阿燕的情绪看起来很复杂，既有犹豫，又有坚定，杂糅在一起，最终呈现一种混沌的迷茫。

姜小乙心中一叹，将刀还给谢凝，退后两步，道：“郡主，恕卑职先行告退。”

说完，她转身离开了房间。

来到屋外，被冷风一吹，姜小乙打了一个激灵，像是清醒了。

她回到搭戏台的院子里，这里正热闹着，肖宗镜与人谈完了事务，正坐在椅子上喝茶，旁边便是谢瑾。

肖宗镜一眼便看到她，勾了勾手指。

待姜小乙过去，肖宗镜道："你跑哪里去了？"

姜小乙："去吃东西了。"

肖宗镜放下茶盏："时候不早了，我们该走了。"

他们前去拜别安王，这时谢凝和阿燕也出来了，阿燕垂着头站在谢凝身边。谢凝几次想要与肖宗镜说话，可碍于周围人多，一直没有机会开口。

她还给姜小乙递了几次眼神，似乎想让姜小乙帮忙。姜小乙手指头抠抠这里，抓抓那里，四下乱看，就是不跟谢凝对视，却不小心与肖宗镜看个正着。

他的眼神让她想起进门时他对她的评价，搭配着她现在抓耳挠腮的动作，的确有那么几分神似了。

姜小乙轻轻一咳，用极低的声音说道："快走吧，大人……"

再晚一会儿你就要被大仙开光了。

就这样，姜小乙与肖宗镜顺利地离开微心园，踏着月色返回皇宫。

回程路走到一半，姜小乙肚子"咕噜噜"叫了起来。

肖宗镜："你刚才不是说去吃东西了？"

姜小乙撇了撇嘴。她被谢凝拉去说话，根本没吃上几口。

"来，"肖宗镜走进路边一家酒楼里，"填饱肚子再回去。"

天色已晚，店里没有太多客人，店小二带他们来到二楼的雅间。这房间装得素雅，除了中央的八仙桌以外，窗边还有一张长榻，榻上有个小桌，上面摆着酒具。

姜小乙看馋了："我想喝酒。"

店小二道："客官可以试试咱们这里的镇店之宝。此酒名为'忘春秋'，保证客官喝完一梦黄粱，万愁皆忘。"

姜小乙："有这么神？来一坛尝尝。"

她又要了点儿小菜，和酒一起摆在长榻上的小桌上。二人脱了鞋，盘腿坐在两侧。

姜小乙给肖宗镜也倒了一碗酒："说什么万愁皆忘，大人来验一验是真是假。"

肖宗镜拿起酒碗，看了姜小乙一眼，一饮而尽。

姜小乙道："嘿，痛快！"

她跟着也喝了一碗。酒香四溢，入口清冽，一道热流顺着喉咙流入四肢百骸。酒劲一冲，姜小乙整颗头都红了。她再看肖宗镜，他的脸却越喝越白，茶色的双眼亮得惊人。

"到底发生了何事？"肖宗镜道，"从刚刚你回院子开始便不对劲。"

姜小乙蓦然发问："大人，你信神佛吗？"

肖宗镜顿了顿："什么？"

姜小乙："我只是有些好奇，本朝如此崇佛，也不见大人平日念念经什么的。"

肖宗镜失笑道：“你又在胡说些什么？”

姜小乙不说话了。

片刻后，肖宗镜缓缓地摇了摇头，低语道：“我求的东西，神佛给不了。”

姜小乙本想问问他所求的东西是什么，可开口的刹那，又觉得何必问这些显而易见之事呢？

她静了一会儿，又道：“那若别人信呢？”

“信什么不过是人心所需罢了，你怎么忽然问起这个来？”

姜小乙低下头，眼前仿佛又浮现阿燕那双茫然的眼睛。她不知该如何开口，岔开话题道：“对了，大人，凝郡主好像很喜欢那件礼物。”

“嗯，给你记一功。”

姜小乙看着肖宗镜平静的神色，再想想谢凝那张光洁美丽的脸，忽然又冒出一个想法，小心地说道：“大人，我还有一件事很好奇……”

“什么事？”

“凝郡主……是不是心仪于你？”

“哦？”他喝了酒，语速较以往慢了许多，看着手边的酒碗，“你从哪里听来的？又是李临说的？”

“那究竟是不是呢？”

肖宗镜缓缓吸了一口气，淡淡地道：“安王妃去得早，凝儿小时候过得孤单，没什么玩伴，是我照看她长大的，她对我生出些感情也是情理之中的事。等她再长几岁，安王殿下便会为她安排婚事，寻个如意郎君。等她成了家，便会慢慢淡忘儿时的事了。”

“大人不喜欢郡主吗？没想过娶她为妻吗？”姜小乙一股脑儿地问道，“我还从没见过像郡主那么漂亮的女人，身份又如此尊贵，与大人正合适啊。”

肖宗镜抬眼，凝视她片刻，忽然乐了，随手推开窗子。

一缕清风徐来，吹起他鬓边的碎发。他换了个姿势，一膝支起，半个身子倚在小桌上，比起往日，神态少了些庄重，多了几分恣意畅然。

“你今日话不少啊。”他笑着说。

姜小乙一颗心本就包裹着烈酒，如今仿佛被他的笑容点燃了一般，变得滚烫。

一坛酒很快被喝光，肖宗镜将店小二叫来，又端来一坛。

月上中天，姜小乙忽然有些晕，不记得刚刚都说过些什么。

是不是“忘春秋”的后劲上来了？

静了许久，肖宗镜道：“这与身份尊卑、容貌美丑并无关系。凝儿天真单纯，涉世未深，还不知微心园外的生活是什么样的，我们也不想让她知道。安王殿下只希望她能平安、无忧地度过此生，如果她在我身边，这两点恐怕都无法满足。”

他语气平静而又充满耐心，一如往常。

姜小乙愣了一会儿，又问：“大人若觉得凝郡主不合适，那别家女子呢？”她借着酒劲，问出了一直以来好奇的问题，“相中您的大家闺秀不是很多吗？大人都这个年纪了，为何还不成家？您看看那戴王山都娶多少房了！”

“这种事也好攀比？”

“可是未免也差得太多了！”

肖宗镜哈哈大笑，道：“不过，你既提到戴王山，我倒想起一段陈年往事。”

他今日似乎心情还不错，倚着酒桌，与姜小乙闲聊起来：“我二十三岁从军营回到朝廷，创立侍卫营。那年刘行淞有一趟生辰贺礼被抚州的山匪给劫了，他派了一伙人前去追讨，戴王山就在其中。那时戴王山刚好娶了第……”他眼珠上翻，仔细回忆，“好像是第七房小妾，两个人感情深厚，如胶似漆，讨贼路上戴王山也带着她。虽然戴王山那时只是个小小的役长，但到了抚州，全靠他的本事才捉到了贼首。就在这个时候，有人告知他，他这新娶的小妾在后方大营被捉了，让他放贼首一条生路，一命换一命。”

姜小乙：“他换了吗？”

“当然没有。”肖宗镜道，“他砍了贼首的头回来，与自己小妾的头一同带给刘行淞。刘公公大为欣赏，直接将他官升三级，让他做到了掌刑。”

姜小乙干笑了两声：“这确实是他这种人能干出来的事。”

“也只有他这种人，才好娶亲。”

姜小乙愣了愣，似乎明白他的意思了。

肖宗镜看着酒碗。不管他喝多少，手依然很稳，碗中的酒面像冻成的冰面，平整无波。

“当年这件事给我触动颇大。我扪心自问，做不出戴典狱这般英武果敢的决定，所以还是算了吧。”

姜小乙张了张小嘴，忽然道：“那……不找世家女子，找个不容易被捉住的江湖人呢？”

夜风吹动碗中的酒水，荡出细微的波纹。

这一次真的是静了很久很久，她才又听到了他轻柔的嗓音。

“小乙，我出身军伍世家，受陛下皇恩，今生的路早已注定了。我找个官宦之家的女子，只是陷人于危难之中；若是找个江湖人，那就是彻底拖人下水了。”他懒洋洋地往墙上靠去，又道，“何况我整日东奔西走，也赚不来多少银钱，就算跟了我也享不了几天福，遭什么罪啊？”

姜小乙望着他，放在桌下的手无意识地抠来抠去：“大人，我……不是，我是说……侍卫营里也有兄弟自江湖投奔，大家选择跟随大人，应该都是心甘情愿的，谁也没有被拖下水的想法。”

肖宗镜长长的指尖捏着酒碗，说到侍卫营，他的神色认真了一些：“侍卫营是我的心血，营内的兄弟或是有精忠报国之志，或是想寻个安身立命之处，或是单纯看得起我肖某人，因而聚在一起。能与你们共事，是我的荣幸。”说到这里，他停顿片刻，声音也低了些，“但一切缘分终有散去的一日，将来侍卫营若是没了，你们皆来去自由。”

“没了？为何会没了？”

肖宗镜浅笑一声，好像觉得她问了个傻问题：“我死了，侍卫营自然就没了。”

姜小乙瞬间瞪圆了眼。

他这语气漫不经心，似乎还带着一丝看破天命的漠然。

姜小乙只觉气血上涌，刚刚那点儿旖旎之思全部被置之脑后。

她一把抓住肖宗镜的手腕：“大人！”

她这突如其来的一抓把肖宗镜吓了一跳。

“你做什么？”

姜小乙深深皱眉，思考着心里的话到底该怎么说明。就在这时，她忽然见窗外路过一个算命老头，眼睛一亮，把半边身子探出窗外：“你——”她冲那老头喊道，“老先生！请上楼来！”

“小乙？”

“大人请别说话。”

那老头被她喊了上来。

姜小乙往桌子上放了一锭银子，指着肖宗镜：“老先生，请帮我算他的命，好好算。”

这算命老头一看便是整日没什么收成，见到银子那叫一个亲切，转向肖宗镜，绿豆大小的眼睛里绽放出璀璨的光芒。

“哎呀！小老还从没见过足下这般神采奕奕如日方升之佼佼豪杰！端的是一副宏图大展、誉满天下之尊容！所谓岁大运红，拨云见——”

“等等，”姜小乙打断他的话，“不用说得这么大，说点儿平常的。”

“平常的？懂懂懂！”算命老头捋了捋稀疏的胡子，又对肖宗镜道：“小老观足下身如幻梦影，目若月下莲，实是不可多得的仙福之姿！足下此生定是暖衣饱食，安居乐业，琴瑟和谐，儿孙满堂，百年之后无疾登仙！”

姜小乙满意地道：“好，这个好！”

她一开心，又给了一锭银子打发老头走了。

“大人，听到了吗？”姜小乙严肃地道，“所谓术业有专攻，这种事就得算命的人来说才准。”

肖宗镜低下头，半晌没动静。

姜小乙抻长了脖子：“大人，您听见我的话了吗？”

他肩膀微颤，笑了起来，起初笑得很轻，最后终于忍不住，就像当初在冀县吕坊那晚一样，笑得爽朗开怀：“听到了，我听到了。”

她也同那日一样，再次被他笑得后背滚烫。她往后躲了躲，却被肖宗镜反手握住了手腕。

他握得比她刚刚握得还要紧。

“借你吉言。”他看着她，目光坚定又炽热，“小乙，借你吉言。”

这晚他们喝了太多酒，姜小乙已不太记得自己是怎么回到宫中的。

她第二天醒来，脑袋昏沉，离开屋子后碰见了晨巡归来的周寅。姜小乙微微一愣，记得最近晨巡都是由李临负责的。不过她向来与这一板一眼的周寅没什么话说，也就没有多问。

平淡无奇地过了几天，姜小乙越来越觉得不对劲，营里静得出奇，好像少了不止李临一个人。

她终于找到周寅询问道：“周大哥，李临去哪里了？”

“肖大人带他和徐怀安还有另外几名弟兄去抚州了。”

“什么？！抚州？”姜小乙诧异地问道，“他们去抚州干吗？不对，他们什么时候走的？我怎么不知道？”

“就在大人扛你回来的第二天一早。”

“扛？”

“你睡得沉，没听到声响。杨亥将军在抚州被匪患牵制太久，陛下十分着急，命大人做督军前往监察。”

“那大人怎么不带我去？”她甚至没有听肖宗镜提起过此事。

“大人说你在军饷的案子里耗了太多心神，这次就先歇一歇。”

“我不累，谁说我累了？”

周寅正色道：“你要服从大人的安排……对了，今日我本来也要找你的，你跟我来。”

姜小乙沉浸在被遗留在宫中的失落情绪里，亦步亦趋地来到周寅的营房里。

周寅取出一个小卷轴给姜小乙。

“这是大人临走前给我的，让我在今日给你。”

“这是什么？”

“我不知道。”

姜小乙拿过卷轴，随口问道：“为何要今日给我？”

周寅道：“大人就说要在立冬这天给你，没说理由。”

立冬？

“今日立冬？”

“对。”

姜小乙心中一动，好像明白了什么。

“谢谢周大哥！”

姜小乙拿着卷轴跑回自己的房间，关上门，迫不及待地打开卷轴。

这是一幅小画，画上是一名少女。

姜小乙并不认识这画上的少女，刚开始还觉得有些奇怪，想再翻翻看有没有其他留言，视线却像不听使唤一样，怎么都不能离开这幅画卷。

她与画中少女久久对视，时间越长，越是沉沦。

最终，姜小乙激动的心情慢慢平复了。

姜小乙坐回榻上。

她好像知道这少女是谁了。

她的脑海中浮现出当初在冀县时，自己对肖宗镜说过的话——元神全不全也没什么差别，照样能活，只不过是见不到自己真实的样貌而已。

“原来我长这个样子？”

她躺在榻上，忽然觉得这烫金的纸张有些眼熟。不久前的那一夜，她从宫外回来，去找肖宗镜。当时他在房中写东西，见她进门，就拿开不让她看，好像用的就是这种纸。

姜小乙偏过头，窗外是阴沉沉的天。

周围安静极了，阴冷的空气充斥着鼻腔，沉寂仿佛是深宫永恒的写照。

天边飞过一只青鸟，孤独地掠过整片灰色的天空。那一瞬间，姜小乙的心里也闪过一丝怪异的感觉。

她隐隐觉得，自己与肖宗镜之间，似乎有些就在嘴边的话将说未说，可又绝不能说。

最终，她再次拿起卷轴，看着画中少女，问道：“你见大人的时候，都聊了些什么呢？”

少女自然不会回答她。

姜小乙点了点她的脑门，笑道：“你得同我一样聪明，能为大人排忧解难才好。”

肖宗镜不在的日子，姜小乙对这深宫冷院也是兴趣大减，数日逗留在宫外。

天冷了，时间的流速似乎也跟着缓慢起来。

某日，一场寒雨后，无聊的姜小乙来到十八香找紫嫣消磨时光。

他为她泡了一杯茶。

昨夜那场雨下到深夜，已见零星的雪花，想来昨夜那场雨是今年最后一场雨水了。姜小乙见紫嫣轻衣薄衫，竟比他们第一次见面时穿得还少，露出小半清瘦的胸口，显出几分飘零的美感。

“你多穿点儿吧！这屋子不挡风，你该跟老鸨说一声，再过些时日岂不是要冻死人了？”

“奴家不冷。”

“这天气我都受不了，你怎么可能不冷？”

紫嫣伸手盖在姜小乙的脖子处，手掌十分温热。

姜小乙惊奇地说道：“你的火气好旺。”

紫嫣柔声地笑了笑，道：“是奴家疏忽了，忘记公子会怕冷了，这就去烧个火盆来。”

紫嫣走后，姜小乙站起来在屋里踱步。她来到角落里，这里的小桌上放着各式各样的神像，前面是一堆药材，还有一把小刀。她拿起那刀子，又轻又薄，打磨得格外锋利。这刀形状特殊，像是一片竹叶，没有手握之处。

桌上铺着几张绢纸，上面有一小撮磨好的粉末，呈淡淡的猩红色，旁边还放着一个胭脂盒。姜小乙猜想，这可能是紫嫣用来调配脂粉的材料。她好奇地闻了闻，一股奇异的怪香直钻鼻腔。她意识一顿，眼睛上翻，瞬间向后栽倒。

紫嫣进门，刚巧看到这一幕：“哎？”他丢掉火盆，一把将姜小乙接住，“姜公子！姜公子！”

他抬眼，看见飘落在地的粉末，微微挑眉。他将姜小乙抱到床上，轻轻掐她的脸蛋，轻声道：“公子怎么这么不老实？谁让你动奴家的东西了？”他手撑着下巴，半趴在床上，看着晕倒的姜小乙，片刻后抿嘴一笑，“不过，公子这样看起来，可比平时温顺多了。”

他来了兴致，拉起袖子：“哈，就让奴家为公子好好查查身体吧。”

他将指尖伸入姜小乙的脖领下，顺着肩膀一路向旁侧移动，先拨开她的左侧衣衫，露出光洁的身躯：“那……咱们就先来看看脉吧。”他调笑着将手指压在姜小乙的手脉上，诊了片刻，脸色忽然一变，“嗯？”

他极为诧异，细细的眉毛微微蹙起，再次将手搭在姜小乙的脉上。

没有错，脉象是不会骗人的。

“你是女人？”他上下打量着姜小乙，“那这副身体又是怎么回事？”

他盯着姜小乙，越看越觉得面容有几分清秀，最后莞尔一笑。

“世间当真千奇百怪，瑰异离奇之人比比皆是，你算一个，奴家也算一个。”

他贴近姜小乙的面庞，一边抚摸，一边微微苦恼地道：“以奴家的脾性，对谁感兴趣，便想同谁欢好一番。”他的手指在姜小乙的胸口缓缓移动，到了她腰部位置，换作用掌心覆盖，他道，“男人有男人的法子，女人有女人的法子，可你这副样子，到底要奴家如何求欢呢？”

他帮姜小乙把被子盖好，再次出门准备新的火盆。

大约两个时辰后，姜小乙醒了，坐起身子，茫然环顾。

紫嫣背对着她，正在擦拭月琴，听到动静转过头来：“你醒了？”

姜小乙愣了愣，忘了要说的话。

紫嫣不知何时洗去了一脸的胭脂厚粉，露出本来面容。他骨骼小，眉眼细腻，卸掉浓妆后，少了点儿刻意的妩媚，多了些说不清道不明的清丽。

“你……”姜小乙张了张嘴，“你怎么……？”

紫嫣笑道：“你怎么如此震惊，公子？”

姜小乙并没有注意到他刻意强调了“公子”两个字，还沉浸在关于色相的震撼中：“没想到你突然开窍了。”

他这素容，看起来比之前更为魅惑。

“哦，那奴家美吗？”

“这……比刚刚美了些。”

他不经意地道：“那跟你心里的那个人比呢？”

姜小乙盯着他的脸许久，实话实说道：“其实，若论‘美’，你自是比他‘美’的。”

“除了美，论别的呢？”

姜小乙笑了笑：“那就说不好了。”

她从温暖的被窝里爬出来，有些好奇地围着紫嫣转了好几圈。

他拉住她的手：“公子刚醒，多歇一歇，不要乱走。”

“啊，对了。”姜小乙这才想起刚刚的遭遇，“这是怎么回事？那红色粉末是什么？怎么我一闻就晕过去了？”

“那是奴家做的迷药。”

姜小乙惊了：“迷药？”

“公子放心，这药对身体没有伤害。”他起身，为姜小乙理了理脖颈边的碎发，笑道，“有时楼里有不听话的姑娘，秦妈妈就会命奴家做些药来用。奴家自入楼以来，任性妄为，也未能帮她赚几个钱，好在从前学了些零散的活计，才让她同意奴家留在这里。”

绿柳是说过他有一手做药的本事，原来是这方面的用途……

夜幕降临，竹院昏暗沉寂。

紫嫣点燃一支蜡烛，与姜小乙坐在桌旁。他的眼睛在烛光的照耀下，看着越发窄细，眼尾上挑，好像两条在冷池里的游鱼，双眸之间波光盈盈，似痴似醉。

姜小乙看得有些入神，问道：“听说你是自愿进阁的，你就这么喜欢这里的生活？”

紫嫣凝视着她，懒洋洋地道：“若说喜欢，也没太喜欢，不过奴家总归要留一段时间，体验一下她曾经的日子。”

姜小乙：“她？”

紫嫣接着道：“等时机到了，奴家自然会走。”

姜小乙：“时机？什么时机？”

紫嫣微微一笑，嘴唇勾出一道极美的弧线：“公子……就如此好奇奴家之事吗？”

姜小乙偏开眼："也没，你不想说也无妨。"

"其实，奴家觉得自己与公子甚为有缘。"他去角落里取来签筒轻轻一摇，落出一签。

他将此签放到桌上，姜小乙看过去，签上只有一个"诚"字。

紫嫣笑道："看吧，世间万事，都是天意使然。"

他拉住姜小乙的手，语气柔媚："奴家可以将一切坦诚相告……"他目光流转，当中含有一股莫名的诱惑感，"不过，作为交换，公子必须得让奴家快活一番才行。"

姜小乙闻言一僵，把手抽了出来："那还是算了，我肾亏体弱，而且不好这一口。"

紫嫣"扑哧"一声笑了出来。

"请公子放心，奴家坏不了公子的清洁之身。"他笑眯眯地道，"只用公子的一只手就行了。"

姜小乙有些好奇："用手做什么？"

紫嫣缓缓起身，站到姜小乙面前，光从旁侧照来，他的身体笼罩在火红的光影下，这让姜小乙想起了深宫的高墙，一样艳丽，也一样暗含着某种悲凉之意。

姜小乙仰头，看紫嫣轻轻解开腰带，他的上衣松开一道小小的缝隙，雪白的身体好像一道银河坠落于茫茫黑夜中。

他拉着她站起，向旁边走了几步，靠在床柱上，眯起眼睛。

姜小乙问："你到底要我干什么？"

紫嫣语气愈轻，好像在安抚她："公子别紧张，简单，很简单。"他用她的手拨开他衣裳的缝隙，将她的手置于他的腹部，长吸一口气，道，"就请公子……摸一摸奴家吧。"

她掌下的皮肤十分紧致，温热，细腻，充满韧性。

随着紫嫣的呼吸，他的身体一收一放，皮肤下的血脉轻微跳动。

姜小乙怔住了——他的红衣仿佛着了火，在她面前营造出一个猩红色的虚幻世界，在那个世界里，繁花盛开，流光溢彩，绚烂的蝴蝶漫天飞舞。

"你的眼神不对。"紫嫣两指托住她的下颌，淡笑道，"你该把奴家想成那个人才行。"他轻声引导："如果是他站在公子面前，敞开衣衫任君爱抚……公子会如何呢？"

如烈酒刹那入喉，姜小乙受其蛊惑，身子一麻："不不不，他不会的，他不可能这样的……"

她想抽出手，却被紫嫣攥得更紧。

"什么不会？哪里不会？"紫嫣笑着道，"人什么都可能不会，只有这事，绝无可能不会。"

说着，他取下了发簪。

浓黑的长发如瀑散落，他按着她的手缓缓向上，烛光在他的脸上晃动，面容越发晦暗不明，既柔，也美，而且饱含着冷峻的力量。

某一瞬间，姜小乙彻底迷茫了，有点儿分不清面前的人究竟是男生女相，还是女修男身。紫嫣的神色似是极乐，似是冷漠，他仿佛已完全沉浸在自我迷思中，任何人都无法介入。

姜小乙的脸颊不知不觉红了起来，仿佛被他感染了一般，她感觉浑身燥热，呼吸也乱了几分。

姜小乙由着他拉着自己的手抚摸他的身体，从坚实的小腹，到胸口的玉珠，再到笔直而清晰的锁骨，最后……停在他的脸颊上。

紫嫣偏过头，嘴唇在她的掌心上轻轻一印，与她道："谢公子成全。"

随后他放开了她，回到桌旁。

站定片刻，他侧身回眸，蓦然一笑："奴家这故事有些长，公子想听吗？"

姜小乙点头。

"好。那……奴家就先告诉公子奴家的本名。"他以指尖蘸了茶水，在桌上写下三个字，轻声说，"我叫徐梓焉。"

他本是一名孤儿，早年流浪街头，后来被他的义父收养。他的义父是一名姓徐的富绅。这名富绅是天京人，十分神秘。没人知道他是做什么的，家中产业为何，只知道他很有钱。邻里之间都称他为徐员外。

徐员外早年因为一单生意去了趟闽州，喜欢上当地一名花妓，经常为其一掷千金，却难买一笑。很多人想为那花妓赎身，其中不乏才子名流、江湖义士，可她都不愿意。徐员外并未气馁，每天都去找她，坚信早晚有一天花妓会属于自己。可不久后，又有一名当地官员喜欢上了那花妓，抓她进府做妾。徐员外得知后大怒，将那官员斩首泄愤。

姜小乙原本想把这个故事当个情爱话本听，直到听到这里才听出一丝不一样的味道，于是坐直了身子："杀了？"

"没错。"

后来官家知道了此事，当然不会罢休，派出许多衙役抓捕徐员外，却徒劳无功。徐员外毫发未损，还把那花妓给带走了。

只可惜，在回京的路上，花妓死了。

"死了？怎么死的？"

徐梓焉一手拨弄着烛火，笑着道："听我义父说，他们夜宿山林，花妓晚上起夜，失足摔死了。"

"这……可真是太可惜了。"

徐梓焉接着说道："从那以后，我义父就开始了痛苦的相思。他日思夜想，心焦成病，人也变得有些痴傻。

"他就是在那个时候收养了我，只因觉得我的眉眼依稀有几分故人的神韵。那花妓花名'紫嫣'，所以他给我起了同名。"

从那以后，徐员外每日教授徐梓焉唱歌、弹琴，让其模仿他记忆中的那个女人。随着徐梓焉慢慢长大，他的言行举止越来越像那花妓，徐员外喜爱极了，日日夜夜与他倾诉衷肠。

“我义父没有活很久，劳思成疾，于前年病死了。而我做‘紫嫣’做得太久，心里觉得只有烟柳之地才是我的家，所以便来了十八香，一直到今天。”

姜小乙“啊”了一声，思索道：“那你说自己在等时机，是想等一个……像你义父那样的人出现，带你离开这里吗？”

徐梓焉盯着火烛，片刻后从他嗓子里流出一串风铃似的细密笑声，让姜小乙感觉一阵发冷。

“果然，你也不懂。”他坐在桌旁，乌黑的长发铺在桌面上，在火烛的光芒下，泛着丝绸般的光泽。他一手托着脸颊，一手玩弄着火烛，面带浅淡的微笑，自言自语道：“只有我是紫嫣，所以，只有我懂紫嫣，她只差一点儿就成功了……”

姜小乙：“成功？什么意思？”

“紫嫣并不喜欢我义父，也不喜欢那官员——但是这两个人，她谁也得罪不起。”徐梓焉缓缓道，“她先是利用我义父杀了那官员，之后又想利用官府收拾我义父。可惜，她低估了我义父的本事……最后被他带走，尚抱有一丝期许，妄想逃脱。但最后她还是无能为力，被他追得坠崖而亡。”

“哦？你怎么知道事情是这样的？”姜小乙道，“这也只是你的猜测而已。”

徐梓焉摇头，笑容里透露几分凉薄之意：“我义父杀人，是不可能留下任何证据的，更何况只是杀一个小小的地方官。官府那么确切地知道是他所为，还知道了他的藏身地点，一定是有人暗地告知，而这件事只有紫嫣知晓。而且，我义父本领高强，羽翼丰满，紫嫣在他的庇护下仍丢了性命，只有一种可能，就是她主动寻死。”

姜小乙道：“这又何苦呢？你义父对紫嫣那么好，如此付出，还救她出了牢笼，为何她不喜欢你义父？”

“是啊。”徐梓焉仍看着火烛，轻轻一笑，“那官员有权有势，而我义父有才有貌，她再美，也不过是他一个人眼中人尽可夫的女子。这么好的归宿，她为何不要呢？”

姜小乙猜测道：“也许……是她另有所爱？”

徐梓焉：“世人永远认为，一个女人拒绝一个男人，一定是为了另一个男人。我还以为你不是个俗人呢。”

姜小乙哑然。

“我义父离世后，我曾去过闽州，找到了当时妓院里的老鸨，问她紫嫣究竟是个什么样的人。老鸨对我说：‘她是一朵风情万种的野花。’”徐梓焉说着说着，又笑起来，“能让我义父如此痴迷的人物，必然风华绝代。她本该有一世的风流之旅，却提早化作香风散去了。我时常在想，当年她被那些自视甚高的权贵疯狂追逐之时，该是何等心情呢？”

伴随着他的话，竹院风起，烛光摇曳。徐梓焉站起身，走到屋外。夜风吹开他火红的衣裳，漫天的竹叶像裁剪的飞刀，萦绕在他身边。

姜小乙感受到一股凛冽的杀气，不敢说话，连呼吸都压到最轻。

“我七岁之前的记忆几乎空白，直到义父将‘紫嫣’这个名字赐予我，我才开了心智。想来，一定是她心有不甘，才降身于我。”他细长的手指轻轻触碰脸颊，像是在抚摸自己，更像是在抚摸紫嫣，他柔声道，“从今往后，我与她同喜同悲，生死相随。我将带她看尽人间繁华，享透男女情乐，遍察世态炎凉，我们永远不会属于任何人。”

说到这里，他再次笑起来，与刚刚他抓着她的手抚摸自己的身体时一样，沉浸在彻底的欢愉之中，不在意屋内的姜小乙，不在意所有人。

冰冷的冬夜，轻薄的红衣，漫天的竹叶……

有一瞬间，姜小乙似乎真的看到了双重影子。

一直以来，她都觉得徐梓焉是个神神道道，甚至有点儿疯癫的人物，可这一刻竟改变了想法。

世事迷幻荒诞，人心莫测难明，所有装模作样、自视清醒之辈，其实又能读懂几分人间真实？

姜小乙看着看着，竟也莫名地笑了起来。

她想：自己应该永远也不会忘记这一幕场景……在一个平凡如常的冬夜里，曾有两只迷恋夜色的流莺，于她面前起舞。

姜小乙离开了十八香。

其实，听完这个故事，姜小乙还有诸多疑问……

比如，徐梓焉的义父是做什么的？为何说他杀人不会留下任何证据？还有徐梓焉桌上的迷药，想来之前李临如此戒备还被迷倒，也是徐梓焉的杰作。

以姜小乙的江湖经验判断，徐梓焉绝对另有身份。

问题很多，可当时那氛围她又不好问。

走在夜晚的街道上，姜小乙还在思忖徐梓焉和他义父的种种可能，不知不觉走到城东，一转头，恰好看见给谢凝定做项链的首饰铺。

嗯？

姜小乙摸了摸下巴，走进铺子。

店铺已快打烊，赵掌柜正在清账，见姜小乙来了，连忙出来迎接。

“哎哟，大人怎么这么晚了还光临敝店？可是有什么吩咐？”

姜小乙靠在柜桌上，笑道：“没什么，赵掌柜别紧张，我只是路过，与你聊聊。”

赵掌柜将她请到一旁的太师椅里，殷勤地道：“大人想聊什么？”

姜小乙：“我记得我第一次来的时候，在你这里看到一个琥珀吊坠，你还有印象吗？”

赵掌柜顿了顿，道："有……有……"

"那是什么东西？"

"只是贱内的首饰，之前不小心被弄丢了，不是什么稀奇玩意儿。"

"不对吧。"姜小乙跷着腿，轻松地道，"这难道不是尊夫人向大灵师求的护法圣器吗？"

赵掌柜听见"大灵师"三个字，露出几分厌恶的神色："什么护法圣器，无非是些骗人的花样！"

姜小乙揣摩着他的态度，觉得他也对此事极为反感，遂正色道："赵掌柜，实不相瞒，在下有个朋友最近也弄了这么个东西，现在变得油盐不进，神经兮兮，我十分担心。你能不能告诉我，这个大灵师究竟是什么人？在搞什么鬼？"

赵掌柜叹了口气："原来大人也有朋友受此畜生的迫害。"他站起身，将店铺门关上，见四下无人，才低声道，"我当然愿意相告，不过我了解的也不算太多，只知道他们是近几年兴起的一个教派，名为灵人教，教主自称大灵师。此派拜一个叫灵仙的东西，说是什么世间万物唯一的真神，这位大灵师就是此神的人间肉身，替他传达上天的旨意。"

"那这个所谓的护法器是……？"

"大人也看到了，不过是块普通的琥珀，这大灵师却用极高的价格卖与他人，明显是想骗人钱财！"

"尊夫人也是上了他的当？"

提起妻子，赵掌柜长叹一声，无限懊悔："自从我们的孩子不幸病故，她便大受打击，也怪我那段时间没有照顾好她，才让有心人有机可乘。他们告诉她可以用护法器保护孩子的在天之灵，让他早日投胎转世，再来见我们。为弄什么至纯之血，她竟向邻里的婴孩下手！幸好被我发现，才没铸成大错！大人，这大灵师鬼话连篇控制人心，灵人教的教众信到最后简直是六亲不认，只对他唯命是从。"

"原来如此，赵掌柜可知此教法坛设在哪里？"

"他们的行踪非常隐蔽，每过一段时间就会换一处地点，除非是教中长老，谁也不清楚他们在哪里。当初也是贱内想要拉我入教，我才知晓了此事。原本我以为她只是寻个心中慰藉，没有多管，谁知那大灵师贪得无厌，短短几个月时间，便哄骗她偷了家中十几样珍宝，全部上交作为祭礼，令家中损失惨重。从那时开始我便不让她再出门，把那法器也藏了起来。但她……唉，大人那日也看到了……"

姜小乙与赵掌柜聊了一会儿，便离开了首饰铺。

她暗自思索：原来这教派在民间已经有些规模了。

她走着走着，心中生出几分忧虑来。她倒不担心阿燕从微心园偷东西献给大灵师，毕竟安王的产业一时半会儿也掏不空。她担心的是，若阿燕也拉着谢凝入教，或者教中有人知晓了阿燕在微心园供职，那可就……

深夜，姜小乙回到宫中。

侍卫营内，肖宗镜的房间里竟亮着光。

姜小乙心中一喜，他从抚州回来了？

姜小乙跑到门口，听见屋里隐约传来肖宗镜和谢瑾谈话的声音。他们在讨论这次剿匪之行，似乎还算顺利。她站了一会儿，屋中人问："谁在外面？"

姜小乙道："大人……"

肖宗镜打开门，看见她，淡淡地笑道："这么晚才回宫？"

距离两个人上次见面，已经过去快半个月了，他似乎又瘦了些，刚回来不久，脸上还带着风尘。

"怎么了？"肖宗镜察觉到什么，"有什么事吗？"

姜小乙看到肖宗镜身后的谢瑾，还有桌上厚厚一沓地图，将想说的话咽了下去。

"没……没事。"她施礼道，"属下不打扰二位大人了，先告退了。"

回到房间里，姜小乙翻来覆去也睡不着，三更天时，迷迷糊糊地听见有人敲门。

"小乙，睡下了吗？"

是肖宗镜。

姜小乙瞬间爬起来开门。

"大人请进。"姜小乙关切地问道，"大人此行成果如何？可是打了胜仗？"

肖宗镜道："算是吧，抚州匪患严重，仗着地势天险为祸一方，剿之不尽。这次我们杀了两名贼首，也算是有些收获。他们的剩余势力逃往深山，由当地驻军负责追捕。东部战事紧急，杨将军已班师回朝了。"

"太好了。"姜小乙关好门，眼珠一转，小声道，"对了……大人，您的礼物我收到了。"

"哦？"

姜小乙故意发问道："我记得您给凝郡主的礼物花费五百金，给我的花了多少啊？"

肖宗镜想了想，道："纸张加上装裱，差不多六两银子，如果不算润笔费，大概就这么多了。"

姜小乙："六六大顺，好数！"

她咧嘴一笑，把那个放在枕边的小卷轴拿了过来。

两个人在昏黄的油灯下打量画中的少女。

"大人，您画得准吗？"

肖宗镜斜眼看她。

姜小乙眯着眼睛挑肥拣瘦："您说这眼睛是不是可以再大点儿？嘴是不是可以再小点儿？眉毛是不是可以再细点儿？"

肖宗镜："别做梦了，就是这样的。"

姜小乙转过头看向他。四目相对，姜小乙没憋住，“扑哧”一声笑了出来。

肖宗镜也弯起嘴角，坐到桌旁：“我摆弄摆弄兵器还行，作画委实外行，只能凭记忆勾出个轮廓。你与画中人相比……确实更好看些。”

听他这样说，姜小乙喜上眉梢，寒冬的深夜里似乎泛起了暖意。

谈笑过后，肖宗镜问起正事：“你刚刚是不是碍于谢瑾，有话没有说？”

姜小乙当初答应谢凝不把这件事告诉安王和谢瑾，但玩儿了个口头上的把戏，可没说不会告诉肖宗镜。

“大人，有件关于凝郡主的事，我觉得还是该与你说一下……”

姜小乙把阿燕和赵掌柜的夫人之事讲给肖宗镜听，他听完，陷入了沉思。

“竟有这样的事。”肖宗镜回忆道，“原来那日凝儿找我，是为了替那侍女要我的血。凝儿久居微心园，不了解外界的事，容易受人蒙骗。那侍女心思纯良倒还好，若是被人指使生了歹心，那就麻烦了。”

“大人……要不要告诉谢大人？”

肖宗镜：“先不要告诉他，或许只是我们庸人自扰，事情没弄清楚前，没必要闹大。”

他说着话，脸上流露出些许倦怠之色。

姜小乙问道：“大人是不是没有好好休息？”

肖宗镜摇了摇头：“等我处理完手里的事务，见那侍女一面，若是无事，给她一滴血也无妨。”他嘱咐道，“此事你千万不要声张，以免引来闲言碎语，影响微心园的名声。”

姜小乙应下。

没承想，不等肖宗镜得出空闲，此事先被安王知道了。

事情起因是谢凝和阿燕在房内偷设法阵，取鸡血祭拜，结果因为手法过于生疏，一刀下去鸡没死，满园逃窜，被侍卫发现。安王派人在谢凝的房中搜查，搜出了不少灵人教的经书法器、幡旗挂画。谢瑾闻讯大怒，逼问此事缘由，谢凝和阿燕都不肯多说。

谢瑾来找肖宗镜讨论此事，怒不可遏，决心彻查此事。

肖宗镜：“你不要吓到凝儿，还是我去说吧。”

第二天晚上，姜小乙随肖宗镜和谢瑾前往微心园。

与上次相比，微心园的侍卫数量翻了几番，大半夜的园内灯火通明，所有仆人都被叫了出来，在院子里跪成一片。

安王坐在首位，一语不发地喝着茶，身旁便是谢凝。

她的下方跪着阿燕。

见肖宗镜来了，谢凝和阿燕纷纷抬起脸，姜小乙有点儿心虚地避开了她俩的视线。

肖宗镜向安王行了礼，转头看向谢凝。

“凝儿。”

“肖大哥……”

安王哼笑一声，道：“你来了她还能说几句话，我问了两天，她嘴都没张开过。”

“殿下少安毋躁。”肖宗镜来到谢凝身边，轻声道：“凝儿，拖着并不能解决问题，要把事情说清楚。”他转向阿燕，问道：“你老实回答我，这教派的总坛设在何处？教主是何人？这些东西为何要放在郡主的房间里？你们教中可有人知道你在微心园做事？”

阿燕轻轻摇头，声音微弱，听不出一丝情绪：“没有人知道我在这里做事。”

一旁的谢瑾可没有肖宗镜的耐心，冲过来质问道：“你说没有就没有？你们教主在什么地方，看来我要亲自审问才知道！”

阿燕闭口不言。

谢瑾眯起眼，道：“只要我想查，早晚能查到，你若自己交代，或可减轻罪责。”

见阿燕的脸色越来越白，谢凝于心不忍，道：“兄长，阿燕不过是为家人求福而已，也不算是有大罪吧？”

谢瑾低声训斥道：“你懂什么？！就算她无恶念，就凭她让你接触这骗人的教门教派，也该死罪论处！”

阿燕听到这话，终于抬起头望向谢瑾。

“殿下……殿下凭什么说……我们是骗人的教门教派？”

“蠢奴！还敢顶嘴！”谢瑾拿起一个绢布本子甩在她面前，“这教门典籍上说，只要诚心供奉教主，教众就能实现所有心愿，简直一派胡言！也只有你等愚昧之徒才会相信这样的邪作！”

阿燕看着那本子，颤抖着声音反驳道：“释迦佛在世时，同样遭受过诽谤和质疑，如今他的话却被奉为经典，这又如何解释？”

谢瑾冷冷地道：“对就是对，错就是错，这种江湖骗子我见得太多了。无论如何巧舌如簧，他们也不过是想骗人敛财而已。”

阿燕明明怕到了极致，身子抖得几乎要自咬舌头，却还是坚持说道：“何为骗钱？当年如果没有须达长者贡献满地黄金，逝多太子就不会被感动，进而献出自己的园林，建立祇园精舍。我们都是自愿为大灵师奉献的！而且，要说骗钱，如今哪座庙不是进门就要香火费的？朝廷每年法会花费无数，佛祖都看在眼里，为何不出来制止？这在殿下眼中算不算骗钱呢？”

谢瑾大怒：“放肆！”

姜小乙在一旁听他们讲话，隐隐觉得有些不妙。这阿燕声音不大，看似惊慌失措，话语却底气十足。

谢瑾在言语交锋上，明显处于下风。

谢瑾对谢凝道：“这蠢奴已经昏头了！幸而我们发现得早，否则还不知你要如何被她蛊惑！”他冷冷地看向阿燕：“明日我就去查了这邪教，看在你伺候郡主有点儿苦劳的分儿上，到时我找几个被他们祸害的人出来，让你看清这位教主到底是如何行骗的，让你死也死个明白！”

比起暴跳如雷的谢瑾，阿燕忽然之间平静得不像话：“殿下，如果有信徒遭到惨祸，就能证明教主是错的，那此时最该谢罪的难道不是世尊吗？”

谢瑾被愤怒冲昏了头，一时没听懂阿燕的话，但姜小乙听懂了。她后背一凉，忽然生出一种极其不祥的预感。

果不其然，阿燕紧接着道：“永祥帝带着整个大黎的人信佛，如今举国遭难，民不聊生，被祸害的人何止千千万万？比起如此滔天罪过，我们破点儿小财，许点儿小愿，哪有资格配得上这个‘邪’字？”

姜小乙听完这番话，脑海中的第一反应是——完了。

第十章　大人仁心仁术，是天上的月亮！

完了，完了，完了。

阿燕说了绝不能说出的话。

全场陷入一片恐怖的安静之中。

谢瑾突然不吼了，气到极致反而变平和了。反倒是谢凝面露忧色，不自觉地挡在了阿燕面前。

谢瑾笑道："凝儿，我知你一向善良，不愿见人被问罪，你先回房歇息。"他缓缓拔出佩剑，"最近太多杂事使你烦心，我现在就杀了这蠢奴，还你一个清净。"

谢凝紧攥着谢瑾的手，帮阿燕求情："兄长，阿燕不该说这些大不敬的话，但念在她平日用心做事的分儿上，你就饶恕她这一次吧。"

谢瑾拨开她，柔声道："凝儿，现在有一只害虫混进了花园，在害虫把花朵咬得遍体鳞伤之前，我必须将其除掉。"

话音方落，他一剑刺向阿燕！

阿燕脸色苍白，闭目待死。

此剑速度太快，谢凝还没回过神，眼前一道风刮过——她再看过去，肖宗镜握住了谢瑾的手腕，断了这杀招。

肖宗镜淡淡地道："这侍女年纪尚轻，许是受他人蛊惑，先查清楚再说。"肖宗镜手上用了点儿力，"此事交给我，我会找出他们的教主的，把剑放下。"

谢瑾双目赤红，瞪着阿燕，狠狠地道："贱民也敢妄议陛下！"

肖宗镜不语，手上又加了些力，谢瑾手腕一颤，终是放下了剑。

肖宗镜向安王行礼："殿下，暂时羁押此女，这些物品我要带回营内调查。今日恕宗镜先行告退了。"

"好。"安王全程喝着茶，脸上看不出什么表情。

谢凝忽然叫住他："肖大哥……"

肖宗镜回头，看向谢凝的神情颇为复杂，似有千言万语，最后也只是冲她淡淡一笑，道："凝儿，莫要再接触这些东西了。"

随后，姜小乙跟着肖宗镜离开微心园。

没走多远，肖宗镜忽然身子一晃，手扶在路旁的一棵树上。

"哎！"姜小乙吓坏了，"大人！"

肖宗镜摇了摇头："我没事。"

姜小乙看他气色极差，问道："大人多久没有休息了？"

好像自打肖宗镜从抚州回来后就不停在忙，屡屡前往兵部，似乎在计划什么重要的事情。

肖宗镜低声道："没想到……民间对陛下的非议竟已到如此地步。"

姜小乙宽慰他道："只是她一个人说而已。"

肖宗镜沉默不语。

姜小乙看他如此忧心，蹙眉道："大人就不该拦着谢大人，让他一剑捅死那侍女，杀鸡儆猴，一了百了！"

"一了百了？"肖宗镜轻"呵"了一声，"你封得住人的嘴，难道也封得住人的心吗？你太看得起我们，也太小瞧了天下人。现在谢瑾杀她，在满院百十名仆从眼中，这不叫杀鸡儆猴，而叫气急败坏、恼羞成怒。因为皇家无法以德服人，所以便张獠牙以泄愤。"

姜小乙："那该怎么办呢？"

肖宗镜沉思道："追根求源，先挖出他们的教主再说。"

微心园内，谢瑾将阿燕抓走关押，又命人对整座院子进行搜查，一处角落也不能放过。

安王终于喝完了茶，弹了弹衣裳，准备回房。

在他路过自己身边时，谢凝轻唤："父亲……"

安王停住脚步："何事？"

谢凝愣了愣，欲言又止。

安王："你兄长不在，你有什么想法，但说无妨。"

谢凝："阿燕不该对陛下不敬。"

安王摇头道："这不是你真正想说的话。"

谢凝犹豫片刻，又道："父亲……您可还记得陛下赏赐给女儿的那些法器？品类各异，数目繁多，都是由天下最尊贵、最出名的高僧开光护持的。"

安王："当然记得。"

谢凝："去年女儿便将这些法器都借给了阿燕，她全心全意为母亲祈福，不可谓不虔诚，可还是全无作用。反而她信了那位大灵师后，屡屡收到好消息，这究竟是何道理呢？”

安王不语。

谢凝垂下头，过了片刻低声道：“朝廷每年在各项法会上的花费不计其数，也都像那些法器一样毫无效果。民间已经怨声载道，如今陛下被百姓无辜迁怒，那些争名逐利、满口谎言的僧侣实是难辞其咎。女儿也曾见过宫内御用的法师们，尤其是那位广恩禅师，只会故作高深，影响陛下，着实令人厌恶！其实女儿也想借阿燕一试，如果这位大灵师真的是位得道高人，或许可以向陛下推荐。而且，听说大灵师在民间已经颇得人心，若是陛下能亲近他，也许就能得到百姓的好感呢！”

安王听完，淡淡一笑：“你小小年纪，能有如此忧思，确实不易。”

“女儿说错了吗？”

“不错，也不对。”

“这是何意？”

“很多事，不是你想的那么简单。”安王平和地道，“不过，陛下自幼喜爱佛法，本想拉着你们几个亲近的人一同研习，没想到都是越拉越远。这个暂且不谈了，我先问你，若是这位大灵师当真有求必应，你要求的第一件事是什么？”

谢凝被安王问得面上一热，低下了头。

安王笑道：“这件事，就交给你心中所求的那位解决吧。”

肖宗镜与姜小乙走在朱雀大街上。

姜小乙看看身旁的人沉默而疲倦的脸，忽然站定脚步，道：“大人，要不我来查吧。”

肖宗镜回头看向她。

姜小乙道：“大人最近这么忙，灵人教的事就交给我吧。”

肖宗镜道：“接下来我们还有很重要的事情要做，在那之前绝不能出岔子，还是我亲自查吧。”

姜小乙知道朝廷现在正在筹备军粮，招募士兵，等杨亥回来，便要向青州军动手了。肖宗镜最近一直往兵部跑，应该也是为了此事。

姜小乙笑了笑，道：“我最近闲得都要发霉了，正想找点儿事做呢，大人就当是帮帮我吧。”

说完，她将他掉转面向，从后面推着他走。

姜小乙做这个举动，原本只是不想给肖宗镜反驳她的机会，没想到在将手放上去的一瞬，忽又生出别样的感觉。

她的脑子里莫名其妙地回想起那晚与徐梓焉的经历。与徐梓焉轻盈灵动的身体不同，肖宗镜的背宽阔舒展、厚重紧实，隔着衣裳还微微散发着热意。

姜小乙的手掌不受控制一般，顺着他的背脊两侧缓缓向上移动……

肖宗镜原本被她往前推了两步，忽然又停住，回过头来静静看着她。

姜小乙猛然醒悟，抽回手，语无伦次地道："不……不是，小的就是觉得大人的背比常人暖，脉息跳动得远比常人有力，所以有点儿好奇。"她一本正经地问，"这是怎么回事？跟大人练的功法有关吗？"

肖宗镜一语未发。

路旁的店铺门口挂了两串红灯笼，光从侧面照在他的脸上，竟将往日沉静的眼映出几分鲜活的色彩。

他沉笑一声，从声音里听不出情绪："我是不是该重新教教你规矩了？"

姜小乙被他这语气催得五脏六腑都快烧着了："错了错了，小的真的知错了。大人，您看在小的还要去查灵人教的分儿上，就饶了我吧！"

提到正事，肖宗镜也没了胡闹的心思："你当真要查？"

"当然！"

"好吧。你记着，有什么消息马上告诉我，不许私自行动。"

"好好好，小的记下了。"

姜小乙感觉自己刚刚有些丢人，不敢多看他，闷着头往前走去。

"小乙。"肖宗镜再次叫住她。姜小乙僵着脖子回过头，以为他会再叮嘱她几句，没想到肖宗镜只是认真地道了一句："辛苦你了。"

姜小乙愣了愣。

他说得太过诚恳，让她瞬间忘了之前的糗事。

她将手背在身后，爽朗地道："不辛苦，小乙喜欢帮大人做事！"

这是她发自肺腑的实话。

路旁彩灯的灯光同样照在她的脸上，见她双眸流动着明艳的光芒，肖宗镜眉峰轻颤，下意识地张开嘴，可临了又不知该说哪句，生生顿住了。

姜小乙咧嘴一笑，转头离去。

应下此事后，姜小乙终于忙活起来了。

第二天一早，她先去了盛坊布庄。达七不在，却给她留了一封书信——他打听到了有关观果的消息。

据达七所查，观果似乎是一种佛门之中的药丹，此药颇为神奇，变幻莫测，根据不同人的修为功德，有不同的功效。不过目前此物只存在于传说之中，具体怎么来、如何用，并无记载。

姜小乙把这些消息默默记下。

随后她离开布庄，准备再去城东首饰铺看看。她没走多久，街上忽然刮起了大风，又过了一会儿，雨雪混杂着落下，寒冷刺骨。

这时她刚好路过朱雀湖，心思一转，改道十八香。

徐梓焉难得不在竹屋里，被老鸨叫去做事了。传话的龟公让姜小乙先去屋里坐，说徐梓焉马上就回来。

姜小乙进了屋子，一斜眼，又看见角落里的药品和竹叶刀。

她努了努嘴。

其实徐梓焉这里也是疑点重重，不过总归没有外面的事那么棘手。

她来到小桌旁，这次颇为小心，没有再动那些带着怪香的红色药渣。

她一垂眸，发现桌子下面有个上锁的小抽屉。

哦？

姜小乙一见到锁，鬼心思又起来了。

她对徐梓焉的身份实在是有几分好奇，趁四下无人，用铜丝撬开了锁。

姜小乙拉开抽屉，看到某样东西，瞳孔瞬间放大。

这是……？！

灵幡、经文，还有那熟悉的水滴形状的琥珀……这不都是灵人教的东西吗？难道徐梓焉是灵人教的人？

那琥珀旁边有一块沾着血迹的帕子，姜小乙一眼就认出来了——这是她第二次与徐梓焉见面时，指尖莫名地被刮破，他帮她擦拭血迹时用的手帕。

参考之前阿燕和谢凝的说法，徐梓焉是用她的血来擦拭护法器？

姜小乙感觉头皮发麻。

片刻后，徐梓焉回来了，一进门便看到坐在桌旁面色凝重的姜小乙。

这回他又上了满脸的浓妆，笑眯眯地道："公子可等急了？秦妈妈叫奴家去做事，可奴家听到你来的消息，立马就赶回来了。"

"没等多久，也就半炷香的时间而已，外面雨雪交加，我就想着来你这里避一避。"姜小乙拉开椅凳，温和地道，"来，你快坐下歇歇。"

"哟，公子今日好温柔。"徐梓焉面露柔色，坐到她身旁。

姜小乙若有所思，愁绪万千，不时轻叹一口气。

"怎么？公子有心事吗？说来听听，奴家愿为君分忧。"

姜小乙叹气道："实不相瞒，上次我与你那个什么了之后……"

徐梓焉笑了："'哪个'什么？公子净说让人误会的话。"

"就是……你知道的。"姜小乙严肃地道，"经过那一日，回去之后我思考良多，觉得自己确有所求，但实在不知该如何下手。"

"原来是这样，公子开窍了！"徐梓焉愉悦地说道，"这是好事呀，有这种忧愁是好事，有这种焦虑也是好事。"他摸摸姜小乙的脸蛋，意味深长地说道："不要急，这些经历都是要细细品味的。正是因为有了这些烦恼，情乐才更加动人。"

姜小乙愁苦道："但是我与他之间的差距颇大，我真不知还能做些什么。唉……我最近总想找座庙拜拜，也不知道哪里的神明灵一点儿？”

“拜庙？”徐梓焉听到这里，忽然“啊”了一声，“对了，奴家怎么把这事忘了？公子若想许愿的话，奴家倒是有个主意。”

姜小乙：“什么主意？”

徐梓焉神秘一笑，压低声音道：“这个现下在民间十分流行，奴家亲验了几次，真有点儿灵呢。公子若是想求一条便捷之路，不如也去试试吧。”

他虽没讲得很透，但姜小乙知晓，他所言的一定就是灵人教。

“你有什么灵丹妙法？快与我说说。”

徐梓焉道：“奴家之前入了一个法门，名为灵人教，教主大灵师有几分本领。公子要是有所求，不如也去拜他。你等一等，奴家给你看些东西。”说着，他去那小桌旁打开了抽屉，将里面七七八八的东西都拿了过来摆在姜小乙面前，“喏，这都是他们教派的法器。”

姜小乙听了一会儿介绍，不禁问道：“你入这教多久了？”

徐梓焉思索着道：“差不多……有半年？”

“为什么要入教？你不是喜欢自由自在吗？”

“这有什么冲突？”徐梓焉拨了拨桌面上的东西，“奴家说过，奴家想求个契机。这就是做生意，奴家付出钱和心意，神灵们帮忙完愿，我们各取所需。”

姜小乙拿着琥珀问道：“这东西怎么用？”

徐梓焉道：“这个是护法器，要先向大灵师请来，然后滴上净血，再由大灵师开光就行了。”

“什么叫净血？”

“童男童女，还有未破身的处子，或者修为精深、品德高尚之人的血都可以。”说到这里，徐梓焉微微一笑，“说起来，奴家这护法器要是真灵验了，还要好好谢谢公子呢。”

姜小乙私下蹭了蹭自己的指尖，又问道：“那这个大灵师在哪里？我能见见他吗？”

徐梓焉道：“这……恐怕没那么容易。大灵师每个月都会换一处地方讲法，除了教中长老，别人都不知道他在哪里。教众每个月最多只能见他一次，还要由长老引领。奴家前些日子刚刚见过他，再见要等下个月了。不过，因为奴家上次献了好多礼金，长老十分满意，还说要给奴家一个香主做做，两日后应该还会再来，到时候奴家就引见你们认识吧。”

“香主？”

“香主是教中职务。”徐梓焉“咯咯”笑道，“可能是那老妇看奴家虔诚才许下的奖励吧。”

姜小乙心道：他们八成是看中你的银子了。

“但奴家不打算答应。”徐梓焉懒洋洋地道，“做了香主就要负责传教，拉人入伙，奴家平日还要弹琴练曲，寻欢作乐，哪里有那种空闲？”

姜小乙道：“好，那我两日后再来。”

进展还算顺利，姜小乙回到宫中，找到肖宗镜，说想借点儿东西。

“借什么东西？”

“几套值钱的华服，我只有两日的时间，再找裁缝铺做已经来不及了。”

肖宗镜笑了：“这个我还真没有。不过不要紧，我去帮你找。”

第二天傍晚，肖宗镜扛了个箱子回营。箱子被打开时，一股玄香气味扑面而来。姜小乙深吸一口气，兴奋地道：“这就是富贵的味道！这是谁的东西？”

“谢瑾。”肖宗镜笑道，“他的衣服你穿着可能有些大，微心园内有绣娘，忙了一天改出来的。这些配饰都是谢瑾的私人物品，不是出自宫中，你可以放心使用。”

姜小乙把衣物拿出来，这些衣裳一眼看去并无奇特之处，但摸上去便知材质之细、做工之巧。在烛火的照耀下，细微的光流淌在真丝绣纹上，如同月下的湖泊，华美又素雅，像极了那高高在上的小王爷。

想起谢瑾一家谪仙般清朗脱俗的容貌，姜小乙不由得感叹道：“大人，你说谢大人一家是不是全天下最好看的人？”

肖宗镜被她问得啼笑皆非：“你这脑袋里每天都在想些什么？皮囊的美丑不过是过眼云烟，不值得评判，更不值得留恋。”

“哟。”姜小乙挑了挑眉，“瞧大人说的，爱美之心人皆有之，世上会有人不爱美人吗？那岂不是成了大道无情的圣人了？”

“阴阳怪气。”肖宗镜淡笑一声，弯下腰帮忙整理箱子，“所谓性真既已离，色相复何有。真正值得用心的，永远只有本性，皮相最多不过是添彩之物罢了。”

油花爆出“咔吧”一声轻响。

姜小乙站在肖宗镜的后面。她把嘴唇抿了又抿，从这个位置看过去，肖宗镜的背宽阔挺拔。

姜小乙的掌心莫名地又开始发热。

肖宗镜理好东西，直起身：“不过，你若真想讨论倾城之容，当年丽太后实乃天下第一，如今的话……”

见他故意顿了顿，姜小乙好奇地问道：“如今是谁排第一？”

肖宗镜：“说这话有失礼法，我只在这屋里说，你不要向外传。”

“小的发誓绝对不往外说，是谁啊？”

“当今陛下。”

“陛下？”

姜小乙还没见过永祥帝的正脸，偶尔撞见几次他的队伍，都是离得老远就跪下了，最多只是瞄一眼背影。

永祥帝竟然能得肖宗镜如此评价，让她大感好奇。

肖宗镜看着她期待的神情，道："将来若有机会，我会带你见一见陛下的。"

姜小乙嘿嘿一笑："那我就等着大人带我开眼界了。"

一切准备就绪，很快便到了与徐梓焉约定的日子，姜小乙精心打扮了一番，前往十八香。姑娘们见了这一身富贵样子的姜小乙，身子软得直往她身上倒。姜小乙本想逗逗她们，后想到今日要做之事，硬生生憋了个垂头丧气的表情，往后院走去。徐梓焉早早便等在竹院门口，见到锦衣华服的姜小乙，也是一脸惊讶。

"哟，公子这是……？"

"我来见教中长老，还是要庄重些。"

徐梓焉笑道："公子这样打扮，奴家差点儿要认不出来了。来吧，长老已等候多时了。"

他拉着姜小乙进屋。

这两日空闲时，姜小乙也曾想过这位长老会是个什么样的人物，此时见到真人，稍稍吃了一惊。

这位长老实是普通至极。

这是一位年近花甲的老妇，端坐在桌旁，体态干瘦，打扮朴素，浑身上下没有一点儿奇特之处，容貌也是平平无奇。若不是徐梓焉特意引见，姜小乙大概会觉得这老妇就是个十八香的杂工罢了。

可能唯一称得上特点的就是，她外貌整洁，虽是粗布麻衣，却洗得干干净净，满头白发也梳得一丝不苟。

她面容和善，带着一脸淡淡的笑意，打量着姜小乙："听小红说，这位贵公子心有愁事？"

小红？谁是小红？

姜小乙偷偷看向徐梓焉。

他又像个没骨头的，走到角落里玩儿自己的头发，偶然与她对视，细眉轻挑。

姜小乙心想：原来他没告诉这些人他的本名，想来他真是拿灵人教当成许愿的生意，不像阿燕信得那么深。

姜小乙转向老妇，低声道："我最近确实有愁事，不知该如何做，实是焦虑万分。"

老妇伸出手："公子莫急，请坐。"

姜小乙坐到她身旁，问道："长老，我听……小红说，你们很灵，是不是真的？"

老妇笑了笑，道："人往往就是这样，不到难处不信神佛，往日里自大得很，真到穷途末路、无计可施的境地，才明白自身之微小。如果公子平日里就懂得积累虔心，又怎会落得如此境地呢？"

“这……”姜小乙急切地道，“现在信已经晚了吗？”

老妇好生安慰她：“当然不晚，不管什么时候信大灵师都不晚。凡夫之命本是污浊不堪的，只有信大灵师的那一刻，才真正走上了光明之路。”

她语气笃定，眼神中带着坚定的自信，的确有种拉拢人心的力量。

姜小乙道：“只要大灵师能让我求得心中之人，让我做什么都可以。”

老妇神情郑重：“等公子真正亲近了灵仙，就会知道世间万物，甚至包括公子的至亲至爱，都不过是虚幻之物，早晚要灰飞烟灭。只有大灵师和灵仙，还有你的教友们才是真实存在的。”

姜小乙茫然道：“虚幻之物？你在说什么？”

“当然。”老妇又温柔地笑了笑，“现在与公子说这些为时尚早，公子灵智未开，还不能完全体会。等你真正体验到灵仙的妙法，自然就会懂了。至于公子心中所求，请你放心，只要你虔诚信任大灵师，供奉法器，便自能得保佑。”

总算说到正题，姜小乙硬生生挤出几滴眼泪：“信，我愿意信！什么法器？要怎么求？”

老妇上下打量着姜小乙：“还不知公子如何称呼？平日都做些什么？”

“我姓姜，老家在闽州，因战乱逃了出来，平日做些小生意，勉强糊口而已。”

老妇看着她这一身行头，笑道：“姜公子自谦了吧。这样吧，五日后大灵师有一次讲法，到时候我带你去，不过这五日里你要先跟着我学些基本的礼法，为见大灵师做些准备。至于学礼法的地点……就在姜公子家中吧。不知姜公子住在哪里呢？”

姜小乙心说：我住皇宫里，你进得来吗？

姜小乙道：“我与几个兄弟住在一起，人多口杂，恐怕……”

老妇坐直身子，严肃道：“姜公子不肯说出家宅地址，是不是内心对我教还有所怀疑？”

姜小乙：“不不不，长老误会了，只是我兄弟之中有人有公职在身，且他不信鬼神，又谨慎多疑，我怕被他察觉出来什么。既然长老不担心，那我们就在我家里学法也好。”

“有公人？”老妇脸色一变，“那便算了。”

徐梓焉在后面笑道：“不如就在奴家这里吧。这里平日没人来，就请长老先委屈一下咯。”

老妇道：“也只能如此了。”

老妇走后，徐梓焉从后面走来，把下颌垫在姜小乙的肩膀上，在她耳边轻声道：“公子好像……不太信她呢。”

姜小乙斜眼：“你不也是半信半疑，都没有告诉长老你的真实名字吗？”

徐梓焉“哎”了一声，道：“公子可别冤枉奴家。奴家爱穿红衣，叫‘小红’也无可厚非。”他起身，款款走向门口，回眸一笑，“姜公子啊，举头三尺有神明，千万不要妄自尊大。有些事情，宁可信其有，不可信其无，这个世间可远比人们想象的更为玄妙复杂。”

接下来的几天里，姜小乙每天傍晚来到十八香的竹屋里听老妇传法。

老妇给了她一套经书，里面都是这位大灵师的生平事迹和语录。经书最前面讲了大灵师的个人经历和开悟过程，以传奇笔法叙述，说他自出生便身伴各种祥瑞异象，后来他的家乡遭遇灾荒兵祸，他百日不食，弥留之际得到灵仙指引，了悟自身使命，创建灵人教救助众生。

“不知这大灵师悟道之前是做什么的？俗家姓名是……？”

“这不是你该问的。你只要专心供奉大灵师，自然能实现所有心愿。”

“那……万一没有实现呢？弟子并非质疑大灵师，只是之前从未接触过神佛之说，能否请大灵师稍稍露一手，打消弟子的顾虑？付多少钱弟子都愿意。”

“好奇是凡夫俗子的本能，我可以理解。但是，永远不要质疑大灵师。但凡坚定不移地追随大灵师者，无一例外皆实现心愿。若真的没能完愿，你便要反省自身，是不是心中还对大灵师存有疑虑？就像你刚刚说的话，已是大不敬。”

“原来如此，弟子知错，再也不敢了。”

姜小乙听老妇宣讲了五日，头痛欲裂。

她心想：自己还是有所准备之人，尚且被她说得心烦意乱、眼冒金星，若真换一个心思敏感的普通人，八成要被绕进去。

听完最后一日传法，姜小乙一脸虔诚地望着老妇。

老妇似乎对她还算满意，说道：“明日戌时，带好献金，在此处等我。”

姜小乙问道：“要带多少献金？”

老妇：“你这一次是为了求护法器——护法器一共有三种，灵力各有不同，你想要哪一种？”

姜小乙毫不犹豫地道：“自然是灵力最强的！”

老妇：“那就带二百两银子来吧。”

姜小乙想起阿燕的琥珀也是二百两银子请的，暗自一乐，心说：这灵人教别的不说，在明码标价这一点上还是值得肯定的。

她将此消息告知肖宗镜。

“大人，是抓还是直接……？”她在脖子处比画了一道。

肖宗镜：“先去看看情况，明晚你一切如常，不要轻举妄动，我会暗中跟着你。”

姜小乙故作严肃道：“大人，这伙人行事遮遮掩掩，见不得人，恐怕出行时也会较为隐蔽。”

肖宗镜本在研究东南地图，闻言放下茶盏，瞥了她一眼：“丢了你算我的。”

姜小乙顺势接过茶盏，笑眯眯地道：“那属下就放心了，属下这就给您续点儿水去。”

翌日，天气阴沉，寒风刺骨。

白天肖宗镜还在忙别的事，姜小乙准备好了二百两银子，用完午膳后便动身前往十八香。

徐梓焉给她唱曲解了会儿闷，傍晚时分，长老派人来传话，让他们去后门等。

徐梓焉笑道："那奴家预祝公子得偿所愿了。"

姜小乙同他告别，前去十八香的后门。老妇已等在那里，旁边还停着一辆马车。姜小乙上了车，发现两边的窗都被钉死了，车内一片漆黑。

对方这是不想让她知道她去了哪里。

马车晃晃悠悠地走了大概两炷香的时间，车外喧嚣的声音也渐渐停息。

老妇道："我们到了。"

两个人下了车，天色已经完全暗了下来，四周吹的风中透着淡淡的荒凉气息。

这是哪里？姜小乙感觉马车出了十八香后向东走了很远。

有点儿像城郊？她无法确定。

她面前是一座宅院。

"这儿是什么地方？"她问道。

"这里是虔诚的教众为大灵师提供的讲法之所。"老妇道，"能为大灵师提供场所，是教众莫大的福分。"

"是是是。"

进门前，姜小乙回头看了一眼，似乎心有灵犀一般，看到树丛边隐约露出了一道黑影。

寒风刮过，姜小乙抬眼向上看，感觉像是要变天了。

她随老妇进了院落。

院子不算特别大，但颇为精巧，景观错落有致，打扫得也十分干净，看起来像是富贵人家的别院。

两个人走的这一路安安静静的。

两个人进到里面，忽然迎面走出四个人，是四个年轻的男子，抬着一个箱子，看起来颇为沉重。

姜小乙与他们错身而过，看着四个人的背影若有所思。

这些人怎么有些眼熟呢？

"还愣着干吗？"老妇催促道。

姜小乙快步跟上，又过了两道门，便进了正堂。

正堂倒是宽阔，最里面有一条长榻，下方摆着百十张铺垫，已经密密麻麻地坐了人。长榻中央有一人盘膝而坐，身上盖着绣着经文的披被，想来这人便是大灵师了。堂内只点了一盏灯，放置在坐床后方，昏暗的光影笼罩着大灵师微微驼背的身形。

老妇将姜小乙带入堂内，指了指尾部的一张铺垫。姜小乙学着其他人的样子，俯首跪坐。

老妇走向最前方，跪在了第一排的位置上。

片刻后，又有几个人被人引领着进入大堂里，跪在剩余的铺垫上。人满之后，正堂大门被关闭，四周安静了下来。

大灵师终于发话了："今日，有几位教友是初次来此，但是本师想说，其实本师与诸位早已相识。"

大灵师的声音沧桑沙哑，带着明显的中南地区的口音，听起来怎么也有六十来岁了。他这一番话说完，马上有人问道："大灵师见过我们？什么时候？"

大灵师："在上一世，或上上世，你们各有不同。比如你，本师在三百年前就见过你。"

那人大惊道："什么？三……三百年前？"

大灵师："没错。那一世你只是个没有意识的牲口，本师指点你投成人身，只为帮你更好地亲近灵仙。"

那人瞠目结舌，说不出话来。

大灵师又道："你们所有人都是受过本师点拨，才得此机会，接受灵仙度化。"

跪在最前排的长老们集体高举双臂，高声呼道："众人叩拜！"

所有人"哗啦啦"拜倒一片，姜小乙连忙随着他们一起拜倒。

长老呼喊口号："追随灵师乾坤朗！精神解脱天地宽！"

众人高喊："追随灵师乾坤朗！精神解脱天地宽！"

大灵师又道："如今山河破碎，天下大乱，灵仙不忍，特指派本师转为其人间肉身，解救众生。"

这时，第一排站起一个人——此人正是引领姜小乙的老妇。她看起来在教中地位颇高。她注视着众人，双目迸发出强烈的激情，朗声道："如今百姓遭苦遭难，唯有大灵师可以拯救苍生！不过，在灵仙普度众生之时，外界的恶灵以及诸多妖佛外道一定会千方百计地干扰，垂死挣扎！所有教众谨记，不经允许绝不可向他人透露教中事务！你们能入教是几世修来的福分，要处处使大灵师放心，事事使大灵师满意，才有机会功德圆满！"

教众纷纷磕头："谨记于心！"

接下来大灵师开始讲法，说的内容与之前老妇讲的差不多，主要是些他的人生经历。他抑扬顿挫，饱含深情。教众听得入神，有的人在听到灾荒之中民众吃土果腹时，痛苦地流下了眼泪。

姜小乙一边跟他们一起号哭，一边暗中观察。她注意到侧方墙壁上挂着一柄装饰的文剑，观那剑柄刻纹，竟是官家兵器。

难道这院落是归某位官员所有？

她再把屋里的人一一看过，发现一名跪在长老们后一排的男子有些熟悉。这男子举臂高呼大灵师尊号之时，露出小半张侧脸。姜小乙一下认出来，此人正是兵部主事田百福。这人官职不算大，也只是偶尔入内廷，宫中来来往往的人很多，要不是姜小乙平日善察善记，还真不一定能想起他。

他身边还跪着一个妇人，看起来像是他的妻子。两个人神情虔诚，口中念念有词。

姜小乙心说：兵部现在不是应该忙着处理青州军的事吗？怎么这人还有空在这里看神棍作法？

屋外的风越吹越大，隔着门缝便有寒风吹来，风中弥漫着一股湿冷的气息，今晚恐怕要下一场大雪。

姜小乙离门较近，听到门外有脚步声，来来回回，像是在忙些什么……

肖宗镜呢？

姜小乙脑中思绪万千，根本没听进去这大灵师都说了些什么。随着时间的推移，堂中的气氛越发高涨，不知不觉中所有人都感激涕零乃至泪流满面。姜小乙跟着众人一起号了一会儿，今夜的讲法也差不多要结束了。其他人都跪在地上默默地念诵着，姜小乙和另外几个第一次来此的教徒被长老引领着走上前去受赐护法器。

长老拿来几个盒子，里面装的便是那熟悉的水滴形状的琥珀。大灵师给每人分发一枚，挨个训示。

姜小乙站在最后面。等前面几个人都走了，她站到了大灵师的面前。

距离靠近后，她闻到一股陈腐的气味。

大灵师看向她，他的视线……以及周围长老们的视线，都给姜小乙一种十分矛盾的感觉。他们明明是老迈的，却又是有力的，明明是虚假的，却又是笃定的。

“你与他们不一样。”大灵师用混浊的眼睛看着姜小乙，他的神情隐匿在背后的光晕中。

她看到他脸上的褶皱被扯了扯，他似乎在笑。

“本师能看出来，你跟他们不一样。”

身后那些疯疯癫癫的教徒还在不停地念诵着，一个个像是被什么东西附身了一样，那声音在姜小乙的脑子里撞来撞去，让她感到恶心。

大灵师坐在她面前，像是一座用邪念堆起的山峦。他吸取教众的一切痛苦和愤怒、迷茫和期待，化为滋长的力量，让自己衰败的思绪重获新生。他的目光坚定而深沉，她从他身上感觉到一种卑劣的信念感——这让她感到强烈的不适。

“你是真的，也是假的。”大灵师缓缓说道，“你是活的，也是死的。”

姜小乙眉峰一挑，问他：“这是什么意思？”

老妇在旁边训斥道：“姜公子，注意礼数，跪下说话！”

待姜小乙跪在他面前，大灵师摆了摆手，让其他人站得远了一些。

他俯身缓缓说道：“你带着邪灵之心来此，本师全部知晓。”

姜小乙指尖一颤。她抬起头，视线与大灵师对个正着。

他低声说："不过没关系，本师可以引导你回归正途。"

"哦？"这倒真是有些出乎姜小乙的预料了，"大灵师想要如何引导我？"

"你所行的方向与你的目标背道而驰。"

"你知道我的目标是什么？"

大灵师嘿嘿一笑，露出长着黑斑的牙齿："本师的灵法就像明月一样面面俱到，如果你不信的话，就与本师打个赌。如果本师说对了，你就将一切奉献给本师，如何？"

不知不觉间，姜小乙的背后竟渗出薄汗，她似乎被带入由大灵师全权掌控的语境之中。她所有的试探和思虑，被他尽数掌控。

她要与他赌吗？

如果她不答应，像是输给了他；如果答应的话……

"你在害怕什么？"大灵师的嘴角咧得更大了。

姜小乙终于明白，为何那些人会那么死心塌地地跟随他，他的确有种蛊惑人心的力量。

姜小乙道："请大灵师说说看吧，我的目标是什么？"

大灵师眯起眼睛，声音沙哑地道："你在找东西，更准确地说，你在找你自己，对不对？"

姜小乙神情一僵，片刻后喃喃道："原来还真是有点儿本事的……"

大灵师笑了："现在你懂了？本师是灵仙在人间的化身，是世上唯一的真神。本师无所不知，无所不能。任何想伤害本师之人，都将永坠地狱，受尽苦难，永世不得翻身。"

姜小乙没有说话。

大灵师眼睛一瞪，命令道："回头是岸，为时不晚，本师命你立刻发誓，将身心全部奉献给本师！"

他的口气吐到姜小乙的脸上，有股腥臭难闻的味道。

"大灵师……"姜小乙垂着头低声道，"我这辈子也没有什么别的能耐，就是运气好，见过些能人。"

有些事情根本没法解释。

身后的念诵声就像催命的咒语，搅乱她的神志。

现在自己要怎么做呢？姜小乙暗自思索，如果要杀他，那此时就是绝好的机会。大灵师并未设防，自信满满，觉得任何人在见了他的本领之后都会心甘情愿地俯首称臣。

但是杀完之后，她能全身而退吗？

就在姜小乙犹豫之际，门外忽然传来一声巨响，随即是一阵打斗的声音，中断了堂内聒噪的念诵声。

随着大灵师抬起头，几位长老脸色丕变，老妇率先跑向外面看情况。

不待她跑到门口，大门被轰然打开，一股沛然真气卷着北风袭进大堂里——老妇被卷得原地滚了几圈后摔倒在地。

狂风散去，众人凝神，发现屋外有两个人正做收掌的架势。

那股庞然的力量竟是这二人对掌而成。

漆黑的庭院中倒着四个人，还有一个大箱子，白花花的银子撒了满地。这四个人正是之前姜小乙看到的往外抬东西的人。除了他们以外，站着的那二人，一个是肖宗镜，而另一个……是戴王山。

姜小乙终于想起这四个抬箱子的人为什么眼熟了，他们都是密狱的人。

姜小乙看着戴王山那张阴笑的脸，脑子“嗡嗡”作响，甚至觉得比刚刚听教众念经还闹心几分。

又是他……怎么总是他？！

再细看，这二人的神色如常，她也摸不清刚刚那一掌谁占了上风。

老妇冲到门口，高喊道：“你是什么人？！”

她用的是“你”，而不是“你们”——她应该是认识戴王山。

肖宗镜并未理会老妇，沉声质问眼前的人：“你怎么会在这里？还有，这些是怎么回事？”

戴王山明显不想回答这个问题，看看倒地的随从和撒了满院的银子，耸了耸肩膀，敷衍道：“没怎么回事，搬点儿东西而已。比起这个，肖大人大半夜鬼鬼祟祟地私闯民宅，似乎更值得一问吧？”

肖宗镜：“密狱与这邪教有何关系？”

戴王山笑了，冲后面大堂里的众人说道：“诸位，这位大人说灵人教是邪教，你们没什么话要讲吗？”

他这一回头，姜小乙再想躲已经来不及了，被戴王山一眼看到。

“哟……”他挑了挑眉，“还是带着属下来的，看来肖大人对此教颇为上心哪。”

姜小乙心道：不妙。

老妇猛然转头瞪着姜小乙。

“属下？你是朝廷的人？原来你是朝廷的人！”曾经慈祥的目光一瞬间变得凶恶无比，她阴狠地道，“你胆敢欺骗我们！抓住她！”

姜小乙身旁的几个教徒得到命令，一齐向她冲来。

这些人都是普通百姓，年纪也都偏大，又没有武功，按理说姜小乙根本不用把他们放在眼里，可他们狰狞的面孔落在姜小乙的眼中，使她微感慌乱。

屋外寒风阵阵，可整间大堂在大灵师老朽的邪气的笼罩下，像是蒙着一层看不见的膜，闷住了教徒们的汗水和躁动的情绪。他们双眸充血，眼睛瞪得像脱了水的金鱼，张牙舞爪地朝姜小乙扑来。

这些人不是官差，不是江湖人，也不是普通百姓。他们身上有一种毫无道理的疯狂和忘我的劲头，使人毛骨悚然。

姜小乙步法精妙地躲开几个人，可这场地太小了，那些教徒前赴后继地扑到了她的身上。老妇抓住她的头发狠狠一扯！姜小乙疼得大叫一声，照着老妇的肚子就是一脚！老妇没有武功傍身，被她一脚踹吐了血，却毫不退缩，不要命似的抓着姜小乙，绷直手掌对着她的脸扇去。

姜小乙拿脑袋猛地一磕，撞烂了老妇的鼻子，但还是阻拦不住后面拥上来的教徒。姜小乙从袖口里抽出一把防身的小刀，照着最近的一名教徒的大腿上连扎了三刀，皆是一捅到底。可这教徒像是没有知觉一样，龇牙咧嘴地抓向她的脸，口中吼道："你胆敢欺骗大灵师！你不得好死，不得好死！"

肖宗镜在众人围上姜小乙的一刻便冲进大堂里，与大灵师隔着人群对视了一眼。大灵师阴森森地笑了笑，面目隐藏在晃动的灯影之中。

擒贼先擒王，肖宗镜直奔大灵师而去！教徒纷纷拦截，几名老者试图冲撞肖宗镜，皆被他一巴掌抡开。肖宗镜控制了力道，没下死手，这些人被扇得满脸红肿却仍不退后。肖宗镜抓起人，一个接一个地往外面扔去。

当初在丰州冀县时，他也是这样对付赌场打手的。但这两个群体似乎是截然相反的存在，打手们身强体壮，却懂得趋利避害，而这些教徒多是老弱妇孺，面对如此强手却全无畏惧之意。

人群狂吼着一层接一层地拥来，有人扯下肖宗镜头上束发的绑带，口中大骂着"走狗""邪灵"，朝他脸上连啐了几口浓痰和血水。肖宗镜披头散发，眼帘染红，身上的衣服被抓得全是血迹，靠近他的人甚至张开嘴要往他身上咬。

姜小乙瞧见这一幕场景，焦急地道："住手！你们这群疯子！"

肖宗镜听到姜小乙的怒吼，终于忍无可忍地沉喝一声，甩开周遭的数人，霍然拔剑——沛然浩气至大至刚，剑光闪烁，直冲中天！

恰逢天空中响起一声巨响，劈开了积攒一整日的阴沉天色。

冬雷荡鬼，大灵师被那剑光一晃，蓦然惨叫一声，捂着脸深深地埋下了头。

冷风瞬间灌入，满屋的邪祟之气被洗刷殆尽，教众像刚刚睡醒一样，愣在当场。肖宗镜抓住时机，看清人群中小小的缝隙，猛然运气，喝一声："去！"

宝剑脱手而出，携带着浩然真气径直刺向大灵师！

在剑距离大灵师一丈远时，忽然闪出一道身影！

戴王山戴着一双黑色的软锁手套，竟发出黑亮的暗光。这双手套也非凡品，乃戴王山用四处搜刮来的天山玄铁千锤百炼地锻造而成，是件不亚于玄阴剑的宝贝。

肖宗镜一心除魔，剑气纵横，震向四方！戴王山不敢大意，目光极其敏锐，在剑刺来的瞬间双掌合十夹住宝剑！他咬紧牙关，气沉丹田，汇真气于掌心上——剑身与软锁手套摩擦，发出无比尖锐而刺耳的声音！有几名老迈体弱的教徒被这声音穿透耳鼓，口吐鲜血地当场晕死！

这一剑终究被戴王山拦了下来。

冰冷的寒风吹入堂内，所有人都被这一剑吓傻了。

大灵师惨然道："保护我！快保护我！"

剩下的教徒回过神来，纷纷挡在大灵师身前。

肖宗镜认出打头的一人，眼睑轻颤。

"田百福，"他看着这一对夫妇，目光沉得骇人，"这是你家？"

田百福自然也认得肖宗镜，脸色灰白，满头大汗："是……是……正是下官的宅邸！"

"你是朝廷命官，竟将自己的家借给邪祟作乱！"

出于惧怕，田百福脸上的横肉不住地颤抖，他强撑着反驳道："大……大灵师不是邪祟！他不是邪祟！大人……大人，你误会了！下官拜灵仙也是为了给青州的战事祈福！大灵师一定会保佑将士们出征顺利的！"

"荒唐！"肖宗镜愤然怒喝。

田百福膝盖一软跪下了："大人！下官说的是真的，有灵仙保佑，将士们死后也能快速超脱，再也没有痛苦！"

"不必与他多言！"那个被姜小乙打得鼻歪眼斜的老妇一瘸一拐地来到堂中，怒道，"朝廷的无知走狗，与他说了也没用！"她站在满地血泊之中，对众教徒说道："大家不要畏惧！为灵仙献身之时到了！今日就让这些邪灵看看我辈证道的勇气！"

说完，她从戴王山手里抢来宝剑，大吼一声冲向肖宗镜！

肖宗镜一掌将她扇开，顺手夺下玄阴剑——按理说，一个年迈老妇是不可能接得住肖宗镜的一掌的，可她此时已经抱有必死的决心，竟硬扛住了这一下！她不想宝剑被夺，徒手去抓剑身。肖宗镜见她满手是血，不禁卸去几分力，但仍未放手。老妇抓着剑大叫一声，往自己腹部送去，让宝剑将她刺了个对穿。她前冲三步，一双枯槁的手抓住肖宗镜的衣领，面目狰狞，声音嘶哑地道："你不得好死！你们一定不得好死！"

说完，她慢慢滑倒在地。

全场寂静。

姜小乙惊呆了，甚至连肖宗镜也说不出话了。

这时，大灵师倒是开口了："你杀了她，是你杀了她。"大灵师仿佛重新找回自信，缓缓地坐直身子，对肖宗镜道，"从现在起，你每向前走一步，就会有一个无辜百姓因你而死。"

得了大灵师的示意，所有教徒都站到了肖宗镜的面前，眼中重燃战意，跟随剩下的长老再次高喊口号——

"追随灵师乾坤朗！精神解脱天地宽！"

肖宗镜垂眸，地上的老妇仍睁大眼睛看着他，死不瞑目。

前方传来“啧啧”的感叹声。

“真是天可怜见。”戴王山向前走了几步，明显是怕脏了自己的鞋，绕着血泊来到肖宗镜的面前，“敢问这老人家到底是犯了什么滔天大罪？肖大人为何要拔剑相向啊？”

肖宗镜抬眼看向他：“你是下定决心要袒护此教了？这是你的主意，还是刘公公的主意？”

“哎，肖大人，话不能这么说。”戴王山义正词严地道，“此教是正是邪，不是你一句话就能定论的。今日幸好我在这里，才止住一场不必要的干戈，否则还不知道要枉死多少无辜的百姓。”说着，他又笑了笑，道：“肖大人，刘公公早就知道灵人教的存在了，他老人家也已经向陛下说明了此事。既然肖大人如此笃定此教是邪教，那不如也上奏一本，到时候大家朝堂上见，在陛下面前好好论一论。”说完，他又往后退了两步，摊开手，“至于今日，还请肖大人先回吧，否则再冤死几名百姓，实在有损肖大人的清誉啊。”

肖宗镜环顾四周，一干教徒死死地盯着他。

他再看这戴王山，看似放松，实则警戒，一直挡在他身前。

最后，肖宗镜冷冷一哼，收了剑，转身离去。

姜小乙连忙跟了上去，离开前回头最后看了大灵师一眼。

大灵师冲她笑，再一次露出一嘴的黑牙：“已经没有机会了。”他指着自己的眼睛，有点儿兴奋地说道，“本师看得见你们此去的结局，你们再没有机会伤害本师了。”

姜小乙不语，追随肖宗镜离去。

他们走后，大灵师指挥教众清理场所，几个人过来要抬走老妇的尸身。

“别动。”戴王山冷冷地道，“这东西我还有用。”

大灵师屏退众人，看向戴王山。

“你有与他一战之力，为何不直接动手？本师看得出来，你很想与他一较高下。灵人教的教众皆愿以身证道，我们可以合力铲除他，永绝后患！”

戴王山原本望着肖宗镜和姜小乙离去的方向思索着什么，闻言转过头来。

“合力铲除？”戴王山被他逗笑了，弯下腰拍了拍大灵师的老脸，“他要是真死在你这里，你就等着被永祥帝锉骨扬灰吧。”

“这……”

“今日要不是我恰好在此，你以为你躲得过去？”

戴王山踢了踢老妇的头，道：“管好你的人，给我老实点儿。只要你识时务，我和刘公公自然有办法让你接着做教主，将来还有机会送你进宫。但是……”他话锋一转，沉下脸，“你若真是不知好歹，每日生些没边的想法，那谁也保不住你。”

肖宗镜和姜小乙从田百福家出来时已近子时，天色一片漆黑，狂风肆虐，雨雪交加。

门口拴着几匹不知道主人是谁的马，肖宗镜上前解开一匹马的缰绳递给姜小乙，两个人打马离去。

经过刚刚那一番折腾，姜小乙感到有些疲惫，之前在丰州时连忙几日也不如此时难过，这大灵师当真是折磨人心神的恶魔。

肖宗镜在前面引路，姜小乙望着他的背影，不禁想到刚刚戴王山说的话……

他们真要去皇帝面前说这件事吗？为何戴王山言语之间那么自信？永祥帝不是特别信任肖宗镜吗？

她在思来想去间，不知不觉已经进了城。见肖宗镜忽然勒住缰绳下了马，姜小乙连忙也跟着停下。雨雪夹着碎冰将他们都淋透了，姜小乙冷得嘴唇惨白："大……大人……"

肖宗镜过来扶她："下来。"

姜小乙这才发现，他们停在一家客栈门口。

"风雪太大，先在这里留宿一晚，明早再回宫。你先进去，我等一下来找你。"

姜小乙步入客栈，找店家要了热水和布巾，进了客房里把头发擦干。她坐了半炷香的时间，才觉得暖和了点儿。她将窗户推开一道缝，街道上空无一人，冰冷的石板路被雨雪覆盖着。现在天还不够冷，雪留不住，落地便化开，地上像是蒙着一层黑色的油光。

门外传来脚步声，姜小乙关上窗子。

"小乙，你在吗？"

姜小乙开了门，见肖宗镜湿淋淋地站在外面，手里拿着一个油纸包。姜小乙连忙递给他一条干布巾。

肖宗镜接过布巾，只擦了擦脸便将布巾搭在肩上，走入房中。他拆开油纸包，里面是一些药膏。

"身上的伤都验过了吗？"他问道。

姜小乙愣了愣："伤？什么伤？"

肖宗镜侧目看向她，眼神向下示意。姜小乙低头一看，自己的两臂上有好几道还在流血的口子。

这应该是刚刚在田百福家被人抓的，方才她精神紧绷都没有察觉到，现在才感觉到伤口火辣辣的。

肖宗镜挽起袖子，将桌上的油灯拿近了些，指了指椅子。待姜小乙坐下，肖宗镜拉来椅子坐在她面前，打开药膏。

雨雪阵阵，寒霜凛凛，偶尔一缕风顺着缝隙吹进来，吹得脆弱的火苗来回摇晃。

肖宗镜被那些教徒折腾惨了，被撕得破烂的衣服上全是血污，脖子上还残留着老妇的抓痕，披散着头发，水珠滴滴落下。他垂眸给姜小乙上着药，眼下落得一大片阴影，这双平日里沉着的眼睛，此时在飘忽不定的烛光的衬托下，显得格外疲倦。

窗外风雪呼啸，窗内万籁俱寂，姜小乙看着肖宗镜，渐渐地有些呆了。

“你一直盯着我做什么？”肖宗镜淡淡地发问道。

姜小乙也不知道做什么，但总归要回话，愣愣地道：“大人，还是我自己来吧，都是小伤，不打紧。”

肖宗镜将药膏递给她，说道：“你本不该受伤，是我大意了。”

姜小乙：“我没事。对了，大人怎么跟戴王山碰上了？”

肖宗镜：“我跟你进了院子后，碰见一伙人来来去去地搬箱子。我本想先查一下他们搬运的是何物，没想到戴王山也在那里。”

“他发现了大人，所以你们就动手了？”

“嗯。”

“那……大人不要紧吧？”

“什么？”

姜小乙想起他们在院子里实打实对的那一掌：“大人之前不是说过，戴王山的掌法很厉害吗？”

“好像是说过。”

肖宗镜站起身，将布巾在水盆里涮了涮，洗了一把脸，几缕湿润的黑发顺着两鬓垂下。

见他侧目而视，姜小乙立马说道：“不过他再厉害也肯定不如大人厉害。”

他笑了笑，将布巾放回桌子上。

此番情形下，闲话与调侃都显得无力了，姜小乙又道：“也不知密狱是什么时候跟灵人教搭上的……想来是那大灵师准备花钱找靠山，买平安了。”

刘行淞将大灵师收入麾下想做什么，肖宗镜太清楚了。

他问姜小乙：“你这一晚接触大灵师，有何感受？”

“大人，他其实……”姜小乙犹豫片刻，还是将在堂内发生的事如实说与肖宗镜听。

肖宗镜：“所以，你觉得他是得道之人，那些人追随他确有其理？”

姜小乙没有马上回答他，思索了一会儿才说道：“大人，我小时候生活的镇子上有一个姓孟的老头。他很奇怪——明明全家人都死了，可他每天都像他们还健在一样生活，同他们说话，与他们共事，说自己可以与亡魂沟通。一开始所有人都当他疯了，后来镇子受战乱波及，死的人越来越多，有些痛失亲眷难忍思念之人，就抱着死马当活马医的心态找孟老头帮忙，向阴间捎信。孟老头每次都乐施援手，久而久之，他的灵能才慢慢为人所信。”

她说这话时神色比以往更为郑重，双目清澈，像一面纯真而又冰冷的镜子，映照世间一切虚妄，一切真实。

“人本就是灵物，许多人会在阴错阳差下获得所谓‘神通’，尤其在山河动荡的年代，人心惶惶，更易通灵，但这不是真正的得道。大人，我师父说过，得道是没有捷径的，只有持常人所不能持的戒律，忍常人所不能忍的痛苦，行常人所不能行的善举，持之以恒，经世累劫，才有机会修成正果，绝非一些小小的聪明和虚幻的把戏可以蒙骗过去的。”说到这里，姜小乙语气严肃了一些，“大人，这大灵师躲在后方，以他人虔心善念为己谋私，这是犯了道中大忌，绝不会有好下场的。”

肖宗镜垂眸不语，静静思索。

姜小乙又道：“真正的得道者，必定站在众生身前。”

肖宗镜抬眼。

姜小乙叹了口气，又道：“不过这些道理我懂，因为我从小跟在师父身边；大人也懂，因为大人的意志本非常人所能比。但是在刚刚满堂跪拜的那些人眼中，大灵师就是真正的神灵。他略施小术便能收获信徒，这世上很多事原本就没法解释。”

肖宗镜凝视着那火烛：“我们错失了杀他的最好时机。”

姜小乙当然也明白这一点，轻声问：“大人，你真的要跟戴王山去朝堂对质吗？”

肖宗镜：“既然刘行淞已经将此事告知陛下，也就只能如此了。”

姜小乙：“那……大人能说服陛下整治此教吗？”

肖宗镜静了静，低声道：“我不知道。”

姜小乙本想安慰他，永祥帝那么信任他，一定愿意听他的话，可看肖宗镜沉默的样子，又隐隐觉得有些不妙。

窗外的风刮得更凶猛了，桌上的残烛竭尽全力地燃烧着，用微弱的光芒照亮这对无言的过客。

所谓好的不灵坏的灵，肖宗镜的担忧果然应验了。

那日风轻云淡，碧空如洗。

姜小乙正在执勤，李临匆匆忙忙地来找她。

“快快快！陛下传你即刻觐见！”

“什么？！”

姜小乙来不及准备，已被李临拉去了内廷。她一路上脑子都是蒙的，只知道今天一早肖宗镜就离了营，一直没回来：“到底怎么了？陛下怎么会突然要见我？”

李临：“具体我也不知道，但好像是跟大人有关，你可千万别说错话了。”

这是姜小乙第一次进内廷，千秋殿坐落在凄冷的寒冬中，像一头傲然的雄伟巨兽，静等众人的朝拜。

她不太记得自己是怎么上的阶梯，怎么进入的大殿，怎么叩拜行礼的。

她盯着冰冷的地面，闻到一股穿透胸腔的苍茫气味，好像置身于千丈高峰上，明明没有风，却冷得刺骨。

满朝文武站立左右，她听到有人说：“姜侍卫，抬起头来。”

永祥帝的声音很好听，语速不快不慢，语调不冷不热。

她抬起头，才发现自己离永祥帝并不算很远。

她的第一感觉是肖宗镜所言不差，永祥帝的确美极了。他的美与常人不同，甚至让人生不出感叹的俗念。他像一方精致的玉像，立于金殿之上。久居高位，使他习惯于俯视的仪态，而常年吃斋念佛，又在这种仪态上增加了几分肃穆感。他的尊容区别于殿下群臣，也区别于茫茫世人，他与所有人之间的距离都是咫尺天涯。

姜小乙的第二感觉是永祥帝看起来有些眼熟。

她心想：是像谢小王爷吗？论面相，他们的确有几分相似，但论气韵则完全相反。谢瑾终日冷着一张脸，可他的内心是火热的；而永祥帝的脸上虽一直挂着淡淡的笑容，实则像这千秋殿一样，没有半点儿温度。

很快，她想清楚他像谁了，像佛像。

许多名山古刹里的佛像都是这样的神情，嘴角带着一丝似有似无的笑容，却让人感觉不到丝毫凡尘的快乐，最多只是一种寂灭的喜悦。

他身旁有一个体态微胖的老太监躬身伺候着，想来这人便是刘行淞了。

“姜侍卫，你可认得此人？”永祥帝问道。

姜小乙视线一转，看到旁边放着一具尸体，这具尸体是灵人教那名长老妇人的。她死状凄惨，身体僵直，手还向上伸着，五指成爪，满身干涸的血迹。尸体旁跪着一人，正是戴王山。他似乎刚向永祥帝陈述了些什么，等待求证。

在他前面站着肖宗镜，旁边是诸多大臣。

姜小乙：“回禀陛下，她是灵人教的长老。”

永祥帝又问道：“她是怎么死的？”

姜小乙：“自杀而亡。”

“为何自杀？”

“因受灵人教教主蒙骗，神志不清，冲动自尽。”

“戴王山，你说呢？”

戴王山叩拜永祥帝，道：“陛下，这妇人确是冲动行事才遭此横祸。她误解了肖大人，护主心切，才落得如此下场。”

姜小乙听他的言论，只觉得又对又错，难以揣摩。

肖宗镜道：“陛下，此教派蛊惑人心，骗取钱财，危言耸听控制民众心神，不得不防。”

静了许久，永祥帝道：“朕听说此事出在田百福家，他人呢？”

兵部尚书黄广垚站了出来，道：“回禀陛下，田百福病了。臣已派人去看过，他病得很重，无法下床。”他偷偷看了一眼肖宗镜，又道，“听他妻子说，是被吓得心胆俱裂了……”

永祥帝转向肖宗镜和戴王山："你们那晚到底做了什么，竟有如此震慑力？又是冲动自尽，又是心胆俱裂。"

不等他们回答，一人从朝臣队列中站了出来。

"陛下！"

此人声如洪钟，气势不凡，姜小乙不禁回头看了一眼。这是个半百老者，着武官朝服，容貌周正，身材魁梧，壮气吞牛，锐不可当。他周身散发着一种血气，并不是江湖客身上那种缥缈的杀意，而是更为磅礴的驰骋疆场、统领千军万马的气魄。

"肖宗镜所行有差！"他霍然道。

肖宗镜转身，这老者与他怒目而视。

"在邪祟萌芽之前，就该连根拔起以绝后患！你既然已经发现贼人的老巢，竟没直接斩了他们，婆婆妈妈，岂不误事？！"

永祥帝道："杨将军。"

姜小乙心中一愣：杨将军？难道这位就是被民间称为"大黎军神"的大将军杨亥？

姜小乙久闻杨亥大名。自她进宫以来，杨亥一直在外征战，这次刚刚从抚州剿匪归来——这还是她第一次见到杨亥。

"还有你！"杨亥瞪向戴王山，"你们密狱平日里鬼鬼祟祟做什么老夫管不着，但这蛀虫已经扎到皇城根下了，你还蓄意包庇，究竟有何居心？！"

"将军请息怒。"戴王山连忙说道，"将军误会了，下官绝无包庇之意，只是那日在田百福家里还有百十名普通百姓，都像这妇人一样随时准备为教主殉命，下官也是怕出事。"

"畏首畏尾！"杨亥厉声道，"这些人受妖言蛊惑，心早就不在正道上了，死也就死了！"

"这……"戴王山为难地道，"杨将军，这好歹也是上百条人命，而且多是老弱妇孺。他们又没杀人放火，又没作奸犯科，如果仅仅因为念几句咒就送了性命，下官实在于心不忍。下官认为，应先查明那教主是否真为邪祟妖人，再行处理也不晚，也更能使百姓认同。相信肖大人也是这样想的，所以才及时收手，免得出更大的岔子。"

杨亥怒道："他们若不是心中有鬼，为何做事偷偷摸摸，见不得人？！"

戴王山："恕下官直言，他们只是露了个头便要被将军斩草除根，话都不能说一句，换作是下官也会躲起来。"

"你——"

戴王山头埋得更低了："当然，将军也是防患于未然，下官万分理解。其实下官与将军实乃一条心，这教主已被下官控制住，正在严查，若真有丝毫不敬之心，下官一定将他碎尸万段，以警世人！"

永祥帝又问姜小乙："姜侍卫，当晚情况是否如戴王山所说？"

姜小乙跪在地上，谨慎地道：“陛下，当晚此教秘密集会，向民众散播流言蜚语，侍卫营本欲将其教主当场诛杀，可惜被密狱阻拦。”

永祥帝：“他们散播了什么流言蜚语？”

“他们对陛下和朝廷大大不敬。”她想了想，心一横，又道，“而且他们还大言不惭，竟说佛教是邪魔外道，还把些无端的罪过推在佛陀头上。”

整座千秋殿一片寂静。

刘行淞一直面带淡淡的笑容，垂眸立在永祥帝的身旁。

永祥帝再次开口，语气没有一丝变化：“戴王山，你调查此教教主，查出什么了？”

戴王山恭敬地道：“回禀陛下，这大灵师真名叫王胜，原是攸州的一个农民，全家死在叛军战乱下。他受尽折磨，勉强存活，自称开了些灵智，创建了灵人教。此教教义在于虔诚供奉，心诚则灵。”

永祥帝：“浅薄，难怪会说出粗鄙之语。”

戴王山：“正是，此等愚民的见解自然入不了陛下的圣耳。他的教众多是些遭受苦难、拙口钝腮之辈，他们无处宣泄自己的痛苦，遇到这经历相似的大灵师，便生出追随之心。在微臣看来，他们单纯就是想寻个精神寄托罢了。”

永祥帝：“世间只有佛法一种真理，其余无非都是魔道邪见罢了。”

戴王山深深叩首：“是。”

“不过，”永祥帝又道，“道乃路也，所有的路最终通向的都是唯一的结果。魔道也是道，邪见也是见，只不过比起直通真理的不二法门，走的弯路、岔路多了一些。世人慧根各有不同，不可强求。”

姜小乙听着这话，越听越感觉不对劲。

戴王山道：“陛下说得极是。另外，微臣还有一物想要呈上。”

他叫人抬上来数个大箱子，姜小乙认出这些是那晚密狱从田百福家抬走的箱子。几个箱子被打开，里面装满了银子。

“陛下，这些是灵人教准备向官府缴纳的税银，他们早已准备好，只是求述无门。那晚微臣便是受其教主请求前去取银，但……阴错阳差，侍卫营的兄弟中途也到了，便起了些误会。”

肖宗镜冷冷地道：“这是税银？”

戴王山：“自然，下官早已与户部说明此事。”

他话音刚落，旁边的队伍里站出一人，叩拜永祥帝：“启禀陛下，戴王山所言不假。他之前就向户部提过此事，只是当时密狱还没彻底查清此教，所以银子我们没收，暂待商议。”

姜小乙斜眼一看，是户部尚书王汝涛。

肖宗镜上前两步，道：“陛下，这是不是税银暂且不论，此教妖言惑众把控民心，若不加以整治，放任其做大，后果不堪设想！”

永祥帝面对肖宗镜，语气缓和了一些：“听说前阵子微心园里闹了些不愉快之事……”

世上没有不透风的墙。

肖宗镜瞥了刘行淞一眼。

永祥帝微微叹气，道：“连谢凝这般尊贵身份的人都要小心翼翼地帮人藏书，也不怪普通教众会因害怕朝廷而终日躲藏了。肖爱卿、杨将军，朕知道你们忠于职守，一心为国，但有时你们太过严苛了。而且你们误会朕了，朕虽追随世尊，却不会强迫全大黎的人跟着朕走。百姓愿意信谁，本就出于自身意愿。”他看着地上老妇的尸身，淡淡地道，“近些年来叛军四起，百姓饱经风霜，苦不堪言，尤其是这些老弱妇孺，好不容易寻到一处避风之所，朝廷不该再行打压。”

肖宗镜：“陛下，这不是信不信谁的——”

“好了。”永祥帝打断他的话，“不必多言，朕知道你的担忧，此事就交给密狱吧。戴王山，你要时刻监督他们，让他们快些制定出法章教典，走上正轨，造福百姓，绝不可做出扰乱朝纲之事。”

戴王山：“是！”

永祥帝明显已经不想再谈灵人教的事了，姜小乙听得出来，肖宗镜更听得出来。

见永祥帝摆了摆手，内侍上前，引领姜小乙离去。姜小乙一步步退出千秋殿，永祥帝的声音飘来——

“比起此事，另有一事才真正令朕担忧。青州贼军日益猖獗，蛮夷贼将丧心病狂，连屠三县，东部州郡已成血海尸山。每每想起，朕心如刀割，夜不能寐。我们要尽快平定战乱，还百姓一个太平天下……”

姜小乙出了千秋殿，深吸一口气，混沌的脑子才清醒了些。

这内廷给她的感觉像极了北方的冬风，明明吹得凶狠，却因寒冷刺骨，将人冻到麻木，而显得异常平静。

这种动与静的矛盾，使姜小乙内心感受到了强烈的冲击，脑海之中曾经稍显模糊的未来，此刻也渐渐明晰了。

站在空荡荡的大道上，姜小乙回眸眺望。

悠悠苍天，茫茫世间，千秋殿好像一座巨大的牢笼，将众生笼罩住。

待回营后，李临过来询问，姜小乙随便应付了几句便去巡逻了。

她急需走动走动，理清思绪。

经过这一日，她有好多话想对肖宗镜说，有些安慰，有些抱怨，甚至生出了一些劝阻之意。但她还没想好该不该说，若说的话，又该怎么说。

下午是周寅负责执勤，姜小乙同他一起去。

周寅走在姜小乙前面，一如既往地沉默寡言。

姜小乙走着走着，忽然问道："周大哥，你是一直这么不爱说话吗？"

周寅回答道："言多必失。"

姜小乙看着他默然的背影，又问道："刚刚我从内廷回来，李临和江存书都来问我发生了什么事，只有你不问，你一点儿都不好奇吗？"

"这不是我该关心的事。"

"那你该关心什么事？"

"我只关心大人交代我的事。"

姜小乙笑道："李临总说你是木头，想来也是因为你一直这样一根筋，什么都不想。"

周寅没有说话。

姜小乙打了个哈欠，亦步亦趋地跟在后面。他们来到外廷，走了大半路程后，周寅忽然开口了。

"不是我什么都不想，只是这宫里的事禁不得想。你越想，疯得越快。人若想不疯只有两条路可选，要么去找乐子，要么去做事。我不是个喜欢找乐子的人，所以只能做事。"

姜小乙心想：肖宗镜或许也是第二种人。

她回想起那座庞大又阴冷的宫殿，决定先拿周寅做试探，于是轻声地问道："周大哥……你们尽心尽力，却如此不顺心，有没有想过离开呢？"

周寅难得在巡逻中停下脚步，回头看向她。

姜小乙连忙说道："我不是那个意思。"

周寅道："我明白。其实……我外出执行公务时，也曾结识过一些江湖人，他们问过我为何不离开这荒唐的朝廷。"

姜小乙："那你是如何回答的？"

周寅静了片刻，回忆道："我家祖上原本很穷，后来曾祖父中举做官，官职不算大，但因本朝高薪养廉之政，生活也因此变得安稳富足。一直到我这一代，虽然民间疾苦艰难，但我的家族依然衣食无忧。"

说到这里，周寅笑了笑。这是姜小乙入宫以来第一次见他笑。

"国家兴盛之时，我家受其庇荫；现国家衰落，我岂能做出得鱼忘筌之举？吃完饭就砸碗，这道理在我这里说不过去。我没有太大的本事，改变不了这世道，所以追随大人。若有一天，连大人也无法扭转乾坤了，那我无非是以死明志，又有何惧？什么顺不顺心的，不过是一时矫情罢了，不值一提。"

周寅这番话，让姜小乙觉得自己刚刚那些思绪变得无足轻重。

世路千万，各有选择。

她的顾虑和烦恼，像肖宗镜和周寅这样的人物恐怕早已想了千万遍了。即便如此，他们仍然走在既定的道路上。他们虽各有各的理由，但这种决定的分量，无外人插嘴的余地。

她忽然就想开了。

巡逻结束后，姜小乙回到营中，喝了点儿茶，吃了点儿糕点，打着饱嗝儿回了房间休息。她一不小心睡过了头，醒来时已是傍晚，蒙眬之间，听到有人敲门。

她两腿一蹬坐了起来，把门打开，见肖宗镜站在门外。

姜小乙闻到什么味道，往下一看，见他拎着几坛酒。她调侃道："大人，下朝了呀？"

肖宗镜"嗯"了一声，问："你想喝酒吗？"

姜小乙凝视着他的双眼，蓦然一笑，话中有话："大人，姜小乙一定奉陪到底！"

她将他拉进门，点燃油灯，清理了桌上的糕点残茶，取来酒碗。

酒刚从外面拿进来，冰冰凉凉的。

两个人话不多说，先干了一碗。

肖宗镜靠在椅子上，谈起白天的事，道："陛下给灵人教分了石鼓山的悦心庙做道场，还让我给安王殿下传话，让安王殿下不要再约束凝儿和那名侍女，随她们晋谒大灵师。"

几碗酒下肚后，他语速明显较以往慢了许多："那悦心庙原本是座空庙，年久失修，不过胜在位置好。石鼓山上已有一座东山寺，住持就是广恩禅师。他们几次向朝廷请示想要扩建庙宇，却因为刘行淞从中作梗，一直没能如愿。现下刘行淞为灵人教争来了悦心庙，也算是与杨严正面过不去了。"

姜小乙观察着他的脸色，问道："大人是不是生气了？"

肖宗镜摇头："有些时候事情离谱儿得过了头，反而变得可笑了。"

说起那位广恩禅师，因其学识渊博、口齿伶俐，且私下与杨严交好，故被杨严安排定期入宫向永祥帝讲法，也是方便递话。广恩禅师深受永祥帝赏识，每年开销极大。最近他在安排法会，若不是杨亥回来了，要讨论青州事务，恐怕今日的早朝都没的上。

肖宗镜叹了口气。

永祥帝早年命途坎坷，入宫之后也少有依靠，渐渐沉迷于宗教观想，肖宗镜不乐见，但也没有别的办法。永祥帝在这些事上有着超乎寻常的执着。

"大人，今天这事戴王山得负全责！"姜小乙用手指头用力地点了点桌面，"密狱天天睁眼说瞎话，咱们又何必非做君子呢？"

她靠近肖宗镜，压低声音说道："咱们也使点儿招吧。大人，这样，我去弄点儿厉害的药，你想办法给他下了，咱们神不知鬼不觉地把他给……"

她比画了一个切菜的手势。

肖宗镜："想毒死戴王山，可是个精细活儿。"

姜小乙："反正刘行淞手下就这么一个好手，把他拿下，剩下的都是臭鱼烂虾，咱们以后做事也好放开手脚。”

肖宗镜：“戴王山现在不能出事。”

“啊？为什么？”

“你也说了，他是个‘好手’。”肖宗镜拿着酒碗，思忖道，“此人虽人品低劣，但也算有实力。他经营密狱多年，人手遍布全国，扎根极深，这些棋子用好了，很多事可事半功倍。”

比如，这次处理青州军……

但是，要让戴王山这种人出力，要么进行绝对威逼，要么给予绝对利诱……

见肖宗镜陷入沉思之中，姜小乙没打扰他，坐在一旁喝酒。

她喝得多了一点儿，渐渐有点儿上头，扶着脸，默不作声地盯着肖宗镜。忽然，她发现了什么，眼睛眯了起来。

肖宗镜道：“你又这样看着我作甚？”

姜小乙伸出手指，一点点靠近他。

肖宗镜没有躲。

最终，姜小乙的指尖碰到他，在他的头发上轻轻地拨了一下，她惊讶地道：“原来我没看错，是真的。”

肖宗镜奇怪地问道：“什么是真的？”

姜小乙转向他的脸，圆溜溜的眼睛像两颗锃亮的玻璃珠：“大人，你有白头发了！”

安静，还是安静。

所有的思绪都被打断了，肖宗镜深吸一口气，身体微微后仰。

姜小乙：“大人，你才三十冒头就有白头发了！你真苦啊！”

这话不管从哪个层面上理解，都不是什么好话，但可能是因为她说得太诚恳、太直白了，竟让肖宗镜生出一种诡异的滑稽感。

他哭笑不得：“姜小乙，你……”他指着她，牙关紧咬，憋了半天憋出一句，“你可真是个人才！”

姜小乙喜笑颜开：“是吗？多谢大人夸奖！”她给肖宗镜倒了一碗酒，“来，大人顺顺气，顺顺气。”

两个人再次喝了起来。

酒至半酣，肖宗镜已有明显的醉意，眉眼微垂：“再过些时日，我们就要去东边了。”

姜小乙无所谓地“嗯”了一声：“我知道，讨伐青州军嘛。”

肖宗镜：“你的语气倒轻巧，这次任务与之前不同，是真正的生死攸关——关乎国家存亡的大事，你不打算多问几句？”

姜小乙故作惊讶地问道：“竟有这么夸张？那……既然任务如此重要，我们要是得胜归来，奖赏也该丰厚无比吧？”

肖宗镜顿了顿，道：“奖赏自然有，你想要什么？不论是金银还是奇珍异宝，只要你提出来，我都会尽力满足。”

姜小乙见他当真了，笑道：“我说着玩儿呢。”

肖宗镜不语，好像还在思考此事。

姜小乙的视线向他的鬓侧移了移，她灵机一动，半是认真半是玩笑地道：“大人若真想给，就把这根白发送我吧。”

肖宗镜在烛光之中抬起双眼。

姜小乙被那目光看没了话。

肖宗镜：“你知道自己的话是什么意思吗？”

姜小乙张了张嘴。她好像知道，又好像不知道，低下了头：“大人，我错了……”

肖宗镜叹了口气，低声道：“现在说奖赏太早了，等铲除了贼军，班师回朝的那日再谈吧。”

得了这不像承诺的承诺，姜小乙又开心起来。她想起另外一件事，神神秘秘地对肖宗镜道：“对了，大人，我跟你说件事。”

“何事？”

“我今日好像悟到了。”

“什么？”

姜小乙严肃地思考了一会儿，抿了抿嘴：“虽然不好说究竟是悟到什么了，但终归是悟到了，是周大哥开解了我。”

“周寅？”肖宗镜靠回椅子上，“你终于不跟李临混了？”

“嘿，李临是李临，周寅是周寅，他们各有各的好。”

“确实。”想起这两个手下，肖宗镜放下酒碗，“周寅品行端正、武功扎实、意志顽强，只是过刚易折，做事不太知晓变通；李临脑子灵活，反应快，主意多，不过有时想得太花，难保不会阴沟里翻船。”

姜小乙想起李临在十八香的遭遇，深有所感。她靠近桌边，问道：“大人这么了解手下，也说说我吧。”

“你？你是想我夸你还是损你？”

“哎，大人有什么说什么，我就想听真话。”

见她晶亮的眼睛里迸发出期盼的光芒，肖宗镜挑眉道：“你很在意我如何看你？”

“当然！”

肖宗镜反问道：“那你又是如何看我的？”

姜小乙毫不迟疑地道：“大人仁心仁术，不同流俗，是天上的月亮！”

肖宗镜“呵”了一声：“姜小乙，你的缺点就是说话时常不着边际。”

“嘿嘿，大人不喜欢听就当是我放屁好了。”

“满口粗言。”

姜小乙：“不过大人，小的对您说的每一句话都是真心实意的，不是不着边际。”

“每一句都是？”

“每一句都是！”

“难道你记得你对我说的每一句话？”

“呃……差不多吧。”

肖宗镜笑了：“我也记得很多。”

他的笑容一如往日那般沉稳平静，但好像又不太一样。

姜小乙扒着桌子问：“缺点说完了，还有优点呢？”

静了片刻，肖宗镜缓缓地道：“小乙，我同你说点儿闲话吧。我今年三十有一，十岁前笨得很，只会练武背书，双亲过世后，被安王殿下收养，才慢慢学会了做事动脑子。十三岁那年，发生了‘庚午之变’，我深感自己能力之低微。十五岁，陛下即位，我离开天京外出拜师，五年后归来，入了军伍。二十三岁，我回朝廷创建了侍卫营，到如今已有八年了。”

时光荏苒，多少辛苦磨难、人间疾苦，也不过寥寥数语草草概括。

“我半生漂泊，见过很多无可奈何的倒霉事，时常会为了云谲波诡的世情感到震惊。太多的人与我说过，我诸事不顺，是命数如此，更是国运如此。后来，为了不使本心动摇，我强令自己只专心做好眼前事，不去多想所谓天理命数。但是前不久我还是念及了一次，你可知是什么时候？”

姜小乙摇头。

肖宗镜道：“就是在丰州冀县时，我从江里捞起你的那一夜。”

他清楚地记得那时的场景，他们死里逃生，她在雷雨交加的深夜里向他表忠心。

侍卫营里许多兄弟与他生死相交，可姜小乙给他的感觉又与他人不同。

那是一种更为玄妙的感受，他明明与她认识没多久，却生出一种前缘深种的错觉。好像他们昨日才相识，今日便相知，这中间的种种，他全然不知是如何发生的。

于是他的精神出离世间片刻，再次为那无形的世情心生感慨，只是这次感慨与之前不太相同。

从前，他生活中所有的“变数”几乎都指向残酷，但是这次，在他面前开出了一朵花。

虽然这花很小，很脆弱，但终究是美的。

他低声道：“小乙，这么多年了，这捉摸不定的命运终于带来了一件好事。你能懂我的意思吗？”

他的形容晦涩难明，但是姜小乙听了一遍就懂了。

她点头，他淡淡一笑。

这稍显沉闷的一日，能以这一笑结尾，也算聊以慰藉。

灵人教之事似乎已经告一段落。

永祥帝不仅给他们分了道场，还亲书了一块“广积善缘”的牌匾，可谓帮人帮到底。灵人教全部事宜交由密狱负责，戴王山亲自监工，上百名工匠日夜不休，仅用五日时间便将庙宇修整完毕。

至此，“悦心庙”正式更名为“灵人庙”，大灵师挑了个吉日准备开庙门。他向外放话，说今日是大吉之日，灵力最强，前来许愿者可事半功倍，吸引了大批百姓前往。还没到时辰，漫山遍野已经站满了人。

戴王山站在山坡上望着黑压压的人群，笑着对身旁的曹宁道：“刘公公真是未卜先知，提前让我们做好准备，不然真是不够装。”

他们身后放着数十个之前用来装“税银”的箱子，正张着大嘴“嗷嗷待哺”。

曹宁道：“刘公公料事如神，大人也是计划精巧，才使得这伙人得以见天日。那大灵师已经说了，日后定当对大人和刘公公感恩戴德，知恩图报。”

戴王山懒洋洋地道：“算他识相。”

曹宁看着山坡下的人群，又道：“这些人不都是灵人教教徒，还有东山寺的人。他们没有争取到悦心庙，心中不满，知道灵人教今日开庙门，也赶来给自己的道场壮声势。”

东山寺离灵人庙极近，两者分别在石鼓山的正反两面。

曹宁：“都说一山不容二虎，真不知为何要在一座山上弄两座庙，这不是赶着打架吗？”

戴王山笑道：“陛下希望所有教派可以和谐共存，你敢质疑陛下的决定？”

曹宁连忙说道：“属下不敢。”

戴王山往后山看了看：“谢凝还没来？”

“凝郡主的人很快就到了，属下已派人在后山迎接。”

原来今日谢凝和阿燕也要前来拜谒大灵师。

三日前，肖宗镜将永祥帝的话带给了安王。

安王释放了阿燕，之后便甩手不管了。

肖宗镜找到谢凝，几番劝阻，不想让她接触灵人教，可谢凝就是不听。

“我只想见一见那大灵师，肖大哥不必担心。”

“这种人何必相见？凝儿，我虽与神佛之道无缘，却也知道这样的人绝不是得道者。”

谢凝顿了顿，道：“你身边的那个侍卫也说过这样的话。”

“小乙？她说过什么？”

“‘这世上并非没有得道高人，但绝不是这种。’可是肖大哥，你们也没有说清楚真正的得道之人是哪一种呀，总归不是宫中那些满口大话的僧人吧？肖大哥，你就让我见一次吧，若大灵师真是有名无实，我以后不再提了便是。”

谢凝的目光里充满了天真和期待，肖宗镜无奈地一叹，只得应允。

“肖大哥，我想向你要一样东西。”她拿出那水滴形的琥珀，“你帮帮阿燕好吗？”

肖宗镜咬破拇指，将血滴在琥珀之上。

马车轧在冬日石鼓山坚硬的土道上，发出“嘎吱嘎吱”的声响。

谢凝贵为皇亲国戚，自然不能与平民百姓一路上山，车队走了后山的小路。马车旁有微心园和侍卫营的人随侍，肖宗镜与谢瑾还有姜小乙走在最后。

让肖宗镜和谢瑾护送谢凝也是永祥帝的主意，他的想法很简单，他知道因为灵人教之事这三个人闹了不愉快，希望他们能借此机会和好如初。

谢瑾一路上沉着脸，走到山顶时遇见前来迎接的戴王山，脸又黑了一层。

“下官见过谢大人、肖大人，”戴王山面带笑意，朝他们施了一礼，“二位大人辛苦了。”

肖宗镜：“大灵师已在庙中了？”

戴王山看看谢凝的马车，道：“自然，请二位大人放心，在开庙门之前，大灵师会先接见凝郡主的。”

谢瑾冷冷地道：“我也要见他一面！我倒要看看他到底是个什么样的人物，能带出这群大逆不道之徒！”

他前些天一直在调查灵人教，还没查出什么结果，永祥帝就直接给了“结果”——这让谢瑾难以接受。

戴王山道：“谢大人不如去前山看看，其实灵人教早已在百姓之中传开了，陛下能容纳此教，是设身处地地为民着想，其肚量非常人所能及。”

谢瑾看不惯他阴阳怪气的嘴脸，冷哼一声，拂袖离去。

肖宗镜：“戴典狱今日倒是春风得意，红光满面啊！”

戴王山摊开手，望天感叹道：“今日是大吉之日，能共同沐浴在大灵师的圣光之下，你我皆是有缘人。我们要谨遵陛下法旨，使众教妥善发展，民众也有所依存。”

肖宗镜淡淡地道：“这么说，你是要带领密狱皈依灵人教了？”

“还真说不好。”戴王山冲肖宗镜笑眯眯地道，“肖大人，世事难料啊！”

姜小乙在后面看到戴王山这副小人得志的模样，心里很不舒服，可也没办法，至少在灵人教一事上，他确实是大获全胜。

不是己方不努力，实在是这永祥帝的思路让人摸不着头脑。

姜小乙正胡思乱想之际，迎面刮来一阵风，带来一股淡淡的怪香。姜小乙微微一怔，觉得这香味似乎有些熟悉。她向旁侧望去，只有几名密狱的侍卫在上山入口处把守。

寺庙内已被打扫得干干净净。

主殿门口处高悬着经幡，经幡在寒风之中“猎猎”作响。

大灵师待在正殿内，盘腿坐在金座之上，还是之前的打扮，身上盖着绣满经文的披被，远远看去，就像个金色的粽子。

他正闭目养神，已做好万全的准备，只待吉时到来迎接教众。

突然殿门大开，外面站着一道人影。

“嗯？”

那人步入殿内，步履款款地走到大灵师面前。

“是你。”大灵师认出了来人是十八香的男娼。

因为徐梓焉向来出手阔绰，所以大灵师对他的印象很深。

“弟子见过灵师。”徐梓焉笑着，恭敬行礼。

“你怎么会在这里？”大灵师觉得有些奇怪，“还没到开庙门的时辰，你是怎么进来的？”

徐梓焉轻声道：“弟子是偷偷进来的。灵师说今日是吉日，灵力最强，弟子想先来拜谒。”说着，他拿出一个沉甸甸的包裹，“灵师，这包黄金是弟子的献礼，还有一部分不方便拿，弟子已经装在马车里，马车停在后门。请灵师先为弟子赐福吧。”

他身上的香气让大灵师一时迷醉。

“来……”他让徐梓焉跪在他身前，随后拉起徐梓焉的一只手，口中念念有词。片刻后，他道：“赐福已成，你的愿望很快就要实现了。”

徐梓焉惊喜地道：“真的？”

大灵师：“是的，本师已经看到了。”

“太好了！”徐梓焉双手合十，“那弟子接下来该如何做？还请灵师赐教。”

今日徐梓焉并未上妆，面庞在晨光之中熠熠生辉。

大灵师眯起混浊的双眸，似是而非地道：“契机已来到你的身边，你只要顺其自然就好……”

“契机？”徐梓焉笑了笑，虔诚拜谢，“若真能甩掉那一摊子的麻烦，弟子永远不会忘记灵师的恩德的。”

大灵师看了看地上的金子，再看了看徐梓焉清雅的容貌，道：“今日是我教的大日子，你是第一个接受本师祝福之人，将被赐予无上尊位。前段时间教中空出一个长老职位，就由你来担任吧。”

徐梓焉顿了顿，轻声问道：“不知做长老都要干些什么呢？”

大灵师摸了摸他的手，道：“你是靠身体赚钱的人，能有这么多收入，想必自有一番本领。今后我教发展少不了要同朝廷官员打交道。本师已得知，朝中不少老东西有独特嗜好……”

他点到为止，徐梓焉自然明白，轻声一笑，道：“哟，这可不行，弟子向来只同自己喜欢的人欢好。弟子不喜欢的人，可碰不得弟子。”

大灵师沉下脸：“你既已以身侍人，还挑什么喜好？”

徐梓焉抽出手，淡淡地道：“灵师不懂，弟子也不好说什么了。多谢灵师赐福，弟子这就告辞了。”

“站住。”大灵师沉声道，“你竟敢违抗本师，你对灵仙的虔心就只有如此吗？”

徐梓焉无奈地道：“弟子自然虔诚，但此事真的不行，下次弟子带双倍的献金过来孝敬灵师吧。”

他说完，一步步走向殿外。

不等他出门，大灵师森然开口道：“灵人教内所有教徒皆受本师点化，本师的命令是不可违背的。你拒绝本师，便是拒绝灵仙，本师绝不会饶你。当你走出这座大殿时，本师的惩罚就会降在你的头上。”他混浊的双眼直直地盯向前方，好像看到了什么常人不能看得见的东西，咧嘴笑道，“本师能看到你心里的那个女人，你若不服从本师的意愿，本师将诅咒此女堕入无间地狱，永不超生。”